best tea

Marco Buticchi (La Spezia, 1957), dopo aver viaggiato moltissimo per lavoro, si è stabilito a Lerici. Ha esordito nella narrativa con *Le pietre della luna*, pubblicato da Longanesi nel 1997. Da allora sono apparsi con crescente successo *Menorah* (1998), *Profezia* (2000), *La nave d'oro* (2003), *L'anello dei re* (2005), *Il vento dei demoni* (2007), *Il respiro del deserto* (2009), *La voce del destino* (2011, vincitore del Premio Emilio Salgari per la Letteratura Avventurosa, quarta edizione 2012) e *La stella di pietra* (2013).
I suoi romanzi hanno venduto oltre un milione di copie.

www.marcobuticchi.it

Dello stesso autore in edizione TEA:

Le pietre della luna
Menorah
Profezia
La nave d'oro
L'anello dei re
Scusi, bagnino, l'ombrellone non funziona
Il vento dei demoni
Il respiro del deserto
La voce del destino

Marco Buticchi

Profezia

Romanzo

TEA

Per informazioni sulle novità
del Gruppo editoriale Mauri Spagnol visita:
www.illibraio.it

TEA - Tascabili degli Editori Associati S.r.l., Milano
Gruppo editoriale Mauri Spagnol
www.tealibri.it

In questo libro, qualsiasi riferimento a persone, luoghi
e circostanze reali è da considerarsi opera della fantasia

Prima edizione TEADUE gennaio 2002
Nona ristampa TEADUE settembre 2009
Prima edizione TEA Best Seller aprile 2010
Quinta ristampa TEA Best Seller settembre 2013
Prima edizione Best TEA luglio 2014
Prima ristampa Best TEA settembre 2014

PROFEZIA

Per un amico

« Nessuna profezia venne mai dalla volontà dell'uomo, ma dagli uomini che parlarono per parte di Dio. »

Seconda Lettera di Pietro

PROLOGO

Ekaterinburg. Russia. 16 luglio 1918

Il giovane sergente delle Guardie Rosse Igor Drostin si svegliò di soprassalto al rumore di una vettura entrata nel cortile. Si avviò verso la grande sala e osservò la pendola a parete: mancavano dodici minuti a mezzanotte. Poco dopo sarebbe cominciato il suo turno di guardia.

Dalla stanza attigua, usata come dormitorio, Igor sentiva distintamente arrivare i rumori dei suoi soldati che si stavano vestendo. E dall'esterno, attraverso le finestre socchiuse gli arrivava a tratti anche la voce del comandante. Era un'estate molto calda, ma a Casa Ipat'ev, per motivi di sicurezza, negli appartamenti riservati alla famiglia imperiale era severamente proibito aprirle completamente.

I nuovi venuti dovevano essere personaggi importanti, almeno a giudicare dal tono deferente e al tempo stesso marziale con cui si rivolgeva loro il comandante. Igor Drostin sbirciò nell'oscurità del cortile, e la sua supposizione fu confermata dalle bandierine rosse: la vettura appena arrivata aveva portato lì un potente del Soviet degli Urali.

Quando entrò nella dimora, il comandante Jurovskij aveva un'espressione cupa, la stessa a cui era atteggiato il suo viso dal tardo pomeriggio, quando aveva chiesto a Igor e a Medvedev di ritirare tutte le rivoltelle d'ordinanza Nagant in dotazione alle guardie.

«Sergente Drostin», ordinò, «svegliate la famiglia di Nikolaj Romanov e radunatela in una stanza.»

Igor non era abituato a fare domande, ma questa volta non riuscì a trattenersi: «Che cosa succede, comandante? Si teme un attacco dei Bianchi?» I cannoni tuonavano infatti in lontananza da un paio di giorni, e i boati si andavano sempre più avvicinando.

«Già», replicò l'ufficiale, come se la domanda del suo sottoposto lo avesse illuminato. «Sì, sarà questa la spiegazione che dovrete dare allo... allo zar. Ma sappiate che mi è stato appena confermato l'ordine di eseguire la sentenza di morte dei Romanov.»

«Dovranno morire anche i ragazzi?»

«Forza, forza», ribatté il comandante. «Spicciatevi, Drostin, e basta domande.»

Tutti gli undici prigionieri, tra membri della famiglia imperiale e servitù, furono condotti in un locale del seminterrato, una camera con soffitto a volta e carta da parati a righe, a cui si accedeva attraverso un'anticamera. Sulla destra c'era una finestra sbarrata da un'inferriata; una porta dava su un magazzino cieco.

La notizia che le truppe controrivoluzionarie minacciavano un attacco aveva riacceso un filo di speranza nello zar, duramente provato da diciotto mesi di prigionia.

Il comandante Jurovskij lasciò gli ignari prigionieri in custodia a Drostin e uscì, seguito da alcune guardie. Quando furono nell'anticamera, rimosse un drappo militare che copriva le venti pistole ritirate in precedenza.

«Alcune sono caricate a salve, in modo che non sappiate chi ha colpito e in futuro non vi sentiate perseguitare dal rimorso di aver ucciso donne e bambini», spiegò. «Drostin!» chiamò poi: «Andate ad avvertire il corpo di guardia di non preoccuparsi per gli spari».

Quindi Jurovskij rientrò nel seminterrato, e, a occhi bassi annunciò: «Il Soviet degli Urali ha decretato la condanna a morte per voi e per i vostri familiari, Nikolaj Romanov. Avete un ultimo desiderio?» Soltanto allora alzò lo sguardo sull'espressione fiera dello zar di tutte le Russie.

Nicola pareva non temere la morte, ma un velo di angoscia apparve nel suo sguardo quando lo fece scorrere sui figli e sulla zarina, Alessandra d'Assia.

«Non ci porterete dunque via da qui?» chiese semplice

mente. E senza aspettare la risposta si strinse ai suoi, mentre gli uomini del plotone prendevano posizione.

Igor Drostin uscì all'aperto, e l'aria gli sembrò più pura per il sollievo che l'ordine del comandante lo avesse risparmiato dall'assistere, o peggio partecipare, all'esecuzione. S'incamminò con passo rapido verso i nidi di mitragliatrici posti a protezione di Casa Ipat'ev, a ridosso della palizzata eretta per difenderla. Stava per raggiungere il corpo di guardia nella vicina Casa Popov, quando sentì distintamente gli spari.

Le Nagant 7.62 avevano fatto fuoco tutte insieme all'abbassarsi della mano del comandante. I proiettili avevano continuato a piovere sui membri della famiglia imperiale e sui loro fedeli servitori fino a quando l'ultimo di essi non si era accasciato a terra.

Jurovskij, con la pistola d'ordinanza ancora fumante, si fece largo tra i corpi, imbrattandosi di sangue gli stivali. Alcuni erano ancora vivi, e fu costretto a finirli con un colpo alla nuca.

Il camion Fiat giunse nel cortile della casa poco dopo. I corpi, sfigurati dai colpi d'arma da fuoco e dalle baionette, furono avvolti in coperte militari e caricati sul cassone.

Vladimir Nareev, un caporale che aveva partecipato all'esecuzione, scostò un lembo della coperta, scoprendo il volto austero e cereo dello zar giustiziato; dalla bocca spalancata colava un rivolo di sangue rappreso.

Nareev gli sputò in faccia, maledicendolo. Drostin lo trascinò via. «Abbi almeno rispetto per i morti, caporale.»

«Certo, compagno Drostin», ribatté l'altro in tono beffardo. «Lo stesso rispetto che hanno avuto loro per il popolo russo. Di che cosa ti impicci?»

La voce del comandante bloccò sul nascere la possibile disputa. «Voi due, salite su quel camion. Raggiungerete il luogo stabilito per la sepoltura e monterete la guardia fino a nuove istruzioni.»

«Montare la guardia a undici cadaveri?» si chiese Igor Drostin.

Soltanto quando superarono il passaggio a livello nume

ro 184, si rese conto che erano diretti alla zona mineraria abbandonata detta dei Quattro Fratelli.

Nel chiuso della miniera, Igor Drostin fu di nuovo svegliato di soprassalto da un rumore. Aperti gli occhi, si vide davanti il viso di Nareev, torvamente illuminato dalla fiammella di una lanterna. L'espressione omicida del suo camerata lo gelò.

Lo sgomento durò soltanto l'ombra di un istante, poi l'istinto di sopravvivenza prevalse. Igor si gettò di lato alla disperata, sfuggendo alla baionetta, e, stretto fulmineamente il pugnale, roteò su se stesso e rispose all'assalto. Mentre era ancora in movimento, tagliò la gola all'aggressore con un solo fendente. Nareev crollò a terra in una pozza di sangue, mentre il fiato gli fuggiva dalla gola con un gorgoglio.

Ancora ansante di sgomento, Igor si lasciò cadere sul pagliericcio e chiuse gli occhi. Perché il suo camerata aveva agito in quel modo da pazzo? Possibile che il loro breve scontro verbale di qualche ora prima gli avesse fatto perdere la testa fino a quel punto?

Ormai le sue domande non avrebbero più avuto risposta. Tiratosi a sedere e rimasto qualche lungo istante a guardare come inebetito il corpo senza vita di Nareev e la pozza di sangue che si allargava sempre più, Igor si riscosse. Si alzò e si avviò verso lo slargo della galleria dov'erano stati gettati i cadaveri dei giustiziati.

Il corpo di una delle donne era stato denudato. In un primo momento Igor pensò che Nareev, veramente impazzito, avesse abusato del cadavere, ma poi, visti gli abiti stracciati gettati intorno alla rinfusa, capì tutto. E, soprattutto, perché Nareev avesse cercato di ucciderlo.

Gli abiti dei Romanov erano letteralmente foderati di pietre preziose, cadute a terra dagli squarci aperti dalla lama del suo camerata.

Siberia orientale. 1972

Il sole era sorto soltanto da due ore, ma sarebbe tramontato da lì a poco. La luce radente, intensa ma priva di calore, si rifrangeva contro una coltre lattea di nebbia. La fredda e lunga notte siberiana sarebbe scesa molto presto, e i predatori sarebbero usciti dalle loro tane

Come un predatore, Iosif Drostin si affacciò alla porta della sua casa in legno, poco più di una capanna in un deserto di gelo e nebbia, strizzando gli occhi per adattarli alla luce e riducendoli a due fessure da cui riluceva lo stesso colore del ghiaccio che tutto attorno si perdeva all'infinito.

«Non posso più vivere qui», mormorò. «Costi quello che costi.»

Iosif Drostin aveva capelli color paglia e mascella squadrata. Il suo corpo era temprato dalle estenuanti battute di caccia nella steppa. L'espressione del viso era dura, ostile, molto più matura di quella di un ragazzo di ventun anni.

Se li aveva vissuti in parte in quel deserto lattiginoso, lo doveva al fatto che suo padre era stato deportato lì da un tribunale di Iosif Visarionovič Džugašvili, molto più noto come Stalin. Iosif, come lui.

La condanna era stata dura, anche se basata su sospetti sommari: da dodici anni di Siberia era difficile uscire vivi. Infatti ormai il padre di Iosif Drostin era morto.

Il compito di prendersi cura di lui era toccato al nonno paterno, Igor Drostin. La madre di Iosif, infatti, pochi mesi dopo la deportazione del marito in Siberia, aveva deciso di sparire anche lei, non facendosi più vedere.

I modi militareschi di nonno Igor, ex soldato ed eroe della Rivoluzione d'Ottobre, non erano forse i più adatti per allevare un bambino di soli tre anni, ma il vecchio aveva una riserva apparentemente inesauribile di storie da raccontare. Una, in particolare, misteriosa e affascinante.

Il mattino seguente Iosif Drostin si svegliò molto prima del sole malato di Siberia. Raccolse poche cose in una bisaccia militare, vi infilò i quaderni logori su cui nonno Igor lo aveva tenuto chino per ore e si chiuse dietro le spalle la porta della capanna.

L'unica vera ricchezza che portava con sé era il ricordo dei racconti di nonno Igor. E quei quaderni. Forse.

Avviatosi a passo veloce sulla strada sconnessa, si lasciò dietro per sempre la notte siberiana.

Città del Vaticano. 11 agosto 1999

Era davvero singolare che una persona come Patrick Silver fosse al cospetto del papa.

Ma in quella torrida mattina d'agosto, alla fine dell'abituale udienza del mercoledì, Sua Santità lo aveva ricevuto privatamente con un gruppetto di altre persone.

«Il vostro comportamento ha consentito di sventare una grave minaccia per l'umanità intera», disse il papa, rivolto a tutti loro. «Prego, signor Silver», continuò, «sono curioso di sentirmi raccontare nei dettagli la vostra vicenda.»

«La Terza Profezia, Santità...» stava per sbottare Pat Silver, obbedendo al suo spirito sempre scanzonato, ma una volta tanto seppe trattenersi, e la sua espressione si fece intensa, concentrata. Sì, era arrivato il momento di essere seri, molto seri. Alla possibilità che quanto stava per dire fosse in qualche modo legato alla Terza Profezia avrebbe accennato, ma in modo molto vago, soltanto alla fine.

E le parole gli si riversarono dalle labbra come un fiume incontenibile.

PARTE PRIMA

LA GASSA D'AMANTE

Gassa d'amante

1

New York. Campus della Columbia University. Maggio 1978

PAT SILVER non era mai stato un allievo modello, né lo sarebbe mai diventato. A consentirgli di frequentare una delle università più prestigiose degli Stati Uniti erano esclusivamente i successi sportivi: era il playmaker della squadra di basket. Venti centimetri in più di statura, e sarebbe potuto diventare uno dei professionisti più pagati d'America.

Se questo non sarebbe mai successo, non dipendeva soltanto dal suo metro e ottantacinque, ma soprattutto dalla disinvolta e personalissima visione che aveva della vita.

Il suo compagno di stanza lo stava osservando con un misto di timore e ammirazione stendere i fili sotto il tappeto fino a collegarli al piccolo compressore elettrico nascosto dietro la tenda. Il marchingegno sarebbe entrato in funzione al momento giusto, comandato da un interruttore altrettanto nascosto, facendo «levitare» il tavolo tondo a tre gambe.

La messinscena per la seduta spiritica era pronta. Adesso dovevano soltanto aspettare che arrivassero Maggie Erriot e Annie Ferguson, nella speranza che il trucco escogitato dallo scanzonato campioncino di basket riuscisse a spaventarle. E a quel punto sarebbero stati ben felici di prestare loro tutto il conforto del caso, comprese due affettuose e salde braccia in cui rifugiarsi. Invece non fu così.

Ekaterinburg. 1978

Iosif Drostin s'incamminò lungo il lato orientale del lago Verch-Iseck e attraversò via Glavnaja all'altezza dei cancelli della fabbrica Uralyzhmash. Nella leggera nebbia mattutina s'intravedevano le figure degli operai. Infagottati nella tuta grigia, tenevano la testa bassa e si battevano le mani sui fianchi per scaldarsi.

Con un ennesimo moto d'insofferenza, Iosif abbassò lo sguardo sulla sua tuta: era troppo lunga e strusciava a terra a ogni passo. Non aveva radici, ma Ekaterinburg era il solo luogo a cui si sentisse in qualche modo legato. Gli anni vissuti lì con nonno Igor erano stati belli. Quindi vi era tornato, come un uccello migratore che torna al nido.

«Troverai il tuo avvenire all'incontro delle diagonali, Iosif.» Così diceva sempre nonno Igor. Ma quale avvenire? L'Unione delle Repubbliche Socialiste Sovietiche gli offriva una tuta grigia e un grigio senso di vuoto.

«L'incontro delle diagonali...» ripeté Iosif tra sé. Chissà che cosa aveva voluto dire nonno Igor con quelle parole. Vi si arrovellava ormai da anni, ma senza venirne a capo.

A pochi isolati di distanza, fino a poco tempo prima c'era Casa Ipat'ev, dove, durante la Rivoluzione d'Ottobre, avevano trascorso i loro ultimi settantotto giorni lo zar e la sua famiglia. E con loro c'era un giovanissimo soldato di nome Igor Drostin. Anche questo, nonno Igor lo aveva raccontato mille volte, facendoglielo scrivere sotto dettatura sul primo dei quadernetti che Iosif conservava come un tesoro. Perché imparasse a scrivere e leggere, diceva il nonno. Su quei quadernetti, insisteva, suo nipote avrebbe costruito il proprio futuro.

Il futuro? Iosif Drostin continuò a camminare a passo svelto: la fabbrica lo stava aspettando per il suo primo giorno di lavoro. Lavoro, bah! Ormai se n'era fatto un'idea precisa: non faceva per lui. La sua indole violenta lo portava a frequenti risse. E poi, vivere di miserie, sapendo che in Occidente tutto era tanto diverso...

Non aveva il minimo dubbio, un giorno sarebbe andato in Occidente.

Campus della Columbia University. Maggio 1978

Maggie Erriot e Annie Ferguson erano arrivate puntuali. La pelle da mulatta della prima contrastava con il candore latteo dell'altra. Il braccio automatico del giradischi continuava da circa mezz'ora a posare sul piatto i quarantacinque giri più popolari. La musica si diffondeva nella stanza.

«Perfetto», pensò Silver. E finalmente sbottò: «E se organizzassimo una seduta spiritica?»

Senza aspettare risposta, si accostò al tavolino. Vi presero posto tutti e quattro, obbedendo scrupolosamente ai suoi comandi: sembrava saperla lunga.

«Concentriamoci», ordinò. «Adesso uniamo le mani.»

Un breve impulso al comando, e il compressore entrò in funzione. Una musica mistica, sapientemente scelta, coprì il ronzio del marchingegno. Il tavolo cominciò a sollevarsi con un movimento quasi impercettibile.

E Maggie cadde in trance.

I suoi occhi rotearono, la pelle assunse tonalità ceree, la testa si reclinò all'indietro.

Derrick Grant, Annie e lo stesso Pat si scambiarono uno sguardo impaurito, ma Silver fu il primo a riprendersi, ordinando: «Non interrompiamo la catena, potrebbe essere pericoloso».

Maggie cominciò a parlare. La sua voce usciva a fatica, con le tonalità di un bambino. E soprattutto... parlava una lingua incomprensibile. Scandì soltanto poche parole, poi si accasciò sul tavolo, esausta.

«Maggie!» la chiamò Pat, porgendole un bicchiere d'acqua.

La giovane era confusa: «Che cosa mi è successo?» chiese con un filo di voce.

«Boh, hai farfugliato qualche parola in spagnolo», rispose Silver, quasi altrettanto confuso.

«Portoghese», lo corresse Grant che, in quanto figlio di un diplomatico di stanza in Brasile, aveva una certa dimestichezza con quella lingua.

« Che cosa ho detto? »

« Più o meno: 'La Profezia incombe, voi potrete salvare il mondo'. »

Rimasero lì a lungo a guardarsi stupefatti, chiedendosi quale potesse mai essere il significato di quelle strane parole.

Ekaterinburg. 1978

Iosif Drostin percorreva ogni mattina la stessa strada. La fabbrica era a pochi isolati dal suo alloggio. Scapolo e senza famiglia, non aveva diritto a un appartamento in un casermone popolare.

Per quanto spoglia, comunque, la stanza assegnatagli era senza dubbio più accogliente della capanna siberiana in cui aveva visto morire suo padre.

Alla morte di nonno Igor, Iosif aveva affrontato il viaggio da Ekaterinburg fino alla Siberia orientale per ricongiungersi con il padre che, scontata la condanna, aveva deciso di rimanere in quella terra gelida e inospitale.

Nella rara corrispondenza che si erano scambiati in quegli anni, il padre gli aveva scritto di avere trovato una nuova compagna: aveva quindi deciso di vivere lì con i proventi della caccia agli animali da pelliccia.

Quando l'omelia funebre era stata pronunciata dal pope sulla bara di nonno Igor, Iosif aveva diciotto anni. Il sacer dote aveva esaltato la figura del combattente, definendolo un Eroe della Rivoluzione. Iosif sapeva quanto gli sarebbe mancato il nonno, ma non era riuscito a piangere.

Un mese più tardi aveva bussato alla porta di una baracca nella steppa siberiana. L'uomo che gli aveva aperto era per lui un perfetto estraneo che esalava un odore di vodka.

« Sono Iosif », aveva detto, « tuo figlio. »

Roma. Una villa sull'Appia Antica. Ottobre 1978

I tredici ospiti raggiunsero la villa alla spicciolata, e la riunione ebbe inizio al sorgere della prima stella.

Gli adepti del singolare rituale, in piedi attorno a un tavolo intarsiato, vestivano una tunica bianca adorna di una croce rossa. Sul petto erano ricamati misteriosi segni astrali. Un cappuccio, anch'esso bianco, lasciava scoperti soltanto gli occhi. La stanza sotterranea dov'erano riuniti sembrava una cripta, dominata da un crocifisso eretto tra due eleganti colonne.

Al centro del tavolo ovale era posata una fune rossa, annodata alle estremità con un nodo particolare. Ciascuno dei tredici partecipanti al rito estrasse un cordoncino dello stesso colore, impreziosito da un filo d'oro intrecciato.

Con movimenti rituali ognuno di essi fece compiere al suo cordoncino un giro attorno alla fune e, con mani esperte, ve lo assicurò con il medesimo nodo che univa le due estremità della fune: una gassa d'amante.

«*Non nobis, Domine, non nobis, sed Nomini Tuo da gloriam. Nos perituri mortem salutamus*», salmodiarono all'unisono.

Soltanto a questo punto iniziò a parlare il Gran Maestro.

«Che cosa vi ha spinto qui, Poveri Cavalieri di Cristo?»

«L'urgenza di conoscere, Maestro», risposero gli altri dodici incappucciati.

«Ma siete pronti alla Conoscenza?»

«Pronti ad affrontare tutto Maestro, anche la morte.»

«L'avverarsi della Profezia non è lontano, fratelli, ma persino tra noi c'è chi, per interesse personale, ostacola il nostro cammino e compie mosse azzardate, tentando di confonderle con il fine del nostro Ordine.

«Abbiamo bisogno di tempo, non di traditori», continuò il Maestro. «È infatti il tempo che ci ha permesso di rafforzarci: oggi un migliaio di Cavalieri è pronto all'estremo sacrificio per la Causa. Come sapete, sono tutte persone insospettabili, che occupano posti di rilievo in ogni angolo del mon do. Non siamo lontani dal raggiungere il nostro Fine: scacciare Satana dal Trono di Pietro e far sì che la vendetta si compia. Soltanto così il mondo potrà ricominciare a vivere nel nome di Dio. Ma per questo, ripeto, abbiamo bisogno di tempo e non di mosse avventate.»

Gli occhi del Maestro incrociarono minacciosi a uno a uno gli sguardi dei convenuti, i dodici Apostoli del Consiglio Supremo.

«Uno dei nostri fratelli ha sbagliato», riprese in tono grave. «Non abbiamo bisogno di omicidi spettacolari, almeno per il momento. E invece, per appagare la sua brama di ricchezza, uno di noi è ricorso a un assassinio fuori tempo e fuori luogo.»

Uno degli incappucciati prese ad agitarsi, mentre il Maestro continuava: «Non possiamo permetterci errori, né ci è consentito perdonarli. Ripeto: sarà il tempo a darci ragione, quindi non dobbiamo ricorrere a mosse avventate. Mosse che rischiano di attirare l'attenzione su di noi. Nessuno dovrà scoprire i Poveri Cavalieri di Cristo fino al momento in cui potranno rivelarsi al mondo per ciò che sono: i suoi salvatori».

Due uomini entrarono nella stanza; vestivano abiti normali, ma avevano anch'essi la testa nascosta da un cappuccio. Puntarono risoluti verso il membro del Consiglio Supremo che da qualche minuto manifestava profondi segni d'inquietudine e lo afferrarono sotto le braccia con una presa ferrea.

«Ho agito per il bene di tutti i fratelli, Maestro», cercò di discolparsi il malcapitato. «Il nostro sistema di finanziamento stava per essere scoperto. Ho agito nell'interesse comune. Le finanze del Vaticano... E i sospetti del Pontefice...»

«Hai agito per il *tuo* interesse», ribatté seccamente il Maestro. «Erano *tue* le trame finanziarie che stavano per essere svelate, e ti hanno consentito di arricchirti smodatamente. Non sei degno dell'abito che porti, cardinale Vittorio Febi.»

Il fatto che il Gran Maestro avesse pronunciato un nome equivaleva alla condanna a morte.

Il cardinale cercò disperatamente di far valere le sue ragioni, ma le sue parole si trasformarono in un urlo di terrore, mentre i due lo sollevavano di peso e la porta della stanza si chiudeva dietro le loro spalle.

L'incidente sembrò non turbare la riunione: dopo pochi istanti il Maestro riprese la parola.

«Bisogna ristabilire il numero dei Santi Apostoli nel Gran Consiglio. Vi chiedo pertanto di accogliervi un giovane fratello.»

Una delle tre porte si aprì, e una figura snella si stagliò in controluce sotto la lunga veste bianca. Il nuovo adepto era bendato e portava al collo una fune rossa legata con lo stesso nodo rituale. Il Gran Maestro si portò al suo fianco e, tenendo la corda rossa come un guinzaglio, lo guidò al grande tavolo ovale.

L'uomo prese allora a recitare, con voce solenne ma con un pesante accento americano, l'antica formula del giuramento: «*Ego, Miles de Ordine Templi, promitto Domino Meo Jesu Christo perpetuam obedientiam et fidem servendam in perpetuo...*»

Una formula che rimandava a tempi remoti, quando un Ordine di Cavalieri era divenuto una delle più grandi potenze del Medio Evo.

New York. Ottobre 1980

Magdalene Erriot, ormai chiamata da tutti Maggie, stava ripensando di nuovo alla festa di laurea. Le sembrava di sentire ancora tra le dita il profumo di Pat Silver, il celebre playmaker della squadra di basket.

Fu scossa da un leggero fremito. Com'era stata stupida. Eppure Dio sapeva quanto lo avrebbe voluto. Invece... Un ballo lento, tenendosi stretti, l'uscita sul terrazzo con la vecchia scusa di ammirare le stelle, un bacio appena sfiorato, con le dita tra i capelli di Pat... Ma a quel punto si era materializzato l'onnipresente Derrick Grant. Maledizione!

Si stiracchiò nel letto. Finalmente si alzò, aprì la porta di casa e, ancora assonnata, rientrò con una bottiglia di latte fresco e il giornale.

Bastò un'occhiata distratta alla notizia che riempiva la prima pagina per darle un intenso brivido: quella scena l'aveva già vista alcuni giorni *prima* che accadesse. Un'autobomba era esplosa di fronte alla sede di un'ambasciata americana in Medio Oriente.

Cominciò a leggere avidamente l'articolo, che rimandava a una pagina interna, ma prima di proseguire fu attratta da un trafiletto: «Roma. Solenni celebrazioni per la ricorrenza della morte del cardinale Vittorio Febi. L'indiscusso sovrano delle finanze vaticane degli anni '70, stroncato da un infarto due anni fa, è stato commemorato...»

Maggie tornò alla notizia principale, fermandosi spesso a scrutare le fotografie: le aveva tutte nitide nella mente come un film visto tante volte da conoscerlo ormai a memoria. Era la prima volta che vedeva *materialmente* quelle immagini, ma sapeva di averle già *viste* durante uno di quegli strani attimi di buio in cui non riusciva a controllare la mente.

Situazioni strane, inspiegabili, come quando era caduta in trance nella stanza di Pat e Derrick. Ma né lei né gli ami ci presenti alla seduta spiritica ne avevano più parlato. Scorse ancora una volta il titolo: «Grave atto terroristico. Dodici cittadini degli Stati Uniti uccisi in un attentato».

Pat Silver si svegliò che era ormai pomeriggio inoltrato. Il suo primo pensiero fu, anche per lui, la bella bocca di Maggie Erriot. Si alzò, massaggiandosi le tempie e faticando un po' a mantenere l'equilibrio.

Il suo compagno di stanza, Derrick Grant, era davanti al televisore, sul cui schermo scorrevano le drammatiche immagini dell'attentato.

«Che figli di puttana», disse. «E come al solito resteran no impuniti.»

In quel momento suonò il telefono.

«Pat», esclamò la voce di Maggie, sensibilmente turbata, «ho visto le immagini dell'attentato.»

«Certo, le stiamo guardando anche noi. Una cosa terribile.»

«No, Pat... volevo dire... non le sto vedendo adesso. Le ho già viste... *prima*, almeno... almeno una decina di giorni fa.»

«Maggie, Maggie, sei sicura che non ti abbiano giocato un brutto scherzo i cocktail di ieri sera?»

«Sono sicurissima, Pat», ribatté lei senza un attimo di esitazione. «E continuo a sentirmi... non so come spiegarti... collegata a quell'avvenimento.»

«*Collegata?* Boh. Comunque, che cosa posso fare per te?»

«Niente, temo, Pat. Ma tu, Derrick e Annie siete i miei amici più cari. Volevo soltanto comunicarvi una sensazione strana, senza essere presa per visionaria.»

«Anche tu mi sei molto cara, Maggie, e lo sai», rispose Pat d'un fiato. Avrebbe anche voluto aggiungere altre cose, ma si trattenne.

«Che cosa dice la nostra Venere Nera?» chiese Derrick, non appena Silver ebbe posato il ricevitore.

L'altro lo informò rapidamente delle strane visioni premonitrici dell'amica.

«Potremmo chiedere aiuto a mio padre», ribatté prontamente Derrick. «Conosce un sacco di gente importante.»

«Credo sia meglio lasciar perdere. Se però queste visioni dovessero ripetersi, sarà il caso di pensarci più a fondo.»

Ekaterinburg. 1980

Quasi due anni in quella maledetta fabbrica, a ripetere movimenti sempre identici. Ai tempi dello zar, Ekaterinburg era la sede della zecca. Prima di vedere la fine dei Romanov, per decenni aveva riprodotto le effigi degli zar su monete e banconote. E la fabbrica dove lavorava Iosif Drostin, ora convertita alla produzione di bulloneria, era proprio l'edificio in cui un tempo venivano coniate le monete.

Appena concluso il turno di lavoro, Drostin tornò nella sua stanza, dove cercò di fare un po' di ordine tra le sue poche cose. Gli vennero tra le mani i suoi vecchi quaderni, quelli su cui nonno Igor gli aveva pazientemente insegnato a leggere e scrivere. Gli aveva raccomandato infinite volte di tenerli sempre con sé. «Lì dentro c'è il tuo avvenire...» diceva.

Commosso dal ricordo, Iosif prese a leggere per l'ennesima volta ciò che gli aveva dettato il nonno tanti anni prima.

«*Lo zar e la zarina giunsero a Ekaterinburg il 30 aprile 1918. Io facevo parte del servizio d'ordine alla stazione. Si viveva in un clima di profonda inquietudine: in gennaio il Soviet degli Urali aveva addirittura condannato a morte un cugino di Lenin, Viktor Ardasev. Quando in maggio fui comandato come sottufficiale addetto alla sorveglianza della famiglia imperiale, mi stupii non poco: gli uomini che sorvegliavano i Romanov erano tutti legati alla Ceka, il servizio segreto, con cui non avevo mai avuto rapporti. Per loro non avevo nemmeno alcuna simpatia.*

«*I motivi della scelta risiedevano sicuramente nel fatto che nessuno di loro conosceva l'inglese, mentre io ne avevo qualche nozione a causa di un mio passato impiego. Era infatti in quella lingua che comunicavano abitualmente tra loro lo zar e la sua famiglia. Fui subito molto colpito dall'atteggiamento dei miei commilitoni nei confronti della famiglia imperiale. Ero un rivoluzionario come loro, ma mai mi avrebbe sfiorato l'idea di schernire i prigionieri o disegnare sulle pareti frasi oscene circa la zarina e i suoi presunti rapporti carnali con il monaco Rasputin. Quanto allo zar, era un uomo mite e molto attaccato alla famiglia. Nei miei confronti ha sempre manifestato rispetto e umanità.*

«*Quando Jurovskij venne a sostituire Avdeev al comando di Casa Ipat'ev, si portò dietro un drappello di fedelissimi, tra cui diversi lettoni. Come il loro comandante erano uomini integerrimi, ma spietati. Con il suo arrivo, comunque, molti dei miei compagni furono allontanati, e i prigionieri cominciarono a essere trattati con maggiore rispetto.*

«Io invece rimasi, credo per lo stesso motivo che aveva indotto i miei superiori a mandarmi lì: allo zar e ai suoi era vietato esprimersi in una lingua diversa dal russo, ma nessuno sarebbe stato in grado di capirli se si fossero parlati in inglese. Non posso negare che mi affezionai a quelle giovani donne e allo zarevič Alessio, così indifeso, sempre a letto per la grave malattia che lo minava.»

New York. 1980

La *sensazione*. Ormai Maggie Erriot chiamava così il misto di eccitazione e paura che accompagnava le sue visioni. Non riusciva a dominarlo, era un fenomeno troppo nuovo e inspiegabile, ma a questo punto aveva capito che doveva imparare a conviverci. Quando la *sensazione* s'impadronì ancora una volta di lei, la giovane era perfettamente sveglia e cosciente.

La finestra che *vide* era al terzo piano di un malandato stabile di periferia, affacciato su un incrocio. A destra un caffè con un'insegna rossa, a sinistra un negozio di toeletta per animali. *Vedeva* perfettamente la scena, distinguendo tanti altri piccoli particolari. Nella stanza c'erano due uomini di carnagione scura, intenti ad armeggiare con un materiale gelatinoso e alcuni timer. *Sapeva* che erano implicati nell'attentato di quaranta giorni prima.

Quando la *sensazione* cessò, ancora ansante e confusa alzò la cornetta e compose il numero di Derrick Grant.

Pochi minuti più tardi Derrick Grant chiamò il padre a Rio de Janeiro, dov'era tuttora di stanza. Lo tranquillizzò per quella chiamata fuori orario e venne subito al dunque, cercando di esporlo nella maniera più logica, anche se era proprio la logica il punto debole della situazione. Infatti il tono di suo padre non fece niente per nascondere la perplessità.

«Mi chiami nel cuore della notte, e da così lontano, per dirmi che una tua amica è una visionaria?»

«Papà, Maggie Erriot è una ragazza con la testa molto sulle spalle.»

«E anche una gran bella ragazza, a quanto ricordo», lo interruppe il padre. «Non vorrei che la cotta ti facesse stravedere.»

«Macché stravedere, papà. Persino l'FBI fa spesso ricorso a medium o sensitivi per risolvere casi particolarmente intricati.»

«L'FBI, eh... No, non mi convincerai mai. Ma prova a vedere se riesci a convincere un mio amico, lì a New York. È Timothy Hassler, lavora non so bene in quale branca federale che si occupa di terrorismo. Ti do il suo numero di telefono.»

Pat Silver era tornato a New York dopo una lunga «vacanza». Nato nel Michigan, era vissuto lì soltanto per il periodo universitario, ma amava considerarla la sua città perché era l'unico posto al mondo in cui gli riusciva facile vivere come piaceva a lui.

Vivere alla grande. E di truffe. La sua tecnica consisteva nel raggirare molte persone per piccoli importi – al massimo qualche centinaio di dollari –, astuto stratagemma che lo metteva largamente al riparo da un ricorso dei truffati alla giustizia.

Trovò lo spunto che cercava da qualche giorno in una pagina interna del *New York Times*: la Saving Corporation stava per avviare con una vasta campagna porta a porta la raccolta di sottoscrizioni per certi fondi d'investimento.

Non perse tempo: aprì in una banca del vicino New Jersey un conto intestato a un puro frutto della sua fantasia, la Saving Ltd, e si fece fare timbri e carta intestata.

Il primo giorno di raccolta gli fruttò settecento dollari, carpiti a ingenui risparmiatori convinti di trovarsi di fronte un bravo venditore del colosso finanziario che consegnava loro un contratto in piena regola, con tanto di firme e timbri. Non certo della Saving Corporation, però, ma della quasi omonima Saving Ltd.

Quando una settimana più tardi estinse il conto nella banca del New Jersey, Pat Silver disponeva di seimiladuecento dollari.

Timothy Hassler, un bell'uomo dai capelli castano chiari, era sui trent'anni. Aveva dato appuntamento a Derrick e Maggie in un piccolo ristorante all'angolo tra la Cinquantunesima e Lexington Avenue.

Terminato il suo racconto, la bella giovane di colore abbassò gli occhi scuri.

«Negozi di toeletta per animali negli Stati Uniti ce ne sono a migliaia, per non parlare dei bar d'angolo con insegne rosse», commentò Hassler con non velata ironia. «Da quale pensa sia meglio partire per dare un fondo di verità alle sue visioni?»

«Ho *visto* anche altri particolari, signor Hassler», tenne duro Maggie, e Timothy parve avvertire che gli sarebbe stato molto difficile sottrarsi all'intensità del suo sguardo. «A quell'incrocio c'era... c'era un cartello stradale: indicava Washington a nove miglia.»

«Il campo di ricerca si restringe molto», ribatté Hassler senza abbandonare il tono ironico. «Posso però sapere verso quale punto cardinale sono orientate di solito le sue *sensazioni*? Se non altro, per avere idea da dove cominciare a sguinzagliare un esercito di uomini addestrati alla caccia ai terroristi.»

Fu Derrick a replicare: «Potrebbero bastare una cartina topografica e un compasso per tracciare un cerchio di nove miglia intorno alla capitale. Ridurremmo di molto il campo della ricerca. Una volta individuato il luogo, lei potrebbe mandare un paio di agenti al terzo piano del palazzo da dove si vedono il caffè e il negozio di animali. Certo... sempre ammesso che quel palazzo esista».

«Io non so quanto le mie *sensazioni* corrispondano alla verità», insistette Maggie, «ma penso che un tentativo si debba fare, non crede, signor Hassler?»

Hassler aveva molti dubbi sulle *sensazioni* della giovane, ma nessunissimo su quella che provava lui: non poteva dirle di no.

Ekaterinburg. 1980

In fabbrica si diceva che Dmitrij Kaplan, il capo reparto, fosse il referente del KGB, e tutti lo temevano. Tutti tranne Iosif.

«Drostin!» ordinò la voce di Kaplan attraverso gli altoparlanti del grande capannone. «Nel mio ufficio appena finisci il turno.»

Iosif non alzò nemmeno lo sguardo dalla sua monotona occupazione, limitandosi ad annuire.

Kaplan era molto più alto della media e di corporatura massiccia, seppure con un anello di adipe alla vita. Bastavano i suoi occhi torvi a suscitare timore.

«Dove si posa il mio sguardo», era solito vantarsi, «la produzione migliora.»

Drostin entrò nello sgabuzzino ricavato in un angolo del capannone principale. Kaplan era seduto su una sedia sgangherata davanti a una scrivania colma di carte.

«Non sono soddisfatto del tuo rendimento, Drostin», dichiarò, trapassandolo con il famoso sguardo. Ma Iosif, in piedi davanti a lui, non apparve per niente intimorito.

«Sta' attento, Drostin, ti tengo d'occhio», concluse Kaplan fissandolo in tono minaccioso.

Iosif uscì dalla stanza lasciando volutamente lo sgabuzzino aperto. Incurante di ciò che Kaplan gli urlava dietro, sentì la porta sbattere alle sue spalle.

Tornato a casa, si sentì svuotato e inutile. Le minacce del

capo reparto non lo avevano intimorito, ma quel genere di vita lo stava logorando. Le uniche cose che riuscissero a distrarlo erano il ricordo di nonno Igor e la storia che gli aveva dettato. Sedette sul letto e prese uno dei quaderni. Sentito improvvisamente bussare alla porta, lo posò sul letto e andò ad aprire.

Chalva Tanzic, georgiano, passava per duro e violento. Lui e Iosif si erano sempre tenuti a distanza, forse per l'istintiva sensazione che uno scontro si sarebbe risolto in maniera molto grave.

«Che cosa ti ha detto quel figlio di puttana?» chiese, con due occhi venati di odio.

Iosif sapeva che poco tempo prima Chalva e Kaplan avevano avuto un diverbio. «La solita roba: non gli piace il mio rendimento.»

«Sei un ragazzo in gamba, Drostin. Questo trattamento nei tuoi confronti non è giusto. Kaplan merita una lezione per quello che sta facendo a tutti noi.»

«Così ci tiriamo contro la polizia segreta», provò a ribattere Iosif.

«Credi davvero a quella storia? Kaplan è troppo stupido persino per essere del KGB. No, Drostin, le cose stanno cambiando. Parole come *glasnost* circolano con sempre maggior insistenza, e un amico mi ha detto che a Mosca...»

«Lo sai che non mi interesso di politica.»

«Ma quale politica, Drostin, qui si tratta del nostro avvenire. Se davvero dovesse esserci una rivoluzione economica, conosco almeno cento modi per diventare ricco in fretta», replicò il georgiano. «Conta pure su di me», concluse congedandosi. «Per qualsiasi cosa.»

Iosif scrollò le spalle e, rimasto di nuovo solo, riprese il quaderno.

«*Jemmi, il cocker della granduchessa Tatiana, mi si era affezionato e durante le lunghe ore di guardia mi stava sempre attorno. Mi seguiva passo passo per tutto il perimetro esterno di Casa Ipat'ev. Una sera di giugno mi fermai per giocare con lui, quando qualcuno lanciò una bomba all'interno della pa-*

lizzata: era molto poco potente, ma sarebbe bastata a farmi a pezzi se la mia provvidenziale pausa per giocare con il cane non mi avesse fatto fermare a una certa distanza dal punto dell'esplosione.

«Dopo l'attentato il comandante Jurovskij ordinò d'intensificare i turni e la vigilanza. Venne vietato il transito dei pedoni sul marciapiede di via Voznesenskij, su cui dava la casa. Alla famiglia imperiale fu vietato uscire in giardino.»

Una settimana dopo l'incontro con Kaplan, Iosif Drostin fu destinato alle fornaci, un lavoro che tutti temevano e a cui di solito si veniva comandati per punizione.

Crogioli e forni risalivano ancora ai tempi zaristi, e il lavoro per alimentarli era duro e faticoso. Drostin non poté fare altro che impugnare la vanga a testa bassa e buttare carbone nella bocca del forno, maledicendo tra sé quella sorta di cella di rigore.

New York. 1980

Timothy Hassler fu svegliato dal telefono. Assonnato, prese la cornetta dando un'occhiata alla sveglia sul comodino. Erano quasi le due. Chi lo aveva svegliato nel cuore della notte doveva avere un motivo molto, molto valido.

«Agente Leigh, signore», si sentì dire dall'altro capo della linea. «Mi scusi per l'ora, ma il suo informatore aveva ragione. L'incrocio che ha descritto corrisponde precisamente al luogo dove sono adesso.»

«Ha verificato le generalità degli abitanti del palazzo d'angolo?»

«Sì, signore. Al terzo piano abita da diversi anni una famiglia su cui non possiamo nutrire sospetti, ma al secondo... be'...» rispose l'agente, «vivono Kalid Moktar e Mohammed Bruni, entrambi libanesi: hanno affittato la casa un mese fa. Nel quartiere mi hanno riferito che fanno vita ritirata e sono gentili. Lavorano in un autolavaggio della zona.»

«Ci siamo», esclamò Hassler. «Li tenga d'occhio. Intanto io allerto le squadre speciali.»

Le *sensazioni* della bella Maggie si erano rivelate sbalorditivamente precise, almeno fino a quel momento.

Il sole della Florida era caldo. Pat se lo stava godendo su un lettino da spiaggia, quando vide arrivare il valletto dell'albergo.

«È desiderato al telefono, signor Silver», gli disse il giovane di colore, abbozzando un inchino.

Pat si chiese chi potesse averlo scovato in quell'albergo della Florida, dove si stava godendo una delle sue piccole «vacanze» dopo l'ultimo colpo.

«Pat, sono Derrick Grant», disse la voce del suo ex compagno di campus.

«Derrick, che cosa succede? E, soprattutto, come hai fatto a trovarmi qui?»

«Sapevo che lasci sempre il tuo recapito alla mamma per ogni evenienza», rispose Derrick. «Quanto poi a che cosa succede, la nostra Venere Nera ne ha fatta un'altra delle sue.»

«Maggie?» Pat non aveva più avuto contatti con lei dalla sera della festa di laurea e serbava ancora il ricordo delle sue labbra appena sfiorate.

«Certo. Sembra incredibile, ma ha descritto nei minimi particolari a un amico di mio padre, che si occupa di terrorismo, un crocevia della periferia di Washington. E non era *mai* stata da quelle parti.»

«Incredibile. Ma io che cosa c'entro?»

«Niente. Volevo soltanto informarti. Quando torni a New York, dobbiamo vederci.»

«Sì. Sì... certo», replicò Pat con scarsa convinzione, «però tieni presente che non ho nessuna intenzione di correre dietro alle visioni di Maggie.»

«D'accordo. Volevo soltanto informarti. Scusa.»

Posata la cornetta, Pat Silver tornò verso la spiaggia. Gli spiaceva essere stato scortese con l'amico, ma aveva detto la verità: i seimila dollari della Saving Ltd stavano finendo e aveva ben altro a cui pensare.

L'agente dei corpi speciali era travestito da lattaio. Le scale pullulavano di uomini con casco e giubbotto antiproiettile. Sul tetto del palazzo di fronte erano appostati quattro tiratori scelti.

«Chi è?» chiese una voce dal marcato accento straniero, non appena il falso lattaio ebbe bussato alla porta.

«Il lattaio. Le ho portato il conto, signore.»

«Il conto?» chiese di nuovo il libanese da dietro la porta. «Ma siamo soltanto al sette del mese.»

«Il capo mi ha chiesto di riscuotere settimanalmente, signore.»

Kalid Moktar prese la Smith & Wesson 38 e la nascose dietro la schiena. Una rapida occhiata al suo compagno bastò perché quello si appostasse dietro il divano.

Moktar aprì la porta lentamente, inserendo il catenaccio.

Ma gli uomini delle squadre speciali lo scardinarono, facendo irruzione nell'appartamento. La porta divelta travolse il primo terrorista, mentre il secondo apriva il fuoco.

Si scatenò l'inferno. Gli agenti risposero con le mitragliette. Il fuoco durò pochi istanti, intenso e letale. Alla fine i due libanesi giacevano riversi nel loro sangue.

In un angolo della stanza c'era un ordigno confezionato con dodici chilogrammi di esplosivo ad alto potenziale: una carica sufficiente per far saltare in aria buona parte di Capitol Hill. L'obiettivo dell'attentato, come scoprirono in seguito gli agenti dell'antiterrorismo, era proprio la sede del Congresso degli Stati Uniti.

Ekaterinburg. 1980

«*Non scorderò mai la notte tra il 16 e il 17 luglio 1918*», gli aveva dettato ancora nonno Igor. «*Per mia fortuna non fui scelto per il plotone d'esecuzione, ma mi sentii ugualmente responsabile della morte di tante persone, tra cui un ragazzo malato di emofilia.*

«*Fu un massacro. Alcune delle ragazze furono finite a colpi di baionetta. Fu ucciso persino il cane Jemmi. Un camerata mi disse che il comandante Jurovskij aveva finito Alessio a colpi di rivoltella. Tutti i cadaveri, ad eccezione di quello dello zar, erano in uno stato pietoso, irriconoscibili a causa dei proiettili e del modo in cui le guardie avevano infierito su di loro. Furono trasportati nella zona mineraria dei Quattro Fratelli.*

«*Quando i cadaveri furono allineati nel pozzo numero sette, un mio camerata, Nareev, scoprì che gli abiti dei familiari dello zar erano foderati di una grossa quantità di pietre preziose, tante da consentire a tutti un esilio dorato. Per questa sua scoperta cercò di uccidermi. Voleva tenere tutto per sé.*

«*Vincendo la mia riluttanza, spogliai quei poveri corpi e recuperai un tesoro. Pensai soltanto che un giorno avrei avuto una famiglia, figli, nipoti.*

«*Jurovskij arrivò con un camion militare alle prime luci dell'alba, per farmi dare il cambio dai suoi fedeli lettoni. Un secondo camion trasportava numerosi fusti di benzina e acido.*

«*Gli raccontai brevemente ciò che era successo quella notte e gli consegnai la mia bisaccia colma di pietre preziose.*

«*'Compagni', annunciò, 'Drostin è un eroe della Rivoluzione. Ha consegnato al Soviet un tesoro. Proporrò che tu sia decorato, Igor.'*

«*Così divenni un eroe. Un giorno le cose cambieranno, nipote Iosif, e su queste mie righe costruirai il tuo futuro. Troverai il tuo avvenire all'incontro delle diagonali.*»

Il *futuro*... Iosif scosse la testa. Batté le mani sulla tuta grigia e fu avvolto da una nuvola di carbone. Era stanco:

quel primo giorno alle fornaci lo aveva prostrato nel fisico e nella mente.

«Mi auguro che il caldo ti faccia venire voglia di lavorare, Drostin», gridò Kaplan quando lui gli passò davanti, scoppiando in una risata rauca.

Iosif non replicò, uscendo dalla fabbrica.

«Non doveva farlo», disse una voce alle sue spalle, «non doveva metterti alle fornaci.»

Iosif si girò, incontrando lo sguardo torvo di Chalva Tanzic.

Quella sera Kaplan uscì dalla fabbrica fischiettando. Presa la bicicletta dalla rastrelliera, si avviò nelle strade semideserte di Ekaterinburg. Passò davanti alla chiesa, tenendosi sulla sinistra per imboccare la strada di Omsk.

Una figura sbucò dall'oscurità brandendo il manico di un piccone. Il colpo si abbatté sul suo volto all'altezza dello zigomo. A salvargli la vita fu un istintivo movimento di difesa: se il manico lo avesse colpito in piena faccia, Kaplan sarebbe morto all'istante.

Iosif Drostin non riusciva a prendere sonno, quando qualcuno bussò alla sua porta.

«Kaplan non ti darà più fastidio», gli disse Tanzic con il solito lampo torvo negli occhi.

New York. 1980

I due uomini che aveva davanti erano molto gentili, ma la stavano sottoponendo a un vero e proprio interrogatorio, mentre Hassler rimaneva in silenzio in un angolo.

«È proprio sicura di non essere mai stata in quella località, signorina Erriot?» le chiese uno dei due.

«E a Washington?» incalzò l'altro al diniego di Maggie.

«Naturale che ci sono stata: almeno due volte, di cui una in gita scolastica. Ma se vuole sapere se avevo già visto quel crocevia, la risposta è ancora una volta no.»

«La prego di capire, signorina. Noi siamo qui per verificare il singolare fatto che una sua visione premonitrice ci abbia permesso di sventare un attentato al Congresso degli Stati Uniti.»

«Così è, tenente, che lei mi creda o no», ribatté Maggie in tono seccato.

«Le crediamo, signorina», continuò imperturbabile il tenente, mentre Hassler annuiva, «ma abbiamo bisogno di verificare quanto potrebbero esserci utili queste sue... *sensazioni.*»

«Oppure», intervenne l'altro, «se le sue premonizioni possano essere soltanto effetto di casualità, o... o di qualcos'altro. Lei conosceva Kalid Moktar?»

«È stato mio padrino alla cresima», ribatté Maggie in tono canzonatorio, ma ne assunse subito uno di profonda irritazione. «Ascoltatemi bene, signori, e in particolare lei, Hassler. Io non ho idea di quali siano le mie potenzialità, né quanto possa corrispondere a verità ciò che riesco a *vedere* in certi momenti. Ma in questo caso la corrispondenza c'era. O no?

«Non so se sono una sensitiva, o se una sbalorditiva serie di casualità mi ha permesso d'indicare un particolare incrocio stradale tra i milioni che ci sono negli Stati Uniti, facendo sventare un'azione terroristica. È però certo che, se mai dovesse succedermi di nuovo, mi guarderò bene dall'informarvi.»

«Signorina Erriot», intervenne in tono pacato Hassler. «Cerchi di capirci. Non è facile credere che una persona possa aver visto come su uno schermo panoramico un evento destinato a verificarsi di lì a qualche giorno. Avendo seguito questa vicenda dall'inizio, posso confermare che le cose si sono svolte come dice lei. Ma deve consentire anche che qualcuno nutra dubbi su un fatto... perlomeno... diciamo... singolare.»

«Sono io la prima a nutrire dubbi, signor Hassler, ma si tratta di situazioni che sfuggono completamente al mio controllo.»

Così detto, Maggie alzò gli occhi neri e incontrò lo sguardo di Hassler. Lo trovò carino, elegante, con bei lineamenti. Insomma, del tutto all'altezza della situazione. Chissà perché, però, il suo pensiero corse subito a Pat Silver.

«Comunque non posso fare niente per sedare i vostri dubbi, se non ripetere all'infinito come sono andate le cose.»

I due uomini dell'FBI si scambiarono un cenno e strinsero entrambi calorosamente la mano a Hassler. Quindi, formulata qualche imbarazzata espressione di scusa a Maggie, se ne andarono.

«Posso accompagnarla a casa, signorina Erriot? Anzi, posso chiamarla Maggie?» chiese Timothy, fissandola negli occhi.

Derrick Grant si aggirava con aria indaffarata nel tribunale, e Pat Silver lo seguiva con un'aria stranamente preoccupata. Derrick si girò verso di lui: «Sta' tranquillo, Pat, andrà tutto benissimo».

Era una cosa di poco conto e, per un avvocato con la determinazione e la voglia di emergere che animavano Derrick, tirarlo fuori dai guai sarebbe stato abbastanza facile.

Un incauto imprenditore edile aveva acquistato da Silver un terreno per costruirvi un centro commerciale. Appena versata la sostanziosa caparra, aveva però scoperto che l'indice di edificabilità gli avrebbe consentito di costruire al massimo un capannone. Per questo aveva denunciato Pat e richiesto un risarcimento astronomico.

Derrick Grant dimostrò che non c'era stato raggiro, e che era caso mai stato il querelante a effettuare un incauto acquisto.

«Pranziamo insieme?» chiese Pat quando furono fuori dell'aula.

«Molto volentieri, ho giusto il tempo per un *brunch*: nel pomeriggio devo studiare a fondo un'altra causa.»

Andarono nel primo fast food che trovarono. Avevano molte cose da dirsi, ma gli anni di amicizia inseparabile al campus rendevano difficile parlare. Si studiavano, quasi volessero verificare i cambiamenti prodotti in loro dal tempo.

A rompere finalmente il ghiaccio fu Pat. «Sei proprio in gamba, Derrick, farai strada.»

«A proposito di fare strada, di che cosa ti occuperesti con precisione?»

«Hai visto. Intermediazioni, affari.»

«Chiamali affari. Cerca di non metterti ancora nei guai. I giudici non saranno indulgenti una seconda volta. Non sei cambiato, Pat. La laurea in ingegneria elettronica ti consentirebbe di trovare un lavoro onesto e ben remunerato, ma tu preferisci ballare sul filo. Pensaci. Nell'elettronica si può fare fortuna. Il computer è l'avvenire delle comunicazioni.»

Negli occhi verdi di Silver comparve un lampo: l'elettronica, già. Un mondo molto interessante, ma in un senso completamente diverso da quello che gli stava consigliando Derrick.

«Dove sono finite le vecchie amicizie del campus?» chiese per cambiare discorso.

Derrick capì dove voleva arrivare: conosceva bene la sua passione per Maggie, anche se Pat non lo aveva mai ammesso.

«Intendi Maggie, eh?»

«Be'...»

«Annie è tornata in Nuova Scozia e, a parte un paio di cartoline, non ho notizie di lei. Con Maggie, invece, mi sento con una certa regolarità.» E Derrick fece una pausa studiata, da vero avvocato.

«Come sta?» chiese Pat, non riuscendo a dissimulare una certa emozione.

«Non male. Frequenta un funzionario federale che si occupa di terrorismo. Te ne avevo parlato: è un conoscente di mio padre.»

Hassler guidava con sicurezza. Aveva mani lunghe e affusolate. Nelle tre sere in cui si erano frequentati era stato estre mamente gentile. Maggie ne osservò il profilo: la fronte era alta e il naso leggermente aquilino. Gli occhi, intelligenti e acuti, in certi momenti riuscivano a metterla a disagio.

Il ristorante Chez Napoléon di Manhattan era molto raffinato ed elegante, il vino rosso che Timothy le serviva con generosità le stava dando alla testa. Quando uscirono, il braccio energico con cui lui la cinse alla vita le fece piacere. Si girò, e le loro bocche si unirono in un bacio appassionato. I loro corpi rimasero stretti a lungo.

Era una calda sera d'estate. Timothy parcheggiò in una piazzola a poca distanza da Queens Bridge Park.

Maggie sentì la sua mano insinuarsi sotto la camicetta. I suoi capezzoli si ersero, e rabbrividì di piacere. Rimase ferma anche quando lui si mise ad armeggiare per reclinare il sedile. Poi spostò il busto per aiutarlo a spogliarla.

Quando lo sentì dentro di sé, si convinse che lo amava.

Ekaterinburg. Aprile 1981

A circa un anno di distanza da quello che la polizia locale aveva archiviato come incidente, dopo aver lottato a lungo con la morte, subìto varie operazioni chirurgiche e trascorso un lungo periodo di convalescenza, Kaplan tornò al lavoro. La parte destra del suo volto era sfigurata e lo rendeva ancor più cupo e terrificante. La mascella si chiudeva a stento con un sinistro scricchiolio, udibile anche a qualche distanza.

«Drostin, nel mio ufficio», ordinò, piantato sul cancello della fabbrica con le mani sui fianchi.

L'unica differenza nel solito sgabuzzino era la scrivania sgombra: in assenza del capo reparto, qualcuno aveva provveduto a mettere ordine.

«Mi vedi, Drostin?» tuonò Kaplan, coprendo il rumore delle macchine. E così dicendo espose alla luce della lampada da tavolo il profilo destro del viso. «Vedi come mi ha ridotto un maledetto figlio di puttana?

Lo zigomo destro sembrava risucchiato nella guancia. Sotto la pelle, devastata dalle cicatrici, si vedeva l'innaturale movimento articolare della mascella.

Iosif rimase impassibile, limitandosi ad annuire.

«E sono convinto che quel gran figlio di troia giri ancora per questa fabbrica con la faccia in ordine», continuò Kaplan, guardandolo come se volesse incenerirlo. «Magari un po' sporca di carbone, ma sempre una faccia normale, regolare.»

Iosif sapeva che cosa stava per dirgli, ma continuò a rimanere zitto, guardandolo dritto negli occhi.

«Sono sicuro che tu e quel figlio di puttana siete molto legati, Drostin. Anzi, magari siete la stessa persona. Non appena ne avrò la certezza, non ti denuncerò di sicuro alla polizia, ma ti spezzerò l'osso del collo con queste mani.»

Iosif abbassò lo sguardo su quelle manacce minacciose, a poca distanza dalla sua faccia.

«Lavoro qui per mangiare. Non c'entro con quello che ti è successo.»

«Ti spezzerò l'osso del collo», ripeté Kaplan con uno sguardo omicida.

Iosif gli voltò le spalle e uscì.

Durante la pausa gli si avvicinò Tanzic. «Che cosa ti ha detto quel bastardo?»

«È convinto che sia stato io a ridurlo in quello stato.»

«Tu invece sai chi è stato, ma non lo dirai a nessuno. Vero, vecchio mio?» replicò Tanzic a voce bassissima, facendo vagare gli occhi tra gli operai in cerca di qualche possibile spia di Kaplan.

Iosif scosse la testa.

«Mai?» incalzò l'altro, tendendogli la mano.

«Mai», rispose lui, stringendola.

Maggio 1981

Quando le tredici persone attorno al tavolo ovale ebbero pronunciato la formula di rito: «*Non nobis, Domine, non nobis, sed Nomini Tuo da gloriam. Nos perituri mortem salutamus*», il Maestro chiese loro che cosa li avesse portati lì.

«Il desiderio di conoscenza e giustizia», fu la risposta pronunciata in coro.

«Il momento non può essere lontano, Cavalieri di Cristo», annuì il Maestro. «Come è stato predetto, il mondo corre verso la fine. Chi lo traghetterà verso il suo inesorabile destino? Le forze del Male che lo hanno governato sino a oggi? O i credenti, pronti all'estremo sacrificio? Sarà Satana o saranno i Cavalieri di Cristo? Fratelli: la Profezia di Hugues de Payns, primo Gran Maestro dell'Ordine Templare, non è lontana dall'avverarsi.»

Timothy Hassler viveva in un appartamento da scapolo al terzo piano di St Mark's Place, al Greenwich Village. Maggie si svegliò di soprassalto al suo fianco.

«Timothy, svegliati, ti prego!»

Hassler faticò ad aprire gli occhi. «Che ore sono?»

«Quasi le nove. Ascoltami, ti prego. Ho avuto una visione orribile.»

«Ho ancora i fusi orari sballati...» ribatté lui sfregandosi gli occhi. Era infatti appena rientrato da un viaggio di lavoro in Italia e aveva preso alcuni giorni di vacanza. Ci volle un po' prima che fosse completamente sveglio.

«Ho visto un uomo vestito di bianco su un'auto in uno dei luoghi più famosi del mondo: piazza San Pietro, a Roma», gli spiegò Maggie, agitatissima. «Era il papa, ed era gravemente ferito. Sono convinta che attenteranno alla sua vita.»

«È stato soltanto un brutto sogno, Maggie», cercò di tranquillizzarla lui. «Perché non provi a riaddormentarti? Vedrai che quando ti sveglierai sarai più tranquilla.»

«Ho visto il papa ferito», tenne duro Maggie, in tono ormai quasi disperato.

«E che cosa vorresti che facessi? Che alzassi il telefono e chiedessi al centralino di passarmi il Santo Padre perché la mia fidanzata lo ha sognato?»

« No, però potresti muovere qualche tua conoscenza. »

« Va bene, ma calmati. Mi metterò al più presto in contatto con il mio ufficio. » E così dicendo l'abbracciò, facendo scorrere le mani sulla sua pelle ambrata. Lei non seppe opporgli resistenza.

Quando, tre ore più tardi, Timothy chiamò finalmente il suo ufficio, era troppo tardi: a Roma, un'ambulanza stava trasportando Giovanni Paolo II al Policlinico Gemelli Era in serio pericolo di vita.

« Non avremmo potuto fare niente, Maggie », disse Hassler con aria sconsolata. « Dal momento in cui hai avuto la tua *sensazione* a quando il papa è stato colpito è intercorso poco tempo: troppo poco per avvertire il Vaticano. Non ci sarebbe riuscito nemmeno il presidente degli Stati Uniti. Figuriamoci io. Ma come è successo questa volta? »

« Un ragazzino mi è apparso in sogno », spiegò Maggie, « e mi ha detto: 'La Signora Lucente lo salverà'. Poi mi sono svegliata di soprassalto e ho avuto la visione dell'attentato. »

« La Signora Lucente? » replicò Hassler in tono scettico.

2

Ekaterinburg. Marzo 1986

La giovane bibliotecaria seduta dietro il bancone di legno osservò con attenzione il tesserino e lesse il nome. Era bionda e di figura slanciata. Gli indumenti non riuscivano a dissimulare un seno prosperoso. Gli occhi azzurri brillavano sotto una frangetta tagliata con cura e sopracciglia appena accennate.

«Come mai è interessato al destino dei Romanov, compagno Drostin?» chiese, scoccando un'ulteriore occhiata al tesserino. Ma il suo sorriso era franco e cordiale.

«Mio nonno faceva parte del corpo di guardia di Casa Ipat'ev, signorina... signorina?»

«Nadja Vessirova», rispose immediatamente lei.

«Come le dicevo, Nadja», continuò Iosif sfoderando il suo migliore sorriso, «vorrei riuscire a ricostruire una parte della storia della mia famiglia, che vanta un Eroe della Rivoluzione: appunto mio nonno Igor.» E istintivamente nascose sotto il bancone le mani callose.

La vita in fabbrica si faceva sempre più dura: Kaplan sembrava avere occhi soltanto per lui e rimproveri soltanto per il suo scadente modo di rendersi utile alla collettività.

«Ecco, questo è tutto ciò di cui la biblioteca dispone sui Romanov. Almeno per quanto concerne le pubblicazioni *ufficiali*», rispose Nadja indicandogli un ripiano di uno scaffale. Ma aveva marcato l'ultima parola in un modo singolare, quasi volesse spingerlo a chiedere di più.

«*Ufficiali?*»

«Be', i testi sui Romanov sono molti di più di ciò che ci autorizzano a tenere in biblioteca.»

Iosif capì che la giovane doveva sapere parecchio su questi testi *non ufficiali*.

«Potrei cominciare con questa roba e poi passare al resto, casomai riuscissi a trovare qualcosa d'interessante sul mercato nero.»

La giovane lo lasciò con un sorriso, facendo dietrofront e tornando al suo bancone.

Iosif ebbe la netta sensazione che avvertisse il suo sguardo puntato su di lei e ne provasse piacere.

Presi alcuni volumi, si accomodò a uno dei tavoli da lettura e cominciò a consultarli.

Rientrò al suo alloggio che era ormai tardi. Aveva due libri sotto braccio e la testa piena di slogan antizaristi. Ma le notizie storiche sicure erano ben poche.

Come capitava sempre più spesso, Chalva Tanzic arrivò da lui poco dopo che era rientrato.

«Quei libri ti serviranno a poco, vecchio mio», disse subito.

«In che senso?» chiese Iosif, chiudendo il libro e respingendo la fiaschetta di vodka scadente che l'altro gli offriva.

«Nel senso che la Russia sta cambiando, e la cultura non ti servirà a molto. Bisogna agire. E agire subito può significare arrivare prima degli altri a godere i frutti del nuovo corso di Gorbačëv.»

Iosif lo scrutò con aria interrogativa, e Tanzic continuò: «Ho chiesto di essere trasferito a Mosca, e credo che Kaplan darà il suo assenso, pur di togliermi dai piedi».

E lo sguardo torvo del georgiano parve cercare un suo cenno di consenso. Iosif si dichiarò dispiaciuto che se ne andasse. Tanzic era un tipo pericoloso, ma anche l'unica persona con cui riuscisse a scambiare qualche parola.

New York. Aprile 1986

«Studio Grant e Associati», rispose la voce coltivata di una segretaria.

«Sono Maggie Erriot. Vorrei parlare con l'avvocato Grant.»

«A che cosa devo il piacere della chiamata?» esordì subito Derrick non appena fu in linea. «Spero che non sia dovuta a motivi professionali. Non mi piacerebbe affatto saperti nei guai.»

«No, sta' tranquillo. Timothy e io ci sposiamo.»

«Che bella notizia», esclamò Grant con finto entusiasmo. In realtà non provava quasi nessuna simpatia per Timothy. «Avvertirò subito qualcuno dei vecchi compagni di scuola.»

Maggie sapeva a chi si riferiva. Inevitabilmente pensò a Pat Silver, alla sera in cui erano stati finalmente sul punto di confessarsi la loro passione. Se solo si fosse lasciata andare un po' prima... Ma ormai l'uomo della sua vita era Timothy, o almeno cercava di convincersene.

Patrick Silver portava un abito di estrema eleganza, fatto in Italia. Al solerte impiegato della Investments & Bonds Bank si era presentato come Jeremy Grunmann, commerciante di preziosi, appena trasferito a New York. Per meglio marcare il suo personaggio – quello di uno dei tanti uomini di affari ebrei ortodossi della metropoli americana –, indossava il classico copricapo ebraico e un paio di occhiali con la montatura spessa e nera. Si era anche lasciato crescere basette e barba.

Posò con disinvoltura sulla scrivania la valigetta che nascondeva la microcamera, posizionandola in modo che inquadrasse la tastiera dell'impiegato.

«In che cosa possiamo esserle utile, signor Grunmann?»

«Il mio lavoro mi costringe a continui spostamenti, lasciandomi molto poco tempo. Quindi vorrei aprire uno di quei nuovi conti telematici, su cui è consentito operare via computer, in modo da risparmiare tempo per le operazioni bancarie.»

Il conto telematico era un fiore all'occhiello di quella banca. Tramite un computer e un modem, il correntista poteva collegarsi via linea telefonica ed effettuare le operazioni bancarie che escludevano il maneggio di somme reali.

Da quando Derrick Grant gli aveva suggerito di buttarsi

nel mondo della telematica, Pat aveva seguito il consiglio alla lettera, diventando un grande esperto di computer.

E una settimana prima, con il cognome Denver, aveva già aperto un conto, non telematico ma ordinario, presso un'altra filiale della stessa banca.

L'impiegato digitò la sua parola d'ordine per accedere al sistema, avendo riguardo di coprire con le spalle eventuali sguardi indiscreti del cliente, ma non si curò della valigetta posata sulla scrivania, che invece stava riprendendo ogni suo movimento.

Espletate le formalità, consegnò a Silver un floppy disk: «Questo è il programma che le permetterà di accedere al sistema ed effettuare le operazioni consentite. Per qualsiasi problema, non esiti a contattare il numero stampato sul dischetto. Il nostro servizio clienti è a sua disposizione, signor Grunmann».

Quando tornò a casa dopo aver versato tremila dollari sul conto del commerciante di preziosi Grunmann, Pat Silver disponeva di un programma per effettuare le operazioni, di un numero d'identità personale e di una chiave di accesso per operare sul suo conto corrente. Ma, soprattutto, la telecamera aveva ripreso fedelmente i movimenti delle dita dell'impiegato sulla tastiera.

Nell'appartamento che aveva affittato in Flatbush Avenue, a Brooklyn, il telefono squillò dopo pochi istanti.

«Per fortuna tua madre sa sempre dove ti nascondi», disse allegramente Derrick. «Che cos'è tutto questo mistero? Stai architettando uno dei tuoi 'affari'?»

«Ho soltanto seguito i tuoi consigli e studiato bene i computer», ribatté Pat.

«Ah, bravo. Ma sarà meglio non indagare a quali fini. Comunque, ti chiamo per darti una bella notizia: Maggie si sposa.»

«Davvero?» chiese Patrick, sorpreso di provare una strana sensazione di disagio. «Be', sono ormai diversi anni che frequenta quel funzionario federale... Come si chiama? Che tipo è?»

«Sì, stanno insieme da sei anni. Lui si chiama Timothy Hassler. Non lo conosco molto bene, ma mi ha sempre dato l'idea di essere un tipo molto attento. Non so se alla carriera o a tutto ciò che lo circonda. Collabora con tutti i servizi segreti del mondo. Va spessissimo in Europa, soprattutto in Italia. Ma non mi pare esattamente che vada pazzo per il rischio. È un burocrate, finito per caso nell'antiterrorismo. Insomma, non mi è mai stato un granché simpatico. Comunque, contenta Maggie...»

Già... Contenta Maggie... «Ma lo sarà davvero?» si scoprì a pensare Pat, e il pensiero passò inevitabilmente a che cosa sarebbe successo se l'avesse avuta accanto a sé. La sua vita sarebbe probabilmente stata diversa. Molto diversa.

«Che silenzio, Pat. A che cosa pensi?»

«A niente di particolare, Derrick. Cioè, un po', magari, ai bei tempi. Ma mi hai dato proprio una bella notizia.»

Conclusa la conversazione, Pat si sedette al computer. «Forza, al lavoro», si disse, muovendo sveltamente le dita sui tasti.

Ekaterinburg. Aprile 1986

Iosif Drostin si stava avviando verso la biblioteca con due libri sotto il braccio. I volumi *ufficiali* non gli erano serviti a niente. Più li leggeva, più capiva che erano testi di regime, privi di attendibilità storica.

Quando appoggiò i due volumi sul bancone, Nadja gli sorrise.

«Trovato niente, Iosif?»

«Niente d'interessante», rispose lui scuotendo la testa. «Da questa roba non viene la minima luce sulla vicenda dell'eccidio.»

«Credo che avresti bisogno di letture più approfondite», replicò Nadja con un sorriso tra lo sbarazzino e il misterioso.

«Cioè?»

«Be', in quanto bibliotecaria ho accesso a canali particolari.»

«Il mercato nero, intendi?»

«Non soltanto. Spesso ci viene inviato in visione qualche volume prima che la macchina della censura si metta in moto. Alcuni li ho nascosti in una stanza, e quando sono stati ufficialmente *sconsigliati* ho fatto finta di essermene dimenticata. Ehi, non mi farai la spia, vero, compagno?»

«Fossi matto. I libri *sconsigliati* mi interessano moltissimo.»

«Appunto, mi pareva. L'istinto non mi inganna mai. Be', credo che nella mia stanza segreta potrai trovare letture più interessanti. Ma che cosa stai cercando di preciso?»

«Ti sembrerà strano, Nadja, ma non lo so nemmeno io.» E dopo una pausa assorta, Iosif riprese: «Come ti ho detto, mio nonno è stato testimone delle ultime ore dei Romanov. E, visto che ti sei aperta con me, ti svelerò anch'io un piccolo segreto. Mi interessa capire che cosa significa una frase che mi ha dettato quand'ero bambino: *'Troverai il tuo avvenire all'incontro delle diagonali'*. Che cosa diavolo avrà voluto dire?»

E Iosif si rese conto che, per la prima volta in vita sua, si stava confidando con una persona. Ma con una persona molto, molto particolare.

Mentre la giovane lo accompagnava al piano superiore, avvertì il suo profumo fresco. Provò una strana emozione, sconosciuta.

Finalmente Nadja si fermò, scelse una chiave dal mazzo e aprì una porta chiusa a doppia mandata: «Ecco il mio tesoro», disse, indicando il contenuto della stanza.

Su diversi scaffali, nello stesso meticoloso ordine della sala principale, c'erano alcune centinaia di volumi.

«Non vorrai dirmi che li hai letti tutti», esclamò Iosif.

«Non precisamente, però ho letto con attenzione proprio quelli che riguardano l'argomento di tuo interesse. Sono nata e cresciuta a Ekaterinburg, e la vicenda della prigionia dei Romanov fa parte della nostra storia locale.

Non crederai di essere il solo ad avere avuto nonni che raccontavano favole e leggende.»

Il suo sorriso era talmente aperto e cordiale che, d'istinto, lui la abbracciò. Seguì un attimo d'imbarazzo, nel quale tuttavia non riuscirono a scostarsi. Quando finalmente si staccarono, Nadja dovette rischiararsi la voce.

«Be'... credo... credo che potresti cominciare da questo... E poi questo... E questo», disse precipitosamente, prendendo i volumi dagli scaffali e appoggiandoli sulle braccia tese di Iosif, che ne lesse ad alta voce i titoli con pronuncia esitante.

«Winston Churchill, *The World's Crisis*; Anthony Summers e Tom Mangold, *The File on the Tsar*; Guy Richards, *Imperial Agent* e *The Rescue of the Romanovs*; Jean Jacoby, *Le Tsar Nicolas II et la Révolution*... Ma sono tutti in inglese o in francese?»

«Non conosci nessuna di queste due lingue?»

«Be', qualche parola d'inglese che mi ha detto mio nonno, ma aveva già abbastanza da fare per insegnarmi a scrivere e leggere in russo. Non dimenticare che sono un operaio.»

«Be', io invece sono laureata in lingue, quindi potrei darti una mano nelle giornate di riposo, e utilizzare il tempo libero, qui in biblioteca, per leggere quei libri e farti un riassunto. Se troverai qualche punto di particolare interesse, te lo posso tradurre.»

«Mio Dio, non posso chiederti un simile impegno», replicò Iosif con una voce strozzata che faticò a riconoscere.

«Non preoccuparti. Lo faccio volentieri. Qui non sono impegnatissima, e passo ore e ore a leggere. Ripeto, *per te* lo faccio *molto* volentieri.»

New York. Giugno 1986

La sposa era raggiante. Il contrasto tra il bianco dell'abito e il colore della pelle la rendeva ancora più bella. Derrick Grant, impacciato in un tight a noleggio, aveva preso posto in una delle ultime panche della cattedrale di San Patrizio, sulla Quinta Avenue, e continuava a voltarsi come se aspettasse qualcuno. In effetti era proprio così, ma di Pat Silver non si vedeva traccia.

La cerimonia terminò con il classico lancio del riso. Quando Derrick si avvicinò alla sposa per baciarla, Maggie gli chiese sottovoce: «E Pat?»

«Nessuna notizia. Eppure mi aveva assicurato che sarebbe venuto.»

In quel preciso momento, senza giacca e con la cravatta da cerimonia slacciata, Patrick Silver era seduto al computer con un'espressione persino più raggiante della sposa: era riuscito a scardinare i sistemi di sicurezza telematici della Investments & Bonds Bank.

La scelta non era stata fatta a caso: la IBB non utilizzava un sistema telematico di tipo Home Banking, un sistema cioè che lavorava a compartimenti stagni, distinguendo gli utenti a seconda che fossero clienti od operatori interni.

Il sistema della banca era programmato per consentire due livelli diversi, a cui però si accedeva attraverso la medesima porta: uno per i correntisti e l'altro per gli addetti della banca, dotati di propri codici segreti d'identificazione. Nel primo ogni correntista poteva operare soltanto sul suo conto; il secondo, invece, era il vero forziere telematico, dove gli operatori interni potevano effettuare bonifici, eseguire pagamenti, spostare somme di denaro e agire su ciascun conto.

E i fotogrammi delle operazioni del commesso di banca nel digitare la propria parola d'ordine segreta, proiettati al rallentatore, avevano dato a Pat Silver libero accesso al forziere della Investments & Bonds Bank.

Il secondo motivo per cui aveva scelto quella banca era che vantava clienti tra i più grossi gruppi industriali degli Stati Uniti. Quindi il flusso dei bonifici era, giornalmente, molto elevato. I movimenti contabili da lui effettuati si sarebbero persi tra i meandri delle statistiche giornaliere, non destando sospetti negli addetti al controllo della quadratura contabile quotidiana.

Gli occhi verdi di Pat fissi sullo schermo mandavano veri e propri lampi, riflettendo il chiarore proveniente dallo schermo. Con mani quasi tremanti stava facendo scorrere l'elenco dei correntisti, le loro disponibilità, i movimenti contabili, violandone i segreti.

Sapeva che un prelievo di somme consistenti non sarebbe passato inosservato. Ogni cliente della banca ricordava il saldo approssimativo del proprio estratto conto e le ultime operazioni effettuate. Se si fosse accorto di un prelievo mai effettuato, avrebbe immediatamente avvisato il personale e, nel giro di pochi giorni, lui si sarebbe trovato la polizia alla porta.

Quindi, secondo un'abitudine ormai vecchia, avrebbe prelevato al massimo un paio di dollari da ogni deposito. Una cifra irrisoria. Ma i conti correnti della Investments & Bonds Bank erano oltre ventimila, per cui le sue potenzialità di prelievo si aggiravano attorno ai trenta-quarantamila dollari al giorno. E prima che qualcuno potesse accorgersi del giochetto sarebbe trascorsa qualche settimana.

Intanto tutti gli spiccioli racimolati con quella rapina telematica sarebbero stati bonificati sul conto del signor Denver presso l'altra filiale della Investments & Bonds, da dove lui li avrebbe immediatamente prelevati in contanti.

Bonifico per bonifico, aveva già quasi raggiunto la bella somma di diecimila dollari, quando si batté la mano sulla fronte.

«Il matrimonio di Maggie!» esclamò. Ma a quel punto era troppo tardi anche per presentarsi al pranzo di nozze.

Timothy Hassler si aggirava tra gli invitati con un sorriso smagliante. Troppo. Osservandolo, Maggie si sentì scuotere da un tremito. Una specie di lampo accecante, in cui vide qualcosa di molto diverso da ciò che aveva davanti. Non suo marito, ma un altro uomo. Si ripromise che non ne avrebbe mai parlato con nessuno.

Derrick le si avvicinò. «Non riesco proprio a spiegarmi il

comportamento di Pat. Non vorrei che c'entrassero le vecchie storie. Proprio in un momento come questo. »

« Quali vecchie storie? » chiese Maggie.

« Su, non far finta di niente. So benissimo che all'università eravate pazzamente innamorati, sebbene nessuno di voi due lo abbia mai ammesso. Anche se... certamente... tra voi non c'è mai stato niente che... »

« Ma che cosa stai dicendo? » ribatté Maggie ridendo. « D'altra parte, se non c'è mai stato niente, la colpa è proprio tua, caro Derrick. Sempre tra i piedi. Sei comparso di punto in bianco anche nell'unico momento d'intimità che Pat e io abbiamo avuto. E lì ci siamo dovuti fermare. »

Scoppiò a ridere anche Derrick.

Non poteva sapere che, in quella sola prima giornata di « lavoro », Pat aveva già racimolato più di ventimilasettecento dollari.

Ekaterinburg. Giugno 1986

L'estate aveva cominciato timidamente a preannunciarsi, sebbene gli ultimi acquazzoni primaverili sembrassero non voler lasciare campo al bel tempo. Iosif uscì dalla fabbrica che era già sera. Kaplan non si recava quasi mai ai forni, quell'ambiente angusto e torrido non gli piaceva. E per Iosif era l'unico aspetto positivo del suo lavoro.

Fuori del cancello gli apparve la figura di Nadja, sotto un ombrello troppo piccolo per ripararla dalla pioggia. Vederla lì lo mise quasi in allarme.

« Come mai qui, Nadja? » le chiese.

« Un amico che traffica sul mercato clandestino mi ha fatto avere questo », rispose lei, mostrandogli un plico. « Se mi porti in un posto asciutto te lo mostro. »

Non visto da loro, intanto, Kaplan, li teneva d'occhio attraverso i vetri del suo ufficio.

Non appena raggiunsero una pensilina dell'autobus, Nadja estrasse un volume dal plico e lo porse a Iosif.

Il titolo, in russo, diceva: *Rapporto Sokolov.*

Iosif sapeva bene chi fosse Nikolaj Sokolov, il procuratore che, non appena i Bianchi avevano ripreso Ekaterinburg il 25 luglio 1918, era stato incaricato di far luce sulla fine dei Romanov.

«Ti ho anche preparato il riassunto di alcuni testi inglesi e francesi», continuò Nadja. «Ci sono parecchie cose interessanti sulla romanzesca diceria secondo cui alcuni dei Romanov sarebbero sfuggiti alla strage. Si dice che in Occidente vivano almeno un paio di donne che sostengono di essere la granduchessa Anastasia. In alcuni testi si afferma che le donne furono risparmiate e condotte a Perm, dove esisterebbero tuttora alcuni testimoni oculari.»

«Non mi sembra verosimile: mio nonno vegliò tutta notte gli undici cadaveri e poi li spogliò degli abiti in cui era cucita una fortuna in pietre preziose.»

«Certo, però tuo nonno parla di cadaveri sfigurati e irriconoscibili, a eccezione di quello dello zar. Non potrebbe essere stata una messinscena? Invece delle donne della famiglia imperiale, ai Quattro Fratelli potrebbero esser state portate alcune recluse comuni, giustiziate nel carcere di Ekaterinburg.»

«Di chiunque fossero, quei cadaveri vestivano gli abiti della famiglia imperiale, che erano foderati di gemme. Ho sempre sospettato che mio nonno non abbia restituito tutto il tesoro al Soviet, ma l'abbia parzialmente nascosto in un posto segreto.»

«Se vuoi, andiamo a casa mia», disse Nadja. «Non possiamo di sicuro esaminare il *Rapporto Sokolov* sotto questa pensilina. E dobbiamo anche stare attenti: è tuttora un volume vietato, sebbene la polizia abbia ben altro a cui pensare.»

«Già, pare proprio che questo nuovo corso abbia scatenato tutte le potenzialità criminali del popolo russo», convenne Iosif, stringendosi a lei sotto l'ombrello e avviandosi.

L'appartamento di Nadja era caldo e confortevole, una vera isola felice in quel maltempo. Lei si sfilò il soprabito di fibre sintetiche, poi guardò il suo compagno. La tuta grigia era piena di fuliggine. Tutte le zone scoperte della pelle erano chiazzate di polvere di carbone. La pioggia aveva tracciato autentici rivoli sulle sue guance, dandogli l'aria di un clown.

«È forse meglio che ti faccia una doccia», commentò. «Poi posso prestarti una tuta da ginnastica che mi è grande.»

Quando uscì dalla doccia, nudo, Iosif si trovò davanti Nadja che gli porgeva un accappatoio. La abbracciò. Le sue mani forti la strinsero, mentre lei gli si abbandonava.

«Non sai quanto ho desiderato baciarti», sussurrò Nadja, guidandolo verso la camera da letto. Fecero l'amore con infinita dolcezza, scambiandosi le parole che ognuno dei due serbava in cuore da tempo.

New York. Agosto 1986

Derrick stava uscendo dal tribunale quando vide una Mercedes accostata al marciapiede. Non riconobbe subito la persona che, dall'abitacolo, si sbracciava per salutarlo, ma poi capì che era Patrick Silver.

«Capperi, Pat, ti tratti bene. Una Mercedes 500 Coupé... Un gingillo da centomila dollari.»

«Qualche cosa di più, se nuova, ma io l'ho presa usata per quarantacinquemila.»

Derrick lo scrutò, invidiandone la splendida forma fisica. «Vedo che ti mantieni bene sotto ogni punto di vista. A quanto pare il lavoro ti dà grosse soddisfazioni, ma ti lascia anche tempo da dedicare alla cura del look.

«Ma che fine avevi fatto?» continuò. «Guarda che la tua assenza al matrimonio di Maggie è stata notata, e la sposa era molto dispiaciuta.»

«Non ci crederai, ma ero già vestito di tutto punto quando mi si è presentato un impegno *inderogabile.*»

«Di *lavoro*, naturalmente», e Derrick sorrise, strizzandogli l'occhio.

« Uffa. Com'è stata la cerimonia? Maggie era contenta? »

« Non saprei, però ho avuto una strana impressione, come dire... Pareva poco convinta. »

Il volto di Pat Silver si aprì in un sorriso malizioso. L'idea che Maggie potesse avere una punta di rimpianto non gli dispiaceva affatto.

Da quando era diventata la signora Hassler, qualcosa era cambiato. Qualcosa d'importante. Ma, se non altro, il tempo che trascorreva in casa nel ruolo della brava casalinga le consentiva di documentarsi su ciò che voleva arrivare a dominare: lo strano, misterioso risvolto oscuro della sua personalità.

Maggie sperimentò per mesi diversi metodi di concentrazione, e a poco a poco riuscì a controllare uno stato di trance leggera, fino a rendersi conto che le sue *sensazioni* potevano essere guidate e imbrigliate: in certi particolari momenti riusciva a *vedere* ciò che desiderava.

E a quel punto decise che il suo avvenire sarebbe stato quello: si sarebbe messa al servizio degli altri, offrendo la sua singolare dote a chiunque fosse in difficoltà.

Quella sera Timothy tornò a casa alle otto in punto, come ogni volta. Si mise subito a tavola, dopo averla baciata sulla guancia, e come ogni sera aprì il giornale.

Maggie lo osservò sconfortata per qualche istante, poi tornò in cucina. Non riusciva ad ammettere di avere sbagliato, ed era comunque troppo tardi per ripensarci.

« Timothy », chiese a bruciapelo mentre metteva in tavola il primo, « ricordi quando le mie *sensazioni* hanno contribuito a sventare l'attentato di quei terroristi islamici? »

« Come potrei dimenticarlo? » rispose lui senza distogliere lo sguardo dal giornale.

« Vorrei che diventasse un'attività professionale. »

« Vorresti trasformare questa casa nell'antro di una sibilla? » ribatté suo marito, alzando finalmente lo sguardo.

« No, vorrei soltanto mettermi a disposizione di chi ne

ha bisogno. Non certo ricevere clienti e scrutare nella sfera di cristallo.»

«E che cosa avresti intenzione di fare?»

«Tu hai molte amicizie nell'FBI, alla CIA e in chissà quanti altri servizi governativi. So che spesso utilizzano un medium per risolvere i casi più difficili. Fammi provare, Timothy, ti prego.»

«Ma la cura della casa...» provò a ribattere lui.

«Posso benissimo occuparmi di tutto, e intanto eviterei la noia di stare qui ad aspettarti.»

«Vedrò che cosa posso fare, ma non ti garantisco niente», tagliò corto lui.

Ekaterinburg. Settembre 1986

Il *Rapporto Sokolov* era un resoconto meticoloso, stilato da un giudice di grande esperienza pochi giorni dopo la scomparsa dei Romanov. Sokolov escludeva subito che l'epilogo della vicenda potesse essere diverso da quello ufficiale: lo zar e la sua famiglia erano stati giustiziati nel seminterrato. Quindi le memorie di nonno Igor trovavano un'importante conferma.

Iosif lesse e rilesse con la massima cura tutte le testimonianze raccolte da Sokolov e i verbali dei sopralluoghi ai Quattro Fratelli. Sentiva di essere a un passo dalla soluzione, ma non riusciva a raggiungerla. Inoltre, visto che gli incaricati di Sokolov avevano scandagliato tutta la zona mineraria, poteva essere che qualcuno avesse trovato quanto Igor vi aveva nascosto.

Aveva trascorso un'altra notte insonne a rileggere ancora una volta il *Rapporto*, quando al sorgere del sole arrivò da lui Nadja.

«Sei stato sveglio tutta notte?»

«Devo venirne a capo. Devo, capisci?»

«È diventata un'ossessione.»

«*Devo* farlo. Per me, ma soprattutto per il nostro avvnire. Non voglio passare tutta la vita a spalare carbone nelle fornaci.»

Quel mattino Iosif arrivò in fabbrica molto presto. Il capannone per raggiungere le fornaci era deserto. Kaplan non si vedeva, rintanato nel suo ufficio. Iosif cercò di passargli davanti senza farsi notare, ma stava per imboccare la scala quando sentì la voce biascicata del capo reparto, accompagnata dagli sgradevoli scricchiolii della mascella.

«Io non dimentico, Drostin. Non dimentico.»

Fece finta di non averlo sentito e cominciò a scendere.

«Le notti che passi con quella puttana di bibliotecaria ti hanno fatto diventare sordo?» insistette la voce.

Iosif scattò. In un lampo percorse a ritroso i pochi scalini. Si precipitò come una furia su Kaplan e lo colpì alla bocca dello stomaco con tutta la forza del pugno chiuso. L'uomo cadde a terra senza respiro, e lui rimase lì, in preda a un furore glaciale, agitandogli il pugno davanti alla faccia.

«Adesso basta, Kaplan. Augurati che alle persone che mi sono care non capiti mai niente, altrimenti ti ammazzo. E non permetterti mai più di nominare la mia donna, chiaro?»

Kaplan parve capire che la sua era la determinazione di un uomo disposto a uccidere e non pronunciò una sola parola.

New York. 20 dicembre 1986

Manhattan sembrava vestita a festa. Le decorazioni natalizie allietavano ogni angolo. Maggie Erriot camminava in fretta: non poteva fallire quel primo incarico.

Timothy l'aveva aiutata. L'FBI non riusciva a scoprire dove fosse scomparso un ricco finanziere della City. C'era chi parlava di rapimento, chi di fuga con la cassa e chi di omicidio.

All'indirizzo dell'FBI datole da Timothy – 26, Federal Plaza –, trovò ad aspettarla un uomo sulla sessantina, che si presentò come il detective Lorens. Aveva i capelli grigi e portava sottili occhiali dorati. I tratti del viso tradivano un carattere bonario. All'FBI da trent'anni, ne aveva viste di tutti i colori, ma era la prima volta che si serviva di una medium.

Nonostante la gentilezza, non si peritò quindi di manifestare immediatamente la sua opinione in merito.

«Suo marito ha insistito perché facessimo questo *esperimento*, ma non le nascondo le mie perplessità. Noi siamo abituati a lavorare con indizi certi e prove concrete, non su suggestioni. Comunque proviamo, e vedremo i risultati. Ecco quanto sappiamo di Greg Fassion, scomparso da almeno tre mesi senza lasciare traccia.»

E le descrisse minuziosamente il personaggio, le sue attività, i suoi interessi. Quindi estrasse da una busta un paio di guanti di pecari chiaro, elegante, molto morbido al tatto.

«Come da sua richiesta le consegno un indumento di Fassion. Chissà che lei non riesca a fornirci qualche indizio: lo scomparso è un uomo importante, e i nostri superiori premono.»

Maggie tornò a infilare i guanti nella busta e la mise nella borsetta.

«Mi metterò in contatto con lei entro una settimana, Lorens, comunque vadano le cose. Intanto la ringrazio per la sua cortesia e spero di guadagnare la sua fiducia.»

Lorens si alzò e le strinse la mano. Dietro la sua scrivania, appeso al muro, Maggie notò un gagliardetto dei New York Knicks firmato da diversi campioni di basket.

Il suo pensiero corse inevitabilmente a Pat e alle tante partite che lo aveva visto giocare, esultando dei suoi successi.

Ma chissà dov'era Pat Silver in quel momento.

Patrick Silver era precisamente a pochi isolati di distanza, nel piccolo appartamento affittato all'angolo tra la 50ª Strada e la Avenue of Americas. Sistematosi davanti allo specchio, si guardò un'ultima volta e uscì. L'appuntamento galante di quella séra lo riteneva molto importante.

Quando lei salì sulla Mercedes, si sentì avvolgere dal suo profumo. Si congratulò con se stesso: era uscito di rado con una donna così bella. Ma lei, indicando gli interni lussuosi dell'auto, esplose in un risolino idiota. Lui decise di non farci caso, ma a mano a mano che procedevano verso il ristorante, non poté fare a meno di concludere che un'oca sarebbe forse stata più intelligente.

A non molta distanza dalle sue irritate riflessioni, Maggie avrebbe voluto mettersi al lavoro appena tornata a casa, ma Timothy arrivò poco dopo di lei.

«Che cosa hai preparato di buono?» le chiese non appe na ebbe appeso il soprabito nell'armadio.

«Ancora niente, Timothy: sono stata tutto il pomeriggio con Lorens.»

«Be', poco male, era parecchio tempo che avevo intenzione di portarti in un bel ristorante. Che cosa ne dici di Le Cirque, nella 65ª?»

«Ti hanno aumentato lo stipendio?» chiese lei, sorpresa.

Patrick entrò in quello che molti consideravano il ristorante più elegante di New York. La sua splendida accompagnatrice non poteva passare inosservata, e infatti diversi clienti si girarono a guardarla. Tra di loro, Pat vide una faccia nota. Piantò immediatamente in asso la bellissima oca e puntò verso un tavolo, esclamando: «Maggie!»

Maggie si alzò e lo abbracciò.

«Pat, da quanto tempo non ci vediamo! Ti presento mio marito, Timothy Hassler.»

Patrick gli tese la mano con il suo sorriso più smagliante, ma si vide rispondere da una fredda espressione di circostanza.

Parlarono per qualche attimo dei bei tempi, finché Maggie non lo interruppe: «Stai trascurando la bella signora con cui sei arrivato».

«Nessuna bella signora può essere bella e signora come te», replicò galantemente lui, baciandola sulle guance e accomiatandosi.

Fra i due scoccò ancora la scintilla di un tempo. Un fremito, una vibrazione che nessuno all'infuori di loro poteva cogliere, ma che comunicava molte cose.

Per tutta la cena Pat non riuscì a evitare di guardarla più volte, provando un inesplicabile fremito di gelosia quando vide le mani di Maggie accarezzare quelle del marito.

Quanto a lei, continuò a sentire sulle guance per tutta la sera il profumo maschile di Patrick, anche quando fu tornata a casa. Ma s'impose di non pensarci.

Doveva mettersi al lavoro, studiare tutto ciò che le aveva detto e consegnato il detective Lorens.

Ekaterinburg. 21 dicembre 1986

Iosif si era trasferito ormai da qualche tempo a vivere con Nadja. Essendo domenica, potevano dedicarsi completamente alla loro ricerca.

«Ricapitoliamo», disse. «La prima testimonianza raccolta da Sokolov è quella di Pavel Medvedev, il capo delle guardie esterne, un uomo che mio nonno conosceva bene, e infatti lo nomina nelle sue memorie.

«Un altro testimone importante è il custode del passaggio a livello 184, che ha affermato di aver notato, nel luglio 1918, un camioncino carico e scortato da soldati che si dirigeva verso la miniera dei Quattro Fratelli. Ricordava bene l'avvenimento, ma non la data precisa. Sapeva soltanto che il giorno dopo tutta la zona mineraria era stata chiusa da cordoni di soldati. Altri testimoni hanno poi detto che, poco prima del 17 luglio, Jurovskij si era informato se la strada per i pozzi minerari fosse percorribile con un autocarro pesante.

«Infine c'è la conclusione di Sokolov, in cui si parla per

la prima volta di gioielli cuciti negli abiti e scoperti prima che i corpi fossero bruciati con 'acido e benzina'. E di acido e benzina parla anche mio nonno. Ma tutte queste conferme non ci aiutano a capire che cosa abbia voluto dire il nonno con la frase: *Troverai il tuo avvenire all'incontro delle diagonali.* »

« Penso che sarebbe il caso di effettuare una ricognizione nella zona. Magari è rimasto qualche indizio, e... »

« Un momento », la interruppe lui come se avesse avuto un'illuminazione improvvisa. « Perché si chiama Quattro Fratelli? »

« Perché una volta c'erano quattro grandi pini, che però credo non esistano più. Tutta la zona è in stato di abbandono. »

« Credo di essere sulla strada giusta, Nadja », esclamò Iosif. « Sono convinto che tra poco saremo ricchi, molto ricchi. »

New York. 21 dicembre 1986

Timothy si era coricato da mezz'ora, e nella casa regnava il silenzio più assoluto. Maggie cominciò finalmente a concentrarsi e a regolare la respirazione, stringendo nella destra uno dei guanti appartenuti allo scomparso. Dopo circa venticinque minuti cadde in uno stato di trance leggera e *vide* distintamente alcuni particolari. Se non fossero state le tre del mattino, avrebbe telefonato immediatamente a Lorens.

Stremata, rimase sveglia buona parte della notte, come sempre le succedeva dopo una delle sue *sensazioni*, e alle nove chiamò il detective.

« Mi aveva detto che si sarebbe fatta viva entro una settimana, signora Hassler, e invece non sono trascorse che poche ore », commentò Lorens, stupito.

« Credo di sapere dove si trova Fassion. Posso venire da lei? »

« Benissimo, signora, la aspetto. »

Quando arrivò da lui, Lorens non abbandonò i suoi toni gentili, ma nemmeno il sorriso scettico.

« Ho visto distintamente, in lontananza, le luci di un aeroporto », gli disse subito Maggie senza alcuna esitazione, « credo il La Guardia e, più vicino ma sempre al di là dell'East River, College Point. Sopra di me passava una grande strada. In una discarica di rifiuti ho visto un barile di metallo, blu. Il corpo di Fassion è lì dentro. »

Lorens si alzò e si piazzò davanti alla pianta della città appesa al muro.

« Quindi lei sarebbe dovuta essere in questa zona », disse, indicando il sud del Bronx.

« Sì, e la strada che ho visto potrebbe essere la 628. » Poi Maggie indicò una zona colorata in verde, chiedendo: « Che cos'è? »

« Ferry Point Park. »

« Non vorrei sembrare invadente, Lorens, ma penso proprio che bisognerebbe mandarci una squadra di agenti. »

Il corpo di un uomo in stato di decomposizione fu trovato tre ore più tardi dentro un barile blu in una discarica, esattamente come aveva indicato Maggie. Soltanto l'autopsia avrebbe potuto stabilirne l'identità, ma diversi particolari facevano pensare che si trattasse proprio di Fassion. Vestiva abiti eleganti e le sue mani erano protette da un paio di guanti di pecari.

Come logico la notizia trapelò, e la stampa si occupò a lungo della donna che con i suoi inspiegabili poteri contribuiva a risolvere casi apparentemente insolubili. L'inevitabile pubblicità la portò a ricevere richieste di aiuto da ogni parte del Paese.

Ekaterinburg. 28 dicembre 1986

Sebbene fosse domenica, Iosif Drostin uscì molto presto. Raggiunta in autobus Koptijakj, scese nei pressi della zona mineraria abbandonata dei Quattro Fratelli, addentrandosi in quella che un tempo doveva essere la strada d'accesso, ormai ridotta a poco più di un tratturo fangoso tra un sottobosco inestricabile.

Alcuni giorni prima era caduta la neve, e se ne vedevano ancora le tracce. Il freddo era intenso, seppure nemmeno paragonabile alle temperature siberiane. Iosif stentava ad avanzare e vagava ormai da circa un'ora tra i pozzi abbandonati, quando vide il primo pino. Si ergeva maestoso e sembrava in ottima salute. Iosif non ebbe più dubbi: doveva concentrare gli sforzi in quella zona.

Mancava poco al buio, quando finalmente scoprì il secondo pino, caduto nel sottobosco a un centinaio di metri circa dal primo. Le radici, scoperte, sembravano braccia scheletriche protese al cielo. Era stato probabilmente abbattuto da un fulmine o dal vento, e nessuno si era mai dato la pena di tagliarlo a pezzi e rimuoverlo. Iosif segnò il punto preciso su una piantina che aveva con sé.

Ma se non voleva passare la notte in quella zona spettrale doveva sbrigarsi. Tornò in tutta fretta sui suoi passi e poco mancò che perdesse l'autobus.

«Ci siamo», disse esultante a Nadja non appena fu entrato in casa. «Ho individuato due dei quattro pini. Domenica prossima spero di riuscire a individuare gli altri due: alberi di quelle dimensioni, anche se abbattuti o recisi, devono pur lasciare qualche traccia. Poi, una volta individuati i quattro punti cardinali, avrò bisogno di un rotolo di spago per tracciare le diagonali e di una pala per scavare nel punto del loro incrocio.»

Nadja aveva un'espressione raggiante, ma sembrava senza parole, e così rimase qualche istante. «Ti amo, Iosif», riuscì finalmente a dire con un soffio di voce.

Il mattino seguente Drostin si presentò puntuale in fabbrica. Da quando aveva risposto con violenza alle sue provocazioni, sembrava che Kaplan avesse deciso di lasciarlo in pace.

New York. 31 dicembre 1986

In quei dieci giorni il telefono di Maggie non aveva mai cessato di squillare. Molti erano perditempo, alcuni la insultavano addirittura, ma c'era davvero chi aveva bisogno d'aiuto. Lei rispondeva a tutti, sebbene suo marito esprimesse il suo disappunto sbuffando e facendole ampi gesti di fastidio.

La popolarità a cui era assurta in così poco tempo era davvero incredibile. Venne persino intervistata da alcune emittenti televisive. Ma fu in particolare una telefonata a colpirla. «Vorrei complimentarmi con l'eroina del giorno e anche augurarti buon anno, Maggie», si sentì dire. Ci mise qualche istante a riconoscere la voce, poi il suo bel viso bruno si aprì in un largo sorriso.

«Pat! Che piacere.»

«Sai che riesci molto bene in fotografia e anche in televisione?»

«Ti ringrazio, ma non sono abituata a questa popolarità e mi sento spesso in imbarazzo.»

«Ne hai fatta di strada da quella famosa seduta spiritica. E pensare che era soltanto un trucco.»

«Un trucco?»

«Be', ormai posso confessartelo. Lo avevo architettato per farvi paura, nella speranza che tu e Annie vi rifugiaste tra le nostre braccia.»

«Non posso credere che Derrick si sia prestato al gioco», ribatté lei tra il divertito e il piccato.

«È stato complice fin dall'inizio. Ma devi ammettere che avevo preparato una messinscena perfetta. Sono sempre stato un ottimo regista.»

«Un ottimo imbroglione, direi. Ah, a proposito di registi, sai che mi hanno proposto di condurre una trasmissione televisiva?»

«Su spettri e spiriti?»

«No, una trasmissione seria, con discussione in studio di casi ai limiti della scienza. Il produttore e il regista mi hanno proposto un talk show con ospiti illustri da intervistare. Timothy e io stiamo decidendo se è il caso o no di accettare.»

Sentendola nominare il marito, Patrick s'irrigidì un po'. Aveva telefonato con ben altre intenzioni. Avrebbe voluto dirle che non l'aveva mai vista così bella come al ristorante, che rimpiangeva i momenti del college e ricordava quell'unico abbraccio e quel bacio appena sfiorato. Ma riuscì a controllarsi.

«Se fossi in te non ci penserei due volte.»

«Ho ancora qualche perplessità. Che fine farà la mia privacy?»

«Io non la vedrei sotto quel punto di vista. Un conduttore televisivo è una persona che lavora come tutte le altre. Soltanto più celebre. Sei sempre stata brava di fronte al pubblico: anche agli esami, sembrava che recitassi.»

«A proposito, Pat, non mi hai mai detto di che cosa ti occupi.»

«Affari, intermediazioni, consulenze.»

«A giudicare dai locali che frequenti, pare che te la stia cavando piuttosto bene.»

«Non mi lamento. Tu, piuttosto: a parte il successo come sensitiva, come va la vita matrimoniale?»

«Non mi lamento nemmeno io.» Ma Maggie non riuscì a trattenersi dal gettare un'occhiata a Timothy, seduto in poltrona, ed ebbe la netta sensazione che la stesse ascoltando, per cui decise di chiudere lì la conversazione.

I due vecchi amici si salutarono, promettendosi che si sarebbero tenuti in contatto, anche se sapevano entrambi che era una promessa difficile da mantenere.

Non appena Maggie posò la cornetta, Timothy piegò il giornale e chiese: «Chi era?»

«Patrick Silver, quel mio vecchio compagno di università che abbiamo incontrato al ristorante. Ricordi?»

«Ah, sì, Patrick Silver. Accidenti, gli hai fatto un sacco di feste. Mi sa che tra voi, ai tempi dell'università, c'è stato qualcosa.»

«Stai diventando geloso, Timothy? No, non c'è mai stato niente.» Se avesse potuto essere sincera sino in fondo, Maggie avrebbe aggiunto «purtroppo», ma si limitò a sfiorare con un bacio le labbra del marito.

Ekaterinburg. 4 gennaio 1987

Iosif prese il primo autobus per Koptijakj, uscendo di casa ancora a notte fonda. Portava con sé, in una borsa, una pala pieghevole e un grosso rotolo di filo.

Nadja rimase in dubbio se alzarsi o no, finché non decise che le faccende di casa potevano aspettare e ricadde in un sonno leggero. Dopo un po', tuttavia, fu svegliata dal campanello della porta. Si mise addosso una vestaglia e, ancora assonnata, andò ad aprire.

Si trovò davanti un uomo massiccio, con un sorriso inquietante. Il lato destro del viso era sfigurato. Nadja rimase un attimo incerta, prima che la diffidenza le suggerisse di riaccostare la porta, ma il piede dell'uomo s'infilò tra stipite e battente. Kaplan non dovette fare molta fatica per aprire di nuovo l'uscio ed entrare.

Aveva una pistola nella destra. Le ingiunse di stare zitta.

«Vedo che Drostin si tratta bene», commentò sardonicamente, mettendo in mostra la difficoltà che aveva nel parlare.

«Chi è lei?» chiese Nadja, impaurita dalla pistola.

«Un amico di Iosif. Ho un debito con lui e sono qui per saldarlo.»

«Se ne vada, Iosif tornerà a minuti e se la trova qui...», cercò di mentire Nadja.

«Il tuo bello è molto lontano, cara puttanella. Ha preso un autobus ed è andato nella zona dei Quattro Fratelli. L'ho seguito, come avevo già fatto domenica scorsa. E adesso tu, da brava, mi dici che cosa va a cercare in quella miniera abbandonata.»

«Non saprei proprio. Penso che vada a fare un po' di

moto, per respirare aria buona. Adesso, però, la prego di andarsene.»

La mano aperta di Kaplan la colpì in faccia come una mazza. Nadja barcollò e si precipitò verso la cucina. Ma sapeva di non avere scampo.

Le mani dell'uomo l'afferrarono per i capelli, provocandole un intenso dolore.

Kaplan la buttò a terra e, sempre puntandole addosso l'arma, continuò il suo interrogatorio.

«Che cosa va a fare il tuo uomo ai Quattro Fratelli?»

«Le ho detto che non lo so», ripeté Nadja, sentendo in bocca un brutto sapore di sangue.

Kaplan le sferrò un calcio sul fianco destro, che la lasciò senza respiro.

«Ti ho chiesto una cosa e voglio una risposta.»

«Non lo so, glielo giuro.»

«Allora cambierò tecnica.»

Nadja era talmente atterrita che non sarebbe nemmeno riuscita a urlare. Sentì le sue mani afferrarle la camicia da notte e strapparla via, si trovò nuda sul pavimento. Le mani di Kaplan immobilizzarono le sue come due morse. Se lo sentì sopra. Le gambe dell'uomo premettero contro le sue, divaricandole. Avvertì un dolore atroce. Lo sconosciuto la stava violentando.

Iosif raggiunse il primo pino, individuò subito quello abbattuto e, guardandosi attorno, cominciò a cercare tracce degli altri due. Non era facile. Servendosi soltanto di un ramo secco doveva aprirsi un varco tra la vegetazione in cerca di un grosso ceppo reciso o di una buca profonda, dove una volta potevano essere state alloggiate le radici dell'albero.

Ma aveva lo spirito leggero, sentiva che qualcosa nella sua vita stava cambiando, che la fortuna si era finalmente messa dalla sua parte, e tenne duro. Dopo circa un'ora inciampò quasi in un grosso ceppo, tagliato da chissà quanti anni ma ancora solidamente ancorato al terreno. Si tratten ne a stento dall'esplodere in un urlo di trionfo. Adesso disponeva di tre punti cardinali. Trovare il quarto, supponendo che i quattro alberi fossero stati piantati a formare un rombo o un quadrato, sarebbe stato più facile.

Dopo quasi quattro ore sentì aprirsi sotto i piedi una grossa buca. Il tempo e le piogge avevano rimarginato la ferita, addolcendone i contorni, ma era evidente che in quel punto un tempo doveva esserci stato un grosso albero.

La supplica uscì dalle labbra di Nadja come un rantolo sof focato. « Basta. Per pietà. »

« Basta, certo. Basta che tu mi dica che cosa va a fare Iosif ai Quattro Fratelli », incalzò Kaplan con il respiro affannoso.

Nadja provò ribrezzo nel sentire il suo alito sul viso. Si sentiva violata e umiliata in ogni parte del corpo, della mente. Ma perché? Perché?

« Non te lo dirò mai, maledetto. Mai. » E cercò per l'ennesima volta di divincolarsi, ma l'uomo steso sopra di lei le impediva ogni movimento. Come in un incubo orribile lo sentì irrigidirsi, il respiro di Kaplan divenne un rantolo.

La sua smorfia di piacere si trasformò in un ghigno sadico, mentre le stringeva entrambe le mani sulla gola come una morsa. Raggiunse il piacere accasciandosi su un corpo ormai senza vita.

Iosif legò un capo dello spago al pino, poi lo stese con cura finché non raggiunse il ceppo, quindi ripeté la stessa operazione tra la buca delle radici e la base dell'albero abbattuto. A quel punto aveva formato una croce, al cui centro era convinto si trovasse il tesoro di nonno Igor. Quando, servendosi della pala e delle mani, cominciò a estirpare la vegetazione alla convergenza delle diagonali tra i quattro alberi, non sentiva più né freddo né fatica.

Sgombrò dagli sterpi tutta la zona e stava per cominciare a vangare nel quadrato di terra brulla, quando l'istinto lo paralizzò.

Gli sembrò di essere tornato indietro nel tempo, alle battute di caccia in Siberia. Cercò riparo, acquattandosi tra la vegetazione bassa, ma il rumore si ripeté: uno scricchiolio smorzato. Non un rumore di rami spezzati, ma un altro suono che conosceva bene e che gli fece paura.

Kaplan sbucò dalla boscaglia puntando la pistola.

«Puoi smettere di cercare, Drostin. Continuerò io.»

Iosif non tentò nessuna reazione, rialzandosi.

«Ti troveranno qui con una pistola, suicida dopo il terribile reato di cui ti sei macchiato.»

«Che cosa stai dicendo, Kaplan? Quale reato?» replicò Iosif, tentando di prendere tempo. Ma la luce di follia negli occhi di Kaplan faceva chiaramente intendere che presto avrebbe premuto il grilletto.

«Te lo avevo detto che ti avrei presentato il conto, Drostin.»

«Non sono stato io.»

«Ah, no, eh? Mentire non servirà a salvarti la pelle», urlò Kaplan, adesso con uno sguardo veramente folle. «Così come non è servito a quella puttana della tua compagna. Le è piaciuto, sai? Peccato che sia l'ultimo ricordo che si è portata dietro.»

Iosif scattò come una molla, incurante della pistola, e in un baleno gli fu addosso come una tigre inferocita.

Kaplan sparò due volte. Il primo proiettile colpì Iosif di striscio alla spalla sinistra, il secondo lo mancò.

Lui lo colpì a sua volta con un calcio alla mano, facendo volare lontano la pistola. Poi tempestò il volto sfigurato con i pugni chiusi. Era accecato dal furore, e soprattutto dalle ultime parole di Kaplan. Continuò a martellarlo finché l'altro non cessò ogni accenno di reazione.

«Che cosa le hai fatto, maledetto?» gridò, disperato, quando lo vide cadere ai suoi piedi.

Kaplan era una maschera di sangue, e il ghigno dei suoi

denti apparve ancora più sinistro. « L'ho violentata e le ho spezzato il collo », rispose, scoppiando in un riso gorgogliante. La follia era ormai padrona della sua mente.

Drostin avvertì un brivido lungo la schiena, poi strinse forte le mani finché non sentì le cartilagini della carotide cedere. Dalla bocca di Kaplan uscì l'ultimo rantolo.

Iosif si accasciò sulla terra spoglia, annichilito dalla disperazione. Ci vollero parecchi minuti prima che riuscisse a imporsi di tornare lucido.

Tamponata come poteva la ferita alla spalla sinistra, che capì non essere grave, trascinò il corpo di Kaplan in un anfratto e lo nascose tra la vegetazione più fitta.

Quando tornò alla strada maestra, stava arrivando l'ultimo autobus. Davanti alla casa di Nadja vide due auto della polizia. Dissimulatosi tra la folla dei curiosi, chiese: « Che cosa è successo? »

« Hanno ammazzato una ragazza. Pare che sia stato il suo fidanzato, un poco di buono che lavora alla fabbrica giù al lago. »

Drostin si strinse nelle spalle e si allontanò. Era completamente svuotato, senza più nessuna voglia di vivere. A governare la sua mente era ormai solamente l'odio. Un odio in forma di gelida ragione.

Se non voleva finire i suoi giorni in carcere per un crimine non commesso, doveva scappare. Ma dove?

3

New York. Maggio 1991

«CASA Hassler Chi parla?» chiese Maggie.

«Sono Mark Dooley. Vorrei parlare con la signora.»

«Sono io.»

«Non so se si ricorda di me, ma circa cinque anni fa le avevo proposto di condurre una trasmissione televisiva.»

Maggie rimase un attimo interdetta. Dopo essersi consultata a lungo con Timothy, aveva declinato l'offerta. Lo aveva fatto con molto rimpianto, ma per la pace in famiglia aveva deciso che sarebbe stato meglio così. Nel corso di quei cinque anni, però, le sue *sensazioni* avevano contribuito a risolvere almeno una trentina di casi. E adesso...

«Certo che mi ricordo di lei», riuscì a rispondere.

«Lo speravo. In una riunione editoriale di ieri abbiamo deciso che l'idea andrebbe rispolverata, visti i suoi successi. La storia di quella bambina ha tenuto gli Stati Uniti con il fiato sospeso per tre giorni.»

Dooley si riferiva all'ultimo caso risolto, una bambina di dodici anni scomparsa nel Nevada. Maggie l'aveva *vista* in fondo a un pozzo asciutto e aveva contribuito a farla ritrovare ancora in vita.

«Come sa, rinunciare mi è dispiaciuto, ma...»

«Mi permetta d'insistere, signora Hassler. Abbiamo in mente una trasmissione da lanciare tra sei o sette mesi. E per condurla vogliamo lei.»

«Non so... Devo riparlarne con mio marito.»

«Lo faccia, signora Hassler. Ci auguriamo tutti che questa volta decida di accettare.»

Derrick Grant arrivò puntuale. L'invito a cena era per le otto e mezzo, e a quell'ora in punto suonò alla porta della villetta a due piani nel quartiere residenziale di Wards Island. Aveva con sé un regalino e un mazzo di fiori per Maggie. Ormai il suo studio si stava avviando a divenire uno dei più rinomati di New York.

La conversazione procedeva piacevole, e circa a metà della cena la padrona di casa disse: «Oggi mi ha chiamato di nuovo Dooley».

«Dooley chi?» chiese Timothy.

«Il produttore televisivo che mi aveva proposto di condurre una trasmissione. Si è rifatto vivo con la stessa proposta.»

«Mi sembra che ne abbiamo già discusso allora, no?»

Derrick seguiva con un certo imbarazzo quello che aveva tutta l'aria di voler degenerare in un litigio tra coniugi.

«Questa volta, però, vorrei provare», tenne duro Maggie.

«Ti ho già detto come la penso e non vorrei tornarci sopra. Comunque puoi fare quello che vuoi. Derrick, ti prego di scusarmi, ma mi è venuto un terribile mal di testa.» E Hassler si alzò di scatto, dirigendosi verso il piano superiore.

Maggie cercò di dissipare il gelo calato nella sala. «Per lui è una cosa inconcepibile», disse in un tono che non era per nulla lieve come avrebbe voluto.

«A me invece non sembra affatto una cattiva idea, tanto più che ormai sei un personaggio pubblico: i giornali sono pieni di tue foto. Se hai bisogno di me, considerami a tua disposizione. Non so, per il contratto, o qualsiasi altra cosa.»

Maggie lo ringraziò con uno sguardo velato di malinconia che lo fece sbottare: «Non voglio intromettermi nella tua vita, e se vuoi non rispondere. Ma sei felice?»

«Certo, Derrick, sono felice», rispose lei dopo una breve esitazione. Ma ancora una volta il suo tono suonò falso.

Mosca. Agosto 1991

La mente di Iosif Drostin era annebbiata dalla vodka. Si aggirava per la città in abiti lisi e luridi e con passo malfermo, rovistando nei bidoni dei rifiuti. Passando davanti a una vetrina, si piantò a gambe larghe di fronte alla propria immagine e scoppiò a ridere sguaiatamente: ecco com'era ridotto il depositario del segreto di un tesoro. Ma la risata si trasformò in un singulto alcolico.

Gli anni erano passati, ma la ferita aperta dalla morte di Nadja non si sarebbe mai rimarginata. Aveva abbandonato precipitosamente Ekaterinburg con il primo treno per Mosca, lasciandosi dietro quasi tutto. La grande metropoli era il solo posto che potesse nasconderlo. Ma ci aveva messo poco a capire che, senza lavoro e addirittura senza una vera identità, gli sarebbe stato difficile vivere.

Aveva provato con il mercato nero, con lavoretti saltuari, ma a poco a poco si era rassegnato a vivere ai margini di una società già in sé misera. Aveva trascorso inverni di gelo, dividendo con altri diseredati magri falò di cartacce e poche briciole di cibo. Non appena riusciva a racimolare qualche spicciolo correva a comprare una bottiglia di vodka scadente: l'unico rimedio al freddo, ma soprattutto all'angoscia che aveva dentro.

Due ragazze uscirono dall'Hotel Belgrad sorridendo. Quasi certamente prostitute per i turisti e gli uomini d'affari che affollavano l'albergo. Una delle due mostrò all'altra un fascio di banconote. Drostin, seduto sul marciapiede, seguì la scena: erano almeno duecento dollari americani. Una cifra per lui enorme.

Scattò come un lupo famelico, raggiunse le due ragazze e con un violento strattone strappò la borsetta dove aveva visto riporre i dollari. Poi scappò.

Corse a perdifiato per molto tempo, finché non svoltò in una stradina buia e senza uscita. Doveva prendere i soldi e disfarsi della borsetta.

Una Mercedes nera piombò nel vicolo con uno stridio di

gomme. I tre uomini che ne scesero erano armati, e lui troppo debole per tentare una reazione. Lo presero. Mentre due lo tenevano da dietro, il terzo gli rovesciò una gragnola di pugni allo stomaco, finché uno di loro disse: «Basta, facciamolo fuori. Questi miserabili devono imparare che le nostre ragazze non si toccano». E gli puntò la pistola alla tempia, facendo scattare la molla del percussore.

Iosif si preparò a morire.

«Aspetta», disse un altro. «Sai che il capo non vuole che prendiamo certe iniziative.»

«Già, il diritto di condannare a morte lo vuole tutto per sé.»

«Insomma, sai com'è fatto, non vorrei che s'incazzasse.»

Iosif fu caricato sull'auto, ridotto a una maschera di sangue.

Alcuni minuti più tardi, in una zona a nord-est di Mosca, la Mercedes nera s'infilò in un pesante cancello automatizzato e imboccò il vialetto di una villa.

Due uomini sorressero per le ascelle Iosif, che nel corso del breve tragitto aveva perso i sensi diverse volte e ciondolava in avanti, trascinandolo in una cantina scarsamente illuminata. La voce che sentì gli sembrò lontana, ovattata.

«Sarebbe questo il bastardo che ha scippato una delle nostre ragazze? C'era bisogno di portarlo qui? Fatelo fuori.»

Iosif alzò la testa, farfugliando un tentativo di scusa. Il capo dei malviventi lo vide per la prima volta in faccia ed ebbe un attimo di esitazione. Poi si avvicinò e lo guardò meglio, con un'espressione indecifrabile.

«Drostin! Iosif Drostin! Fratello!» sbraitò finalmente. E gli gettò le braccia al collo.

Con la vista ancora annebbiata, Iosif cercò confusamente di capire che cosa stesse succedendo. Ma abbinare quel viso a Chalva Tanzic, il suo vecchio compagno di lavoro, fu un'operazione che richiese alcuni secondi.

«Liberatelo, imbecilli!» urlò Tanzic ai suoi, allibiti. «Iosif Drostin è un vecchio amico.»

Una donna si prese cura di lui, gli pulì e medicò le ferite e lo fece stendere su un letto al piano superiore.

Iosif dormì a lungo, finalmente con la testa su un guanciale. Quando si svegliò, trovandosi nudo tra le lenzuola, doveva essere sera. Su un attaccapanni in un angolo vide degli abiti. Si alzò ancora dolorante e puntò verso il bagno, attiguo alla camera.

L'arredamento della casa gli parve di un lusso sbalorditivo, anche se in realtà era soprattutto di pessimo gusto. Tende e drappeggi di colori sgargianti pendevano un po' dappertutto. Il bagno era in marmo, e ovunque girasse lo sguardo vedeva la sua figura emaciata riflessa in uno specchio. Stentò a riconoscersi. Dov'era finito il corpo agile e robusto di un tempo?

Si immerse nella vasca da bagno, provando uno straordinario piacere nel sentirsi l'acqua sul corpo. A mano a mano che si raschiava dalla pelle la sporcizia accumulata in quegli anni di miseria, il suo spirito cominciò a sollevarsi.

Quando rientrò nella stanza, trovò un'altra donna ad aspettarlo.

«Finalmente ti sei svegliato. Hai dormito una notte e un giorno filati», disse la giovane, sfoderando un bel sorriso. Era alta, formosa e vestita all'occidentale, con una minigonna molto corta. «Mi chiamo Xenia e sono qui per soddisfare qualsiasi tua necessità. Intanto Chalva ti aspetta a cena giù in sala da pranzo.»

Iosif indossò gli abiti nuovi e scese al piano inferiore. Trovò Chalva Tanzic a capo di una tavola magnificamente imbandita, da cui si alzò per andargli incontro.

«Oh, adesso ti riconosco meglio, fratello», tuonò. «Ma che cosa diavolo ti è successo? Come hai fatto a ridurti così?» gli chiese, scrutandolo con due occhi a cui gli anni e la fin troppo evidente opulenza non avevano tolto l'espressione torva. «Ma no, abbiamo tempo per raccontarci tutto. Adesso penso che avrai fame.»

Chalva picchiò una manata su un campanello d'argento, e immediatamente entrarono due domestici con vassoi fumanti

Iosif si avventò letteralmente sul cibo. Da quanto tempo non consumava un pasto caldo? Ci vollero parecchi minuti prima che riuscisse a parlare.

«Quel bastardo di Kaplan mi ha rovinato, Chalva», disse con voce cupa. «Non ha mai smesso di perseguitarmi, e un mattino, mentre ero fuori, ha violentato e ammazzato la donna con cui vivevo.

«L'ho strangolato con queste e lo farei ancora», continuò dopo una breve pausa, picchiando le mani sul tavolo. «Ecco che cosa mi è successo, Chalva. Sono ricercato per almeno un omicidio, quello di Nadja, la mia donna, e probabilmente anche per quello di Kaplan, se il suo cadavere è stato scoperto.»

«Ben fatto, perdiana», esplose Tanzic, chinandosi a dargli una pacca su una spalla. «E in casa mia sei al sicuro, Iosif. Nessuno verrà mai a cercarti qui. Ti procurerò dei documenti falsi, in modo che tu possa andare in giro liberamente per la città. Come vedi, me la passo bene. I miei affari rendono. Se avessi seguito i miei consigli e piantato in asso quella fogna di Ekaterinburg con me, tutto questo non sarebbe successo. Comunque adesso sei qui, e per te avrò sempre un po' di lavoro. Mi sento responsabile delle disgrazie che ti sono capitate.»

Quindi, versatagli una colossale dose di vodka, Chalva spiegò di essere diventato il capo di un'organizzazione che si spartiva il mercato della prostituzione nella città. Sotto la spinta di quello che lui continuava a chiamare «nuovo corso», Mosca brulicava di turisti e uomini d'affari stranieri affamati della compagnia di una bella russa.

«Giovanissime, le vogliono, quei porci, che a casa loro passano metà della vita a lavarsi la bocca con l'acquasanta. Pagano bene, in bei dollari verdi e crocchianti, e io gliele procuro: le migliori.»

New York. Ottobre 1991

La serata a casa del produttore Dooley scorreva molto piacevolmente. La cucina era disinvoltamente esotica, la conversazione brillante. A Maggie, dopo tanti anni di noia con il marito, pareva di rinascere. Anche perché suo marito non c'era, trattenuto da uno dei suoi soliti impegni di lavoro.

Le erano stati presentati noti attori, conduttori, registi, opinionisti, giornalisti. «Ah», si trovò spesso a pensare, «se avessi accettato l'altra volta.» Ma adesso *aveva accettato*, e avrebbe cercato di fare del suo meglio. I responsabili della programmazione stavano già cercando un tema per la trasmissione di debutto, ed era stato chiesto anche a lei di proporre qualcosa. Era dal giorno prima, ovvero dalla fatidica firma apposta al contratto con l'assistenza di Derrick Grant, che ci stava pensando.

Tra gli invitati seduti attorno al grande tavolo oblungo stava riscuotendo un grande successo un bell'uomo sui cinquanta o poco più, vestito in maniera molto disinvolta come quasi tutti, ma di una signorilità del tutto particolare e dal ricercato accento londinese che ne nascondeva un altro, più musicale.

A Maggie era stato spiegato che si trattava di un nobile italiano, Gerardo di Valnure, grande viaggiatore e studioso dilettante di questioni medievali. Discendeva da un'antichissima famiglia che vantava un papa, due cardinali e un ragguardevole numero di capitani di ventura. Dal padre, straordinario bon vivant e capo scarico, aveva ereditato quanto rimaneva delle proprietà di famiglia: un castello e diversi appezzamenti di terreno, che però non producevano alcun reddito. Insomma, il conte di Valnure si era trovato senza il becco di un quattrino. Ma, diversamente da una lunga serie di antenati, aveva la testa sulle spalle, per cui aveva oculatamente venduto tutto ciò che gli era stato possibile e aperto il castello avito al pubblico, in modo da ammortizzarne i costi.

Una volta sistemate le proprietà, aveva potuto dedicarsi

alla sua passione: seguire le tracce dei nobili avi, cercando di risalire il più possibile indietro nel tempo. Quando non era in viaggio per le sue ricerche, viveva in un'ala del suo castello, nel Nord Italia.

Da diversi minuti Gerardo di Valnure stava incantando i commensali con i suoi racconti su località esotiche e oscure vicende del passato remoto.

« Da qualche tempo », disse a un certo punto con la sua voce profonda e dai toni bassi, « le mie ricerche mi hanno portato ad affrontare una questione affascinante quanto tenebrosa.

« Quella dei Cavalieri del Tempio di Gerusalemme », continuò, rispondendo alla domanda di una nota giornalista che sembrava volerselo divorare con gli occhi e non soltanto.

« Che magnifico argomento, signor conte », esclamò la donna. « Dunque lei sa tutto dei *misteriosi* Templari. Di quello che si dice e mormora di loro, quanto è leggenda e quanto realtà? »

« Mio Dio », rispose Gerardo, « sono ben lungi dal sapere tutto. Come ha detto lei stessa, si tratta di una vicenda avvolta nel mistero, almeno per la sua conclusione. »

« Ma noi americani ne sappiamo poco o niente », intervenne il padrone di casa. « Ci illumini, per favore. »

Gerardo di Valnure sorrise e cominciò la sua rapida lezione.

« L'Ordine Templare », disse, « fu fondato a Gerusalemme attorno al 1120 da un nobile francese originario della Champagne, Hugues de Payns. Arrivato lì con altri otto cavalieri, godette a lungo dell'ospitalità di re Baldovino II in un'ala del palazzo reale. Un edificio costruito nientemeno che sulle rovine del Tempio di Salomone.

« I Templari si assunsero essenzialmente il compito di proteggere i pellegrini in viaggio per la Terrasanta. Costituivano dunque un Ordine militare, ma i suoi appartenenti prestavano i voti monastici di povertà, castità e obbedienza.

« Agli inizi vissero di donazioni dei nobili europei, ma in seguito arrivarono ad accumulare ricchezze tali da far invidia a un potente dell'epoca come Filippo IV re di Francia, detto il Bello. E questo significò la loro rovina e il fitto mistero che la circonda.»

«Un autentico mistero», intervenne la giornalista rivolta agli altri commensali. «State a sentire.»

«Sarà opportuno procedere con ordine», sorrise Gerardo di Valnure. «Nel 1128 l'Ordine Templare ottenne il riconoscimento di papa Onorio II e, sotto la guida spirituale del potente abate di Chiaravalle – il futuro san Bernardo –, si diede una 'Regola', sancita dal Consiglio di Troyes. In realtà consentiva diverse interpretazioni a seconda delle lingue in cui veniva tradotta.

«La lingua in uso tra i Cavalieri dell'Ordine Templare era infatti il francese, essendo quella dei fondatori. Ma in seguito Hugues de Payns e i suoi reclutarono proseliti nella più ampia nobiltà europea, soprattutto tra gli ultimogeniti, che erano destinati alla vita religiosa.

«I Cavalieri veri e propri, ovvero quelli che combattevano, vestivano una tunica con una croce rossa sul petto e sulla schiena, mentre gli *ecclesiastici* portavano una veste verde, anch'essa con la croce rossa.»

«Ma il mistero?» incalzò il padrone di casa.

«Le leggende sui Templari sono molteplici, anche se in genere puramente fantasiose. C'è chi dice che siano entrati in possesso di antichissimi documenti rinvenuti sotto il Tempio di Gerusalemme e risalenti all'epoca di Mosè, chi sostiene che abbiano nascosto sacre reliquie chissà dove. E così via.

«Il vero problema, invece, consisteva nella loro potenza e ricchezza, che stavano per diventare una minaccia per i potenti del tempo. Con il risultato che Filippo IV il Bello, le cui finanze rischiavano la bancarotta, il 13 ottobre 1307 fece arrestare tutti i Templari di Francia, confiscando i loro beni e consegnandoli all'Inquisizione. Era un venerdì, e da lì discende la superstizione che sconsiglia d'intraprendere attività a rischio di venerdì 13. E anche quella che, qui in America, vieta i piani e le camere numero 13.

«Sotto le torture dell'Inquisizione molti Cavalieri confessarono colpe che andavano dall'eresia alla cospirazione, dalla stregoneria alla sodomia, e chi più ne ha più ne metta. Finché nel marzo del 1314 fu arso vivo a Parigi l'ultimo Gran Maestro, Jacques de Molay: l'Ordine dei Templari era distrutto. Ma c'è chi pensa che così non sia.»

«Cioè?» chiese ancora la giornalista.

«Be', per esempio, in certi rituali d'iniziazione massonica sopravvivono simbologie templari. E un'associazione che prende il nome dagli antichi Cavalieri esiste ancora oggi, ma esercita prevalentemente fini assistenziali e filantropici. A riti templari facevano riferimento certe sette che di recente hanno fatto molto scalpore con i loro suicidi di massa. E altre sette ancora, più o meno potenti od oscure. Ma non esistono documenti tali da far supporre che gli eredi dei Templari siano ancora tra noi.»

«Se invece vi fossero, secondo lei che cosa farebbero?» non riuscì a trattenersi dal chiedere Maggie.

«La prima cosa che mi viene in mente è che cercherebbero una rivincita nei confronti del papa, il discendente di quel Clemente V che, cedendo alle pressioni di Filippo il Bello, autorizzò i processi, le torture e i roghi dell'Inquisizione.»

«Crede che i Templari siano davvero depositari di qualche segreto?» chiese ancora Maggie, sgranando gli occhi bruni.

«Chi può dirlo, signora Hassler? Posso soltanto rispondere che il mistero che avvolge la loro fine riporterebbe addirittura ad antiche profezie, agli albori della Bibbia, alle origini delle nostre tre religioni monoteiste. Sì, un vero, straordinario e affascinante mistero.»

Mosca. Dicembre 1991

«Credo che dovresti diversificare il lavoro, Chalva», disse un giorno Iosif, che in pochi mesi era diventato il braccio destro di Tanzic.

«In che senso?»

« Esistono altre attività oltre alle puttane. »

« Cioè? »

« La droga, per esempio. O le armi, se vuoi mantenerti ai limiti della legalità. Nessuno verrà mai a sindacare a chi vendi armi. »

« Già, ma quelle che chiami puttane non richiedono i grossi investimenti necessari per la droga o le armi. Tutto quello che guadagno lo uso per vivere bene, quindi non ho la liquidità necessaria per comprare eroina o mitragliatori. E soprattutto non bisogna sottovalutare il fatto che i gruppi attivi a Mosca sono ormai assestati, specializzati per settori, e non ammettono la concorrenza. Se dovessimo invadere un campo altrui, scateneremmo una guerra. »

« Non dirmi che hai paura. »

« Mi conosci, Drostin. Ti sembro uno che può avere paura? » ribatté Tanzic con gli occhi ridotti a una fessura. « Ma dove li trovo i soldi per buttarmi in attività del genere? »

« Potrei forse esserti utile io, ricambiando quello che hai fatto per me. »

E all'espressione incuriosita dell'altro, Iosif continuò: « Non ho prove certe, visto che Kaplan mi ha sorpreso proprio mentre stavo per disseppellirlo, ma sono convinto di conoscere il nascondiglio di una parte del tesoro dei Romanov. Se così dovesse essere, e se mi aiuterai, il cinquanta per cento di ciò che troveremo sarà tuo ».

Quindi proseguì ripercorrendo per sommi capi le tappe che lo avevano portato alla sua scoperta. Sapeva che senza l'aiuto di Tanzic gli sarebbe stato impossibile tornare a Ekaterinburg per completare la ricerca.

Tanzic lo ascoltò con attenzione, annuendo più volte. Decisero che il giorno dopo sarebbero andati da soli alla miniera dei Quattro Fratelli.

Le gomme chiodate dell'auto facevano buona presa sul ghiaccio. Avevano scelto un'utilitaria per non dare nell'occhio, e raggiungere Ekaterinburg richiese più di sette ore. Parcheggiata l'auto all'inizio del sentiero, smontarono e presero le pale.

La radura dei Quattro Fratelli non era molto cambiata. Un manto bianco di neve si stendeva sulla vegetazione, quasi volesse celare i punti di riferimento. Ma Iosif li ricordava fin troppo bene.

Trovare l'anfratto dove aveva nascosto il corpo di Kaplan richiese pochi minuti. Vide subito il teschio con la menomazione allo zigomo: nessuno aveva violato la tomba del suo aguzzino.

« Il bastardo ha avuto quello che si meritava », commentò Tanzic.

Iosif stese ancora una volta lo spago sulla neve e gli indicò l'incontro delle diagonali.

« Dobbiamo scavare in questo punto », disse, passandogli una delle due pale.

Quando abbandonarono la ricerca era ormai sera. Tornarono all'auto. Tanzic avviò il motore e accese il riscaldamento. Avrebbero dormito fino all'alba.

Nell'eseguire lo scavo avevano usato una tecnica « a spirale », partendo cioè dal centro e procedendo verso l'esterno.

Nonno Igor non poteva aver avuto il tempo di scavare una buca molto profonda, per cui non erano scesi più giù di novanta centimetri, sperando che gli anni non avessero fatto depositare grosse quantità di terra sulla zona.

Alle prime luci erano già al lavoro, e a mezza mattina Tanzic urlò: « Qui, fratello, qui! Sento qualcosa! »

Iosif si avvicinò e cominciò a rimuovere con cautela la terra che imprigionava l'oggetto. Riconobbe ciò che restava di una bisaccia militare in pelle, ancora chiusa con il suo laccio, che però cedette subito, facendo apparire un involucro di stoffa ormai corrosa. Iosif la toccò con mani quasi tremanti, e la stoffa si sbriciolò al solo contatto.

I due uomini rimasero qualche istante con gli occhi sbarrati, il respiro affannoso, incapaci di parlare. Dai frammenti di stoffa era emerso un tesoro in pietre preziose, da cui un gelido raggio di sole evocava fulgidi lampi di luce.

Ancora in silenzio, Tanzic allungò la destra quasi con timore, contando mentalmente. Tra la terra smossa c'erano una trentina tra diamanti e rubini di grossa caratura, più sei zaffiri.

«Siamo ricchi, Iosif», urlò finalmente. «Ricchi!»

New York. Febbraio 1992

«Ricordi la nostra famosa seduta spiritica?» chiese Maggie, seduta davanti alla scrivania di Derrick Grant.

«Come potrei dimenticarla? Mi hai fatto prendere uno spavento terribile.»

«Be', sono diverse notti che ho un sogno ricorrente. Non si tratta di una delle mie solite *sensazioni*, ma di un sogno vero e proprio, in cui mi appaiono tre bambini, due femmine e un maschio. Il maschio mi si fa incontro, è molto piccolo e mi ripete la frase: 'La Profezia incombe, voi potrete salvare il mondo'.»

«Accidenti. Le stesse parole che hai pronunciato durante quella seduta spiritica.»

«Così mi hai detto allora, ma non capisco che cosa significhino, e a quale profezia possano riferirsi.»

«La letteratura religiosa è piena di profezie», commentò Grant in tono meditabondo.

«E chi sarebbero le persone in grado di salvare il mondo?»

«Se fossi in te non darei un gran peso alla cosa, Maggie. Hai detto tu stessa che non si tratta di una delle solite *sensazioni*, ma di un sogno.»

«No, Derrick. Devo saperne di più. Capire.»

«Non so che cosa potrei fare, ma considerami ancora una volta a tua disposizione.»

«Sapevo di poter contare su di te. Sei l'unica persona con cui possa confidarmi.»

E Maggie si alzò. Il suo corpo slanciato sembrava disegnato per indossare quel tailleur chiaro. I denti candidi sfavillavano nel bruno del viso. Derrick la accompagnò alla porta. Lei lo baciò con affetto sulla guancia e uscì.

L'ultimo colpo di Patrick Silver era stato un autentico capolavoro: una truffa ai danni di una compagnia assicurativa. Infiltrandosi nella corrispondenza telematica tra la sede centrale e una grossa agenzia, era riuscito a farsi rimborsare un danno per invalidità permanente a seguito di un incidente d'auto mai accaduto.

Quel giorno il sole del Messico era troppo caldo anche per il suo corpo abbronzato, per cui decise di lasciare la spiaggia per mezz'ora di relax nella sua stanza all'Hotel Playa del Sol, a Cancun. Fatta una doccia rinfrescante, sintonizzò il televisore su un canale satellitare degli Stati Uniti. Sbalordito, vide una faccia nota. Molto nota. Quella di Maggie Erriot.

Seguì con estremo interesse tutta la puntata, che aveva per tema le *regressioni*, ovvero i ricordi di vite o esperienze precedenti, emersi da alcuni soggetti in stato d'ipnosi.

Mosca. Febbraio 1992

Iosif e Tanzic dovevano affrontare una nuova difficoltà. La più grossa: come tradurre in valuta pregiata quella fortuna in pietre preziose?

Ne stavano discutendo per l'ennesima volta, quando Chalva parve avere un'illuminazione: «Le portiamo all'estero», esclamò, dandosi una pacca sulla fronte.

«Sì, ci stavo pensando anch'io. Ma dobbiamo trovare qualcuno che possa portarle fuori clandestinamente.»

«Appunto. Conosco l'armatore di una flotta di rompighiaccio del mare di Barents, che fanno la spola tra Arhangelsk e Bergen, in Norvegia. È un nostro buon cliente: proprio in questo momento sta godendo la compagnia di due nostre ragazze, qui in città. Tu e le pietre potreste imbarcarvi su una delle sue navi e raggiungere la Norvegia. Da lì andrai ad Amsterdam, dove opera un amico di un amico, un grosso commerciante di pietre preziose.»

«E come faccio a tornare sul rompighiaccio? Immagino che sosterà al massimo un paio giorni in Norvegia. Pensi che riuscirò a fare tutto in così poco tempo?»

«La nave ripartirà senza di te, e ti imbarcherai al viaggio successivo. Se la nostra polizia di frontiera dovesse fare domande, il comandante spiegherà che sei in ospedale con una forte forma influenzale.»

«E tu credi che la nostra polizia accetterà una spiegazione così banale?»

«Ci penserà un'adeguata mazzetta di dollari.»

«Non temi che io possa sparire con tutto il malloppo?»

«Ti conosco troppo bene, Drostin. Non credo che mi faresti un torto del genere.» E Chalva tese all'amico una mano che sembrava un maglio.

La mattina seguente Tanzic parlò con l'armatore, che a sua volta contattò subito il comandante del rompighiaccio *Dvinskaja Guba*, ordinandogli d'imbarcare Iosif e placando ogni sua riserva con la promessa di cinquemila dollari.

New York. Febbraio 1992

Derrick era rientrato da poco e stava ripensando all'incontro con Maggie. Improvvisamente si batté la mano sulla fronte. Come aveva fatto a non pensarci prima?

Tre bambini... Maggie che aveva parlato portoghese... Poteva trattarsi solamente della Profezia di Fatima. Prese alcuni volumi dalla libreria a parete e, dopo averli consultati rapidamente, si attaccò al telefono. Erano le otto e mezzo di sera. Rispose Timothy, che dopo un breve scambio di convenevoli gli passò Maggie.

«È la Profezia di Fatima», disse Derrick d'un fiato.

«Fatima?»

«Sì, in Portogallo.»

«Le apparizioni della Vergine durante la Grande Guerra?»

«Proprio, dal 13 maggio al 13 ottobre 1917.»

«Grazie, Derrick. Mi documenterò.»

Quando Maggie decise di abbandonare i volumi che stava consultando, era ormai notte fonda. Come aveva fatto a non pensarci prima?

Il mattino dopo si svegliò presto e chiamò Grant in ufficio. Concordarono di pranzare insieme in un ristorante della City.

«Mi spiace rubarti tempo», esordì Maggie, «ma sei davvero l'unica persona con cui possa parlare di queste cose. Se appena accenno alle mie *sensazioni*, Timothy si rifiuta di ascoltarmi.»

«Il piacere d'invitare a colazione una bella donna non può mai essere considerato una perdita di tempo. Inoltre devo confessarti che questa tua vicenda comincia a coinvolgermi molto. Dimmi, dimmi, sono curioso.»

«Vediamo prima le notizie storiche», attaccò Maggie, «dopo di che ti spiegherò alcune delle mie conclusioni. Il 13 maggio 1917, nelle campagne di Fatima, tre pastorelli sono testimoni di un fenomeno inspiegabile: pare che sia loro apparsa la Santa Vergine, che nel corso delle successive apparizioni rivela alcune sconvolgenti profezie.

«Le prime due le conosciamo. La terza, invece, non fu mai rivelata: una delle due bambine, Lucia, la mise per iscritto e la chiuse in una busta sigillata, che consegnò al vescovo di Leiria, dicendo che non doveva essere aperta prima del 1960. La busta sigillata giunse in Vaticano, dove nel 1960 fu aperta da papa Giovanni XXIII, che però si rifiutò di renderla di dominio pubblico. Da allora sono state fatte le più svariate congetture: chi parla di una catastrofe nucleare, chi di un conflitto scatenato dalla Russia.

«Pare che, proprio a proposito di questo Terzo Segreto, Giovanni Paolo II, nel corso di una visita in Germania nel 1980, abbia detto ad alcuni prelati: 'Se foste a conoscenza che una terribile catastrofe si abbatterà sull'umanità e che milioni di persone potrebbero venire sepolte sotto onde gigantesche, lo rivelereste mai al mondo?' Insomma, intorno alla Terza Profezia di Fatima si è creato un vero alone di mistero, alimentato dal rifiuto del Vaticano di renderla pubblica. Pare ne siano a conoscenza soltanto il pontefice, alcuni alti prelati e i capi di Stato delle nazioni più importanti.»

«E le tue conclusioni?»

«Ci arrivo. Cominciamo con le date: il 13 maggio è una data che ricorre nella vita dell'attuale papa. Prima l'attentato in piazza San Pietro nel 1981, poi un secondo attentatore solitario, che lo stesso giorno dell'anno seguente voleva colpirlo con una baionetta, mentre il papa era in pellegrinaggio proprio a Fatima per rendere grazie alla Vergine di avergli salvato la vita.»

«E allora?» chiese Grant.

«Ascolta. Il giorno dell'attentato del 1981 ho avuto una delle mie *sensazioni*, nel cui corso ho *visto* con qualche ora di anticipo ciò che sarebbe avvenuto di lì a poco a Roma. Ne ho parlato subito con Timothy, ma mi ha replicato che non c'era il tempo di avvertire il Vaticano. E d'altra parte non ci credevamo neanche noi. Ma il fatto è successo, e precisamente come l'avevo *visto*. Da allora ho studiato con attenzione quella vicenda. Sai bene che permangono ancora oggi molte perplessità sui mandanti di quell'attentato, così come rimane piuttosto misterioso l'esecutore turco. Ma seri dubbi permangono anche su Juan Fernández Krohn, il sacerdote che esattamente un anno dopo tentò di uccidere Giovanni Paolo II con una baionetta. Aveva in tasca un delirante messaggio in cui affermava di aver giustiziato il papa in quanto 'usurpatore della Cattedra di San Pietro'. Si parlò di un fanatico integralista cattolico, ma a mio parere era tutt'altro. Anzitutto era una persona di profonda cultura: laureato in diritto e scienze economiche in Svizzera, ordinato sacerdote nel 1978 da monsignor Lefebvre. Per divergenze teologiche rifiutò di riconoscere l'autorità papale, aderendo alle comunità integraliste sedevacantiste di Rouen, che, come dice il loro nome, considerano vacante la Santa Sede romana. Insomma, anche questo attentatore che parte da Parigi per recarsi a Fatima e uccidere 'il papa che serve gli interessi del regime comunista', come dichiarò lui stesso, è una figura piuttosto singolare.»

«Spero che non ti voglia impegolare nei fumettoni romanzati che vengono sempre fuori dopo fatti così gravi.»

«Non sono fumettoni. Io sto ai fatti, e c'è molto altro da dire sulle banche internazionali e vaticane coinvolte nella vicenda, sul ruolo dei servizi segreti delle grandi potenze e su certi *brasseurs d'affaires* legati a quelli italiani, che molto sapevano o perlomeno dicevano di sapere sul primo dei due attentati. Ci sono poi le diverse sette religiose che si rifanno ai riti dei Templari, guarda caso arrestati in massa proprio il 13 ottobre 1307, data del fenomeno del sole danzante. Tutti questi sono *fatti*. Vuoi che ti dica come la penso? Sono convinta che i due attentati siano legati tra loro e strettamente connessi con la Terza Profezia di Fatima. Ricordi che cosa dissi quando caddi in trance quella volta?»

«Certo. 'La Profezia incombe, voi potrete salvare il mondo.'»

«Noi siamo collegati a quegli avvenimenti, o meglio, vi sono collegata io. Stammi vicino, Derrick. Ho paura che stiamo per vivere avvenimenti terribili.»

Arhangelsk. Mar Bianco. Russia settentrionale.
Febbraio 1992

La nave rompighiaccio *Dvinskaja Guba* era ormeggiata al molo principale. Con le sue sovrastrutture alte nella parte prodiera, era del tutto simile a un rimorchiatore oceanico, e con la sua capacità di mantenere una velocità di crociera sui sei nodi non si sarebbe arrestata neanche in un oceano coperto da dieci centimetri di ghiaccio. Iosif Drostin la guardò a lungo dalla banchina. Vestiva una giacca foderata da marinaio, fatta per resistere alle rigide temperature che avrebbe incontrato.

Il comandante Govaleck lo accolse come un normale membro dell'equipaggio, e lui si mise subito all'opera come il più diligente dei marinai. Aveva sistemato le pietre nel doppiofondo di una cintura che non si toglieva mai, nemmeno quando andava a letto.

Il rompighiaccio prese il largo poche ore più tardi in un mare che sembrava un deserto bianco. Ma la prora si apriva la strada senza fatica, sollevando due baffi di acqua mista a grossi frammenti di ghiaccio. Lo seguiva un convoglio di otto navi.

Nel corso della quarta giornata di navigazione il comandante Govaleck mandò a chiamare Drostin.

«Lei sbarcherà nel porto di Bergen, dove la imbarcherò di nuovo quindici giorni più tardi. L'armatore mi ha detto che deve andare ad Amsterdam, e ha già provveduto per i biglietti aerei: le verranno consegnati non appena arriveremo in porto. Buona fortuna, signor Bykov», concluse il comandante, chiamandolo con il cognome che figurava sui suoi nuovi documenti d'identità.

Giunsero a Bergen tre giorni più tardi, accolti da una tormenta di neve, e, non appena ormeggiarono in banchina, il comandante lo chiamò in plancia, porgendogli un appunto. «Scenda a terra subito, Bykov, e vada a questo indirizzo. Vi troverà i biglietti per Amsterdam.»

Giunto in quella città, Iosif prese alloggio all'Hotel Owl, in Roemer Visscherstrass, e non appena fu in camera telefonò al numero scritto sul biglietto consegnatogli dal comandante.

«Ditta Karnapolsky», rispose la voce gentile di un'impiegata.

«Sono Bykov, il signor Karnapolsky sta aspettando una mia chiamata», spiegò Iosif nel poco inglese imparato da Nadja, e dopo pochi istanti di attesa una voce anziana gli disse in perfetto russo: «Benvenuto, signor Bykov».

«Parla la mia lingua, signor Karnapolsky?»

«Sono russo, come si può facilmente capire dal mio cognome. Amici comuni mi hanno riferito che lei ha cose interessanti da propormi.»

«Credo sia opportuno incontrarci, in modo che lei possa valutarle.»

«Le andrebbe bene domattina verso le nove?»

«A domani mattina.»

Il giorno dopo il commerciante di pietre lo accolse con grande cordialità. Era un uomo di oltre settant'anni, camminava curvo e gesticolava animatamente. Sembrava contento di poter finalmente parlare un po' nella sua lingua madre.

Iosif estrasse dalla cintura tre sole pietre – un diamante, un rubino e uno degli zaffiri blu – e le appoggiò sul tavolo.

Karnapolsky non parve affatto impressionato e inforcò la lente monoculare, esaminandole con estrema attenzione.

«Sono tre belle pietre, signor Bykov. Dobbiamo verificarne la caratura, le impurità al microscopio elettronico e la eventuale fluorescenza con la macchina a raggi ultravioletti, ma mi sembra che siano veramente buone.»

«Ne ho altre trenta simili, signor Karnapolsky, e intendo vendere tutto in un solo lotto.»

«Naturalmente non devo chiederle la provenienza della merce.»

«Se teme che sia roba rubata, si sbaglia. Diciamo che ho scoperto un tesoro. E non è un modo di dire.»

L'esame e la valutazione delle gemme richiesero tre giorni, durante i quali Iosif non le abbandonò mai in mani sconosciute.

«Sono pietre d'incredibile purezza», confermò Karnapolsky, «fatta eccezione per due diamanti che presentano un'alta fluorescenza. Una bella partita di merce. Quanto alla valutazione», continuò dopo una breve pausa, «il loro valore commerciale si aggira attorno ai sedici, forse diciassette milioni di dollari. Ripeto: valore *commerciale*, ovvero quanto si potrebbe ricavare mettendo in vendita una o due pietre per volta, ammesso di avere una clientela in grado di potersele permettere. Quindi l'acquisto di questa partita costituisce un impegno economico pesante.»

E Karnapolsky si calò gli occhiali sulla punta del naso, fissando il suo interlocutore con due occhi penetranti, prima di riprendere. «Le offro dieci milioni di dollari. E tenga presente che per raccogliere una somma simile mi occorre almeno una settimana.»

«Tra sette giorni le consegnerò le pietre», rispose Iosif, «in cambio di dieci milioni di dollari in contanti.»

«Non preferisce che li faccia versare su un conto corrente in una banca svizzera?»

«Dimentica che vivo e opero in Russia, signor Karnapolsky. Preferisco i contanti.»

«Un'ultima domanda, signor Bykov, ma se vuole può non rispondere. I tagli di quelle pietre, seppure perfetti, non sono opera di strumenti odierni. E sapendo che provengono dal nostro Paese, mi chiedo... Insomma, gli unici che potevano permettersi gioielli del genere erano i Romanov. Mi sbaglio?»

«Le risponderò con la stessa franchezza. Ci sono buone possibilità che le cose stiano così.»

New York. Marzo 1992

Timothy Hassler era partito per uno dei sempre più frequenti viaggi in Italia e Medio Oriente. La sua carriera nell'antiterrorismo stava procedendo a passi da gigante. Ma a Maggie non dispiaceva affatto essere sola: aveva moltissime cose da fare e bisogno di tranquillità.

Erano diverse sere che provava a concentrarsi, ma senza riuscire ad andare in trance. Nel corso di questi suoi esercizi aveva preso la buona abitudine di tenere acceso un registratore. Una sera, infatti, era caduta in uno stato di trance profonda e al risveglio non ricordava più niente. Lo stato di spossatezza in cui la lasciavano questi esperimenti non le consentiva di farne a vuoto.

Questa volta però, finalmente, la trance era venuta, e al risveglio riavvolse il nastro registrato. Sentì scandire dalla voce di un bambino: «Sono Francisco, voi siete i Prescelti. Guarda indietro nel tempo e scoprirai il motivo. Il regno di Satana vuole impossessarsi del Seggio degli Apostoli. Per farlo non si fermerà davanti a niente, nemmeno ad avvenimenti che potrebbero distruggere il mondo. Dovete fermare il Maligno. Guarda indietro nel tempo».

Il nastro era appena terminato, quando squillò il telefono.

«Non so se si ricorda di me», le disse una voce che non riuscì a inquadrare. «Ci siamo conosciuti a casa di Mark Dooley. Sono Gerardo di Valnure.»

«Ah, sì, certo che mi ricordo di lei, signor conte», rispose Maggie. «È un piacere saperla di nuovo a New York.»

«In realtà sono venuto proprio per lei. Ovvero, meglio, per l'aiuto che posso forse ricevere da una straordinaria sensitiva come lei. Non riesco a decifrare un'iscrizione che ho scoperto nel corso di certi lavori su una pietra d'angolo nel mio castello di Piacenza, e chissà che... Possiamo vederci, signora Hassler?»

«Con piacere. Vuole venire a colazione da me domani? Non sono una gran cuoca, ma le dedicherò volentieri tutto il tempo che riterrà necessario.»

Il signorile italiano arrivò con un mazzo di rose rosse. Non era cambiato molto da quando Maggie lo aveva conosciuto, aveva soltanto i capelli e la barba più in ordine. Vestiva un paio di pantaloni di velluto e un maglione di cachemire a girocollo. Un elegante foulard di seta spuntava dal colletto aperto della camicia.

A tavola parlarono del più e del meno, ma non appena passarono in salotto, Gerardo di Valnure venne al dunque. «Come le ho detto, nel corso di certi lavori di restauro nel mio castello gli operai hanno involontariamente fatto crollare un muro molto antico. E nel ripulire le pietre per ricostruirlo esattamente com'era, è venuta alla luce questa.»

Così detto aprì una busta, posando sul tavolino diverse fotografie ingrandite. Al centro di un riquadro si vedeva la croce templare, sottesa dalla figura stilizzata di un pesce e da un motto latino.

«Non si sforzi di leggerlo, signora Hassler. C'è scritto: *Non nobis, Domine, non nobis, sed Nomini Tuo da gloriam. Nos perituri mortem salutamus.*»

«Che cosa significa?»

«'Non a noi, Signore, non a noi, ma al Tuo nome dà gloria. Noi destinati a morire salutiamo la morte.' La prima frase viene dai Salmi ed è, tra l'altro, diventata l'antico motto dei Templari, ma la seconda non l'ho mai sentita. Il primo dei simboli rappresenta una croce templare, del tutto simile a quelle scolpite nella roccia viva che adornano la galleria che porta alla Cappella della Vera Croce, sotto il Santo Sepolcro di Gerusalemme. Il secondo simbolo rappresenta invece un pesce stilizzato, un ideogramma che molti fanno risalire ai primi cristiani. Il termine arabo *nasrani*, che assomiglia molto a 'nazareni', ovvero 'di Nazareth', significa infatti 'piccoli pesci'. Ma la singolarità di questa figura non risiede tanto nei significati quanto nella forma. Come vede, è costituita da due archi che combaciano a formare la testa del pesce e s'intersecano nel formare la coda. Guardi bene lì.»

«Sembra... sembra che i due archi compongano un nodo.»

«Bravissima. Ed è proprio il nodo a rappresentare la singolarità di questa figura. Un antico nodo marinaio detto, in italiano, *gassa d'amante*, il nodo più usato nella marineria: solido, indissolubile, resistente alla più forte delle trazioni ma allo stesso tempo facile da sciogliere per mani esperte, anche sotto sforzo.»

«Interessante, signor conte. Ma come posso aiutarla io, che di navigazione non so niente?»

«La pregherei di concentrarsi su queste fotografie e di aiutarmi a scoprire il mistero che sono convinto si celi dietro quella iscrizione. Ah, dimenticavo, tre dei Vangeli danno grande importanza alla 'pietra d'angolo': quelli di Matteo, Luca e Marco. In quest'ultimo si legge: 'La pietra che i costruttori hanno scartata è diventata testata d'angolo: dal

Signore è stato fatto questo ed è mirabile agli occhi nostri'.»

Gerardo di Valnure citò il versetto in italiano, poi guardò Maggie in tono di scusa, traducendolo alla meglio in inglese.

«Allora, mi aiuterà, Maggie?»

Lei era già convinta che pochi avvenimenti fossero affidati al caso, ma adesso ne aveva una conferma definitiva. Ancora una volta la sua strada s'incrociava con quella dei Cavalieri del Tempio. Per niente al mondo avrebbe rinunciato a cercare la luce anche per questo mistero.

Bergen. Norvegia. Marzo 1992

Dopo quindici giorni esatti il rompighiaccio era ancorato in rada al centro della baia. Appena salito a bordo, Iosif andò dal comandante Govaleck, che lo accolse con il consueto distacco.

«Si metta al lavoro, Bykov. Mi auguro che si sia *ristabilito* completamente. Domattina salpiamo molto presto. Si metta a rapporto con il nostromo per i suoi turni di guardia.»

Iosif scese nella sua cabina e chiuse nell'armadietto la borsa, quindi andò dal nostromo, da cui ricevette gli ordini che lo riguardavano.

Come compagno di turno gli fu dato Sojesk, e capì che il viaggio sarebbe stato tutt'altro che facile.

Era inquieto e scendeva spesso in cabina a controllare la borsa. Mentre ne usciva, al terzo giorno di navigazione, Sojesk gli si parò davanti.

«Soffri il mare, Bykov, o hai problemi d'intestino? Perché diavolo continui a scendere sotto coperta?»

«Quello che faccio non ti riguarda», rispose impulsivamente Iosif, piantandogli il pugno chiuso sotto il naso.

«Ehilà, Bykov, che cosa ti prende? Ah, ah, mi sa che in quella cabina nascondi qualcosa. Eh? Anche il tuo sbarco a

Bergen non è chiaro. E poi non sei un marinaio. Che cosa fai su questa nave? »

« Ti ho detto di farti gli affari tuoi, Sojesk », esclamò Iosif, tirandosi dietro la porta e chiudendola a chiave.

Qualche notte più tardi, mentre montava di guardia in plancia, il suo sostituto lo raggiunse con una quindicina di minuti di anticipo. « Non riuscivo a dormire. Mi restituirai il favore », disse.

Lui lo ringraziò e scese verso la sua cabina, accorgendosi subito che la porta era socchiusa. Entrò senza fare rumore. Sojesk era accovacciato, dandogli le spalle, con le mani affondate nel suo borsone da viaggio.

Iosif lo colpì con tutta la forza che aveva, prima che il marinaio potesse girarsi. Sojesk stringeva tra le mani tre mazzette di banconote. Il pugno lo centrò alla base della nuca, facendolo stramazzare sul pavimento.

Iosif gli tolse le banconote di mano, mettendole di nuovo nel doppiofondo, quindi si occupò di lui. Capì subito che era morto.

La scomparsa di Sojesk fu notata soltanto il mattino dopo. Fatta effettuare una minuziosa ispezione a bordo, il comandante concluse che doveva essere caduto in mare durante il turno notturno di guardia.

Roma. Una villa sull'Appia Antica. Marzo 1992

La morte di Danilo Greci, magnate dell'industria molto legato agli ambienti vaticani, aveva suscitato il cordoglio di prammatica ma scarso stupore, visto che il defunto aveva settantotto anni.

Attorno alla tavola ovale, però, adesso c'erano soltanto dodici dei tredici componenti il Gran Consiglio. Mancava il Gran Maestro.

Salmodiata all'unisono la formula rituale, fu il Cavaliere Anziano a prendere la parola. « Purtroppo il Gran Maestro non è riuscito a portare a termine la sua opera, e la sua morte prematura ci lascia senza guida. Come prevede la nostra Regola, si procederà a una nuova elezione a voto segreto tra i membri del Consiglio.»

E al termine dello spoglio fu ancora lui ad annunciare con grande solennità il nome del nuovo Gran Maestro.

Questi si andò a porre a capotavola e annunciò: «Spetta a me l'onore di ridare dignità alla Cattedra di San Pietro. Io, ultimo tra gli eletti, accolgo questo incarico con grande onore e mi inchino dinanzi alla fiducia che i fratelli ripongono in me. La luce di Dio è con noi».

Ciascuno dei presenti estrasse il suo cordoncino e lo legò alla fune rossa disposta sul tavolo. Il nodo era lo stesso delle volte precedenti: una gassa d'amante.

Mosca. Marzo 1992

Senza profferire parola, Iosif sorrise e rovesciò il contenuto del doppiofondo sul tavolo ancora imbandito.

Gli occhi di Tanzic parvero infiammarsi: «Ma... quanti sono, fratello?»

«Dieci milioni di dollari.»

«Dieci milioni di dollari?» gracchiò l'altro, alzandosi di scatto come morso da una tarantola. «Sfido chiunque a trovare un russo più ricco di noi in questo momento.»

«Non so come userai la tua parte, Chalva», continuò Iosif, «ma la mia intendo farla fruttare.»

«Parla, fratello, e ti seguirò ovunque.»

«Armi, Chalva, armi. Basta con puttanelle e affari meschini. Voglio entrare nel giro grosso.»

«Mmm... Ti ho già detto che può essere pericoloso, ma se pensi che sia la cosa giusta...»

«Soci?» tagliò corto Iosif.

«Soci.»

New York. Giugno 1992

Maggie si era documentata a fondo sui riti e sulle imprese dei Cavalieri del Tempio. E aveva provato diverse volte a concentrarsi per cedere alla *sensazione* in modo da poterla controllare, ma con risultati confusi.

Le immagini che *vedeva* non sembravano appartenere al passato, ma piuttosto, in modo arcano, al presente. Una di esse, però, si ripeteva stranamente: una fune rossa disposta in modo da raffigurare un pesce stilizzato. *Vedeva* chiaramente il nodo che assicurava le due estremità della corda, ma niente di più.

Timothy era sempre più infastidito e una sera, a tavola, le chiese seccamente: «Non ti sembra di esagerare?»

«In che senso?»

«Nel senso che, tra gli impegni televisivi e queste tue strampalate ricerche, mi trovo praticamente senza moglie.»

«Cerco di fare tutto durante le tue assenze, Timothy, proprio per non turbare il nostro equilibrio domestico. Anche se non posso negare che mi sembra sempre più incerto.»

«Incerto? E non dipende da te?»

«No.»

«Vuoi dire che è colpa mia?»

«Voglio dire che se facessimo entrambi un esame di coscienza e ne parlassimo un po'... Invece tu arrivi e ti nascondi dietro il giornale.»

«Adesso basta!» sbottò suo marito. «Lavoro dieci ore al giorno e non torno a casa per sentirmi dire queste cose. Ti ricordo che è il mio lavoro...»

«Che cosa vuoi dire? Che sarebbe il tuo lavoro a concederci questo tenore di vita? Se permetti, dà il suo contributo anche quella che tu continui a chiamare la mia *occupazione saltuaria.*»

«Sì, certo, finché il mondo dell'occulto andrà di moda. Ma poi?»

«Poi tornerò a lucidare argenti, a sbattere tappeti e a farmi bella ogni sera per il maritino che torna a casa esausto a chiedere la sua cena.»

Timothy si alzò di scatto, tirò un pugno al centro della tavola facendo cadere alcuni piatti e bicchieri, che andarono in frantumi sul pavimento, e si chiuse in camera da letto al piano di sopra.

Maggie rimase impassibile. Raccolse i cocci da terra e si preparò un letto sul divano del salotto. L'indomani mattina avrebbe chiamato Gerardo di Valnure, in Italia, per riferirgli l'insuccesso delle sue attività paranormali.

Quando scese per la prima colazione, Timothy aveva un'espressione cupa.

«Ti ho preparato uova e pancetta», disse lei, cercando di sfoderare un sorriso rappacificatore.

«Grazie», rispose semplicemente lui, senza guardarla.

«Non voglio vivere in questo clima, Timothy. Ti prego, cerchiamo di dimenticare quello che è successo ieri sera.» Quindi, visto che il marito non rispondeva, continuò: «Non credi che alla nostra famiglia manchi qualcosa?»

«Certo: una moglie che faccia la moglie e non rincorra i fantasmi.»

«Non rincorro i fantasmi, cerco soltanto di tenere sotto controllo queste sensazioni inspiegabili, che però in molti casi sono state utili. Anche a te, non dimenticartelo. Comunque mi riferivo a un figlio. Non pensi che un figlio darebbe nuova vita al nostro rapporto?»

«Un figlio?» chiese Timothy, sbalordito. «Abbiamo tempo per pensarci.»

«E quando? Quando l'impegnatissimo Timothy Hassler troverà il tempo di valutare questa *opportunità*? Ho trentasei anni, ricordi? Non posso aspettare ancora molto.»

Maggie sapeva che la discussione si stava mettendo sui binari della sera prima, ma non era riuscita a trattenersi.

Sì, il loro rapporto era drasticamente cambiato. Piantò in asso il marito e si tappò in cucina, sbattendo la porta.

Quel pomeriggio chiamò Gerardo di Valnure in Italia, sperando che non fosse in giro per il mondo.

La costruzione del castello di Valnure risaliva alla prima metà dell'XI secolo, ma in seguito si erano succeduti diversi interventi di modifica. Gerardo occupava il piano superiore di quelle che un tempo erano le scuderie.

Rispose personalmente al telefono.

«Sono Maggie Hassler, conte di Valnure.»

«Maggie, che piacere.»

«Purtroppo non ho buone notizie. Temo che non riuscirò a esserle d'aiuto. Ho provato diverse volte a concentrarmi, ma con scarsi risultati.»

«È un vero peccato, Maggie, lei costituiva la mia ultima speranza di riuscire a venire a capo di questo mistero. Sto effettuando altre ricerche, ma non cavo un ragno dal buco. Quindi siamo pari.»

«In realtà... io *vedo* qualcosa. E sento uno strano legame con quelle vicende antiche, come se le avesse vissute un mio avo o... o un mio altro io, in un altro tempo. Ma le immagini che mi appaiono sembrano attuali, riferite ai nostri giorni.»

«Ha provato con la regressione? Sa che cos'è?»

«Certo, le ho dedicato due puntate della mia trasmissione. Gli esperti intervenuti hanno spiegato che, sotto trattamento ipnotico, spesso il soggetto rivive situazioni avvenute anni e addirittura secoli prima. Buona idea, Gerardo. Contatterò uno degli esperti, che vive nel New Jersey, e proverò con questo metodo.»

«Non vorrei esserle di peso, Maggie.»

«No, lo faccio volentieri. Come le ho detto, ho la singolare impressione che queste vicende siano in qualche modo legate ad altre che mi riguardano di persona.»

Maggie però non parlò delle apparizioni del pastorello di Fatima. Non ci pensò nemmeno. Non riteneva che avessero attinenza con la storia dei Templari.

Mosca. Settembre 1992

In quei pochi mesi Iosif Drostin e Chalva Tanzic avevano compiuto un forte salto di qualità nelle gerarchie della malavita organizzata russa. L'enorme disponibilità di contante in dollari aveva loro consentito di comperare a ottimo prezzo grosse quantità di armi messe sul mercato nero in seguito allo sfacelo dell'Armata Rossa. Avevano poi trovato con facilità i canali clandestini per rivenderle con nuovi, colossali profitti.

«Sei un genio, Iosif», disse Chalva. «E ho fatto bene a darti retta. Vendere armi è molto più facile che gestire ragazze isteriche, e i guadagni non sono neppure paragonabili. Ce l'abbiamo fatta. Boris Semënov vuole parlare con noi.»

«Boris Semënov?»

«Esattamente. Il capo della più grossa organizzazione russa per il traffico di armi. Ci ha invitato a cena.»

«Dove?»

«Nel miglior ristorante di Mosca. Al Fyodor, in Lubyanski Proezd. Fra tre giorni.»

«Uhm. Questa storia mi piace poco.»

«Sta' tranquillo, ho preso le mie precauzioni. Otto uomini ci accompagneranno all'entrata del ristorante e resteranno lì ad aspettarci. L'accordo con Semënov è che nessuno di noi sia armato. Secondo me ha capito chi siamo e vuole scendere a patti.»

Quella sera stessa Iosif invitò una delle ragazze a cena nel ristorante dove si sarebbe tenuto l'incontro con Semënov, una ragazza nuova, bellissima e vistosa. Fece di tutto perché i clienti del ristorante guardassero soltanto quella splendida figlia del Don e non lui, e ci riuscì. Fingendo di andare in bagno, nascose una pistola in un vaso antico che aveva l'aria di non essere mai stato pulito.

Un'auto con tre uomini precedeva quella in cui viaggiavano Tanzic e Drostin, un'altra li seguiva a breve distanza. Arrivati davanti al ristorante, gli uomini li circondarono facendo loro scudo.

Poco dopo arrivò una Mercedes blindata, da cui smontò Semënov. Sembrava molto meno preoccupato di loro: viaggiava con due sole guardie del corpo.

Furono fatti accomodare in un salottino privato, e prima di entrarvi Iosif controllò la posizione del vaso dove aveva nascosto la pistola. L'aveva scelta molto bene.

Semënov sorrise: «Prima di sederci a tavola e parlare di affari, voglio vedere se avete prestato fede ai patti. Posso perquisirvi? Potete fare altrettanto con me.

«Ho assistito alla vostra irrefrenabile ascesa», continuò non appena si furono seduti. «E devo ammettere che il vostro modo di operare mi piace molto, mi ricorda i miei inizi. Penso che ci sia spazio per tutti, ma credo anche che sia il caso di trovare un modo per dividerci il mercato senza pestarci i piedi a vicenda. No, Chalva?»

Tanzic sembrava affascinato. «Parole sacrosante, Semënov. Trovare un accordo con te interessa anche a noi.»

Nel corso della cena, aiutati dal vino francese e dalle grosse ciotole d'argento colme di caviale, i tre uomini raggiunsero l'accordo auspicato, dividendosi il territorio, i tipi di armi e i fornitori. Festeggiarono con una nuova bottiglia di vino, ordinata personalmente da Semënov.

«Questo Saran Nature», disse, «scende come l'acqua, ma come l'acqua stimola certi bisogni. Vi prego di scusarmi un solo istante.»

Mentre si alzava, Iosif lo scrutò con gli occhi socchiusi: era un omino di scarsa statura, ma aveva lo sguardo di un cobra. No, di lui non ci si poteva fidare.

Pochi istanti dopo che Boris Semënov si era allontanato,

nel salottino entrarono i due camerieri con piatti coperti da coprivivande d'argento.

Iosif avvertì immediatamente il pericolo. Si gettò sul più vicino, travolgendolo, e si buttò fuori dal salottino proprio mentre il secondo cameriere scoperchiava il piatto. Fece appena in tempo a urlare: «Buttati giù, Chalva, giù!» che la pistola con silenziatore del falso cameriere, estratta dal coprivivande, fece fuoco centrando Tanzic.

Tenendosi piegato in due, Iosif si precipitò verso il vaso dove aveva nascosto la pistola, letteralmente pregando che non l'avesse trovata qualche inserviente. Intanto i due assalitori si erano precipitati alla porta del salottino e brandivano l'arma spalla contro spalla, scrutando in ogni direzione.

«Eccolo!» gridò uno di essi, indicando Iosif che cercava riparo dietro un mobile della sala centrale.

Drostin sentì i colpi secchi e vide le schegge di legno saltare a poca distanza dal suo volto. Il vaso con la pistola nascosta era a poca distanza. Coperto dal mobile, allungò il braccio e, toccando l'acciaio, si sentì letteralmente sciogliere dal sollievo. Impugnò la pistola.

Nella sala regnava il caos. Gli altri clienti stavano cercando riparo ovunque, rovesciando tavoli e sedie, le donne strillavano.

Iosif rimase immobile dietro il suo riparo, mentre i due falsi camerieri, convinti che lui e Tanzic non fossero armati, avanzavano allo scoperto. Li centrò in pieno.

Quando tornò a precipizio nel salottino, Chalva giaceva riverso sul fianco sinistro; al centro della sua fronte si vedeva un foro rosso dai contorni bruciacchiati. Era morto.

Iosif sentì sparare anche in strada. I loro uomini erano sicuramente stati attaccati: Semënov aveva organizzato tutto alla perfezione. Ma non poteva rimanere lì dentro. Uscì all'esterno.

Quattro dei suoi giacevano a terra, gli altri si erano nascosti dietro la loro auto e cercavano di rispondere al fuoco che li stava bersagliando. Iosif riuscì a raggiungerli.

«Presto, dobbiamo andarcene prima che ci ammazzino

tutti! » gridò aprendo la portiera dell'auto e buttandosi sul sedile di guida.

La pioggia di proiettili investì la fiancata opposta, ma il motore rispose docilmente al comando. L'auto partì con un tremendo stridore di gomme.

« Dov'è Chalva? » chiese infine uno degli uomini.

« Lo hanno ammazzato », rispose seccamente Iosif. Non aggiunse che Semënov l'avrebbe pagata cara. Non ce n'era bisogno. Quegli uomini lo conoscevano bene.

PARTE SECONDA

GLI UOMINI VESTITI DI FERRO

Ricostruzione del bassorilievo su pietra rinvenuto a Westford (Massachussets)

4

San Giovanni d'Acri. 5 aprile 1291

IL nuovo sultano d'Egitto al-Ashraf Khalil, figlio del defunto Qalawun, stava disponendo l'accampamento sotto le mura dell'ultimo baluardo cristiano in Terrasanta. Tra pochi giorni avrebbe sferrato il primo di una lunga serie di attacchi. Ogni ponte levatoio di San Giovanni d'Acri era stato alzato, anche quelli verso il porto, unica via di scampo per i cristiani. A parte i civili, le milizie assediate ammontavano a diecimila uomini, compresi ottocento Cavalieri, tra Templari, Ospedalieri e Teutoni, mentre al-Ashraf disponeva di centomila guerrieri.

Guillaume de Beaujeu, Gran Maestro del Tempio, osservava le manovre dei mori dall'alto delle mura. Sembrava quasi che non avessero fretta. Ma Guillaume sapeva che dietro quella lentezza si nascondeva una strategia. Lo avevano infatti informato che al-Ashraf stava facendo affluire molte macchine da guerra, di cui però non si vedeva ancora traccia.

«Sono almeno dieci volte più numerosi di noi», commentò al suo fianco Bertrand de Rochebrune, giovane e valente Cavaliere.

«Il Signore ci aiuterà.»

Guillaume era convinto che il papa non li avrebbe abbandonati alla loro sorte, vista l'importanza di quella roccaforte cristiana in Terrasanta. Ma, dopo la caduta di Tripoli, i possedimenti cristiani si erano ridotti a San Giovanni d'Acri e a due castelli fortificati sulla costa. E papa Niccolò IV sarebbe forse stato costretto a rinunciarvi.

Il ventenne Bertrand de Rochebrune era Cavaliere Templare da un anno. Vestiva con orgoglio la tunica crociata ed era pronto a sacrificare la vita. I capelli corvini spuntavano dall'elmo sopra una barba ancora rada. Era alto, atletico e abilissimo con la spada.

« Bertrand, provvedete che donne e bambini siano pronti per evacuare in qualsiasi momento », gli ordinò il Gran Maestro. « Poi scegliete cinquanta fanti e quattro sergenti. Proteggerete un primo contingente di civili, qualora si riesca a farli fuggire dalla città. »

« Permettete, signore, preferirei rimanere al vostro fianco e combattere fino all'ultimo. »

Sul viso di Guillaume de Beaujeu comparve un'espressione contrariata. « Oltre alle donne e ai bambini, abbiamo molte cose da mettere in salvo. Saranno affidate a voi, per una missione che reputo della massima importanza », tagliò corto in un tono che non ammetteva repliche.

Piacenza. Castello di Valnure. Ottobre 1998

Le prime foschie autunnali nascondevano le antiche dimore padronali tra i campi perfettamente coltivati. Il castello dei conti di Valnure sembrava un miraggio dai contorni ovattati.

La torre principale proteggeva il lato orientale, l'unico un tempo esposto agli assalti, essendo gli altri tre lambiti dal corso di un fiume. All'interno della prima cinta di mura c'era l'antico borgo che, totalmente ristrutturato, adesso ospitava due ristoranti, un'enoteca e diversi appartamenti concessi in affitto. Il castello vero e proprio era protetto da un'ulteriore cinta muraria alta più di dieci metri. Il tutto in uno stato di conservazione ammirevole. Aiuole ben curate circondavano le basi di alberi secolari. Le visite guidate si susseguivano all'interno del villaggio medievale come nel castello. Nelle sei ore giornaliere di apertura, tre guide gestivano un flusso pressoché costante di visitatori.

L'abitazione di Gerardo di Valnure era di grande signorilità, e vi regnava una sorta di caos organizzato, in cui sembrava che soltanto il proprietario sapesse orientarsi. Il salotto era letteralmente invaso dai libri. In un angolo c'era un computer di ultima generazione con collegamento a Internet.

Gerardo aveva posato sul letto a baldacchino due borse da viaggio e si aggirava in cerca del necessario per il suo viaggio in Terrasanta.

« Sei anni », borbottò. Sei anni alla ricerca di un indizio mai trovato. Il mistero del nodo rimaneva tale, e l'antica iscrizione gli rodeva la mente come un tarlo.

« Posso essere d'aiuto, signore? », chiese con deferenza Giacomo, l'anziano maggiordomo.

« No, grazie. Ho molta fretta: l'aereo parte da Milano fra tre ore. Devo sbrigarmi, se non voglio perderlo. »

« Posso chiedere per quanto tempo il signor conte sarà assente? »

« Non lo so, forse un mese, forse pochi giorni. Chissà. » E Gerardo sorrise. Giacomo era con la sua famiglia da sempre, lo conosceva fin da bambino. Tra loro si era sviluppata una profonda confidenza.

Il maggiordomo preferì non insistere: sapeva che, quando il conte rispondeva in quel modo evasivo, era inutile farlo. Sapeva delle sue ricerche e, finché l'età glielo aveva consentito, lo aveva accompagnato più volte.

« Dove potrò rintracciarla in caso di necessità? »

« Nei primi giorni il mio indirizzo sarà quello che ti ho dato, e a ogni spostamento mi farò vivo io per telefono. »

Il mattino dopo Gerardo di Valnure si svegliò al Palm Beach Hotel, affacciato su un Mediterraneo battuto da un sole ancora caldo. Poco lontano si scorgeva la città che oggi porta il nome di Akko, ma che un tempo era San Giovanni d'Acri.

San Giovanni d'Acri. 18 maggio 1291

Gli uomini schierati da al-Ashraf Khalil avanzavano ordinatamente disposti su tre linee. La prima era schierata a imitazione della testuggine romana, e i soldati si proteggevano con grossi scudi. La seconda era seminascosta dal fumo di vasi di pece infuocata e petrolio. L'ultima era formata dagli arcieri. La città stava per cadere.

Sulle torri già fortemente danneggiate dalle catapulte, Guillaume de Beaujeu chiese a Bertrand de Rochebrune: «Avete radunato tutte le donne e i bambini che possono trovare riparo su una delle nostre galee?»

«Sì, signore, sono circa duecento e mi aspettano all'inizio della seconda galleria che conduce al porto.»

In quel momento gli assalitori si divisero in due tronconi, il più consistente dei quali puntò verso Porta Sant'Antonio.

Il Gran Maestro li osservò qualche istante, poi ordinò: «Andate, Bertrand, presto. Stanno dirigendosi verso il lato opposto rispetto al porto. Correte a portare in salvo i vostri protetti. Noi cercheremo di tenerli impegnati.»

«Il Signore sia con voi, Gran Maestro.»

Bertrand s'inchinò e le mani di Guillaume tracciarono una croce nell'aria.

«Ci rivedremo, Bertrand, qui o in Cielo. Dio vi protegga.»

Gli attacchi dei mori erano stranamente concentrati sulla cittadella e non sul porto, che, protetto da un baluardo fragile, sarebbe stato più facile da conquistare. Nell'insenatura naturale erano alla fonda quattro galee, con gli equipaggi pronti a salpare.

Il cunicolo che correva sotto le mura verso il porto era angusto e maleodorante. Le donne e i bambini, in lacrime, si tenevano per mano. La catena umana avanzava incerta nel buio illuminato da poche torce, e Bertrand e i suoi la incitavano ad affrettarsi.

Quando finalmente fu tutta raccolta a ridosso delle mura del porto, i soldati condussero donne e bambini a bordo della galea pronta a salpare.

I mori si accorsero di loro quando gli argani erano già in

tensione e la galea stava per lasciare gli ormeggi. Preoccupato, Bertrand li vide girare la catapulta puntata contro la Torre Nuova, mirando su di loro. Il primo dei grossi proiettili partì quando i remi della murata di dritta della galea stavano lambendo le acque. Altri massi sollevarono alti spruzzi d'acqua, ma si persero a poppa, sempre più lontani.

Quello stesso giorno Guillaume de Beaujeu morì con molti dei suoi nella strenua difesa di Porta Sant'Antonio, e dieci giorni dopo, lunedì 28 maggio 1291, San Giovanni d'Acri cadde. Nessuno dei Cavalieri del Tempio rimasti abbandonò la postazione: morirono tutti, come avevano giurato.

La fusta dell'emiro Ibn ben Mostoufi era in grave difficoltà. Da due giorni e due notti gli uomini si affannavano senza tregua alle pompe, ma sembrava che l'acqua del mare in tempesta penetrasse da ogni parte. Il vessillo dei mori sventolava a poppavia, teso nel vento impetuoso.

All'improvviso, tra le paurose onde apparve la galea cristiana. Era più veloce, e quasi certamente aveva a bordo il doppio, se non il triplo degli uomini dell'imbarcazione moresca. L'unica via di scampo sembrava la fuga.

«Nave a dritta!» gridò la vedetta della galea, superando il frastuono delle onde. «Reca il vessillo degli infedeli.»

«Abbiamo a bordo duecento donne e bambini, non possiamo ingaggiare battaglia», disse Bertrand al comandante, un veneziano esperto e scrupoloso.

«È vero, signore. Li incroceremo, e sarebbe facile avere ragione di loro, ma dobbiamo anzitutto pensare a questa povera gente.»

Tutt'altro clima regnava a bordo della piccola fusta di Ibn ben Mostoufi. «Virate di bordo, allontanatevi dalla loro rotta, proveremo a fuggire», gridò l'emiro.

«Ma così offriremo il fianco alla tempesta, effendi», obiettò uno dei marinai. «La nave si capovolgerà.»

«Se non viriamo finiremo in bocca agli infedeli, e sapete bene come riducono i prigionieri.»

Tra i cristiani era infatti diffusa la leggenda che, prima di lanciarsi all'attacco, i mori ingoiassero gioielli e oro. Quindi ogni saraceno catturato veniva sbudellato in cerca di quelle ricchezze.

A Ibn ben Mostoufi stavano a cuore due cose: le preziose stoffe di cui aveva stipato le stive, ma soprattutto una bambina di soli sette anni, l'unica figlia concessagli da Allah misericordioso prima che una grave setticemia lo rendesse sterile.

La navicella moresca virò improvvisamente, resistendo a una prima serie di onde, ma improvvisamente si capovolse.

«Non c'è alcuna speranza che sopravvivano», commentò Bertrand, affacciato alla battagliola di prora tra il ribollire degli spruzzi, indicando al comandante alcuni naufraghi che cercavano disperatamente di tenersi a galla sul mare in tempesta.

Quando raggiunsero il punto del naufragio, non si vedevano più tracce di vita. Soltanto cadaveri e relitti alla deriva. Ma l'attenzione di Bertrand fu attirata da un pezzo del cassero di poppa della fusta, che rimaneva miracolosamente eretto tra il tumulto delle onde. Il giovane aguzzò lo sguardo, e ciò che vide lo fece rabbrividire.

Rannicchiata in un angolo del relitto c'era una bambina di pochi anni, nera come la notte. Anche da quella distanza si vedeva che i suoi occhi bruni erano sbarrati e pieni di paura. Quel rifugio di fortuna avrebbe potuto reggerla ancora pochi istanti, prima di capovolgersi.

Bertrand non poteva rimanere inerte: ben altro gli ordinava la pietà cristiana che, come ogni Templare, aveva giurato di perseguire a ogni costo. Si spogliò e si gettò nel mare in tempesta.

Con la testa sanguinante, aggrappato a un relitto poco lontano, fu l'ultima cosa che gli occhi appannati dell'emiro poterono vedere. Poi Ibn ben Mostoufi perse i sensi.

Bertrand era un buon nuotatore, ma stava affrontando un'impresa ai limiti delle possibilità umane. Riuscì comunque a raggiungere il relitto, mentre la galea arrestava la sua corsa, mettendosi con la prora al mare e al vento. Il comandante manovrò in modo che la nave facesse da scudo al soccorritore, mettendosi sopravvento.

Bertrand sentì il fasciame del cassero scricchiolare e fece appena in tempo ad afferrare la bambina per i capelli, mentre il relitto si sfasciava. Le tenne la testa fuori dall'acqua, cercando faticosamente di riguadagnare la nave, la cui murata sembrava invece allontanarsi.

Era esausto, le forze stavano per abbandonarlo, e cominciava a disperare, quando si sentì afferrare da una mano forte. Incrociò lo sguardo del comandante della galea, sporto dalla murata su una scala di corda. Accanto a lui, un marinaio era già riuscito a sollevare dal mare la piccola.

Quando si issò a bordo, Bertrand fu accolto da un'acclamazione. Tutti avevano seguito con ansia la sua impresa, commossi dal coraggio del Cavaliere del Tempio che metteva a repentaglio la sua vita per salvare quella di una giovane infedele.

«Come ti chiami?» chiese Bertrand non appena ebbe ri preso un po' di fiato, cercando di spremere tutto ciò che poteva da una lingua che conosceva appena.

«Shirinaze, signore», rispose la piccola con una voce rotta dai singhiozzi.

Akko. Israele. 20 ottobre 1998

Erano trascorsi quindici giorni da quando Gerardo si era trovato a passeggiare in un mercatino d'antiquariato nei pressi di Recanati, in Italia. Era andato a Loreto per visitare il celebre santuario della Vergine, dove si dice che i Crociati in fuga da San Giovanni d'Acri abbiano trasportato, tra altre sacre reliquie, la Santa Casa di Nazareth.

La sua attenzione era stata richiamata da un medaglione poco più grande di una moneta, esposto in un banco di numismatica. Lo aveva preso per osservarlo più da vicino.

Era in argento massiccio, coniato in maniera artigianale, consunto e scarsamente leggibile per un occhio non addestrato. Su un lato portava inciso il classico simbolo templare: due crociati in sella allo stesso destriero. E sul retro Gerardo aveva immediatamente riconosciuto il nodo stilizzato: una gassa d'amante.

«Le interessa, signore?» gli aveva chiesto l'antiquario, un omino curvo sull'ottantina.

«Sì, bella, bella», aveva commentato in tono fintamente distratto, cercando di dissimulare il suo profondo interesse per la medaglia, in modo che l'antiquario non ne aumentasse il prezzo.

«È uno degli ultimi pezzi che mi sono rimasti della collezione di antiche medaglie dei marchesi di Recanati.»

«Ce n'erano altri con lo stesso soggetto?»

«No, quello è il solo che raffiguri due Templari», aveva risposto l'anziano numismatico, dando l'impressione di sapere bene quale fosse il soggetto dell'iscrizione e, di conseguenza, quale ne fosse il valore.

«L'attuale Porto Recanati era un crocevia importante per i traffici dell'Adriatico», aveva continuato, «una tappa quasi obbligata per le navi che rientravano dalla Terrasanta. Per questo sono arrivate qui le pietre della Casa della Santa Vergine, ora a Loreto.»

«Ah», aveva commentato Gerardo di Valnure, continuando a fingere scarso interesse. «Quanto costa?»

Si era sentito chiedere una piccola fortuna, ma, dopo un'estenuante trattativa, la medaglia era finalmente stata sua.

Così era iniziata la sua nuova ricerca. E adesso, sulla costa nei pressi di Akko, la medaglia, opportunamente pulita e trattata, rifletteva il sole caldo del Mediterraneo meridionale.

Mediterraneo meridionale. 25 maggio 1291

La galea aveva fatto una breve sosta a Cipro per poi proseguire verso Venezia, suo porto di destinazione. In quei sette giorni Bertrand aveva stretto una cordiale amicizia con il comandante, un veterano che aveva solcato tante volte quei mari trasportando i crociati. Di nome Alvise Magri, navigava da molto tempo per un nobile veneziano che aveva donato quella galea all'Ordine del Tempio.

Patron Magri e lui trascorrevano lunghe ore sul ponte a discorrere di vicende marinare, a cui Bertrand de Rochebrune, ultimogenito di una nobile famiglia delle Alpi Marittime, sembrava molto interessato. Il comandante gli indicava le caratteristiche più importanti di quella nave agile e veloce e gli spiegava i segreti della navigazione.

«Questo nodo mi riesce con particolare facilità», commentò un giorno Bertrand.

«È un nodo importante per ogni marinaio», replicò patron Magri, «saldo e facile da sciogliere.»

«In ricordo di questa avventura, voglio che una figura simile a questa adorni il mio sigillo personale», disse d'impulso Bertrand, indicando la gassa d'amante che aveva appena annodato. «Una volta tornato a casa cercherò un bravo incisore.»

«Non avete bisogno di aspettare fino ad allora. Il nostro fabbro lavorava per la zecca del Doge. Può realizzarvi un sigillo o addirittura un conio.»

Nel frattempo la piccola Shirinaze si era ammalata, per cui Bertrand le aveva concesso di dormire in un angolo del suo alloggio, situato nel padiglione a poppa della nave.

Il giovane Cavaliere s'interrogava spesso con ansia sulla sorte dei suoi compagni rimasti nella città assediata, ma non nutriva speranze. Avevano sicuramente capitolato ed erano morti. Per vincere il senso di angoscia e impotenza, spostava subito il pensiero al cofanetto nascosto nel suo alloggio, provando un intenso sollievo: era vivo e avrebbe potuto adempiere al giuramento fatto al Gran Maestro Guillaume de Beaujeu.

Quando Bertrand rientrò nel suo alloggio, era notte fonda. Si accorse che Shirinaze era scossa da brividi di febbre e la coprì con il suo mantello crociato, inginocchiandosi accanto a lei e pregando che il buon Dio non la portasse via. Si sentiva profondamente legato a quella piccola dai grandi occhi bruni e dalla carnagione scura. Le aveva praticamente ridato la vita, la considerava quasi una figlia.

Il mattino seguente incontrò come sempre sul ponte il comandante, che gli chiese subito notizie della piccola.

«Non sta bene», rispose, «ha le convulsioni per la febbre alta. Temo che si stia aggravando.»

«Se riusciremo a mantenere questa velocità, fra tre o quattro giorni dovremmo raggiungere un porto dell'Adriatico, dove conosco un convento di monaci che potranno prestarle le cure necessarie. Vi siete affezionato, eh, Bertrand?»

«È tanto piccola e innocente. Che colpa ha di tutto questo? Sono sicuro che diventerà un'ottima cristiana. Ormai mi sento responsabile del suo futuro. E prego Dio di concederglielo.»

Akko. 20 ottobre 1998

Le origini della città si perdono in tempi remoti. La sua prima descrizione appare in antichi testi egizi del XVI secolo avanti Cristo. S'incunea nel mare come uno sperone di roccia, costituendo uno dei porti naturali più sicuri del Mediterraneo e per certo il più sicuro della Terrasanta.

Per conquistare quel baluardo sul mare erano state combattute tante aspre battaglie. Vi erano entrati gli eserciti di Giulio Cesare e gli Omayyadi di Damasco. Gli arabi l'avevano presa nel 636, convertendola all'Islam. I crociati se ne erano impossessati nel 1104, facendone il porto principale in Terrasanta e la residenza dei loro re. A parte una piccola parentesi, la città era poi rimasta sotto il dominio cristiano sino al 1291.

Vicende storiche che Gerardo di Valnure conosceva a

memoria. Si stava aggirando per le cosiddette Sale dei Crociati, studiando con estrema attenzione le colonne nella speranza di trovare qualche iscrizione utile, incisa come d'uso da un crociato durante l'ansiosa attesa dell'ordine d'attacco.

La città crociata era stata riportata alla luce soltanto di recente. Attraversando la parte più antica degli scavi, Gerardo raggiunse lo stretto cunicolo che portava al refettorio e permetteva di arrivare al porto passando sotto i bastioni. Se chi gli interessava era riuscito a fuggire da San Giovanni d'Acri assediata, lo aveva fatto passando di lì.

Quando, concluso il percorso sotterraneo, Gerardo si trovò di nuovo all'aperto, fu costretto a socchiudere gli occhi. Nel porticciolo stazionavano alcune imbarcazioni da diporto, e più lontano, verso il mare aperto, vide alcune barche da pesca. Si figurò la scena di settecento anni prima. Le galee alla fonda, le macchine da guerra, i fuochi dei bivacchi e, chiuse tra le solide mura, migliaia di persone in sgomenta attesa dell'attacco di al-Ashraf. Gli sembrava di averla lì, davanti agli occhi.

Invece, per quanti sforzi imponesse alla sua immaginazione, non riusciva a venire a capo del mistero che lo interessava. Puntò a passo risoluto verso il museo, a poca distanza dalla città antica. Poteva esservi celato qualche indizio.

La direttrice, l'archeologa francese Estelle Dufraisne, gli fece fare una decina di minuti di anticamera, prima di riceverlo con un atteggiamento chiaramente infastidito.

«In che cosa posso esserle utile, signor di Valnure?»

«Sto effettuando una ricerca.»

«Sul Sacro Graal? Sull'Arca dell'Alleanza? Sappia che sono letteralmente assediata da questo genere di 'ricercatori'. Ma io mi occupo solamente di ricerche storiche serie, non di fantastoria», replicò bruscamente la donna.

«Egregia signora Dufraisne», ribatté Gerardo in tono risentito, «ho all'attivo alcuni testi sul Medio Evo, e una ventina d'anni di ricerche storiche più che serie. E non mi sono mai fatto incantare dalle fantastorie sul Sacro Graal o sull'Arca Perduta. Mi baso su ciò che vedo, e ciò che vedo è questo.»

La direttrice prese la medaglia d'argento che aveva posato sul tavolo e la studiò.

«Sembrerebbe autentica. Una medaglia templare. Ne sono state scoperte diverse.»

«Sì, ma questa ha sul retro un sigillo singolare.»

«Questo?» chiese la donna. «Sembrerebbe un pesce stilizzato. No, qui ad Akko non ho mai visto niente di simile.»

«Già, un pesce con la coda annodata in quello che sembra un nodo marinaro.»

«Ripeto, non ho mai visto niente del genere. Conosco il simbolo stilizzato del pesce: si dice che fosse in uso tra i primi cristiani. Ma non ho notizia di nodi marinari.»

Gerardo si accorse che la donna stava per congedarlo e si affrettò a prevenirla: «Signora Dufraisne, alloggerò ancora per qualche giorno al Palm Beach Hotel. Se le venisse in mente qualcosa, le sarei veramente grato se volesse contattarmi».

Non appena Gerardo di Valnure fu uscito dalla sua stanza, Estelle Dufraisne si attaccò al telefono.

Adriatico. 26 maggio 1291

La nave sbandava paurosamente. Le onde erano meno alte di quelle che li avevano investiti durante la fuga da San Giovanni d'Acri, ma non per questo meno insidiose.

La costa era ormai in vista, e patron Magri si era piazzato accanto al timone, pronto a correggere la rotta in caso di bisogno, anche se sapeva di poter contare sull'esperienza dei suoi uomini.

Fu il calafato a comunicargli che stavano imbarcando acqua e che la parte immersa aveva subìto danni.

Lo scafo della nave era costituito da un lungo telaio orizzontale, detto «posticcio», due «correnti» longitudinali e due «gioghi» trasversali. E una delle «correnti» aveva ceduto nella parte prodiera. Non era un danno che per il momento potesse pregiudicare la navigazione, ma avrebbe richiesto lunghi lavori, impedendo per parecchio tempo alla galea di riprendere il viaggio verso Venezia.

Alle prime luci del mattino seguente, mentre il mare si andava calmando, la nave eseguì le manovre di ormeggio nel porto di Recanati.

Bertrand aveva trascorso l'intera notte accanto a Shirinaze, che non riprendeva conoscenza. Il suo corpicino era scosso da brividi di febbre; dalla bocca le uscivano parole incomprensibili.

Aveva visto uomini morire – ne aveva anche uccisi molti –, ma questa era una cosa diversa. Quella bimba gli era ormai entrata nel cuore.

«Lo scafo ha riportato seri danni», gli spiegò quel mattino il comandante. «La nave dovrà rimanere in cantiere a lungo. Credo che una volta a terra ci dovremo separare.»

«Mi spiace davvero, patron Magri. Ho potuto apprezzare la vostra abilità, e il viaggio via terra sarà senza dubbio molto più faticoso.»

«Vedrete che al convento che vi ho indicato presteranno le cure necessarie alla piccola.» Quindi il comandante lo fissò con uno sguardo carico di simpatia. «Prima che ci congediamo, avrei piacere che accettaste un modesto ricordo, Bertrand.»

Posò una piccola borsa di pelle sul tavolato e ne estrasse tre medaglie d'argento. Su un lato era impressa l'effigie dei templari: due cavalieri sullo stesso cavallo. Sull'altro si vedeva un pesce stilizzato, la cui coda era costituita dai due capi di una fune serrata dal nodo che Bertrand conosceva bene.

«Le ha coniate il nostro fabbro. Spero che vi piacciano.»

Bertrand le prese e le osservò a lungo. «Non so come ringraziarvi, patron Magri. Ci avete portato in salvo e mi fate dono di quello che d'ora in avanti desidero sia il mio sigillo.»

«Non ringraziatemi, Bertrand. In tanti anni di navigazione, ho incontrato di rado una persona del vostro altruismo. Sono fiero di avervi conosciuto.»

La piccola Shirinaze, caricata su una lettiga, fu la prima a sbarcare per essere ricoverata nel vicino convento. Bertrand de Rochebrune sbarcò invece con i suoi militari, tenendo gelosamente stretto il cofanetto consegnatogli dal Gran Maestro dell'Ordine.

Akko. 23 ottobre 1998

Gerardo di Valnure accese il suo computer portatile, apprestandosi come ogni sera a inserirvi con metodo tutti i nuovi particolari della ricerca e le sue impressioni. Digitò le tre password necessarie per l'accesso e cominciò a scrivere.

<FINO A QUESTO MOMENTO IL MIO VIAGGIO IN TERRASANTA È STATO DEL TUTTO INUTILE. HO VISTO SOLTANTO LE ROVINE DI UN'ANTICA CITTÀ CROCIATA E UNA DIRETTRICE DI MUSEO FURIOSA CON INDIANA JONES & COMPANY. EPPURE CONTINUO AD AVERE LA NETTA SENSAZIONE CHE LA STORIA CHE MI INTERESSA COMINCI DA QUI, ANCHE SE PER IL MOMENTO NIENTE ME LO CONFERMA. TRANNE, OVVIAMENTE, LA MEDAGLIA.>

Scosse la testa, rassegnato. Aveva ormai deciso di trattenersi soltanto qualche altro giorno, concludendo lì il suo viaggio e tornando in Italia. Scrisse ancora alcuni appunti, quindi spense il computer e andò a letto.

Intanto, al museo di Akko, Estelle Dufraisne stava parlando con un uomo dai lineamenti duri, che però le si rivolgeva nel tono di rispetto di un subalterno.

La donna posò sulla scrivania un cordoncino rosso intessuto con un filo d'oro, annodandone le estremità. L'altro fece passare nell'asola un capo di un cordoncino identico e ne annodò le estremità come aveva fatto lei, in modo che le corde fossero unite da due nodi identici: due gasse d'amante.

«Che cosa ti ha chiesto?» le chiese.

«Aveva una medaglia con il simbolo del nostro Ordine.»

«Sarà uno dei soliti cacciatori di miti. Stanno diventando un'epidemia.»

«No. Sapeva il fatto suo e mi è parso molto risoluto. Per questo mi sono rivolta al Gran Maestro, che ha subito contattato te», ribatté Estelle.

«Non dubitare, lo terremo d'occhio.»

Il mattino dopo Gerardo di Valnure si recò di buon'ora nella zona nord della città antica. Erano ancora in corso alcuni scavi, ma, come ogni sabato, la zona era deserta. Gerardo superò le transenne che delimitavano gli scavi e, attraverso una ripida scaletta in ferro, s'introdusse in un cunicolo che conduceva nel luogo dove un tempo c'era Porta Sant'Antonio.

Immerso nel buio di quella specie di cripta, trovò a tentoni l'interruttore generale, e la scena s'illuminò. A poca distanza da lui era stato riportato alla luce l'antico muro di cinta. Il terreno era scavato in più punti e coperto da un reticolo in filo di ferro. Osservò a una a una le grosse pietre delle mura e prese da terra un pennello usato dagli archeologi per rimuovere gli strati di polvere.

Lavorando con cautela e metodo, a poco a poco arrivò a ripulire una zona dove la pietra era stata incisa utilizzando una punta sottile, forse di chiodo o di pugnale. Tolse da una delle tasche della giacca multifunzionale una piccola torcia, accostandola alla zona, che intanto continuava a ripulire. E davanti al suo sguardo eccitato vide comparire un'iscrizione che sulle prime gli parve incomprensibile.

La studiò con attenzione spasmodica per qualche istante, e a poco a poco i caratteri gotici gli svelarono il loro mistero. Si accorse che, sebbene l'ambiente fosse quasi gelido, era madido di sudore.

Con dita tremanti tolse da un'altra tasca il taccuino e vi copiò le parole scritte in francese antico, traducendole mentalmente in italiano: «*La città sta per cadere nelle mani degli infedeli. Nessuno di noi si salverà. Ma Bertrand de Rochebrune ha raggiunto il mare, portando con sé il Testamento. Dio vegli su di noi. G.d.B*».

«Guillaume de Beaujeu!» esclamò Gerardo, lasciandosi andare a sedere su una grossa pietra: il Gran Maestro caduto nella difesa di San Giovanni d'Acri. Il cerchio si stava chiudendo.

Ma che cosa poteva essere quel «Testamento»? Quanto importante era per ridurre Guillaume de Beaujeu a far fuggire uno dei suoi Cavalieri proprio quando ne avrebbe avuto più bisogno? Che fossero le sue ultime volontà? E chi era Bertrand de Rochebrune?

Costa adriatica. 30 maggio 1291

Bertrand aveva trovato alloggio con i suoi nella rocca dei marchesi di Recanati, a poca distanza dal convento dov'era ricoverata la piccola Shirinaze, di cui si recava spesso a controllare le condizioni.

«Si è ulteriormente aggravata», gli disse un mattino il Priore. «Soltanto un miracolo potrebbe salvarla.»

Shirinaze aveva il viso imperlato di sudore. Bertrand s'inginocchiò accanto al giaciglio e pregò a lungo, stringendole la mano che sentiva ardere di febbre. Rimase lì diverso tempo, ma che cosa poteva fare lui, uomo d'armi? Quando lasciò il convento era gonfio d'angoscia.

Mentre tornava verso il castello dei marchesi di Recanati, si vide venire incontro a precipizio Paul, il suo giovane scudiero. Un ragazzo dai capelli rossi che gli era profondamente affezionato.

«Con licenza, signore», lo sentì dire in tono concitato, «devo parlarvi. Tra i nostri soldati comincia a serpeggiare il malcontento.»

«E perché mai?»

«Molti di loro sono lontani dalla Francia da anni, e non

vedono l'ora di rientrare in patria. Li irrita l'idea che ci attardiamo qui a causa di una giovane infedele.»

«Il viaggio è stato lungo, e ci resta molta strada da fare per raggiungere la Francia. Alcuni giorni di riposo non possono che giovarci. Comunque non devo rendere conto a loro delle mie decisioni.»

«Perdonatemi ancora, signore, ma se fossi in voi non sottovaluterei questo malumore. Molti di loro sono veterani, e mal sopportano il comando di un Cavaliere così giovane.»

«Che cosa potrebbero fare? Tentare una diserzione? Saprei bene come reagire. Non preoccuparti. Ogni malumore cesserà non appena ci saremo rimessi in viaggio. Quanto alla bambina a cui ho salvato la vita, i monaci dicono che questa notte sarà determinante. Se riuscirà a superarla, ci sono buone probabilità che tra una ventina di giorni sia in grado di ripartire con noi.»

Ma Bertrand scosse la testa. Non ci credeva lui stesso. Dubitava fortemente che Shirinaze riuscisse a vincere la malattia.

Invece quella notte avvenne il miracolo: la febbre cominciò a calare e i momenti d'incoscienza della bambina cominciarono a lasciare il posto a sprazzi sempre più ampi di lucidità. I decotti di corteccia di salice erano riusciti ad abbattere la febbre.

Appresa la confortante notizia, Bertrand radunò i suoi uomini nella corte del castello. «Soldati, capisco il vostro desiderio di rientrare al più presto in Francia. È anche il mio. La casa chiama anche me. E tra poco ci rimetteremo in viaggio. Vi chiedo soltanto qualche giorno», concluse. Ma l'urlo di gioia che si aspettava dai militari non arrivò.

«Perdonate, signore», intervenne invece il veterano Béranger, «non vogliatemene, ma ciò che sto per dirvi rispecchia l'opinione di molti di noi. Se fossimo partiti non appena sbarcati, a quest'ora potremmo essere molto vicini a questa 'casa' cui anelate tanto. Ma voi ci chiedete di aspettare ancora. Quanto?»

«Dio ha voluto che la nostra vita fosse salva, mentre possiamo avere pochi dubbi sulla sorte dei nostri confratelli rimasti a San Giovanni. Questa attesa non dovrebbe rendervi impazienti, ma piuttosto indurvi a ringraziare il Signore per la sua benevolenza.»

«E sia reso grazie a Dio», ribatté il veterano. «Ma non ci piace rimanere qui ad aspettare i comodi di una piccola infedele.»

«Comodi?» replicò Bertrand con tutta l'autorità di cui era capace. «Chiami così la grave malattia di un giovanissimo essere umano? È questo il tuo timore di Dio? È così che Lo ringrazi? Basta, partiremo quando deciderò io.»

E Bertrand fece scorrere uno sguardo di fuoco sui militari. Notò alcune espressioni di disappunto, ma nel complesso gli parve che avessero accettato il suo ordine.

Invece quella stessa notte Béranger e altri ventuno soldati disertarono, abbandonando l'accampamento dopo aver rubato cavalli e viveri.

Akko. 24 ottobre 1998

Quando Estelle Dufraisne sentì bussare e aprì la porta di casa sua, era già molto tardi.

«Gerardo di Valnure si è messo a curiosare tra gli scavi di Porta Sant'Antonio», la informò subito l'uomo dai lineamenti duri.

«Credi che abbia visto l'iscrizione?»

«Temo proprio di sì. Quando se n'è andato, e mi sono potuto avvicinare, l'iscrizione era stata ripulita, e lì accanto c'era il pennello con cui era stato rimosso lo strato di polvere.»

«Se riesce a capire a che cosa si riferiscono quelle parole, potremmo trovarcelo alle calcagna.»

«Te l'avevo detto che quell'iscrizione era pericolosa, e che doveva essere rimossa.»

«Pensi che sarebbe stato facile, davanti a tutti quegli archeologi?»

«Fatto sta che adesso Gerardo di Valnure si starà chiedendo che cosa sia questo 'Testamento'. Il testamento di Hugues de Payns, capisci? Il primo Gran Maestro dei Cavalieri del Tempio, il documento su cui si fonda il nostro Ordine. Guai se di Valnure dovesse scoprirlo. Dobbiamo fermarlo. Con qualsiasi mezzo.»

Gerardo era nella sua stanza al Palm Beach Hotel, immerso in profonde riflessioni. Com'era possibile che l'esistenza di quell'incisione non fosse mai stata divulgata? Non era infatti pensabile che l'avesse vista soltanto lui.

Ed era altrettanto impossibile che esperti archeologi avessero sottovalutato un reperto tanto importante. Decise che il mattino dopo sarebbe andato di nuovo dalla direttrice del museo. Che, oltre a tutto, dirigeva anche gli scavi nella città vecchia. Quella donna non soltanto non lo convinceva, ma gli piaceva molto poco.

Bertrand de Rochebrune, probabilmente uno dei pochi Templari messisi in salvo da San Giovanni assediata, era fuggito recando con sé un «Testamento». Un documento talmente importante da indurre il Gran Maestro Guillaume de Beaujeu a sottrarre un uomo alla difesa della città perché lo mettesse in salvo.

Gerardo si lasciò cadere di schianto sul letto, chiudendo gli occhi e riflettendo vorticosamente. Rimase qualche istante così, poi li riaprì e si tirò a sedere di scatto. Che l'antico proprietario della medaglia fosse proprio Bertrand de Rochebrune, sbarcato nei pressi di Recanati dopo essere fuggito da Acri?

Il giorno dopo avrebbe gettato in faccia alla direttrice del museo la sua scoperta, e dalla reazione avrebbe capito se era al corrente o no dell'esistenza dell'iscrizione.

Ma il mattino seguente, mentre correva con la Land Rover presa a nolo sulla strada in discesa che portava alla città, si vide venire incontro un camion. Immerso com'era nelle sue riflessioni, lo notò appena. Fu una sorta di sesto senso ad avvertirlo che all'improvviso il veicolo sbandava, invadendo la sua corsia.

Pigiò istintivamente con tutte le forze sul freno, ma non successe niente: il pedale scese sino a fondo corsa senza che l'auto rallentasse. Girò disperatamente il volante.

5

Porto Recanati. 20 giugno 1291

Una folla era accorsa per salutare i crociati in partenza per la Francia. Bertrand era alla guida dei trenta soldati rimastigli fedeli. Shirinaze montava un mulo offerto dal marchese.

Accomiatandosi dal giovane Cavaliere con commosse parole di augurio, il gentiluomo italiano gli tese le braccia, stringendolo a sé.

Bertrand corrispose di cuore all'abbraccio, quindi, liberatosi dalla stretta, prese la borsa di cuoio che teneva legata alla cintura e ne tolse una delle tre medaglie d'argento realizzate dall'incisore di patron Magri. «Vi prego», disse, «accettate questo modesto segno di riconoscenza per tutto ciò che avete fatto per noi.»

Il marchese di Recanati strinse la medaglia nella sinistra, alzando la destra nell'ultimo saluto. «Il Signore sia con voi.» Bertrand si fece il segno della croce e spronò il destriero che lo stesso nobiluomo gli aveva venduto.

Il percorso si sarebbe mantenuto quasi pianeggiante fino a Piacenza, dove si sarebbero avviati per la Via Francigena: i sentieri di montagna percorsi dai pellegrini in viaggio dalla Francia per Roma e la Terrasanta. A Piacenza vivevano certi cugini di Bertrand, che avrebbero sicuramente offerto loro cibo e ospitalità.

Qualche giorno più tardi, si erano appena addentrati in un fitto bosco di querce secolari e vegetazione bassa, tra gole profonde. Bertrand guidava il drappello d'avanguardia, l'altra metà dei crociati chiudeva il corteo. Al centro c'erano le donne e i bambini che avevano preferito aspettare di mettersi in viaggio sotto la loro protezione.

Improvvise come il lampo le frecce cominciarono ad abbattersi su di loro. Nell'istante di smarrimento che seguì l'attacco, non fu facile capire da dove arrivassero.

Bertrand vide alcuni dei suoi cadere, prima di essere lui stesso raggiunto da una freccia alla spalla sinistra. La punta del dardo si conficcò nel muscolo provocando una ferita non grave, ma molto dolorosa. Il giovane afferrò il legno della freccia e lo spezzò in prossimità della punta, chiudendo gli occhi in una smorfia di dolore. Avrebbe pensato più tardi a estrarla, adesso doveva soltanto vendere cara la pelle.

Riaperti gli occhi, vide spuntare sul sentiero Béranger in groppa a uno dei cavalli rubati al momento della diserzione. Portava ancora la divisa da crociato, con parte del corpo protetta dalla maglia metallica e dalla corazza. L'elmo era di foggia saracena, sottratto a un nemico ucciso in battaglia. Se lo vide venire addosso, seguito dai venti disertori che urlavano e mulinavano le armi.

Bertrand sguainò la pesante spada, facendola roteare sopra la testa, e colpì con gli speroni il fianco del suo destriero. I due cavalli si scontrarono in piena velocità, e la foresta fu scossa dal clangore delle armi che cozzavano. Il giovane Cavaliere fu disarcionato e rimase a terra qualche istante, confuso, mentre il veterano si apprestava a caricarlo di nuovo. Dalle fessure del suo elmo traspariva uno sguardo assassino.

De Rochebrune riuscì a mettersi in ginocchio e a schivare abilmente l'assalto, quindi menò un fendente tenendo la spada sopra la testa. Il colpo centrò l'avversario da dietro, tra le scapole, dove la pettorina della corazza attutì l'impatto, ma anche Béranger fu disarcionato. Si fronteggiarono in piedi, mulinando le spade.

Bertrand cercò di controllare la respirazione e di mantenere lucida la mente, quindi si buttò in un affondo. Sentì la lama penetrare nella carne del nemico, che, colpito alla gamba, barcollò aprendo la guardia. Era il momento di sferrare l'attacco finale. Il giovane parò un colpo di punta, poi compì una rotazione del busto, stringendo la spada con entrambe le mani. La lama sibilò nell'aria e colpì Béranger sul collo, protetto soltanto dalla maglia di ferro. La testa del disertore rotolò lontana, mentre il suo corpo si afflosciava a terra come un sacco vuoto.

Bertrand lo osservò soltanto un istante, poi si gettò nuovamente nella mischia, ma i disertori, visto cadere il loro comandante, avevano ormai perso lo slancio iniziale e batterono in ritirata, lasciando una decina di morti sul campo.

«Siete ferito, signore?» chiese ansiosamente Paul, lo scudiero, arrivando di corsa con la spada ancora lorda di sangue.

«Niente di grave. Dovremo estrarre la punta della freccia e cauterizzare la ferita.»

Paul arroventò un coltello affilato ed estrasse la punta, incidendo la ferita per allargarla e penetrando a fondo con la lama. Bertrand aveva la fronte imperlata di sudore, ma non emise che pochi sommessi lamenti. Quando però la lama rovente gli venne premuta sulla ferita per cauterizzarla, perse i sensi.

Il castello dei cugini di Piacenza distava ormai un solo giorno, e lì il giovane Cavaliere avrebbe potuto trascorrere un tranquillo periodo di convalescenza.

Aeroporto di Haifa. Israele. 27 ottobre 1998

Appena smontato dal volo di linea, il maggiordomo del conte di Valnure fu costretto ad asciugarsi il sudore che colava dalla fronte stempiata. Aveva con sé soltanto una borsa a tracolla e, superati finalmente i lunghi controlli di polizia, uscì dall'aerostazione precipitandosi verso il primo taxi libero.

«Mi porti all'ospedale», ordinò in un inglese perfetto.

Quando finalmente arrivò nella camera di Gerardo, tirò un sospiro di sollievo: era mal ridotto, con una gamba fratturata e il viso pieno di escoriazioni, ma grazie al cielo era vivo.

«Giacomo!» riuscì soltanto a esclamare Gerardo.

«Non affaticatevi, signor conte. Avrete tempo e modo di spiegarmi tutto.»

«Uno stupido incidente, Giacomo. Così almeno ha detto la polizia. Uno scontro frontale tra un'auto senza freni e un ignoto pirata della strada, scomparso subito.»

In quello stesso momento, a Roma, nella villa sull'Appia Antica, era in corso una nuova riunione segreta.

«Un uomo stava facendo domande sconvenienti su gravi questioni che riguardano le nostre origini», disse il Gran Maestro. «Abbiamo cercato subito di mettere freno alla sua curiosità, ma non è morto. Comunque le sue condizioni lo terranno alla larga da noi per un po'. Forse quanto basta perché la Vendetta si compia.»

Piacenza. 26 giugno 1291

«Chi siete?» chiese la guardia dalla torre, sporgendo la torcia per fare luce.

«Bertrand de Rochebrune, cugino dei signori di Valnure. Sono ferito e ho con me alcuni valorosi crociati e pellegrini sfuggiti all'assedio di San Giovanni d'Acri. Chiedo ospitalità.»

Pochi istanti più tardi Bertrand era nella corte del castello e si vide correre incontro il conte Lorenzo di Valnure.

«Cugino», esclamò il castellano, abbracciandolo con affetto. «Ti abbiamo pianto tra i caduti di Acri.»

«San Giovanni è dunque caduta», prese mestamente atto Bertrand.

«Sì, non ci sono stati superstiti, tranne poche persone che hanno potuto mettersi in salvo via mare. L'ho saputo da un amico, un mercante milanese che commercia con il Levante. Ma non avrei mai sperato che tra questi scampati ci fossi proprio tu.»

«È una storia lunga, ma se la tua benevolenza ci concederà qualche giorno di ospitalità, avrò modo di ragguagliarti.»

«La mia casa è tua», replicò Lorenzo di Valnure, stringendo il cugino in un nuovo abbraccio.

Un fanciullo elegante e delicato, sui nove anni, si teneva timidamente in disparte, divorando con lo sguardo il Cavaliere crociato, il cui leggendario mantello bianco frusciava nell'aria. Il conte lo chiamò a sé. «Ecco Luigi», lo presentò, «il mio secondogenito. Lo ricordi? Ai tempi della tua ultima visita aveva poco più di quattro anni, ma ormai è quasi pronto per affrontare la vita.»

Bertrand fece un cordiale cenno di saluto al ragazzino, commentando: «Ha un fisico snello e forte. Tra qualche anno potrebbe diventare uno degli *Hospites Templi* e poi, se ne sarà degno, Cavaliere».

«Dite davvero, Bertrand?» chiese il fanciullo con gli occhi sgranati.

«Vedremo, vedremo», tagliò corto il padrone di casa. «Immagino che sarai stanco e affamato. Vieni nella mia casa, dove saremo felici di accudirti. E non preoccuparti per la gente che è con te. Ci penserà la servitù. Una volta riposato potrai raccontarmi le tue vicende.

«Ho visto che hai con te una piccola mora», continuò. «È il tuo bottino di guerra? Un po' misero, direi, visto ciò che si mormora sulle ricchezze dei Templari.»

«No, Lorenzo, è una bambina che ho salvato da una tempesta in mare, e ho deciso di tenerla con me. Visto che la sorte ha voluto affidarmela, sento il dovere di provvedere al suo futuro.»

I due cugini erano figli di sorelle e si assomigliavano, sebbene il conte di Valnure fosse di diversi anni più anziano.

«Dicevi sul serio quando parlavi di ammettere mio figlio nell'Ordine?» chiese quest'ultimo quando si furono accomodati a tavola.

«Perché no? Non appena Luigi avrà raggiunto l'età, potrà venire con me e imparare l'arte della cavalleria. Sembra forte e intelligente.»

«Infatti, e non sai quanto poco mi sorrida l'idea di chiuderlo in un convento, come sarebbe destinato dalla legge ereditaria. Sembra molto più interessato alla vita avventurosa che a quella monastica. Ma suo fratello maggiore erediterà il titolo, e lui dovrà scegliere tra diventare un prelato o un Cavaliere del Tempio.»

«Come del resto ho dovuto fare io a sedici anni. Sono a tua disposizione, cugino.»

La sera seguente, dopo un lunghissimo sonno ristoratore, Bertrand fu sollecitato a raccontare gli ultimi giorni di San Giovanni d'Acri e la sua fuga. Prima di essere spedito affettuosamente ma perentoriamente a dormire, il piccolo Luigi lo ascoltò con una luce quasi febbricitante nello sguardo.

«Il Gran Maestro», si concluse la narrazione di Bertrand, «mi ha affidato un cofanetto, raccomandandomi, qualora fosse morto nell'assedio, di consegnarlo al suo successore.»

«Un cofanetto? Che cosa contiene?»

«Ho la chiave, ma non ho mai pensato di aprirlo.»

«Su, apriamolo. Guillaume de Beaujeu è morto, e credo sia giusto tu sappia che cos'hai messo in salvo per il suo successore. Potrai difenderlo con maggior cognizione di causa.»

Bertrand rimase qualche istante meditabondo. Il Gran Maestro non gli aveva detto di non aprire il cofanetto, ma soltanto di consegnarlo integro al suo successore. Annuendo con espressione intenta, si alzò e andò a prenderlo.

Lo aprirono in preda a un'intensa curiosità. Non vi trovarono ricchezze o gioie, ma una cartellina in pelle con tre fogli di pergamena manoscritti. Recavano il sigillo di Hugues de Payns, fondatore dell'Ordine, morto il 24 maggio 1136.

Haifa. 3 novembre 1998

«Ti prego, Giacomo», disse Gerardo di Valnure dal suo letto d'ospedale, «ho bisogno che tu svolga alcune indagini per me. Credo di avere scoperto qualcosa d'importante, ma il quadro non mi è ancora chiaro.»

«Certo, signore, compatibilmente con le mie possibilità.»

«Niente di eccezionale, Giacomo. Soltanto alcune ricerche nella biblioteca del museo di Akko. Dovresti scoprire quale testamento di persona influente ci fosse nella città antica, anche se dei documenti originari non esiste ormai quasi più niente. Ma non si sa mai.»

«Cercherò di fare del mio meglio, signore.»

«Bravo. Tra tre giorni mi dimetteranno, e partiremo. Dopo di che potrò fare ricerche più approfondite.»

Poche ore più tardi Estelle Dufraisne era nel suo ufficio al museo con l'uomo dai lineamenti duri.

«Quindi il nostro conte italiano non si è dato per vinto», disse questi.

«No, ha mandato una persona di sua fiducia a cercare qualcosa circa un non meglio identificato 'Testamento'.»

«E sei sicura che da queste parti non ci sia niente al riguardo?»

«Niente, tranne l'iscrizione che Gerardo di Valnure ha già visto.»

«È un osso duro. Sebbene abbia rischiato la pelle, continua a ficcare il naso.»

«Te l'avevo detto. È l'impressione che mi ha dato quando è venuto qui.»

«Comunque fra un paio di giorni lo dimetteranno, e tornerà in Italia. Speriamo che si metta tranquillo, altrimenti dovremo agire, e questa volta il Gran Maestro non ci concederà di sbagliare.»

«Non credo che quell'uomo mollerà la presa tanto facilmente.»

«Be', chi è causa del suo mal...»

«... pianga se stesso», concluse freddamente Estelle Dufraisne.

Castello di Valnure. 27 giugno 1291

«*Io, Hugues de Payns, Gran Maestro dell'Ordine dei Poveri Cavalieri di Cristo, sento avvicinarsi l'ora di ricongiungermi al Signore e pertanto ho deciso di vergare questo documento. Non già per lasciare ad altri ricchezze terrene, di cui noi Templari ci spogliamo come vuole la Regola, ma per indirizzare sulla retta via chi si assumerà dopo di me questo arduo compito e per prevenire errori che potrebbero annullare ogni nostra fatica.*»

Bertrand pronunciò ad alta voce queste parole, traducendole dal latino. Gli tremavano le mani: stava leggendo le ultime volontà del fondatore dell'Ordine. «Hugues de Payns rimase in Terrasanta fino a poco prima della morte», spiegò dopo aver appoggiato sullo scrigno le pagine consunte. «Si dice», proseguì, «che nei primi nove anni della loro permanenza presso il re di Gerusalemme, lui e i suoi Cavalieri abbiano effettuato molti scavi. Secondo una leggenda, infatti, la reggia sarebbe stata edificata sopra il Tempio di Salomone. Nessuno sa però con precisione che cosa cercassero, e sono sorte molte voci.»

Ripreso il manoscritto, Bertrand continuò a leggere: «*Il mio massimo timore riguarda le possibili evoluzioni del nostro Ordine. Sapranno i futuri Cavalieri mantenere gli impegni di castità, povertà e obbedienza previsti dalla Regola che ci siamo imposti? Oppure cederanno a vizio e corruzione? Ma, quand'anche rettitudine e onestà cristiana permanessero, vedo altri possibili pericoli. L'Ordine dei Poveri Cavalieri di Cristo si rafforzerà e trarrà sostentamento e potenza dalle sue stesse fondamenta, diventando una pedina indispensabile per chi ha il potere. E quando Satana s'impossesserà del Trono di Pietro, i sacri simboli cadranno nella polvere e l'influenza del Maligno schiaccerà la potenza dei Cavalieri del Tempio. State in guardia, fratelli. Mosè ha fatto uccidere migliaia di ebrei senza consultare Aronne, cui spettava pronunciare la sentenza. Così dicono le Sacre Scritture. Chi verrà dopo di me dovrà lottare per strappare il Trono di Pietro a Satana, e chi ha pec-*

cato perirà fra atroci tormenti. Chi verrà dopo di me dovrà lottare sino alla morte per avere salva la vita eterna». Bertrand fece una breve pausa, poi scandì le parole con cui si chiudeva il testamento spirituale del primo Gran Maestro: «*Nos perituri mortem salutamus*».

Lorenzo di Valnure prese il documento e lo esaminò con attenzione, soffermandosi in particolare sul suo precario stato di conservazione.

«Un documento così importante non può andare perduto», disse. «È opportuno effettuarne alcune copie, caso mai l'originale dovesse subire un ulteriore degrado. Conosco un ottimo amanuense, al vicino convento. Perché ti rimetta dalle ferite occorreranno almeno dieci giorni. Quanto basta perché il monaco possa fare diverse copie.»

«Sono d'accordo. Ne basterebbero due, delle quali vorrei che una fosse custodita da te. Il viaggio per la Francia è insidioso. Se dovesse accadermi qualcosa, la consegnerai al Gran Maestro dei Templari, come ho giurato a Guillaume de Beaujeu.»

«Così sarà, Bertrand. Hai la mia parola.»

Nel castello di Valnure i giorni trascorrevano sereni, e Bertrand dedicava buona parte del suo tempo a insegnare il francese a Shirinaze. La ferita alla spalla stava guarendo, e il momento di riprendere il viaggio si avvicinava rapidamente.

Finalmente, una calda mattina di luglio, la carovana si ricompose nella corte del castello. Il conte di Valnure abbracciò Bertrand.

«Dio ti accompagni, cugino.»

«Ti sono grato per tutto ciò che hai fatto per noi, Lorenzo.»

L'amanuense era riuscito a effettuare tre copie del manoscritto originale. Come avevano deciso, Bertrand ne consegnò una al cugino, e tenne per sé le altre due con l'originale.

Lo stesso castello. Novembre 1998

Gerardo di Valnure cominciava a muovere i primi passi con l'aiuto di due stampelle. Si aggirava nella sua dimora come una tigre in gabbia.

«Bertrand de Rochebrune», continuava a ripetersi, «Bertrand de Rochebrune...» Un nome che gli risultava stranamente familiare.

Aveva consultato inutilmente tutti i volumi sui Cavalieri del Tempio raccolti negli anni, ma Bertrand de Rochebrune sembrava non aver lasciato tracce nella complessa storia dell'Ordine.

L'immobilità forzata lo faceva sentire impotente, e il tarlo rodeva sempre più la sua mente. Qual era il «Testamento» che il Gran Maestro aveva affidato al Cavaliere, e, soprattutto, che cosa ne era stato di Bertrand de Rochebrune?

Era di nuovo a un punto morto. Eppure. Eppure... Dove aveva già sentito il nome de Rochebrune? Per quanto si arrovellasse, non riusciva a ricordare. Ma continuava a sperare: era sicuro che, tenendo duro, prima o poi sarebbe arrivato alla soluzione dell'enigma.

«Dunque», ripeté per l'ennesima volta ad alta voce. «A vestire l'abito di Cavaliere del Tempio erano giovani di nobile casata, prevalentemente francesi. Di norma secondo o terzogeniti, che non ereditavano il titolo ma tutt'al più una dote che avevano l'obbligo di conferire all'Ordine. Spesso era loro affidata la cura dei beni conferiti, podere o castello che fosse, e ancor più spesso il loro nome derivava dalla località di cui avevano la signoria.»

Gli venne in mente un'ultima risorsa. Non nutriva grandi speranze, ma non si poteva mai sapere. Si sedette al computer e si connesse con quello che amava definire «il sapere universale»: Internet.

Scelto uno dei migliori motori di ricerca, digitò l'espressione <DE ROCHEBRUNE> nella finestra di ricerca. La macchina gli rispose che compariva in tre siti.

Due di essi illustravano un maestoso picco delle Alpi Marittime, in Francia. Offrivano magnifiche *randonnées* su neve fresca e stupendi scenari di ghiacciaio. Ma il terzo...

«Il castello di Rochebrune», lesse, «forse un'antica dimora dei Templari, ha subìto diverse ristrutturazioni nei secoli, e oggi è un albergo di gran lusso.»

«Dimora *dei Templari*!» gridò Gerardo, facendo scorrere il testo sullo schermo con dita impazienti. Il castello era a qualche chilometro da Briançon.

Nella sua mente scattò un vaghissimo ricordo. Corse in biblioteca e prese da uno scaffale un antico volume.

Lo aveva puntigliosamente redatto il bisnonno, raccontandovi la storia della famiglia di Valnure fino alla sua epoca.

Lo sfogliò febbrilmente e finalmente trovò quel che cercava.

«Le due sorelle», lesse, «sposarono rispettivamente il conte Filiberto di Valnure e il marchese Gérard de Serre, signore di Briançon. Dalla prima unione nacque Lorenzo, dalla seconda due figli: François e Bertrand, cui fu assegnato in dote il castello di Rochebrune.»

Isola di Ruad. 14 aprile 1302

Il bel viso bruno di Shirinaze era incorniciato da capelli neri come la notte, che le scendevano fin sulle spalle con riccioli ribelli. Era alta per i suoi diciassette anni, e gli abiti non riuscivano più a dissimulare le curve del suo corpo. Bertrand aveva ottenuto che rimanesse al suo fianco anche quando era stato comandato in una delle ultime roccaforti cristiane della Terrasanta.

Otto anni prima era diventato Gran Maestro dell'Ordine Jacques de Molay, che era vissuto a lungo a Cipro e conosceva bene le coste dominate dai mori. L'isola di Ruad era una rocca imprendibile, da dove i Templari, su navi veloci, compivano scorrerie nelle terre musulmane. Nel 1301 era stata donata all'Ordine da Bonifacio VIII proprio per farne una spina nel fianco dei mori.

Dopo aver trascorso alcuni anni a Cipro, Bertrand de Rochebrune era stato inviato al seguito di de Molay. Nel frattempo aveva mantenuto una fitta corrispondenza con il cugino Lorenzo di Valnure, tenendo anche fede alla promessa fattagli.

Il secondogenito di Lorenzo, infatti, il giovane Luigi, aveva iniziato da alcuni mesi il tirocinio per diventare sergente agli ordini di Bertrand e poi Cavaliere. Era un giovane focoso, e a Bertrand non era sfuggito lo sguardo con cui aveva osservato Shirinaze la prima volta che l'aveva vista.

Le quattro navi avanzavano in formazione. Quando gli uomini cominciarono a calare le scialuppe, la costa, nella parte meridionale di quella che un tempo si chiamava contea di Tripoli, era ancora distante. Una luna velata illuminava il bianco dei mantelli crociati.

Bertrand comandava un plotone di ottanta uomini. Non appena toccarono terra si avviarono in silenzio. Il nemico poteva essere vicino.

Le variopinte tende dei mori, illuminate dai fuochi, erano infatti a poche migliaia di passi. I Cavalieri del Tempio li colsero di sorpresa. Neutralizzate le sentinelle, scesero in massa dalle alture: erano più di seicento contro trecento mori. Quando l'allarme si diffuse nell'accampamento, era ormai troppo tardi. I cavalieri crociati ebbero rapidamente ragione del nemico, e alle prime luci dell'alba erano già di ritorno alle scialuppe.

Luigi di Valnure era ancora troppo giovane per prendere parte a un'azione militare, sebbene negli addestramenti avesse mostrato una notevole maestria. Era rimasto sulla galea e adesso, affacciato alla battagliola, osservava le operazioni di reimbarco.

Non appena Bertrand fu di nuovo a bordo, gli si avvicinò: «Cugino, quando mi consentirete finalmente di seguirvi in un'azione militare?»

«Frena l'impazienza, Luigi, ogni cosa a suo tempo. Ho

promesso a tuo padre di vegliare su di te e d'insegnarti l'arte della cavalleria, non di lanciarti nella mischia ancora inesperto. Hai tutte le doti per diventare Cavaliere, ma è ancora presto.»

Qualche giorno più tardi Bertrand fu chiamato al cospetto del Gran Maestro.

«Bertrand», gli disse Jacques de Molay, «circolano voci inquietanti sull'Ordine. Maldicenze, dicerie infamanti. Fino a oggi la benevolenza del Santo Padre non le ha volute ascoltare, ma Bonifacio VIII è sempre più lontano dalle cose terrene. Che cosa ne sarà di noi quando gli succederà un nuovo papa, soprattutto se cedesse alle pretese di Filippo il Bello?»

«Il Testamento di Hugues de Payns!» esclamò Bertrand. «*Strappare il Trono di Pietro a Satana.*»

«Non siamo a questo punto, Bertrand, la profezia del mio predecessore è ancor lontana dall'avverarsi. Credo tuttavia che tu possa essere più utile al Tempio di Parigi che qui.»

Bertrand de Rochebrune fece per ribattere, ma un imperioso gesto lo fece desistere, mentre il Gran Maestro continuava: «Sei il Cavaliere in cui ripongo più fiducia. Partirai con la prima nave per la Francia, dove agirai nel solo interesse del Tempio, riferendo direttamente a me qualsiasi situazione di pericolo per l'Ordine».

Quando rientrò nei suoi alloggiamenti, Luigi, che stava lustrando le armi, notò subito la sua aria corrucciata.

«Che cosa vi angustia?» chiese, abbandonando la sua occupazione.

«Dovrai rinviare il tuo battesimo in battaglia, Luigi. Sono richiamato a Parigi. E naturalmente tu verrai con me.»

6

Parigi. 4 ottobre 1303

IL Tempio di Parigi era una costruzione alta e austera, con quattro torri ai vertici e altre due, più basse, sul lato orientale. Il tetto, a forma di tronco di cono, sembrava una settima torre, altissima.

L'edificio era stato eretto nel corso del XII secolo e successivamente ampliato. Alla chiesa, di pianta circolare, era stato recentemente aggiunto un ampio coro. Si diceva che fosse molto più lussuoso della residenza dello stesso Filippo IV, re di Francia.

Bertrand de Rochebrune era stato accolto con grande cordialità dal Precettore. Il suo salvacondotto recava il sigillo del Gran Maestro de Molay e ordinava di riceverlo con tutti gli onori. Quindi gli era stata assegnata una delle stanze sul fronte, mentre Luigi e Paul erano stati sistemati in una stanzetta nell'ala orientale. Shirinaze era stata accolta in una sede attigua, destinata alle donne incaricate delle cucine e delle pulizie, che non entravano mai nel Tempio vero e proprio.

Nel corso del primo anno della sua permanenza a Parigi, Bertrand si dedicò con grande impegno alle sottili arti di diplomazia e politica, onde poter stilare periodici rendiconti da inviare al Gran Maestro.

De Molay era sopravvissuto miracolosamente alla capitolazione dell'isola di Ruad, presa dal Sultano d'Egitto dopo un lungo assedio. Nella battaglia erano morti duecentocinquanta Templari, e quasi la metà erano stati fatti prigionieri. Ma il Gran Maestro era riuscito a rifugiarsi a Cipro.

Ancora una volta un ordine di un Gran Maestro aveva salvato la vita a Bertrand, ma quel genere di esistenza non faceva per lui.

«*Signore*», scrisse un giorno, «*non so se quanto accaduto ad Anagni è giunto ai vostri orecchi, quindi ve ne ragguaglio per sommi capi, gonfio di apprensione. Sciarra Colonna e Guglielmo de Nogaret, emissari del Re di Francia, sono entrati nella sede del Papa con le loro soldataglie e hanno imprigionato il Pontefice. È un affronto che sconvolge la Cristianità e pone le basi di una prevaricazione del potere temporale su quello ecclesiastico.*

«*Pare che Bonifacio* VIII *versi in cattiva salute, e si teme che la sua fine sia prossima. Già s'indicano molti pretendenti alla successione, in grande maggioranza legati a Filippo* IV. *Che cosa ne sarà di noi? A Parigi circolano insistenti voci circa l'intenzione del Re di Francia di sopprimere l'Ordine e confiscare tutti i nostri averi. Sono soltanto voci, ma potete ben immaginare quale sia lo stato d'animo di noi tutti qui al Tempio. Temo che il fronte della Guerra Santa si stia spostando, e che ben altre battaglie dovremo combattere. Mi permetto pertanto di suggerire la necessità della Vostra presenza qui a Parigi.*

«*Nutro il forte timore che quanto scritto nel Testamento stia per avverarsi. E credetemi, signore, quanto riferisco non è che una piccola parte dei veleni che si respirano a Parigi. La considerazione in cui i Cavalieri di Cristo sono tenuti dagli uomini del Re è cambiata: lo si capisce da mille piccoli segni: sguardi, comportamenti, voci.*»

Bertrand de Rochebrune arrotolò con cura la pergamena, la sigillò e poi, introdottala in un cilindro di pelle, vi appose un secondo sigillo di ceralacca raffigurante una fune annodata con un nodo marinaro a formare il simbolo di un pesce stilizzato.

Lione. Giugno 1305

La città era addobbata a festa. I drappi e gli stendardi con gli stemmi pontifici erano affissi a ogni angolo: Clemente V, papa voluto dal re di Francia, l'aveva scelta per salirvi sul Trono di Pietro.

Bertrand de Rochebrune era nel seguito del pontefice, accoltovi con tutti gli onori come alto esponente del Tempio, sebbene le accuse contro l'Ordine si fossero andate sempre più intensificando. Si parlava di sordidi riti, addirittura denunciati da un presunto testimone oculare, l'ex templare Esquieu de Floyran.

La cattedrale di Saint Just era su un'altura. Sul percorso per raggiungerla si assiepava una folla festante.

Improvvisamente si udì un rumore sordo. Un muro di pietre, su cui avevano trovato posto centinaia di fedeli, oscillò paurosamente e rovinò sul corteo papale. Lo stesso Clemente V fu disarcionato, e la sua tiara rotolò nella polvere. Dodici persone rimasero uccise, e molti furono i feriti travolti dalla folla in preda al panico.

Carlo di Valois, fratello del re, si chinò, raccolse il copricapo papale con le due corone sovrapposte, simbolo dell'integrità della Chiesa, e, inginocchiatosi, lo porse al pontefice.

Profondamente scosso, Bertrand de Rochebrune non poté non ripensare alle ultime parole di Hugues de Payns: « *Quando Satana s'impossesserà del Trono di Pietro, i sacri simboli cadranno nella polvere e l'influenza del Maligno schiaccerà la potenza dei Cavalieri del Tempio. State in guardia, fratelli* ».

Nel frattempo, al Tempio di Parigi, in assenza del suo protettore, Luigi di Valnure soffriva d'inedia. Quell'inattività gli pesava come una cappa di ferro.

Mentre girovagava incupito nelle viuzze all'esterno del Tempio, incontrò Shirinaze, che gli sorrise con la sua bella chiostra di denti candidi, sfavillanti nella pelle bruna. I due giovani non si vedevano da qualche tempo.

« Sono stanco di questo ozio », sbuffò Luigi. « Verrà mai il giorno in cui potrò impegnarmi in battaglia? »

« In modo che possiamo piangere un altro morto? » ribatté la giovane mora in tono carico di apprensione.

«Mai vorrei vedere i tuoi occhi piangere», replicò lui con profonda tenerezza, sorridendole. Gli occhi neri della ragazza riflettevano la luce di un sole pallido.

«Devo andare a portare questi panni nelle lavanderie», disse Shirinaze. «Perché non scendi con me? Puoi rientrare al Tempio attraverso i sotterranei.» E senza aspettare risposta, prese il cesto con gli indumenti e si avviò.

Luigi la seguì senza dire niente, ma, non appena furono nei sotterranei, la superò e le si parò davanti, fermandola.

«Shirinaze», esclamò in tono quasi implorante, «non sai che cosa darei per indossare una delle tuniche da templare che hai nella cesta.»

«Non è possibile», replicò la giovane in tono severo. «Verremo puniti.»

«Chi potrebbe scoprirci? Non lo diremo a nessuno. Ti prego, amica mia.»

Shirinaze abbassò lo sguardo al pavimento, con un'espressione di profonda inquietudine. Oltre a quel giovane, non aveva praticamente amici. Non parlava quasi mai con nessuno.

«Ti prego», insistette Luigi a voce bassissima. «Ti ripeto: non lo saprà nessuno.»

La giovane mora, schivatolo con un'abile mossa, scappò via senza dire niente: nemmeno di no.

Con il cuore in gola, Luigi vide che però non entrava nelle lavanderie ma in un locale di servizio.

La seguì d'impulso e, non appena ebbe varcato la soglia della stanzetta oscura e angusta, vide che Shirinaze gli stava porgendo il mantello da Cavaliere del Tempio.

Presolo con mani reverenti, Luigi se lo lasciò cadere sulle spalle.

«Sei il più bel Cavaliere che io abbia mai visto», sbottò Shirinaze.

Lui la guardò, stupito, e per la prima volta la vide veramente per ciò che era diventata: una giovane donna molto bella e in fiore. Si sentì bruciare da un fuoco sconosciuto, che non riuscì a reprimere.

Senza dire niente, le si accostò, la cinse alle spalle e premette la bocca contro la sua.

«È... è peccato», esclamò lei, imbarazzata, ritraendosi di scatto.

«No, Shirinaze, lo sarà quando avrò preso i voti, ma fino a quel momento sono un uomo libero. E... ti amo.»

«Non dire così, Luigi. È male... io...»

Ma Shirinaze non aggiunse altro, stringendosi a lui e rispondendo con ardore al bacio. A ragionare per entrambi era l'istinto della gioventù sana e forte.

«Lo desideravo da quando ti ho visto», mormorò Luigi.

La risposta di Shirinaze si spense in un altro bacio.

Novembre 1998

Gerardo era seduto in poltrona, con la gamba ingessata appoggiata su uno sgabello, devotamente accudito da Giacomo.

Aveva in mano la medaglia d'argento trovata a Recanati. Gli era venuta in mente una cosa su cui doveva indagare, e cioè da dove provenisse tutto il metallo prezioso di cui disponevano i Cavalieri del Tempio. Sul finire del XIII secolo, infatti, le miniere tedesche e russe non erano ancora in funzione. Eppure il Tempio possedeva enormi forzieri colmi d'argento, oro e altri metalli preziosi. Certo, i Templari erano stati gli antesignani dei moderni banchieri: aprivano lettere di credito, prestavano denaro persino a sovrani. Ma l'accumulo di una simile ricchezza in soli duecento anni, tanto grande da suscitare le mire persino del re di Francia, era un fatto singolare. Da dove veniva?

Chissà che nel vecchio castello di Rochebrune, o nei pressi, non si potesse scoprire qualcosa?

Quale attività di riabilitazione migliore, una volta tolto il gesso, che passeggiare tra i boschi ai piedi delle Alpi Marittime, resi balsamici dalla vicinanza del Mediterraneo?

Un paio di settimane più tardi, un sole incredibilmente luminoso rendeva trionfale la giornata al Grand Hôtel de Rochebrune.

Le dita di Gerardo di Valnure correvano veloci sulla tastiera del computer portatile che teneva sulle ginocchia. Stava raccogliendo i suoi appunti davanti a una vetrata da cui si vedeva in tutta la sua magnificenza il Pic de Rochebrune, quando si sentì rivolgere la parola da una voce sensuale: «Mi hanno detto che è italiano anche lei».

Giratosi, Gerardo vide una donna in pantaloni attillati e giacca trapuntata nera, con collo di pelliccia. I capelli neri erano tagliati alla maschietta, e gli occhi azzurri sembravano capaci di perforare qualsiasi difesa.

«Certo, sono italiano», rispose, alzandosi con qualche fatica e porgendo la destra. «Gerardo di Valnure.»

«Piacere. Sono Paola Lari, che però è soltanto un nome d'arte. Il mio vero cognome è Larizza. Sono cantante, e questa sera mi esibirò a Briançon. Posso sedermi qui? Sempre che non la disturbi.»

«No di sicuro», rispose Gerardo, spegnendo il computer. «Stavo soltanto prendendo qualche appunto ispirato dalla tranquillità di questo luogo.»

La conversazione si rivelò estremamente piacevole, tanto che alla fine i due si davano del tu, e Gerardo assicurò la sua presenza allo spettacolo di quella sera, dove arrivò puntuale.

Paola Lari era una cantante veramente notevole, e con un repertorio tale da consentirle, con i numerosi bis richiesti, d'intrattenere il pubblico fin quasi a mezzanotte.

Lasciato finalmente il palco, lo raggiunse al suo tavolo.

«Un tuo parere, signor conte?»

«Hai una voce magnifica, mi hai fatto letteralmente venire i brividi. Ma come fai a sapere che sono conte?»

«Intuito femminile?» rispose la bellissima donna, fissandolo con due occhi di fuoco.

Quando finalmente riuscì a lasciare la cantante e a tornare in camera sua, Gerardo ebbe la peggiore delle sorprese.

Tutto era in un disordine spaventevole, e il computer era sparito.

Poche ore più tardi lo stesso computer era in una villa dell'Appia Antica, posato su un tavolo.

« Abbiamo provato a violare le tre password di protezione », disse in tono inquieto l'uomo che lo aveva portato lì, « ma non c'è stato niente da fare: i segreti che nasconde restano lì dentro. »

« Non so di quali segreti possa essere in possesso questo Gerardo di Valnure », replicò il Gran Maestro, storpiando il nome con un brutto accento americano, « ma è molto improbabile che lo portino a noi. In ogni caso aveva ragione Sonia: è un vero osso duro. »

« Provochiamo un altro incidente? »

« No. Se ha scoperto qualcosa, avrà di sicuro informato qualcuno, e un secondo incidente potrebbe alimentare troppi sospetti. Vediamo che cosa fa ancora e continuiamo a tenerlo sotto stretta sorveglianza. »

Parigi. 1306

Era scoppiata improvvisa una rivolta contro il re Filippo IV, provocata dalle sue inique gabelle, per le quali tutti ormai lo chiamavano il « re falsario ». Il sovrano aveva trovato rifugio nel Tempio, la fortezza più sicura di Parigi.

Nel corso di questo suo soggiorno forzato, Filippo IV si aggirò ovunque, manifestando quella che poteva sembrare soltanto un'innocua curiosità. Ma così facendo ebbe modo di vedere il tesoro del Tempio, custodito in una grande stanza blindata al centro dell'edificio.

Bertrand de Rochebrune aveva però notato con quanto interesse Filippo osservasse ogni particolare, quasi volesse imprimerselo nella memoria, e, sapendo ciò che sapeva, il comportamento gli era apparso altamente sospetto. Si affrettò pertanto a inviare un messaggio al Gran Maestro, a Cipro.

«*Signore*», scrisse, «*mentre vi scrivo queste righe il Re di Francia è ospite del Tempio, dove manifesta una curiosità che mi inquieta, così come mi irrita il suo tono quasi da padrone di casa. Mentre la Regola impone che le uniche autorità che dobbiamo riconoscere sono la Vostra e quella del Papa.*

«*Purtroppo il Tesoriere ha commesso l'imprudenza di mostrargli le stanze del tesoro, e ho personalmente visto il suo sguardo illuminarsi di un lampo di cupidigia. Temo che l'oro lo abbia abbagliato: i suoi esausti forzieri ne trarrebbero immenso vantaggio. Contrariamente a quanto vi ho scritto in precedenza, credo dunque che non sia opportuna una Vostra venuta a Parigi. Sono convinto che Filippo stia architettando qualcosa per impadronirsi dei nostri beni, e la Vostra presenza qui potrebbe essere pericolosa per Voi. Fortunatamente mi sono fatto buoni amici nella cerchia del Re e ho ricevuto la solenne promessa che qualsiasi eventuale atto contrario al Tempio mi sarà tempestivamente segnalato. Devotamente Vi saluto e rimango in attesa di Vostre istruzioni.*»

Il breve soggiorno del sovrano gli aveva infatti permesso di stringere una solida amicizia con Jean Marie de Serrault, un giovane nobile la cui famiglia era molto vicina a Filippo, ma che non ne condivideva le idee, al punto che nel suo palazzo si svolgevano frequenti riunioni che molto poco sarebbero piaciute al re e ai suoi lacchè.

Il giovane conte aveva perso da tempo il padre, e alla gestione dei beni di famiglia provvedeva l'energica e coraggiosa madre. De Serrault aveva un fisico fragile, a cui corrispondeva forse un equilibrio instabile della mente. Ma in lui Bertrand trovò una delle poche persone di cui potersi fidare.

Alla fine di luglio, però, un altro evento inquietante lo indusse a scrivere una nuova lettera al Gran Maestro.

«*Ancora una volta, signore, sono costretto a riferirvi un fatto che suscita in me apprensione e sgomento. La mattina del 22 luglio gli sgherri di Filippo* IV *hanno incarcerato in un solo giorno tutti gli ebrei stanziati sul territorio francese, confiscando ogni loro bene onde rimpinguare le magre casse del sovrano. Vi scongiuro, signore, non tornate. Ho la netta sensazione che presto toccherà ai Cavalieri del Tempio. Qualsiasi cosa accada a Parigi, Cipro è un luogo sicuro per riorganizzarsi. Dal canto nostro, sapremo vendere cara la pelle.*»

La riposta arrivò due mesi più tardi. Nonostante le raccomandazioni di Bertrand, Jacques de Molay aveva deciso di aderire all'invito di Clemente V e si apprestava a partire per Parigi. Era convinto che Filippo IV avesse aderito al suo progetto di fusione tra l'Ordine del Tempio e quello dei Cavalieri dell'Ospedale di San Giovanni. E comunque, aggiungeva nella sua lettera, era pronto ad affrontare qualsiasi traversia e accusa.

Non poteva purtroppo sapere che dietro l'invito del pontefice c'era l'abile regia di Guillaume de Nogaret, astuto mestatore del re di Francia. Quello stesso Nogaret che era entrato ad Anagni e aveva preso in ostaggio Bonifacio VIII.

Jacques de Molay sbarcò in Francia con un seguito di sessanta Cavalieri e un tesoro di centocinquantamila fiorini d'oro. Assai più di quanto sarebbe servito per rimettere in sesto le finanze del re.

Castello di Valnure. 21 dicembre 1998

«Residenza del conte di Valnure», rispose impeccabile Giacomo.

«Sono Paola Lari. Vorrei parlare con il signor conte.»

Pochi istanti più tardi Gerardo era in linea con la cantante.

«Che piacere sentirti, Paola.»

«Mi avevi detto di chiamarti non appena fossi tornata dalla Francia. Mi è spiaciuto molto per quello che ti è successo in albergo. Hai avuto notizie della roba sparita dalla tua camera?»

«Era soltanto un computer portatile con una parte dei

miei appunti. Comunque il ladro non saprà che cosa farsene, visto che è protetto da una serie di password insuperabili.»

«Spero che il tuo lavoro non sia andato perduto.»

«No, soltanto qualche riflessione. I miei dati importanti sono nascosti in un posto molto più sicuro.»

«Meno male. Comunque sarò a Milano per un paio di giorni da domani. Che cosa ne diresti d'invitarmi a cena?»

«Con vero piacere. Se hai modo di raggiungermi a Piacenza, sarò molto onorato di averti mia ospite domani sera, sempre che tu possa.»

«Potrò senz'altro. A domani.»

Quando Paola arrivò al castello con un'auto di piccola cilindrata, era già buio, e i fari sapientemente disposti dagli architetti illuminavano l'edificio in tutto il suo splendore. Lui la aspettava nei pressi del cancello.

«E hai il coraggio di chiamare 'casa' questa magnificenza?» gli chiese lei, ridendo e abbracciandolo.

Saliti all'appartamento di Gerardo, trovarono ad attenderli sulla porta Giacomo, in giacca bianca con i bottoni dorati.

«Vuole affidarmi il soprabito, signora?» chiese quest'ultimo con un leggero inchino.

«Giacomo è un cuoco insuperabile, come scoprirai», spiegò Gerardo. «Posso intanto offrirti un aperitivo?»

Paola continuava a guardarsi attorno come abbagliata. Non le era mai capitato di trovarsi in un edificio così bello, oltre che così ricco di storia.

«Ecco il mio buon ritiro», continuò Gerardo. «È qui che mi rifugio quando torno dai miei viaggi.»

Quando finalmente ebbero finito di cenare e furono rimasti soli, Paola si mise comoda sul divano, accavallando le lunghe gambe fino a lasciar intravedere il confine tra la seta delle calze nere e la pelle.

Senza una sola parola, attirò a sé Gerardo e lo baciò sul collo, risalendo fino alla bocca. Lui la strinse, infilando le mani sotto la camicetta di seta bianca.

Sapeva che sarebbe stata l'avventura di una notte. Si era lasciato raramente coinvolgere in relazioni durature.

Parigi. Mattino del 2 ottobre 1307

Un militare raggiunse Bertrand mentre si trovava a colloquio con il Gran Maestro de Molay.

«Chiedo perdono, Cavalieri, ma un mendicante chiede di conferire con Bertrand de Rochebrune. È logoro e sudicio e si rifiuta di fornire le sue generalità, ma adduce motivi della massima importanza.»

«Ricevetelo, Bertrand», disse Jacques de Molay. «Possiamo senz'altro rimandare la nostra conversazione.»

Arrivato al cospetto del Templare, il mendicante si tolse il cappuccio del mantello, e, con un tuffo al cuore, Bertrand riconobbe Jean Marie de Serrault.

«Presto, Bertrand, dovete fuggire tutti», gli disse senza indugio il giovane, cereo in volto e con le mani scosse da un tremito. «Il re intende farvi imprigionare.»

«Spiegatevi meglio, vi prego.»

«Lo scorso 14 settembre il re ha deliberato il vostro arresto in massa, e il 22 gli ordini di cattura sono stati diramati in tutta la Francia, anche se dovranno essere aperti soltanto il 13 di ottobre. Dovete mettervi in salvo.»

«E di che cosa saremmo accusati?»

«Eresia, adorazione di idoli satanici come Bafometto, insulto ai sacri simboli religiosi, baci indecenti, sodomia. E sono soltanto i più gravi degli oltre cento capi d'accusa. Ma avete ancora il tempo di fuggire.»

«Sareste disposto a ripetere al nostro Gran Maestro quanto mi avete riferito?»

«A chiunque. Tanto ormai è in pericolo anche la mia vita. Il Tempio di Parigi e molte altre sedi templari sono sotto stretta sorveglianza da diversi giorni, ed è probabile che uno degli sgherri del re mi abbia riconosciuto.»

Dopo qualche tempo, ascoltatolo attentamente, Jacques

de Molay rifletté qualche istante con espressione cupa e poi sbottò: « Non abbiamo niente da temere. Sono accuse prive di qualsiasi fondamento, e a fronte di esse sta il nostro operato al servizio della Cristianità. Nessun tribunale potrà mai credere a simili infamie ».

« Permettetemi d'insistere », gridò quasi de Serrault. « È una congiura architettata dalla mente diabolica del Nogaret. Vi arresteranno e tortureranno, e molti di voi cederanno. Le loro ammissioni, per quanto estorte, basteranno per condannare l'intero Ordine del Tempio. »

« Vi ringrazio per quello che avete fatto per noi, conte de Serrault. Sapremo tenerne conto. Ma adesso vi prego di lasciarmi conferire con il Cavaliere de Rochebrune », tagliò corto de Molay.

« È ormai troppo tardi per mettere in salvo l'intero Ordine », continuò non appena rimasero soli. « E in ogni caso non posso fuggire davanti ad accuse così infamanti. Devo difendere me stesso e tutti voi. Quindi ti chiedo ancora una volta di mettere in salvo ciò che ci è sacro. È un ordine. La nostra flotta è pronta a salpare da La Rochelle. Raggiungila. »

« E dove andremo, signore? De Serrault ci ha detto che le accuse di Filippo IV sono state inviate a tutti i sovrani d'Europa. Nessun luogo sarà più sicuro per noi Templari. »

« Esistono terre ancora inesplorate, e vi rifugerete lì. È un viaggio lungo e difficile, ma non impossibile. I comandanti della nostra flotta conoscono bene la rotta. Si tratta di terre ricche d'oro e d'argento, popolate da indigeni ospitali, convinti che siamo la reincarnazione di una loro divinità. »

« Sono dunque ancora una volta costretto a fuggire davanti al pericolo? Mi ripugna, ma non posso che inchinarmi al vostro ordine. Consentitemi tuttavia una promessa solenne: tornerò. Tornerò per difendere i miei confratelli. Lo giuro sulla Croce. »

De Molay parve non sentirlo nemmeno e continuò: « A La Rochelle sono alla fonda diciassette navi. Non possiamo farle cadere nelle mani di Filippo IV. Dobbiamo portarle in salvo assieme al nostro tesoro ».

«Ma ci vorranno diversi giorni, e come potremo trasportare tutto di nascosto?»

«Non sto parlando del Tesoro dell'Ordine, Bertrand, ma soltanto di alcuni oggetti sacri che custodiamo da quando li scoprirono i fondatori nei sotterranei del Tempio di Gerusalemme. Io vi coprirò per quanto mi sarà possibile. Se necessario, arriverò fino ad ammettere le colpe che mi verranno contestate. La mia vita vale molto poco al confronto con l'importanza di quegli oggetti.

«Basta così. Tra due giorni partirai per La Rochelle sotto mentite spoglie. Sarai preceduto da una staffetta con i miei ordini. In quella città portuale ti si uniranno altri fratelli. Prenderai il comando della flotta, che successivamente dividerai. Dieci navi si fermeranno in Scozia, il cui sovrano non potrà mai mostrarci alcuna ostilità. Si terranno pronte a tornare in Francia, qualora altri Cavalieri dovessero trovarsi nelle condizioni di lasciare questo Paese. Con le altre sette, le più solide e veloci, tu farai invece rotta per quelle terre lontane. Dio ti assista.»

«Debbo parlarvi» disse Bertrand a Luigi e Shirinaze, convocati con la massima urgenza nel suo alloggio. «Il re sta per imprigionare tutti i Templari di Francia. E io sono stato destinato a una missione della massima segretezza e importanza. Credo sia meglio che voi due vi rifugiate in Italia, nel castello di Valnure.»

Luigi alzò su di lui uno sguardo intimidito, e ci volle qualche istante perché potesse parlare.

«È da tempo che voglio dirvi una cosa, Bertrand», sbottò finalmente, «ma non ho mai trovato il coraggio. Adesso... adesso... però...» e di nuovo s'interruppe, arrossendo intensamente. «Shirinaze e io ci amiamo», disse infine tutto d'un fiato. «Quindi... quindi devo rinunciare a diventare Cavaliere. Ma palesare il nostro amore a mio padre e ai miei parenti sarebbe molto difficile. Shirinaze è devota alla nostra religione, ma le sue origini... persino il colore della sua pelle... Non avremmo vita facile in nessun luogo cristiano. Portateci con voi.»

Bertrand sorrise e annuì.

Aveva occhi acuti, la confessione del suo protetto non lo aveva colto di sorpresa. Rimase qualche istante in silenzio, quindi annunciò in tono solenne: «Mi siete stati affidati dal destino o dalla famiglia. È giusto che rimaniate con me».

Castello di Valnure. 10 gennaio 1999

Era quasi l'una di notte, e Gerardo di Valnure stava cercando con scarso successo di canticchiare un'aria della *Carriera di un libertino* di Stravinsky, a cui aveva appena assistito al teatro di Reggio Emilia. Il cancello si aprì automaticamente, illuminato dai fari dell'auto. Per una strana associazione d'idee gli venne in mente Paola, ferma in quello stesso punto una ventina di giorni prima. Da allora si erano sentiti un paio di volte, ma non si erano visti. Per fortuna, anche lei sembrava poco propensa ai legami duraturi.

Scese dall'auto e, sotto una pioggia sottile, aprì il portoncino della sua abitazione, apprestandosi a salire le scale. Un forte colpo alla nuca gli fece perdere i sensi. Rimase svenuto diversi minuti, consentendo agli assalitori di scappare.

Quando si riprese, stentò a ricordarsi dove fosse. Si massaggiò la testa, che sembrava volesse esplodere. Poi ricordò tutto, e in particolare che Giacomo aveva preso un giorno di libertà per andare a trovare una parente malata. Salì le scale reggendosi al corrimano. Entrò in casa.

I ladri avevano frugato ovunque con metodo, e la casa era nel caos totale. Fatto un sommario controllo, Gerardo constatò che mancavano soltanto alcuni pezzi d'argenteria: per fortuna la cassaforte a muro, dov'erano custoditi i gioielli di famiglia, documenti e contanti, non aveva ceduto.

Lasciatosi cadere su una poltroncina dello studio, ancora confuso, Gerardo fece vagare lo sguardo nel locale in cerca di eventuali altri danni. E fu allora che notò il computer: i ladri lo avevano acceso. Erano davvero *ladri*? Che cosa stavano cercando?

Parigi. Notte del 4 ottobre 1307

I quattro carri carichi di fieno non uscirono dal portone principale del Tempio, ma da uno secondario, e si allontanarono rapidamente con il favore della notte. Sul primo carro c'erano Bertrand e Paul, sul secondo Luigi e Shirinaze, e sul terzo Jean Marie de Serrault, che aveva deciso di rifugiarsi in Scozia, dove aveva parenti. Con loro erano partiti una dozzina tra Cavalieri e sergenti.

Gli otto giorni di viaggio per La Rochelle trascorsero senza intoppi, e finalmente davanti al piccolo convoglio comparve la città, vagamente simile a San Giovanni d'Acri per l'alto muro di cinta turrito da cui era protetta. Alcune navi erano ormeggiate in banchina, altre dondolavano pigramente all'ancora in rada.

Era notte, e le porte erano sprangate.

«Sono Bertrand de Rochebrune, Cavaliere del Tempio: reco un salvacondotto e ordini del Gran Maestro Jacques de Molay per il comandante della flotta», annunciò Bertrand all'alt della sentinella.

«Una staffetta ci ha preannunciato il vostro arrivo, Cavaliere», gli fu risposto. «Il comandante della flotta vi sta aspettando. Vi condurrò da lui.»

Le sagome delle navi si stagliavano nella notte. Erano strane, molto diverse dalle galee e cocche su cui Bertrand era abituato a viaggiare nel Mediterraneo. Avevano i bordi più alti, una prua ancora più sollevata e vele diverse.

Bertrand le stava ancora osservando con interesse, quando si sentì salutare da una voce familiare. Con un trasalimento riconobbe il comandante che l'aveva portato in salvo da San Giovanni d'Acri.

Patron Magri si sporgeva con un largo sorriso dal parapetto della nave più grossa. «Sono lieto d'incontrarvi di nuovo, Bertrand.

«Così travestito, ho stentato a riconoscervi», continuò quando lo ebbe davanti a sé sul ponte. «Sono ai vostri ordini, secondo il dispaccio inviatomi dal Gran Maestro. La flotta è pronta a salpare.»

Quindi spiegò che l'armatore veneziano per il quale navigava nel Mediterraneo era morto, e lui aveva deciso di rimanere al servizio del Tempio, ricevendo il comando di quella flotta.

«Come vedete», spiegò, «queste cocche nordiche sono diverse dalle nostre, dovendo affrontare mari ben più difficili.»

Concluse con la massima celerità le operazioni di carico; il convoglio di diciassette navi mise la prora al mare e cominciò il lungo viaggio.

«Ho ormai percorso diverse volte la rotta verso le terre sconosciute, Bertrand», spiegò patron Magri quando ebbe terminato di dirigere le manovre. «Sono luoghi mirabili, dove frutti e verdure crescono spontanei. Intratteniamo buone relazioni con gli indigeni, che sono gente pacifica e ingenua.»

«Come fate a seguire la rotta?» chiese Bertrand.

«Basta dirigere a occidente e seguire una stella che chiamiamo Merika. Il viaggio può durare anche qualche mese, ma in questa stagione i venti sono favorevoli.»

Castello di Valnure. 15 gennaio 1999

Gerardo scosse ancora una volta la testa. No, c'era di sicuro qualcos'altro. *Doveva* esserci.

Nelle sue ricerche si era sempre limitato ai testi seri, rifuggendo da quelli fantasiosi, che romanzavano la vicenda dei Templari. Ma a un certo punto non gli erano più bastati, e si era visto praticamente costretto ad affrontare le teorie più fantasiose, che volevano addirittura i Cavalieri del

Tempio protagonisti di spedizioni oltre Oceano e quindi precursori di Colombo sulle rotte del Nuovo Mondo.

D'altra parte, dov'erano finite le loro diciassette navi alla fonda nel porto di La Rochelle, scomparse senza lasciare traccia il 13 ottobre 1307? E, di nuovo, da dove veniva l'immensa ricchezza in oro e argento accumulata dall'Ordine in un continente pressoché privo di minerali preziosi?

Era immerso ormai da diversi giorni in queste nuove ricerche, che però gli avevano concesso soltanto dati labili e fantasiosi: apparenti croci latine e celtiche in diverse iscrizioni Maya, assonanze di vocaboli tra la lingua degli indigeni messicani con alcune parole di vari idiomi europei, antiche leggende che parlavano di uomini di pelle chiara venuti dal mare e venerati come dei. Una stella che indicava la rotta da seguire, a cui certi testi facevano risalire il vocabolo America. Troppo poco.

Al largo delle coste scozzesi. 20 ottobre 1307

L'autunno si preannunciava clemente. I venti favorevoli li spingevano verso occidente con velocità costante. La nave di patron Magri solcava il mare maestosa e inarrestabile, le altre sedici navi la seguivano in formazione sparsa. Di lì a poco la flotta si sarebbe divisa.

Mentre Jean Marie de Serrault cercava di avvistare la terraferma dal ponte, Bertrand de Rochebrune gli si fece vicino. «È quasi giunto il momento di separaci, amico mio», disse.

«Sì. Non posso abbandonare mia madre al suo destino. Troverò rifugio presso i miei cugini St Clair, a Roslin, fino a quando le acque non si saranno calmate. Dopo di che tornerò senz'altro in Francia.»

«Ho giurato anch'io che tornerò. Il pensiero che tanti miei fratelli languiscano in catene mi toglie il sonno.»

«Dubito che una sola persona possa bastare a liberarli.»

«Non importa, tornerò ugualmente. Un singolare destino sembra assistermi... o condannarmi. Così è stato a San Giovanni d'Acri, così è stato nell'isola di Ruad. E ancora una volta un ordine mi salva, ma al tempo stesso mi allontana dal campo di battaglia. Non avrei di sicuro accettato se non mi fossero stati affidati i segreti del Tempio da portare in salvo.»

«Ah. Ecco che cosa contengono quei cofani pesantissimi e sigillati», esclamò de Serrault.

«Non lo deve sapere nessuno, amico mio. Se ve l'ho rivelato è soltanto perché sto per chiedervi una cosa di vitale importanza.» Bertrand fece una pausa, fissandolo negli occhi, quindi continuò: «Ritengo sia più prudente affidare quelle casse a voi piuttosto che tenerle sulla mia nave, esposte a ogni pericolo. Le custodirete fino al mio ritorno. E a quel punto speriamo che le infami persecuzioni contro i Cavalieri del Tempio siano soltanto un terribile ricordo».

«Non temete, Bertrand, quelle casse rimarranno in un luogo sicuro finché non tornerete. Mio cugino St Clair non violerà mai il vostro segreto.»

Come sempre succedeva di fronte a un avvenimento importante o pericoloso, le mani di Jean Marie presero a tremare, e il giovane fu costretto ad abbassare lo sguardo. Eppure, rifletté Bertrand, quelle mani incerte e quella mente debole erano più sicure della sua nave in balia di mari quasi ignoti.

Bertrand si congedò da Jean Marie con un caldo abbraccio, ma prima che scendesse nella scialuppa gli porse un involucro di pelle con una pergamena.

«Vi prego di custodire anche questo documento. Sono le ultime parole scritte dal primo Gran Maestro dell'Ordine, Hugues de Payns. Le ho tratte in salvo da San Giovanni d'Acri alcuni anni fa. Non è l'originale, che ho restituito al Gran Maestro de Molay, ma una copia che ho fatto eseguire in Italia. È comunque un documento prezioso, parole che, alla luce degli ultimi avvenimenti, ardono come fuoco.»

Roma. Una villa sull'Appia Antica. 20 gennaio 1999

«Che cosa siamo riusciti a scoprire di nuovo su Gerardo di Valnure?» chiese il Gran Maestro.

«Per il momento molto poco», rispose la donna, i cui occhi, visibili tra le fessure del cappuccio bianco, non tradivano il minimo senso di sottomissione. «Ma le sue ricerche procedono con metodo, e sono convinta che continuare a tenerlo d'occhio senza interferire nel suo lavoro possa portarci a buoni risultati.»

«Sono d'accordo. Dobbiamo assolutamente trovare i documenti scomparsi dal Tempio di Parigi in quello sciagurato ottobre del 1307. E a portarci a essi potrebbero essere proprio le ricerche di Gerardo di Valnure.»

7

Nuovo Mondo. Maggio 1311

QUATTRO anni erano volati come il vento. Il figlio di Luigi e Shirinaze giocava felice nel chiuso della palizzata che circondava le abitazioni come un baluardo. La sola struttura in pietra era una torre al centro del borgo. Un simbolo di potenza più che uno strumento di difesa: la convivenza con gli indigeni proseguiva infatti pacifica. Trattavano gli uomini dalla pelle chiara, vestiti di ferro, come divinità, e mai si sarebbero rivoltati contro di loro.

Bertrand de Rochebrune chiamò Luigi nella sua casa, costruita con robusti tronchi di legno.

«È ora che io torni in Europa», gli annunciò.

«Credete sia conveniente? La persecuzione sarà terminata? La Francia sarà tornata una terra sicura per un Cavaliere del Tempio?»

«Comunque stiano le cose, sento il dovere di tornare. Andrò prima in Scozia, dai parenti di Jean Marie de Serrault. Sapranno certamente che cosa ne è stato del Gran Maestro de Molay e dell'Ordine. Salperò tra dieci giorni.»

«Che cosa ti rattrista, Luigi?» chiese Shirinaze al marito, non appena lo vide arrivare a casa.

«Bertrand ha deciso di partire per l'Europa. La sua guida ci mancherà molto. L'unica cosa che mi consola è che potrò finalmente far avere notizie a mio padre. Probabilmente mi crede morto.»

E quella sera stessa Luigi scrisse una lettera.

«*Padre, vi prego di perdonarmi per le lunghe ansie che vi ho procurato, ma prima di oggi non mi è stato possibile cercare di farvi avere mie notizie. Mi trovo in una terra remota, un avamposto segreto dei Cavalieri del Tempio, che non pos-*

so svelare. Ma sono libero e godo di ottima salute, come spero ardentemente di tutti voi.

«*Sono ormai padre di un piccolo di quattro anni a cui, con mia moglie, ho voluto dare il vostro nome. La sorte ha voluto che riuscissimo a fuggire la stessa notte in cui iniziarono le persecuzioni contro i Cavalieri del Tempio.*

«*Dubito che potrò mai tornare a Piacenza: il viaggio è lungo e pieno d'insidie, e non posso farlo intraprendere a un bimbo di pochi anni. Ma, credetemi, voi e mio fratello mi mancate non poco. Consegnerò questa lettera al cugino Bertrand, che saprà trovare il modo di farvela pervenire. Vi scongiuro però di custodirla lontano da occhi indiscreti e di mantenere il più assoluto riserbo sul suo contenuto. Non so se avrò mai occasione di farvi avere altre mie notizie.*

«*Avrete sempre il mio più profondo rispetto e amore. Luigi.*»

Il giovane arrotolò il foglio e lo chiuse in un astuccio di pelle scura. Quindi fece sciogliere due terzi di cera d'api, un terzo di pece bianca e un pizzico di verderame, aggiungendovi qualche crine di cavallo per aumentarne la solidità. Infine prese il sigillo del suo protettore, Bertrand de Rochebrune, e lo impresse nell'impasto caldo.

Castello di Valnure. 30 gennaio 1999

Gerardo si lasciò cadere sul divano del salone. Aveva trascorso molte ore a sovrintendere ai nuovi lavori di ristrutturazione nell'ala più antica ed era stanco. Fece appena a tempo a chiudere gli occhi per godere di un attimo di relax, quando si sentì chiamare a gran voce dalla corte.

«Signor conte, presto, venga giù nelle cantine. Abbiamo scoperto una nicchia murata, e c'è dentro qualcosa», gridò uno dei muratori.

Gerardo fece i gradini a tre a tre. Le luci illuminavano una nicchia poco più alta di un metro, all'altezza della vita di un uomo. Infilò con cautela la destra nella fessura e tastò l'incavo. Con un sussulto di emozione sentì sotto le dita la forma cilindrica di un astuccio in pelle. Poi di un altro. Li estrasse entrambi con grande cautela, meravigliandosi del loro ottimo stato di conservazione, senza dubbio dovuto all'assenza di aria nel loro nascondiglio. Capì subito che si trattava di due custodie per pergamene.

Studiò il sigillo spezzato di una delle due, ed ebbe un nuovo sussulto di emozione. La cera si era scurita, ma vi si leggeva ancora il motto *Nos perituri mortem salutamus*. E si distingueva anche la gassa d'amante. Si augurò con fervore che i documenti fossero nello stesso stato di conservazione delle custodie. Ma non poteva cedere alla curiosità, compiendo una mossa avventata. Avrebbe potuto compromettere per sempre l'integrità dei documenti. Sapeva però a chi rivolgersi per non danneggiare quella scoperta straordinaria.

Luglio 1311

Il viaggio di ritorno era stato lungo e faticoso, complicato da venti poco favorevoli che avevano costretto le tre imbarcazioni templari a lunghi bordeggi. Ma dopo oltre sessanta giorni di navigazione avevano finalmente avvistato la terraferma. Le tre navi si erano ancorate in una rada riparata.

Bertrand de Rochebrune scese a terra con una scialuppa, accompagnato dallo scudiero e da cinque uomini. Non sapeva quale destino fosse toccato ai Templari, per cui non aveva indossato il candido mantello crociato.

Raggiunse il castello dei St Clair al calare della sera. Il ponte levatoio era ancora ammainato. Una sentinella gli sbarrò il passo.

«Sono Bertrand de Rochebrune, amico di Jean Marie de Serrault, cugino del tuo signore.»

«Con chi volete parlare?»

«Con il signor de Serrault o con il barone St Clair.»

Dopo pochi istanti fu raggiunto nella corte da Jean Marie, che aprì il viso in un sorriso di gioia, esclamando:

«Amico mio. Non sapete quanto io sia felice di rivedervi dopo così tanto tempo».

Bertrand si accorse subito che le sue condizioni erano ulteriormente peggiorate. Il tremito alle mani era ormai costante e lo sguardo sfuggente, se non addirittura vacuo.

«Come temevo, da quando Bertrand è partito le cose sono cambiate», disse Luigi a Shirinaze, preoccupato. Si era appena incontrato con Raymond de Ceillac, il nuovo capo della comunità. «Quell'uomo non mi piace», continuò. «E ancora meno mi piacciono il modo in cui tratta gli indigeni e la sua bramosia di oro e argento. Spero che Bertrand torni presto, altrimenti rischiamo il peggio.»

«Ma no. De Ceillac è un combattente, e forse hai interpretato male i suoi modi rudi. È il Cavaliere più anziano, e il comando gli spettava di diritto.»

«Conosco bene i suoi modi, e proprio per questo sono preoccupato. Ha istituito una sorta di giustizia sommaria, che colpisce tutti, ma soprattutto gli indigeni. Oggi ne ha fatto impiccare due, rei, secondo lui, di aver sottratto una pepita d'oro durante l'estrazione. Sta instaurando un regime di terrore. E alla fine non potrà che danneggiare la nostra pacifica convivenza con i locali.»

«Anche l'atteggiamento degli indigeni è cambiato, però. E credo di sapere perché.»

«Le donne, intendi?»

«Proprio. Al momento della partenza dall'Europa ce n'erano con noi soltanto cinque, oltre a me. Troppo poche per quasi settecento uomini, esclusi i Cavalieri del Tempio e gli ecclesiastici, votati alla castità. Era inevitabile che gli uomini si accompagnassero con le indigene, ma questo ha suscitato un malumore crescente.»

«È vero. Si dice addirittura che Raymond, violando i voti, abbia una relazione segreta con la figlia del capo del villaggio.»

Al grande tavolo sedevano Bertrand, St Clair e Jean Marie de Serrault. Le donne si erano educatamente allontanate dopo aver gustato con loro un ottimo pranzo a base di cacciagione.

St Clair era sui trent'anni e, come il cugino Jean Marie, non era di grande prestanza fisica. I capelli biondi tendenti al rosso gli davano un aspetto quasi fanciullesco. Portava una barba rada e poco curata. Dai suoi occhi trapariva però una forte energia.

« Da quella notte del 1307 », disse Jean Marie, « la situazione è peggiorata sempre più, anche se i sovrani a cui Filippo IV aveva rivolto l'invito a comportarsi come lui, sono stati molto più moderati. Qui in Scozia, per esempio, l'invito è stato ignorato.

« Il giorno seguente alla cattura, Nogaret ha trasmesso i capi di accusa alla Facoltà di Teologia della Sorbona per farli esaminare da una commissione. Pochi giorni dopo ha deposto lo stesso Gran Maestro de Molay, riuscendo ad accattivarsi la benevolenza di alcuni componenti della stessa commissione di luminari. Ma il piano architettato da Filippo con Nogaret e l'Inquisitore Imbert non poteva certamente trovare un ostacolo in loro. »

« Tuttavia il papa di Roma, per il quale siamo sempre stati pronti al sacrificio... » obiettò Bertrand.

« Dal marzo del 1309, Clemente V ha stabilito la sua residenza ad Avignone, e non è che un fantoccio prigioniero del re di Francia, anche se all'inizio ha cercato di far valere la sua autorità per quanto concerne l'Ordine. Molti Templari sono stati torturati durante gli interrogatori dell'Inquisizione, e alcuni di loro hanno confessato colpe ignobili. Tanto è bastato a far prevalere le accuse di Filippo. »

« Che sarebbero? »

« Alleanza dei Cavalieri del Tempio con i saraceni per impadronirsi della Cristianità, adorazione di idoli infernali, ripudio della croce, pratiche di sodomia, magia nera e altro ancora. »

« Ma è assurdo », commentò Bertrand con un filo di voce.

«Veramente assurdo», convenne il barone St Clair, sdegnato. «Ma, sotto tortura, lo stesso Gran Maestro de Molay ha ammesso colpe ignobili.»

«È morto?»

«No, ma se le accuse verranno confermate, rischia il rogo.»

«Ha rivelato anche la mia missione?»

«Ho raccolto le confidenze dei parenti di Geoffroy de Charney, a cui è stato concesso di curare le gravi ferite di de Molay e di un congiunto imprigionato con il Gran Maestro», rispose lo scozzese. «Sembra che de Molay sia stato crocifisso, e che gli siano state inferte tutte le ferite di Gesù. I boia dell'Inquisizione sono maestri nel mantenere l'imputato cosciente sin sulla soglia della morte. Ma nessuno dei Templari prigionieri ha mai parlato di voi o dei cofani che custodiamo in questo castello.»

«Credo addirittura che il Gran Maestro abbia deciso di ammettere quelle infamanti accuse proprio per difendere il vostro segreto», intervenne Jean Marie de Serrault.

«Si è dunque davvero sacrificato per questo», mormorò Bertrand.

«È un soldato, temprato dalle sofferenze. Ma il suo sacrificio è stato premiato. Una volta ottenuta la sua confessione, i giudici dell'Inquisizione non hanno indagato sulla destinazione della vostra flotta», convenne de Serrault.

«Da quello sciagurato giorno le cose sono precipitate, e il pontefice non fa niente per salvare i Cavalieri. Anzi, sembra addirittura che due cardinali abbiano interrogato il Gran Maestro a Chinon, confermando le accuse e rinviandolo a deporre davanti a una commissione creata *ad hoc* per non urtare la suscettibilità del re di Francia. Ma tra il 1309 e il 1310 questa commissione si è riunita soltanto tre volte. Intanto il vescovato di Sens ha condannato a morte cinquantaquattro Templari, arsi vivi nelle vicinanze di Parigi. Nel prossimo ottobre, poi, si aprirà a Vienne il Concilio, che senza dubbio sancirà la fine dell'Ordine.»

«Dobbiamo difendere i miei confratelli da questa infamia, salvarli», esclamò Bertrand con voce rotta dall'angoscia. Quindi, ritrovata la calma, continuò: «Quanti Cavalieri ancora liberi pensate che si possano radunare?»

«Quelli rifugiati in Scozia e Portogallo sono poco più di duemila, ma non è detto che intendano unirsi tutti a voi. E comunque sono troppo pochi per fronteggiare l'esercito del re di Francia.»

«Sia come sia, non possiamo rimanere inerti di fronte a una simile ingiustizia», concluse Bertrand de Rochebrune in tono di sfida.

Roma. Un palazzo all'Eur. Febbraio 1999

Sara Terracini si stava godendo qualche attimo di relax abbandonata sullo schienale della sedia, con le lunghe gambe appoggiate al primo cassetto della scrivania. Era esausta ma soddisfatta. Il laboratorio scientifico che dirigeva, uno dei più all'avanguardia nel mondo, aveva appena finito di catalogare il carico di una nave oneraria romana, recentemente riportato in superficie. La sua non comune bellezza era appena velata dal tono affaticato. La testa reclinata all'indietro lasciava cadere i capelli corvini sulle spalle come una cascata.

Il suo attimo di tregua fu interrotto dal trillo dell'interfono. «Il signor Gerardo di Valnure chiede di poterla vedere, dottoressa», le disse la segretaria. «Ma non ha un appuntamento», continuò in tono severo.

«Lo faccia passare subito, per favore.»

Sara si diede una rapida riassettata guardandosi nello specchietto preso dalla borsetta. Studiosa o non studiosa, non scordava mai di essere una *donna*.

Quando il nobile piacentino apparve sulla porta, si alzò immediatamente, schiudendo il viso in un caldo sorriso e andandogli incontro con le braccia aperte.

«Che magnifica sorpresa, Gerardo. Qual buon vento?»

«Ho bisogno delle tue splendide doti di scopritrice di misteri.»

Misteri? Sara avvertì un fin troppo noto campanello d'allarme. Non sarebbe mai riuscita a godersi *cinque* minuti consecutivi di tranquillità?

Si vide posare davanti una scatola di polistirolo, da cui Gerardo estrasse due antichi astucci cilindrici in pelle, attraverso la cui apertura si vedevano altrettante pergamene.

«Ecco il motivo della mia visita.»

A Sara bastò un rapidissimo esame per esclamare: «Custodie di età tardo-medievale, in ottimo stato di conservazione. Però temo che non si possa dire altrettanto delle pergamene. Che cosa raffigura quel sigillo?»

«Credo che troveremo una risposta proprio nelle pergamene, sempre che si riesca a estrarle integre. Il sigillo è quello di un Templare, che penso possa essere stato testimone degli ultimi travagliati momenti dell'Ordine. Sono entrato in possesso per puro caso della medaglia da cui il sigillo è stato ricavato, e poi l'ho ritrovato lì», rispose Gerardo posando sulla scrivania il disco d'argento. «Non puoi non aiutarmi, Sara. Che cosa sai dei Templari?»

«Non un granché, ma la loro storia mi affascina da quando il loro cammino si è intrecciato con una vicenda a cui ho avuto occasione di lavorare. Anche allora per un *amico*. Begli amici ho.»

«Quale vicenda?»

«Rennes-le-Château, un paesino della Linguadoca, che pare sia depositario di molti segreti e tesori nascosti, tra i quali, forse, anche quello dei Templari, oltre a quello del Tempio di Gerusalemme.»

«È una storia che conosco bene: sono ormai mesi che mi documento sulle ipotesi più fantasiose circa la fine dei Templari. E quel parroco di Rennes-le-Château, che sul finire del secolo scorso sembrò colpito da una improvvisa quanto misteriosa ricchezza, le voci sulla sua scoperta di un tesoro... Ma la vicenda che sta a cuore a me è un'altra.»

Agosto 1311

La palizzata che circondava la cittadina non bastava a contenere gli assalti degli indigeni. Le frecce infuocate piovevano da ogni parte, incendiando i tetti delle case di legno.

Lasciato il compito della difesa ai suoi, Raymond de Ceillac si era rifugiato con un manipolo di fedelissimi nell'unica costruzione in pietra del villaggio: un'alta torre squadrata simile al «maschio» di un castello templare.

Luigi di Valnure aveva resistito in prima linea fino a quando non aveva capito che ogni difesa era inutile, dopo di che si era precipitato alla sua abitazione, una delle poche a non essere ancora in fiamme, e aveva preso con sé Shirinaze e il piccolo Lorenzo.

Usciti da una breccia della palizzata durante un attimo di tregua, erano scappati nell'erba alta fino a sfinirsi, fermandosi finalmente su una rupe da dove potevano osservare senza pericolo gli sviluppi della battaglia.

Videro gli indigeni dilagare nel villaggio e trucidare chiunque si parasse loro davanti. Osservarono in un silenzio inorridito le case che si riducevano a mucchi di cenere. Finché non fu assaltata anche la torre. Ne videro uscire un centinaio di armati, che riuscirono a farsi largo, a raggiungere la spiaggia, dove erano in secca diverse scialuppe, e a prendere il mare verso l'unica delle quattro navi che si era salvata dall'incendio perché ancorata in rada.

La seguirono con lo sguardo finché non scomparve oltre lo sperone di roccia che delimitava la baia. Nessuno dei due aveva detto una sola parola. Gonfi di angoscia, si stavano chiedendo entrambi che cosa ne sarebbe stato di loro e, soprattutto, di loro figlio.

Ma non si persero d'animo. Dopo essersi concessi un brevissimo riposo, ripartirono verso la costa, dove si accinsero a costruire una zattera per raggiungere una vicina isola. Luigi sapeva che, circondata da un'insidiosa barriera corallina, per gli indigeni era una zona severamente vietata, popolata dagli spiriti degli antenati.

Infaticabilmente aiutato dalla moglie, usò la spada per recidere alcuni tronchi, che legò tra loro con foglie di palma intrecciate. Dopo due estenuanti giornate di lavoro, la zattera fu finalmente sulla battigia di spiaggia corallina.

Luigi la spinse verso il largo e finalmente vi si issò anche lui, spiegando la vela quadra ricavata dalla mantella di Shirinaze. Diede di piglio ai due lunghi remi modellati con la spada in due tronchi pressoché identici, e la zattera cominciò ad allontanarsi lentamente dalla spiaggia.

Le staffette del barone St Clair fecero ritorno a una a una. Erano state inviate in cerca dei Cavalieri sfuggiti alla persecuzione, ma le notizie che portavano non erano rincuoranti: la maggioranza di essi riteneva sciolto il voto, e soltanto sette od ottocento si erano dichiarati disposti a seguire Bertrand nell'improbo tentativo di liberare il Gran Maestro e gli altri confratelli.

Dispacci riservati di Bertrand de Rochebrune li avevano convocati in una località segreta presso Vienne, dove stava per aprirsi il Concilio incaricato di giudicare l'Ordine. Dovevano raggiungerla alla spicciolata senza dare nell'occhio, armati e, se possibile, a cavallo.

Roma. Febbraio 1999

I due astucci e il loro contenuto erano stati sottoposti a una serie di esami e poi immersi in una soluzione per separare le pergamene dalle custodie, a cui il tempo le aveva fuse. Quindi era iniziata la paziente opera per recuperare al meglio i documenti, dopo averli asciugati in uno speciale forno. Le tracce d'inchiostro erano cancellate in più punti.

Gerardo di Valnure manifestò le sue perplessità a Sara Terracini, che per tutta risposta gli indicò un'apparecchiatura simile a una macchina per raggi X.

«È uno spettroscopio di fluorescenza: serve a vedere le tracce lasciate dall'inchiostro», gli spiegò. Quindi prese con tutta la cautela dovuta i documenti e li inserì in una specie di fotocopiatrice.

«È un sofisticato scanner che combina raggi laser e infrarossi a betaradiografia. Ciò che riesce a leggere dovrebbe comparire presto sul mio monitor.»

L'attesa si rivelò più lunga del previsto, ma alla fine la macchina diede il suo responso. Sara digitò con mani esperte sulla tastiera, finché i caratteri gotici non apparvero nitidi sullo schermo.

«Ci siamo», esclamò, mentre Gerardo cominciava a tradurre a voce alta il francese antico del testo.

«*Io, Hugues de Payns, Gran Maestro dell'Ordine dei Poveri Cavalieri di Cristo, sento avvicinarsi l'ora di ricongiungermi al Signore e pertanto ho deciso di vergare questo documento. Non già per lasciare ad altri ricchezze terrene, di cui noi Templari ci spogliamo come vuole la Regola, ma per indirizzare sulla retta via chi si assumerà dopo di me questo arduo compito e per prevenire errori che potrebbero annullare ogni nostra fatica.*

«*Il mio massimo timore riguarda le possibili evoluzioni del nostro Ordine. Sapranno i futuri cavalieri mantenere gli impegni di castità, povertà e obbedienza previsti dalla regola che ci siamo imposti? Oppure cederanno a vizio e corruzione? Ma, quand'anche rettitudine e onestà cristiana permanessero, vedo altri possibili pericoli. L'Ordine dei Poveri Cavalieri di Cristo si rafforzerà e trarrà sostentamento e potenza dalle sue stesse fondamenta, diventando una pedina indispensabile per chi ha il potere. E quando Satana s'impossesserà del Trono di Pietro, i sacri simboli cadranno nella polvere e l'influenza del Maligno schiaccerà la potenza dei Cavalieri del Tempio. State in guardia, fratelli. Mosè ha fatto uccidere migliaia di ebrei senza consultare Aronne, cui spettava pronunciare la sentenza. Così dicono le Sacre Scritture. Chi verrà dopo di me dovrà lottare per strappare il Trono di Pietro a Satana, e chi ha peccato perirà fra atroci tormenti. Chi verrà dopo di me dovrà lottare sino alla morte per avere salva la vita eterna.*»

E finalmente Gerardo scandì le parole con cui si concludeva quello che sembrava essere l'ultimo saluto del primo Gran Maestro del Tempio: «*Nos perituri mortem salutamus*».

«Stupefacente», esclamò Sara.

La decifrazione della seconda pergamena risultò più difficile: l'apparecchio non riusciva a riconoscere molti caratteri, e per avere un risultato soddisfacente fu necessaria una serie di approssimazioni.

«Mi tremano quasi le mani», disse Gerardo scorrendo le parole, questa volta vergate nell'italiano volgare del Medio Evo. «Questo è un messaggio scritto da un mio antenato secoli fa.»

«Già, ma che cosa avrà inteso dire scrivendo: '*Mi trovo in una terra remota, un avamposto segreto dei Cavalieri del Tempio, che non posso svelare*'?»

«Non sono sicuro, ma mi sto convincendo che i Templari in fuga dalla Francia nel 1307 abbiano raggiunto il continente americano.»

«Una teoria fantasiosa, che ho letto anch'io non ricordo dove. Hai qualche prova?»

«Nessuna tangibile, soltanto una serie d'indizi, e per di più labili.»

«Vediamo che cosa ne dice la nostra enciclopedia vivente», replicò Sara, sollevando la cornetta del telefono interno.

«Toni», disse poi, «ti dispiacerebbe fare un salto da me?»

Toni Marradesi arrivò subito e, concluse le presentazioni, Sara gli chiese: «Che cosa ti dice l'ipotesi di una possibile fuga di Templari verso il continente americano quasi due secoli prima di Cristoforo Colombo?»

Il suo collaboratore rifletté qualche istante con espressione assorta, quasi stesse selezionando informazioni nella sua mente come in un computer, quindi rispose: «È una teoria che discende da quella dei Vichinghi come scopritori dell'America. Si basa su quattro importanti indizi. Nei pressi di Westdorf, nel Massachusetts, è stata scoperta una pietra scolpita in maniera rudimentale, con la figura di un cavaliere in armatura medievale. Regge uno scudo su cui si vede una nave che segue la rotta indicata da una stella».

«La stella Merika», esclamò Gerardo.

«Precisamente, un astro già noto agli antichi greci. Indica l'Ovest.» E Marradesi continuò: «Il secondo indizio è la singolare presenza di una torre in pietra a Newport, Rhode Island. La singolarità sta nel fatto che è descritta nei termini di 'villa normanna' nella carta geografica di Giovanni da Verrazzano, datata 1524. Terzo indizio: il nobile scozzese William St Clair, che vantava un antenato templare, completò attorno al 1480 una singolare cappella di famiglia nei pressi di Roslin, in Scozia. In alcuni bassorilievi sulle pareti si vedono pannocchie di mais e piante di aloe, allora sconosciute in Europa. Badate bene: la costruzione risale ad almeno dodici anni prima della scoperta di Colombo.

«Quarto e ultimo indizio: nelle nazioni iberiche la persecuzione contro i Templari non venne quasi messa in atto. In Portogallo, addirittura, venne loro consentito di rifondarsi sotto il nome di Cavalieri di Cristo, e se ne hanno tracce certe sino al XVI secolo. E sapete chi sposò la figlia di un Gran Maestro dei Cavalieri di Cristo? Precisamente Cristoforo Colombo. La sua ricerca potrebbe aver trovato origine nei racconti del suocero.

«L'ipotesi dei Vichinghi arrivati per primi in America partendo dalla Groenlandia è ormai quasi universalmente accettata. Sulla presenza dei Templari, invece, esiste soltanto una serie di tracce, di cui ho citato le più note.»

«Interessante, ma come mai non si è sviluppata una loro civiltà?» chiese Sara.

«La risposta è logica», intervenne Gerardo. «La flotta è fuggita da La Rochelle in tutta fretta sotto l'incalzare degli eventi, quindi a bordo non potevano esserci molte donne.

Aggiungi che i Templari erano monaci guerrieri, impegnati a sacri voti, tra cui quello di castità.

«Le sono veramente grato per il contributo che ha dato alla mia ricerca», continuò rivolto a Marradesi. «Mi farebbe molto piacere se desse un'occhiata ai manoscritti che la dottoressa Terracini è riuscita a mettere in chiaro con le sue apparecchiature.»

Marradesi prese gli stampati di computer e li lesse senza alcuna difficoltà, annuendo pensosamente.

«Se il luogo indicato in questa lettera è l'America, saremmo davanti a una scoperta sensazionale», commentò Sara.

«Proprio», convenne Gerardo, «ma vi prego calorosamente di non divulgarla. Questo documento potrebbe portarci a qualcosa di molto, molto importante.»

«Oh, siamo fin troppo abituati a trovarci impegolati in questioni riservate e spinose», replicò Sara con una lieve smorfia. «È diventata una sorta di nostra malaugurata specialità. Ma possiamo sapere che cosa sarebbe questo qualcosa?»

«Chissà, forse addirittura il favoloso tesoro dei Templari, anche se è un'ipotesi a cui credo poco: secondo me ha rimpolpato le casse di Filippo il Bello, e amen. No, penso piuttosto a importanti documenti, tipo quelli che si dice i primi Cavalieri abbiano scoperto in Terrasanta. Non sono mai venuti alla luce, e qualcuno pensa che l'ultimo Gran Maestro, Jacques de Molay, li abbia fatti mettere in salvo dal Tempio di Parigi poco prima del famigerato 13 ottobre 1307.»

«Gerardo, il mio laboratorio è a tua disposizione», esclamò Sara in tono entusiastico.

Agosto 1311

Il piccolo atollo era circondato da una barriera corallina che lo proteggeva dalla furia delle tempeste. Al suo centro si levava un monolito granitico alto almeno centocinquanta passi. La vegetazione era rigogliosa, acqua potabile e fresca sgorgava in un laghetto ai piedi della rocca di granito. Vi abbondavano volatili di ogni genere, verdura e frutta crescevano spontanee.

Già nel primo mese Luigi era riuscito a costruire una casa di legno a ridosso del monolito, sollevata da terra quanto bastava per eliminare il pericolo d'incursioni notturne di animali. Il sole implacabile aveva conferito toni bronzei alla carnagione già scura del piccolo Lorenzo.

Ma che cosa ne sarebbe stato di lui, un giorno? Sarebbe stato costretto a vivere lì in solitudine?

Era questa la massima angustia dei suoi genitori, che però si confortavano nella speranza che un giorno Bertrand de Rochebrune tornasse dal suo viaggio.

Bertrand stava invece apprestandosi a un altro viaggio, persino più pericoloso di quelli appena compiuti sull'Oceano.

«Barone St Clair», disse, «vi chiedo di non seguirci in questa impresa, ma di rimanere qui a custodire i documenti del Tempio.»

«No, Bertrand, non posso rimanere inerte. Voglio venire con voi.»

«Io stesso, da giovane, sono stato destinato a missioni che mi hanno allontanato dai campi di battaglia. Allora il mio rammarico è stato quasi intollerabile, ma dopo tanti anni devo riconoscere che chi mi ha dato quegli ordini aveva ragione. Sono serviti a salvare preziosissime cose. Quindi vi chiedo di fare altrettanto.»

«Siete uno dei Cavalieri più eminenti, e gli uomini ancora devoti all'Ordine vi tributano lo stesso rispetto riservato un tempo al Gran Maestro», replicò St Clair chinando la testa in segno di sottomissione. «Obbedirò al vostro ordine. Ma vi chiedo una cosa.»

«Dite.»

«Non sappiamo quale sorte riservi il futuro per l'Ordine, qui in Scozia. Fino a quando si potrà dichiarare apertamente di esserne membri? Ritengo di vitale importanza costituire una fratellanza votata a conservare i sacri oggetti, con il fine di annientare i nostri nemici.»

«Una setta segreta, quindi.»

«Esattamente.»

«Nemici, avete detto, al plurale. Chi sono?»

«Non vi sembri una bestemmia, ma anzitutto l'usurpatore del Trono di Pietro, a cui abbiamo giurato obbedienza e che invece ha lasciando languire i nostri fratelli nelle carceri o sotto i ferri dell'Inquisizione.»

«Vorreste ribellarvi al potere pontificio?» chiese Bertrand in un tono tra l'inorridito e l'incredulo.

«No, Bertrand, a un potere che viene esercitato in nome di Dio, ma in favore del Maligno.»

«Lasciatemi almeno tentare di liberare i nostri compagni. Userò la ragione, nella speranza di non dover ricorrere alla forza.»

«Quale forza, Bertrand? A Vienne troverete meno di un migliaio di Cavalieri, e ben diversi da come li ricordate. Sarà un'accozzaglia di sbandati, di uomini impoveriti e terrorizzati.»

«Senza contare che il re di Francia sta ammassando le sue truppe a Lione e conta di raggiungerle proprio nella prima quindicina di ottobre. Immaginatevi dunque quanto potrà essere indipendente il Concilio nella vicina Vienne», intervenne amaramente Jean Marie de Serrault, incalzando: «Concedeteci di agire in vostro nome, Bertrand. Se sarete voi a chiamare i confratelli al nuovo Ordine, il nostro scopo potrà essere raggiunto».

«Datemi il tempo di pensarci», tagliò corto Bertrand.

La nave apparve all'orizzonte nelle prime ore del mattino. Sull'albero di maestra sventolava la bandiera di battaglia dei Cavalieri del Tempio: un teschio su due tibie incrociate, bianchi su fondo nero.

Luigi la osservò dalla rupe finché non superò un varco della barriera corallina, dando fondo nell'unica baia dell'isola. Poi corse verso la sua capanna.

«Stanno per sbarcare gli uomini di Raymond de Ceillac», disse a Shirinaze. «Dobbiamo decidere se rimanere qui per sempre o unirci a quanto rimane della nostra comunità, con lui.»

Shirinaze rifletté alcuni istanti, poi rispose: «Faremo come decidi tu, Luigi, ma personalmente preferirei allevare mio figlio qui piuttosto che tra quella gente».

«Hai ragione, rimaniamo. Dobbiamo mimetizzare la capanna con foglie di palma e restare nascosti finché la nave non se ne andrà. Penso siano venuti a fare rifornimento di acqua e viveri. Tra pochi giorni salperanno di nuovo.»

Febbraio 1999

Appena fu rientrato nella sua casa di Piacenza, Gerardo di Valnure tolse dalla ventiquattrore il floppy e lo inserì nel lettore. Verificato che quanto registratovi da Sara Terracini fosse intatto, lo copiò sul disco fisso del suo computer, in un file protetto da ulteriori tre parole d'accesso. Quindi chiuse dischetto e originali dei documenti nella cassaforte a muro. I singolari incidenti che gli erano capitati gli avevano insegnato che la prudenza non è mai troppa.

Poco dopo squillò il telefono e, sentendo la voce di Paola, le sue labbra si schiusero in un sorriso.

Sara Terracini era assorta nel pensiero di quella scoperta sensazionale. Sarebbe stato magnifico poter dimostrare che i Templari in fuga avevano varcato l'Oceano e raggiunto il continente americano.

A riscuoterla dalle sue riflessioni fu il campanello del computer, che prese a suonare con insistenza. Letto il codice di chi la stava chiamando da molto lontano, si precipitò ad aprire la finestra della videoconferenza.

Sullo schermo comparve un viso amico, il cui saluto uscì chiaro dagli altoparlanti del computer, anche se le parole arrivavano in leggero ritardo rispetto all'immagine.

«Oswald, vecchio mio, *shalom.* Ti credevo impegnato nella campagna elettorale», rispose Sara.

«Sì, certo, i miei consiglieri stanno facendo di tutto per addomesticarmi alla vita politica. E da quando a Tel Aviv si è cominciato a respirare aria di elezioni, i miei impegni si sono moltiplicati.»

«Sembri destinato a incarichi importanti. Addirittura la poltrona di ministro della Difesa, ho letto. Chissà se troverai ancora il tempo di...»

Sara s'interruppe lì, vedendo che nel video si era aperta una finestra di testo dove scorrevano le parole: <UTILIZZIAMO IL TESTO E CRIPTIAMOLO. NON VOGLIO CHE ORECCHI INDISCRETI CI ASCOLTINO>.

<OK>, digitò immediatamente Sara sulla tastiera, dopo aver azionato il programma per comunicare in linguaggio criptato.

Oswald Breil era un uomo di bassissima statura – poco più che un nano –, ma di straordinario ingegno. Nonostante l'infelice aspetto fisico, i suoi meriti lo avevano fatto salire rapidamente alle più alte gerarchie israeliane, fino a essere candidato alla carica di ministro.

I meriti se li era conquistati sul campo, prima come ufficiale del Mossad e poi, passando per il comando dello Shin-Beth, il servizio di sicurezza interno, come capo dello stesso Mossad. Il più potente e organizzato servizio segreto del mondo: l'«Istituto», come lo chiamavano gli addetti ai lavori.

Con la sua straordinaria esperienza di restauro e decifrazione di antichi reperti, Sara Terracini aveva contribuito a diverse sue importanti indagini. Un gioco pericoloso, che l'aveva messa più di una volta in pericolo di vita, ma che la eccitava. Quando Oswald le chiedeva qualcosa, non riusciva a dirgli di no.

<A CHE COSA STAI LAVORANDO, SARA?> chiese la finestra nel monitor.

<A NIENTE DI SPECIALE, LE SOLITE ANTICAGLIE. PERÒ...>

<PERÒ?>

<BE', HO PROMESSO DI NON FARNE PAROLA CON NESSUNO, MA SE NON MI CONFIDO NEMMENO CON TE...>

<SONO TUTTO ORECCHI. ANZI, OCCHI.>

<CREDO DI ESSERE SULLE TRACCE DI UNA GROSSA SCOPERTA. NIENTEMENO CHE UNO SBARCO IN AMERICA CIRCA DUECENTO ANNI PRIMA DI CRISTOFORO COLOMBO.>

<NON MI SEMBRA UNA GRAN NOVITÀ. NON SONO STATI I VICHINGHI?>

<NO, STO PARLANDO DEI TEMPLARI SFUGGITI ALLA CATTURA NEL 1307.>

<TEMPLARI? SÌ, È VERO, MI SEMBRA DI AVER LETTO QUALCOSA. MA TU CHE COSA C'ENTRI?>

<BE', SI TRATTA DI DUE DOCUMENTI CHE HO APPENA FINITO DI RESTAURARE.>

<CHE COSA DICONO?>

<IL PRIMO SEMBREREBBE IL TESTAMENTO SPIRITUALE DI HUGUES DE PAYNS. IL SECONDO INVECE È UNA LETTERA SCRITTA DA UN GIOVANE DI NOME LUIGI AL PADRE, IL CONTE LORENZO DI VALNURE, VERSO IL 1310. VI SI FA RIFERIMENTO A UN LUOGO REMOTO, UNA SEDE SEGRETA DEI CAVALIERI DEL TEMPIO.>

<COME NE SEI ENTRATA IN POSSESSO?>

<UN VECCHIO AMICO, APPASSIONATO DI MEDIEVALISTICA, LI HA SCOPERTI IN UNA NICCHIA SEGRETA NEL SUO CASTELLO. È PROPRONIPOTE DI QUESTO LORENZO DI VALNURE. HA TROVATO ANCHE UNA MEDAGLIA CON LO STESSO SIGILLO DI UNO DEI DUE ASTUCCI IN CUI ERANO CUSTODITI I DOCUMENTI.>

<CHE COSA C'È IMPRESSO? I TEMPLARI SI SERVIVANO DI SINGOLARI FIGURE.>

<SU UNA FACCIA C'È L'EFFIGIE CLASSICA DEI DUE CAVALIERI IN SELLA ALLO STESSO DESTRIERO, SULL'ALTRA INVECE SI VEDE LA RIPRODUZIONE DI UN NODO MARINARO. SECONDO GERARDO DI VALNURE, IL MIO AMICO, SI TRATTEREBBE DI UNA GASSA

D'AMANTE, UN NODO IN USO DA TEMPI REMOTI NELLA MARINERIA.>

<UNA GASSA D'AMANTE? MI RICORDA QUALCOSA. LASCIAMI UN PO' DI TEMPO. TI RICHIAMO IO. CIAO.>

Quando ebbe finito di digitare queste parole, Oswald Breil lasciò la tastiera e sollevò la cornetta del telefono, componendo un numero riservato. Quello del dottor Erma, l'uomo che lo aveva sostituito alla guida del Mossad.

Settembre 1311

La nave se ne andò dopo tre giorni, senza che gli uomini di de Ceillac li avessero scoperti.

Luigi e Shirinaze ricominciarono la loro abituale vita, fatta quasi di niente ma felice.

Quei tre giorni trascorsi alla macchia erano sembrati interminabili, ma avevano permesso loro di capire molte cose. Avevano sentito de Ceillac e i suoi schiamazzare da ubriachi, convincendosi di aver preso la decisione migliore. La ciurmaglia di de Ceillac sembrava quella di una nave pirata. Non aveva più niente a che fare con gli ideali del Tempio.

«L'Ordine del Tempio è finito, Bertrand», esclamò Jean Marie de Serrault. «Almeno nella Francia di Filippo IV. Vi prego di tornare sulla vostra decisione. Facciamo ancora in tempo ad avvertire chi ha aderito alla vostra iniziativa. Non partite. Ho un terribile presentimento.»

«Devo cercare con ogni mezzo di liberare i miei confratelli, Jean Marie. Ormai è deciso: tra quattro giorni partirò.

«Guardate», continuò, indicando le tappe del viaggio su una mappa. «Approderemo in Portogallo, l'unico Paese dove non siamo ancora perseguitati. Lì ci divideremo, per arrivare all'appuntamento nel bosco di Vienne il giorno in cui si aprirà il Concilio. Verificherò di persona se il papa ha davvero perso ogni dignità e si è piegato al re di Francia.»

« Non vi sembra già evidente? Di quale altra prova avete bisogno? » intervenne St Clair. « Non bastano tutti i Templari arsi sul rogo, le torture? Insisto, Bertrand, dobbiamo ricominciare da capo, con i medesimi ideali ma con un primo nemico da sconfiggere, molto più insidioso dei mori: Clemente v. »

« Avete quasi certamente ragione, ma, prima di prendere decisioni contrarie alla Regola del Tempio, vi chiedo di poter verificare di persona. »

« Il mio timore è che non facciate mai ritorno. »

« Se così fosse, vi autorizzo a costituire un nucleo di Cavalieri che si prefiggano l'abbattimento dell'usurpatore del Trono di Pietro. Potrete farlo in mio nome utilizzando questo sigillo, che ogni Templare conosce. »

E Bertrand posò sulla mappa una delle tre medaglie d'argento coniate tanto tempo prima.

La mente di Luigi di Valnure era rosa da un timore. Anche gli uomini di de Ceillac sapevano che quell'isola era considerata inviolabile dagli indigeni. Avrebbero quindi potuto eleggerla anch'essi a loro sede, e a quel punto loro tre non avrebbero potuto fare a meno di rivelarsi.

Ma dopo più di un mese il timore si era attenuato, cedendo alla serenità della loro vita.

« Vado al lago a bagnarmi con Lorenzo », disse Shirinaze un mattino.

E Luigi rimase solo a intrecciare foglie per riparare la tettoia danneggiata dal forte vento di quella notte.

Aveva quasi terminato, quando ebbe un sinistro presentimento, che lo fece precipitare verso il promontorio che chiudeva la baia. Quando giunse sulla sommità, il presentimento si fece realtà: nell'acqua cristallina dondolava la nave di de Ceillac. Sulla spiaggia vide una scialuppa: qualcuno era sceso a terra.

Corse a perdifiato, incurante delle sferzate degli arbusti che lo ferivano in tutto il corpo. Stringeva in mano l'arco che si era costruito, pregando in cuor suo che gli uomini di de Ceillac non fossero andati alla fonte di acqua potabile.

Shirinaze si spogliò e abbandonò gli abiti ormai logori vicino a un cespuglio. Preso per mano il piccolo Lorenzo, s'immerse lentamente nell'acqua cristallina.

Mentre reggeva con entrambe le mani il bambino che cercava d'imparare a nuotare, vide qualcosa che la terrorizzò.

Soffocò il grido. Sulla sponda del laghetto sette uomini avevano posato a terra le botti e la stavano guardando come un branco di lupi famelici.

Le furono addosso in un baleno. Due la presero per le braccia, mentre un terzo si occupava di Lorenzo.

La trascinarono alla riva e la depositarono nuda di fronte a quello che sembrava il loro capo.

«Guarda chi si rivede», esclamò questi. «La moglie saracena del nobile Luigi.»

Il suo sguardo lussurioso scorse per alcuni istanti sul bel corpo brunito, poi l'uomo riprese: «Purtroppo a bordo non ci sono donne, e i miei uomini ne sentono molto la mancanza. Da alcuni mesi, ormai...»

La presa ai polsi si fece ancor più forte. Shirinaze cercò di divincolarsi, sapendo che cosa l'aspettava, ma era immobilizzata.

«Potrei sapere dov'è tuo marito?» continuò l'uomo.

«È... è morto», riuscì a rispondere lei, mentre già uno dei marinai la afferrava alle caviglie.

Luigi seppe mantenere tutta la sua freddezza. Nascosto tra i cespugli, incoccò la prima freccia e prese la mira senza che la fermezza della mano tradisse ciò che provava. Due uomini gli davano la schiena. Sotto di loro Shirinaze cercava invano di opporsi al supplizio.

Il dardo partì con un rumore secco, conficcandosi nella schiena di uno dei due marinai. E prima che gli uomini potessero capire da dove proveniva l'attacco, una seconda freccia ne colpì a morte un altro.

I cinque rimasti si guardarono attorno impauriti, con le mani sulle spade. Finalmente videro Luigi tra i cespugli e gli si precipitarono addosso con un urlo agghiacciante. Il giovane ebbe soltanto il tempo di scoccare una terza freccia, che però si perse nella boscaglia. In un baleno si trovò una lama alla gola, e due degli uomini di de Ceillac lo immobilizzarono.

Luigi tentò un'ultima reazione disperata quando sentì il piccolo Lorenzo piangere, ma una salva di calci al ventre gli tolse il respiro. Gli fu passata una robusta corda attorno ai polsi, e poco dopo lo stesso trattamento toccò a Shirinaze e al piccolo.

« Adesso che cosa ne facciamo, Denis? » chiese uno degli uomini al capo.

« Uccidiamoli subito. Prima che possano rivelare a de Ceillac quello che stavamo per fare alla negra », intervenne un altro.

« No », replicò l'uomo chiamato Denis. « Li porteremo con noi. La loro parola varrà la nostra, tanto più che la donna non reca tracce di violenza. De Ceillac non ci punirà di sicuro per aver catturato l'assassino di due dei nostri e per aver condotto con noi questo bel fiorellino bruno. »

I tre prigionieri erano stati condotti a bordo e chiusi in una stiva dall'aria irrespirabile. Quando sentì che il boccaporto veniva sollevato, Luigi non sapeva quanto tempo potesse essere trascorso. La luce di una lanterna squarciò il buio, illuminando l'espressione minacciosa di Denis.

« Conte di Valnure », disse con un ghigno ironico. « Il Gran Maestro de Ceillac chiede di conferire con Vostra Signoria. »

Luigi salì la ripida scaletta in legno e, uscito all'aperto, respirò a pieni polmoni l'aria fresca. Ma due uomini armati lo spinsero subito verso l'alloggio di colui che si era proclamato Gran Maestro.

«Dunque siete diventato un assassino, nobile Luigi», disse Raymond de Ceillac dopo averlo scrutato per alcuni istanti con occhi di ghiaccio. «Non credevo davvero che un giovane tanto leale fosse capace di uccidere due suoi confratelli aggredendoli alle spalle. Ma dovevo forse immaginare che quella... quella donna... quella infedele...»

«Stavano cercando di usare violenza a mia moglie», lo interruppe coraggiosamente Luigi.

«Sapevo che sareste ricorso a questa falsità. Me lo avevano preannunciato i miei uomini. Stavano soltanto cercando di parlare con quella che voi chiamate moglie.»

«Shirinaze ha ricevuto i sacramenti da bambina, quando si è convertita alla nostra religione.»

«Una conversione di comodo, certo. Mi sono sforzato a lungo di trattare da cristiana quella... quella negra. Ma adesso sarà trattata alla stregua di un'indigena ribelle, e come lei il figlio avuto da voi nel peccato.»

Luigi cercò di replicare che erano stati sposati da un ecclesiastico del Tempio, ma capì che era inutile, mentre l'altro continuava: «Quanto a voi, sarete tenuto in segregazione, e soltanto se il vostro comportamento sarà ineccepibile potrò decidere di farvi grazia della pena che meritate: la morte».

La nave di Bertrand de Rochebrune partì il giorno stabilito, lasciando al sicuro in Scozia le altre due.

Aveva a bordo circa trecento marinai e poco più di cento tra Cavalieri e sergenti. Sarebbero sbarcati sulle amiche coste portoghesi e avrebbero proseguito per la Francia via terra dopo essersi divisi in piccoli gruppi. L'appuntamento era fissato per i primi d'ottobre presso un santuario sconsacrato nei boschi attorno a Vienne.

Ma raggiungere la Francia fu un'impresa molto più ardua del previsto.

Febbraio 1999

Sara Terracini aveva davanti a sé una tela di piccole dimensioni ma di enorme valore. Il suo laboratorio aveva appena terminato di restaurarla, e di lì a poco sarebbe stata riconsegnata al museo di provenienza. Erano trascorsi soltanto quattro giorni da quando Oswald Breil si era messo in contatto con lei.

Sentì lo scampanellio del computer, e pochi istanti più tardi in una finestra del monitor comparve la faccia del suo minuscolo amico, che le rivolse soltanto un rapido saluto prima che si aprisse una seconda finestra con la scritta: <ENCRYPT>.

Sara azionò subito i comandi per comunicare in linguaggio criptato, digitando senza preamboli: <HAI NOVITÀ?>

<SÌ, QUALCOSA. MA SOLTANTO PICCOLI INDIZI, AVUTI DA CERTI AMICI.>

Dio ti benedica, Oswald, sei sempre prezioso, pensò Sara, mettendosi in una posizione più comoda.

<RICORDI IL CARDINALE FEBI?> lesse sul video.

<SÌ, QUALCOSA... IL CUSTODE DELLE FINANZE VATICANE NEGLI ANNI '70, NO?>

<ESATTO. MORÌ D'INFARTO ALL'INIZIO DI OTTOBRE DEL '78, POCHI GIORNI DOPO LA SCOMPARSA DI PAPA ALBINO LUCIANI. ANCHE PER QUESTO LA NOTIZIA PASSÒ QUASI INOSSERVATA. SI DISSE CHE ERA MORTO PER UN ATTACCO CARDIACO, MA FU TROVATO IN UNA POSIZIONE PERLOMENO SINGOLARE: CON LA DESTRA IN TASCA, MENTRE I COLPITI DA INFARTO PORTANO ISTINTIVAMENTE LE MANI AL PETTO, O TUTT'AL PIÙ LE ABBANDONANO LUNGO IL CORPO. INVECE LUI STRINGEVA IN MANO UN CORDONCINO ROSSO IMPREZIOSITO DA UN FILO D'ORO E ANNODATO CON UNA GASSA D'AMANTE.>

<UNA GASSA D'AMANTE? CHE COSA PENSI POSSA SIGNIFICARE?>

<UN MOMENTO, NON HO ANCORA FINITO. RICORDI QUANDO UN MISTERIOSO ROGO MANDÒ IN CENERE BUONA PARTE DELLA CAPPELLA DEL GUARINI A TORINO, E LA SINDONE FU SALVATA

IN EXTREMIS? ERA L'11 APRILE 1997. NEI PRESSI DEL PRESUNTO FOCOLAIO DELL'INCENDIO È STATO TROVATO UN CORDONCINO DEL TUTTO SIMILE.>

<SINGOLARE COINCIDENZA.>

<E DI GRANDE RILIEVO PER LE TUE RICERCHE.>

<I TEMPLARI?>

<ESATTAMENTE. ALCUNE IPOTESI RICONDUCONO LA SINDONE A JACQUES DE MOLAY, L'ULTIMO GRAN MAESTRO TEMPLARE. A SEGUITO DELLE TORTURE SUBITE, FU COLPITO DA QUELLA CHE IN MEDICINA VIENE CHIAMATA ACIDOSI METABOLICA, IN ALTRE PAROLE UN ECCESSO DI PRODUZIONE DI ACIDO LATTICO DOVUTA A TRAUMI FISICI. QUESTO ECCESSO DI SOSTANZE ACIDE AVREBBE INTRISO IN MANIERA INDELEBILE IL SUDARIO IN CUI L'INQUISITORE IMBERT AVEVA ORDINATO DI AVVOLGERLO ANCORA IN VITA. QUESTO SPIEGHEREBBE ANCHE LA DATAZIONE MEDIEVALE – PER L'ESATTEZZA TRA IL 1260 E IL 1390 – DELLA SINDONE, RILEVATA DALLE ANALISI CON IL CARBONIO 14.>

<NON FARMI STARE SULLE SPINE. CONCLUSIONI?>

<MAH, A DIRE IL VERO, PIÙ CHE DI CONCLUSIONI SI TRATTA DI CONGETTURE. O SONO DAVVERO SEMPLICI COINCIDENZE, O DIETRO QUEL NODO MARINARO C'È QUALCOSA.>

<CHE COSA?>

<CHISSÀ, FORSE L'ESISTENZA DI UNA SETTA TANTO POTENTE DA AVER ACCESSO ALLE PIÙ ALTE SFERE VATICANE, E TALMENTE SEGRETA CHE NEMMENO I PIÙ EFFICIENTI SERVIZI SEGRETI DEL MONDO NE SONO A CONOSCENZA.>

In quello stesso momento, sulla Via Appia, era in pieno svolgimento una riunione.

«Siamo pronti, Fratelli», disse l'incappucciato a capo del tavolo, rivolto ai dodici convenuti, anch'essi incappucciati. «Siamo pronti a scacciare il Maligno dal Trono che ci spetta. Siamo pronti a punire chi ha rinnegato il Cristo. Milioni di peccatori moriranno, e potremo ricostruire il mondo nel nome del Giusto.»

La volta della sala era dipinta di blu e ornata da alcune

stelle dorate, una delle quali brillava più delle altre: quella che indicava l'Occidente, e che gli antichi chiamavano Merika.

Ottobre 1311

Il soffitto della stiva era talmente basso che né Luigi né Shirinaze riuscivano a stare in piedi. Il rollio della nave provocava loro un costante stato di malessere. Ogni giorno venivano calati dal boccaporto una ciotola di minestra e pochi sorsi d'acqua, che destinavano quasi completamente al figlio.

Nel tenebroso fetore risuonò improvvisa la voce di Denis, seguita da un riso sguaiato: «Tu, conte, resterai qui con il tuo piccolo bastardo a meditare, mentre la donna è richiesta sul ponte».

Spinte dalla disperazione, le braccia di Luigi scattarono verso il volto dell'aguzzino; le mani si strinsero con violenza sul collo. Il giovane avvertì distintamente le cartilagini cedere sotto le sue dita.

Ma subito dopo sentì un violento colpo alla nuca, e tutto fu buio. Shirinaze fu trascinata nell'alloggio di de Ceillac.

«Penso che la salute del tuo uomo e di tuo figlio ti stiano a cuore, donna», le disse lui, fissandola biecamente.

Shirinaze si sentì prendere da una profonda disperazione: «Vi supplico, in nome di Dio...» implorò.

«Quale Dio? Il nostro o quello degli infedeli come te? Comunque, le implorazioni non servono a niente. Se vuoi salvare la vita dei tuoi cari, dovrai essere molto, molto accondiscendente», ribatté de Ceillac con un lampo perverso negli occhi.

Incrociando lo sguardo di lui con il suo, da cui tralucevano tutto il ribrezzo e l'odio che provava, ma senza una sola parola, Shirinaze lasciò cadere a terra i pochi indumenti logori e rimase nuda, mentre il respiro di de Ceillac si faceva affannoso.

Disgustata dall'umiliazione e impotente, sentì le mani sfiorarle la pelle, le rozze dita violarla. Quando il peso dell'uomo le fu sopra, riuscì a rivolgere un ultimo pensiero al marito e al figlio e non seppe più nulla.

Clemente v diede inizio con solennità al Concilio di Vienne, a cui non presenziava però alcun sovrano. La presenza delle truppe francesi ammassate a Lione gravava minacciosa sui lavori. Filippo il Bello sembrava volerne sorvegliare l'andamento, pronto a intervenire se le decisioni degli ecclesiastici si fossero rivelate difformi dalla sua volontà: l'annientamento dell'Ordine del Tempio. E Clemente v sembrava chiaramente orientato ad assecondarlo.

Bertrand de Rochebrune non tardò a rendersi conto che St Clair aveva visto giusto: poteva infatti contare soltanto su seicento uomini, ridotti allo spettro dei Cavalieri che ricordava. Erano miseri, sbandati, impauriti. Con loro non sarebbe mai stato possibile assaltare la città, per cui decise di tentare un'altra strada.

Le volte della cattedrale di Saint Maurice erano alte. L'assemblea plenaria del Concilio sedeva sotto la grandiosa vetrata di fronte all'ingresso principale. Nell'elencare i capi di accusa contro l'Ordine, il relatore ebbe un attimo di smarrimento. I sette Templari apparvero tra il silenzio generale.

«Chiedo sia resa giustizia ai miei confratelli, imprigionati e infamati da accuse prive di fondamento», si levò improvvisa dalla folla la voce di Bertrand de Rochebrune. «In nome di Dio e dei giusti, siano ascoltati da una giuria, e le loro confessioni non vengano estorte con la tortura. Lo chiedo all'Apostolo di Cristo a cui abbiamo giurato fede imperitura e per il quale molte delle nostre vite sono state sacrificate.»

Seguì un istante di silenzio stupefatto. Molti dei vescovi presenti dissentivano con la decisione di sopprimere l'Ordine. Ma, ripresisi dallo stupore, i prelati fedeli a Clemente v invocarono a gran voce le guardie: «Catturateli. Hanno osato interrompere il Sacro Concilio ed entrare in una chiesa con le armi in pugno».

«Nei boschi attorno alla città sono appostati duemila Cavalieri del Tempio», mentì Bertrand mentre le guardie li accerchiavano. «Non vogliamo lo scontro. Veniamo in pace a chiedere che sia fatta giustizia.»

Lo strepito dagli scranni dei prelati si alzò ancor più forte, isterico: «Disarmateli e imprigionateli».

Bertrand sapeva che ogni resistenza sarebbe stata inutile. Fece un solo cenno, e i suoi seguaci deposero le armi senza opporre resistenza.

Il ritmo di voga scandito dal tamburo in coperta si andava facendo sempre più veloce. Gli occhi di Luigi furono feriti dallo spiraglio di luce che filtrava attraverso il boccaporto. Evidentemente distratto dall'approssimarsi di un attacco, Denis si era scordato di chiudere dall'esterno la botola.

Luigi tentò di liberarsi dalle catene che gli cingevano le caviglie. Già da tempo aveva notato sul fondo della stiva una barra di ferro dimenticata e, strisciando sulla schiena, riuscì a prenderla. Inseritala nel cavallotto, si provocò profonde ferite alle gambe e dovette stringere la lingua tra i denti per non gridare, ma finalmente riuscì a scalzarlo. Era libero. Sentì rinascere in sé forza e determinazione.

Afferrò il piccolo per la vita e si appostò vicino al boccaporto, in attesa che lo scontro avesse inizio. Non appena sentì le grida di battaglia, spalancò il pertugio. La luce accecante lo ferì agli occhi, costringendolo a chiuderli qualche istante, ma quando riuscì a riaprirli, vide che la nave era accerchiata da decine di piroghe cariche d'indigeni armati di arco e frecce.

«Il prigioniero sta fuggendo», sentì gridare alle sue spalle, ma era troppo tardi: superata la murata con un balzo, scomparve sott'acqua con il figlio.

Quando riemersero, furono bersagliati da un lancio di

frecce, ma non molto nutrito. Sulla nave erano troppo impegnati nella battaglia. Luigi continuò a nuotare furiosamente e, quando capì di essere fuori tiro, si voltò verso la nave, tenendo la testa del bambino fuori dall'acqua e nuotando a ritroso con le gambe per tenerla d'occhio. Con profondo sollievo vide che nessuno si metteva al suo inseguimento.

Sulla nave, Shirinaze era stata lasciata sola nell'alloggio del comandante e, sentendo le grida degli assalitori, era riuscita ad affacciarsi cautamente sulla porta dell'alloggio. Aveva visto Luigi gettarsi oltre la murata con il bambino e pregato fervidamente che riuscisse nella sua impresa.

Non poteva vederlo in mare, ma aveva sentito de Ceillac urlare: « Lasciateli perdere, imbecilli, ormai sono fuori tiro. Ciascuno al suo posto di battaglia. A quei due bastardi penseranno gli squali ».

Marzo 1999

Paola era in vestaglia di raso, ma ancora allungata sul letto. Una pausa nelle sue tournée le aveva consentito di venire qualche giorno al castello di Valnure. Il telefono squillò mentre il padrone di casa si stava radendo.

« Puoi rispondere tu, per favore? » le gridò Gerardo dal bagno

« È una certa Sara Terracini. Le dico di richiamare? » lo informò dopo qualche istante la donna.

« No, no, vengo subito », disse lui, pulendosi con un asciugamano il viso insaponato.

« Spero di non disturbarti », si sentì dire in tono ironico dalla giovane romana.

« Che cosa dici? Non potresti mai disturbarmi. »

« Sarà, sarà. Magari un giorno o l'altro mi spieghi a chi appartiene la voce da pantera che mi ha risposto. Comunque, volevo informarti di alcune cose che ho appena saputo su quella famosa questione. »

«Di già? Dimmi.»

«Non credo che sia opportuno parlarne a voce. Ti mando un messaggio criptato via posta elettronica, e contemporaneamente ti spedisco via corriere un dischetto con la chiave per decifrarlo.»

«Quante precauzioni, Sara.»

«Credo siano opportune.»

Sara chiuse la comunicazione con un rapido saluto.

Dopo qualche istante Gerardo sentì bussare, e sulla porta si affacciò Giacomo che reggeva sulle braccia uno smoking perfettamente stirato e una camicia candida.

«A che punto sei, Paola?» chiese lui.

«Ancora un attimo», rispose la cantante.

Quella sera il conte di Valnure era invitato a una cena di beneficenza a Milano.

«Chi mi conosce», disse con voce sicura Oswald Breil, «sa bene che non amo stare seduto dietro una scrivania. Sono un uomo d'azione. Quindi, in tutta sincerità, non so se sarò all'altezza di una responsabilità di governo. Ma vi assicuro che, come sempre, ci metterò tutta la mia onestà e tutto il mio impegno.»

La platea della riunione elettorale, organizzata nella sala conferenze del Carlton di Tel Aviv, si alzò e applaudì calorosamente. E finalmente Breil parve tradire un attimo d'imbarazzo. Ma il suo sguardo acuto aveva già valutato il numero dei presenti: gli elettori favorevoli alla sua candidatura stavano aumentando.

Quando la cena per raccogliere fondi si concluse, lasciò la sala dopo avere stretto decine di mani. Raggiunta la sua camera, si abbandonò sul letto. Era stanco, ma sapeva che la tensione della serata gli avrebbe reso difficile prendere sonno.

Quindi tornò ad alzarsi, prese il computer portatile dalla sua custodia e, dopo averlo collegato al telefono, aprì il programma di videoconferenza, nella speranza di trovare Sara

Terracini ancora in ufficio. Ci passava praticamente la vita, povera ragazza.

Proprio allora Sara aveva appena terminato di spedire a Gerardo il messaggio criptato e stava per spegnere il computer. Lo scampanellio della macchina la bloccò.

Vide comparire sul monitor la figura sorridente di Oswald Breil.

« Benedetta e santa donna. Ero quasi sicuro di trovarti, ma, perdiana... Dalle tue parti dovrebbero essere le due di notte. »

« Uffa, Oswald, ho avuto da fare. Non ti succede mai? Caspita, sei vestito da pinguino. Dove diavolo sei? »

« In un albergo di Tel Aviv. Ho appena concluso una riunione elettorale e sono distrutto. Ti ho chiamato per farmi confortare. »

« Carino, il duro politico che ha bisogno di conforto. »

« Carino lo sono senz'altro, bella mia, ma ci vorranno mesi perché impari a muovermi nelle sabbie mobili della politica. »

« Ma va'. Basteranno pochi giorni e nessuno riuscirà a tenerti dietro. I terreni insidiosi sono quelli che ti piacciono di più. »

« Be', prima di tutto devo essere eletto, e non è facile Comunque mi hai già confortato. E le tue ricerche? Procedono? »

« Ho appena finito d'informare il mio amico delle tue congetture. »

« Mi raccomando, usa la massima precauzione, e dillo anche a lui. Se quello che immagino è vero, su un terreno davvero insidioso ci siete voi. »

« Ho seguito a puntino i tuoi insegnamenti. »

« Brava. Sei la migliore delle mie allieve. » E il volto dell'omino si aprì in un caldo sorriso.

Gerardo di Valnure guidava con mano sicura, e la vecchia Maserati Mistral restaurata rispondeva docilmente ai suoi comandi.

Seduta accanto a lui, Paola tese la sinistra ad accarezzargli la nuca. Con un vago senso di panico, lui considerò che le si stava affezionando. Preferì pensare alla notte che li aspettava.

Raggiunsero il castello in poco più di quaranta minuti, e Paola gli si strinse mentre salivano le scale. Non appena furono entrati, Gerardo notò con stupore che la luce del suo studio era accesa. Liberatosi con delicatezza dalla stretta di Paola, vi si diresse rapidamente.

Giacomo era sulla poltroncina di fronte al computer. Sulla sua fronte si stagliava netto il foro di entrata di un proiettile. Dalla ferita usciva un rivolo di sangue rappreso, il viso contratto in una smorfia di terrore.

Ottobre 1311

Proprio quando le forze stavano per abbandonarlo, Luigi avvertì finalmente la sabbia soffice sotto i piedi. Il poco fiato rimasto gli bastò a stento per l'ultimo sforzo; sentendosi addirittura mordere i muscoli dalla stanchezza, si trascinò sulla spiaggia bianca e la superò, portando il piccolo al sicuro tra la vegetazione. Poi gli si lasciò cadere accanto, esausto, ansimando penosamente.

Ormai lontana sul mare, Shirinaze era rientrata nell'alloggio del comandante e si era buttata sul letto. Ma i suoi occhi erano asciutti. Il modo in cui de Ceillac aveva abusato di lei l'aveva riempita di un sordo furore che vietava le lacrime.

Dalle urla di rabbia dei suoi carcerieri aveva capito che Luigi e il bambino si erano salvati. Tanto le bastava, adesso poteva anche morire. Ma non subito. C'era un debito che qualcuno doveva saldare.

Intanto Luigi aveva adagiato il bambino sotto una mangrovia e si era seduto accanto a lui per riprendere fiato. Da quando aveva raggiunto la salvezza, non aveva più prestato attenzione alla battaglia.

Gli indigeni furono loro addosso quasi senza che se ne accorgesse.

Luigi riuscì a gettarsi sul corpo del figlio per proteggerlo, sentendo la punta di una lancia contro il costato. Chiusi gli occhi, attese il colpo di grazia, pregando Dio che almeno il piccolo fosse risparmiato.

Ma all'improvviso sentì un indigeno gridare qualcosa, e immediatamente la pressione della punta della lancia venne meno.

Bertrand era solo in una maleodorante segreta nei pressi della cattedrale di Vienne. Non era prostrato tanto dalla prigionia, quanto dal senso d'impotenza da cui si sentiva bruciare sempre più con il passare dei giorni. A poca distanza da lì i suoi confratelli stavano per subire una condanna ingiusta, e non poteva fare niente per impedirlo.

Le guardie lo sorvegliavano a vista, ma ai turni di notte erano state assegnate le più giovani, con cui riusciva a scambiare qualche parola. Con una, in particolare. Sui vent'anni, era stata arruolata nella guardia del papa da soli sei mesi. Trattava Bertrand con un singolare tono di deferenza. Si avvicinava spesso allo spioncino e, attraverso l'inferriata, lo informava sull'andamento del processo.

«Sembra quasi che papa Clemente temporeggi, che aspetti qualcosa prima di decretare la fine dei Cavalieri del Tempio», gli disse una sera.

«Dov'è il re di Francia?»

«Si trasferirà da Lione a Vienne in primavera.»

«Ecco che cosa sta aspettando il papa. L'arrivo del suo *prediletto figliolo*. Soltanto allora sapremo quale destino ci attende.»

«So che non ne parlerete mai con nessuno», sbottò inopinatamente il ragazzo, parlando a voce bassissima e premendo la faccia contro l'inferriata.

E Bertrand, sbalordito, lo sentì aggiungere: «Quasi ogni racconto che ho sentito da bambino aveva come protagonista un Templare. Non crederò mai che uno solo di voi abbia potuto rinnegare la Croce e macchiarsi delle terribili colpe di cui vi accusano».

Piacenza. Marzo 1999

Il funerale di Giacomo fu mesto e breve. Per volontà di Gerardo, in riconoscimento per il suo fedele servizio, l'anziano maggiordomo fu sepolto nella cappella dei conti di Valnure, nel cimiterino adiacente al castello.

Mentre Paola gli si stringeva, il nobile piacentino ebbe un moto di commozione vedendo la pesante lastra di marmo nascondere per sempre la bara nella tomba. Quindi si segnò, giurando a se stesso che avrebbe fatto tutto il possibile per scoprire chi avesse ucciso Giacomo.

«Mi spiace doverti lasciare solo in una giornata come questa», disse Paola quando furono a casa, «ma ho un impegno imprescindibile in sala registrazione, a Roma.»

Gerardo la guardò negli occhi e credette di vedervi qualcosa. Chissà, forse quel sentimento di cui lui aveva paura. Le fu grato per il semplice motivo che fosse lì. Senza di lei, quell'evento sarebbe stato ancora più sconvolgente. La accompagnò fino all'auto e la seguì con lo sguardo finché non scomparve oltre il cancello. A quel punto sentì tutto il peso della solitudine.

Era rientrato in casa da pochi attimi, quando la portineria lo avvertì che un corriere aveva appena consegnato una busta per lui.

Chiese che gliela portassero. Sapeva che si trattava del dischetto con la chiave per decifrare le informazioni inviate da Sara Terracini.

8

Roma. Marzo 1999

SARA TERRACINI posò il giornale sulla scrivania e diede di piglio alla cornetta del telefono. In prima pagina, su quattro colonne, campeggiava il titolo: « Misterioso omicidio di un domestico nel castello di Valnure ».

Pochi istanti più tardi era in linea con Gerardo.

« Non voglio parlare della tragedia per telefono », gli disse subito. « Hai ricevuto il pacchetto del corriere? »

« Ah... sì, sto cercando di far funzionare il... marchingegno. »

« Non appena ci sarai riuscito, richiamami via computer. »

Circa mezz'ora più tardi uno scampanellio le segnalò che qualcuno stava cercando di contattarla. Non appena ebbe la certezza che si trattava di Gerardo, digitò: <COM'È SUCCESSO?>

<HO TROVATO GIACOMO SEDUTO DAVANTI AL COMPUTER. QUALCUNO GLI AVEVA SPARATO IN PIENA FRONTE. CREDO CHE L'ASSASSINO SI SIA FATTO SVELARE LE PASSWORD D'ACCESSO E ABBIA ESEGUITO UNA COPIA DI TUTTO IL DISCO FISSO. HO TROVATO IL PROGRAMMA DI BACKUP INSERITO. MA PER FORTUNA NON AVEVO ANCORA DECODIFICATO IL TUO MESSAGGIO.>

<NEL DISCO C'ERANO INFORMAZIONI IMPORTANTI?>

<TUTTI I RISULTATI DELLE MIE RICERCHE SUL SIGILLO, ANCHE SE NON ERANO UN GRANCHÉ.>

<QUINDI ADESSO SANNO QUELLO CHE HAI SCOPERTO.>

<TEMO PROPRIO DI SÌ, SEMPRE AMMESSO CHE DIETRO QUESTA SERIE D'INCIDENTI CI SIA DAVVERO UN'ORGANIZZAZIONE. È COMINCIATO TUTTO AD AKKO.>

<DIMMI OGNI COSA DETTAGLIATAMENTE. CONOSCO PERSONE CHE POSSONO DARCI UNA MANO.>

<AD AKKO LA MIA AUTO È STATA INVESTITA DA UN CAMION PIRATA.>

<CHI ERA A CONOSCENZA DEL TUO SOGGIORNO?>

<QUASI NESSUNO, ESCLUSI IL MIO MAGGIORDOMO E LA DIRETTRICE DEL MUSEO DI AKKO, L'UNICA PERSONA CON CUI HO AVUTO UN CONTATTO LÌ.>

Quasi contemporaneamente, nella villa sull'Appia Antica si stava svolgendo un'altra riunione del Gran Consiglio. In piedi davanti al grande tavolo in noce c'era l'uomo che aveva provocato l'incidente di Akko. Aprì un astuccio e ne estrasse quattro dischi luccicanti.

« In questi CD-Rom è copiato tutto il disco fisso del computer di Gerardo di Valnure. Il loro esame mi ha convinto che non abbia ancora scoperto molto su di noi. Però c'è un messaggio di posta elettronica in codice, che nessuno dei miei programmi di decodifica è riuscito a decifrare. È stato spedito da un centro studi e ricerche di qui. Ho raccolto informazioni: pare che sia in rapporti con i servizi segreti israeliani. »

« Israele? Pessima gatta da pelare. Dobbiamo saperne di più. Subito. Comunque hai fatto un ottimo lavoro, Hans. Per quel messaggio proveremo a utilizzare i nostri codici », disse il Gran Maestro.

« Non sarà facile. È una chiave molto complicata. »

« E tra le cose di Gerardo di Valnure immagino non ci fosse. »

« No, non è stata trovata. Dev'essere su un dischetto che probabilmente aveva con sé. »

Dicembre 1311

« La Commissione Papale sta per emettere il giudizio », disse la giovane guardia attraverso lo spioncino.

«Non credo che tutti i vescovi si siano lasciati condizionare dal papa», rispose Bertrand de Rochebrune.

«Corrono molte voci sullo strano modo con cui devono votare.»

«Cioè?»

«Vengono convocati a uno a uno nella residenza di Clemente V, e lì devono esprimere un voto palese.»

«Quindi non sono liberi di agire secondo coscienza», concluse Bertrand con apprensione.

«Ho anche sentito dire che il re di Francia raggiungerà presto Vienne. Se il processo andrà come temo, non appena Filippo giungerà qui, sarete consegnato ai suoi sgherri.»

Durante la battaglia, de Ceillac era stato ferito da una freccia. Era rimasto qualche tempo tra la vita e la morte, ma adesso stava riprendendo le forze. E di pari passo cresceva in lui la sete di vendetta nei confronti degli indigeni.

La sua ferita aveva concesso un periodo di tregua a Shirinaze, ma la sventurata sapeva che, quand'anche de Ceillac fosse morto, molti pretendenti si sarebbero disputati l'ambita preda del suo corpo.

Gli ex Templari avevano occupato una delle tante isole dell'arcipelago. La più distante dalla costa e non scelta a caso: nell'ipotesi di un nuovo attacco degli indigeni, avrebbero avvistato con molto anticipo le loro piroghe. La costruzione di un forte si era protratta per due mesi. La cerchia esterna, costituita da una doppia fila di robusti tronchi dalle punte acuminate, era stata ultimata da tempo, e si stavano completando alloggi e scuderie.

Il periplo dell'isola era di poco superiore alle tre miglia e la costa era quasi completamente circondata da un'insidiosa barriera corallina. Durante la bassa marea, tra le rocce emerse si apriva soltanto un varco in corrispondenza di un'ampia baia dov'era all'ancora la nave.

Incuneato nel taglio di uno sperone di roccia vulcanica, il forte dominava la scena dall'alto. Raymond de Ceillac si fece aiutare a salire la ripida scala a pioli per la torre di avvistamento, che dava sul mare. Voleva accertarsi che da quella postazione fossero ben visibili le altre due torri, costruite sui rilievi dell'isola.

«Quei pagani seminudi troveranno pane per i loro denti», ringhiò, massaggiandosi la ferita ancora dolorante.

Akko. Aprile 1999

Estelle Dufraisne aveva un'aria stanca. Spense il computer e fece scorrere lo sguardo sul suo ufficio, al secondo piano del museo. Come al solito si era attardata molto oltre l'orario di chiusura. Data un'occhiata all'orologio, prese la borsetta e s'infilò il soprabito.

Stava avviandosi verso la porta, quando sentì una voce maschile alle sue spalle chiedere: «Possiamo aiutarla a preparare le sue cose, dottoressa?»

Sonia trasalì: non era nessuno dei suoi collaboratori. Si voltò di scatto.

I due uomini che vide mostravano modi cortesi ma risoluti.

«Chi siete? A quest'ora il museo è chiuso. Come avete fatto a entrare?»

«Dobbiamo accompagnarla in una missione archeologica, dottoressa.»

«Non ho in programma nessun tipo di missione.»

«Comincia precisamente adesso.»

L'altro uomo le aprì davanti agli occhi un foglietto, che poi posò sulla scrivania della segretaria. Le poche righe, scritte in una calligrafia identica alla sua, informavano i collaboratori che la direttrice era dovuta partire senza preavviso.

«Che cosa significa? È un vero e proprio sequestro. Le autorità sapranno reagire.»

«Qui dentro, le persone più vicine alle autorità siamo noi, signora», tagliò corto il primo uomo.

L'ennesima cena elettorale stava ormai volgendo al termine. Oswald Breil interruppe la conversazione con il suo vicino di tavola e, scusatosi, si tolse di tasca il cellulare che stava ronzando con insistenza.

«L'arrosto è in forno, signor vice ministro», gli disse Erma, il capo del Mossad.

«Grazie. A presto», rispose semplicemente Oswald, chiudendo il telefonino e riprendendo la conversazione.

Dicembre 1311

«Il Concilio ha sospeso il dibattito», annunciò il giovane in tono concitato.

«Che cosa può significare?»

«Pare che, nonostante le intimidazioni, non tutti i prelati siano disposti a negare ai Cavalieri il diritto alla difesa, come vorrebbero il papa e il re», rispose la guardia. «Ma si dice anche che Clemente V aspetterebbe soltanto che le truppe di Filippo siano vicine a Vienne per proclamare *ex autoritate* la soppressione dell'Ordine.»

Il villaggio dei Tequesta era a poca distanza dall'estuario di un fiume che si gettava nell'oceano. Era composto di piccole capanne di tronchi, con un tetto spiovente in foglie di palma intrecciate. Soltanto quella del capo tribù era più grande, con un lato di una ventina di passi. Gli uomini erano di notevole statura, molto più alti degli europei, e coperti soltanto da un perizoma di pelle legato a una cintura sui fianchi. Le donne erano di grande bellezza, con seni prosperosi che esibivano senza vergogna.

La popolazione complessiva era di circa tremila persone, ma gli uomini validi poco più di ottocento. L'abitato era circondato da una palizzata che lo proteggeva dagli assalti dei nemici e degli animali feroci.

Ogni giorno Luigi e suo figlio potevano trascorrere un

po' di tempo fuori dalla capanna dov'erano tenuti prigionieri per sgranchirsi le gambe e avevano la possibilità di lavarsi nel fiume, sia pure sotto scorta.

«Cavaliere Luigi», risuonò improvvisa una voce tra il vivace brusio del villaggio.

Lui si girò, incontrando lo sguardo nero come la notte di un vecchio dalla pelle bruna. Lo riconobbe subito: era Tucla, un indigeno che Shirinaze aveva curato da una brutta febbre, riuscendo anche a insegnargli qualche rudimento di francese.

«Mio figlio ha riconosciuto in te l'uomo della gentile donna che mi ha salvato la vita», disse stentatamente l'anziano Tequesta. «Per questo tu e tuo figlio siete ancora vivi.»

«Ringrazio tuo figlio e te. Ma purtroppo mia moglie è prigioniera dei malvagi contro cui siete in guerra.»

«Una schiava», disse de Ceillac con un ghigno diabolico. «Sei la mia schiava. E lo sarai per tutta la vita.»

Shirinaze rimase impassibile, fissandolo con uno sguardo carico d'odio. Ma già de Ceillac si stava rivolgendo ai luogotenenti convocati nel suo alloggio.

«Non ho nessuna intenzione di finire i miei giorni in queste terre selvagge», disse. «Presto ci rimetteremo in viaggio per l'Europa, ma prima voglio che le stive della nostra nave siano ben colme di oro e argento. Torneremo a casa straordinariamente ricchi, fratelli.»

Mentre gli altri si scambiavano occhiate gonfie di avidità, Denis obiettò: «Come faremo, adesso che gli indigeni sono in guerra con noi? Ci sono venuti meno non soltanto l'accesso alle miniere, ma anche la mano d'opera per l'estrazionc e il trasporto».

«Proprio di questo voglio parlarvi. Dobbiamo assoggettare di nuovo i Tequesta, a qualunque costo», ribatté de Ceillac con una luce sinistra negli occhi. «Anche se dovessimo decimarli.»

«Il rapporto è di quasi dieci a uno, e i Tequesta sono buoni combattenti», insistette Denis. «Dovremmo cercare di sfruttare la rivalità tra loro e i Calusa.»

«Ci avevo già pensato, ma non sarà facile. I Calusa ci sono sempre stati ostili.»

Aprile 1999

Oswald Breil ed Erma, protetti da un falso specchio, seguivano un interrogatorio nella sede del Mossad. La voce di Estelle Dufraisne giungeva loro nitida attraverso i due altoparlanti sui lati dello specchio.

«Che cosa sa dirci di questa setta segreta, signora Dufraisne?» chiese in tono duro uno degli agenti.

La donna rispose con altrettanta durezza: «Non appartengo a nessuna setta e protesto per questa procedura illegale».

«Avrà modo di esporre le sue rimostranze nelle debite sedi», replicò un altro degli agenti. «Intanto però vorremmo sapere che cosa sa dirci di questo.»

E le mostrò il cordoncino rosso trovato nella sua borsetta.

«È un pezzo di corda», rispose la donna senza tradire alcuna emozione.

«Temo che dovremo cambiare metodo, dottoressa.»

«Intendereste torturarmi?»

«Credo che una dose di Pentotal le schiarirà la memoria.»

I due agenti si scambiarono un cenno d'intesa e uno di loro uscì dalla stanza.

Senza che nessuno riuscisse a intervenire, la donna s'infilò qualcosa in bocca con un gesto repentino e deglutì.

La sua fronte s'imperlò subito di sudore, e il suo colorito si fece cereo.

«Non riuscirete mai a sopraffare il nostro potere», furono le sue ultime parole.

Un sole caldo illuminava la primavera; Roma si stava svegliando dal torpore invernale. Il computer di Sara fece sentire il suo scampanellio.

Quasi fosse in costante contatto telepatico con il suo minuscolo amico, la giovane digitò qualcosa nella finestra del messaggio prima ancora di aver verificato chi la stesse chiamando: <OSWALD?>

<COME FACEVI A SAPERE CHE ERO IO?>

<INTUITO FEMMINILE. CI SONO NOVITÀ?>

La risposta fu una parola sola: <ENCRYPT>.

Sara azionò il programma, dopo di che vide scorrere nella finestra: <PURTROPPO NON HO BUONE NOTIZIE. LA PEDINA CON CUI SPERAVO DI PARTECIPARE AL GIOCO SI È SACRIFICATA IN NOME DELLA CAUSA>.

<CIOÈ?>

<DOMANI APPARIRÀ LA NOTIZIA CHE ESTELLE DUFRAISNE, DIRETTRICE DEL MUSEO DI AKKO, È MORTA PER UN MALORE IMPROVVISO MENTRE STAVA ORGANIZZANDO UNA SPEDIZIONE ARCHEOLOGICA. IL MONDO SCIENTIFICO PIANGE LA SUA SCOMPARSA ECCETERA ECCETERA.>

<UN'ALTRA MORTE... AGEVOLATA?>

<NO. SI È UCCISA PER NON RIVELARCI NIENTE. L'UNICA COSA DI CUI SIAMO ENTRATI IN POSSESSO È UN CORDONCINO ROSSO IMPREZIOSITO DA UN FILAMENTO D'ORO ZECCHINO.>

Gennaio 1312

L'urlo di terrore squarciò la notte, mentre le grida degli assalitori si levavano alte. Diversi aggressori erano già riusciti a superare la palizzata e correvano per il villaggio brandendo lance e torce.

Luigi si svegliò di soprassalto, stringendo istintivamente a sé il figlio, mentre un fumo acre e denso invadeva la capanna. La torcia scagliata da un guerriero Calusa aveva incendiato le foglie di palma del tetto.

Immediatamente lucido, coprì la bocca e il naso del

bimbo con una mano e si gettò in un angolo, mentre il tetto della capanna crollava. Il crollo aveva però aperto un varco nella parete di tronchi, attraverso cui si lanciò all'esterno.

Il villaggio era in preda al caos. A terra si vedevano molti corpi, in maggioranza di donne e bambini. Luigi capì che per salvare se stesso e il figlio doveva combattere.

I bagliori delle fiamme illuminavano alcune canoe tirate in secca. Adagiò Lorenzo sotto una di esse, capovolta, raccomandandogli di non muoversi per nessun motivo, quindi tornò indietro, raccogliendo una lancia posata a terra accanto al corpo senza vita di un guerriero.

Tutto attorno, smarriti, i Tequesta correvano senza ordine in ogni direzione, incapaci di organizzare una difesa.

Luigi si buttò tra i nemici con la lancia in pugno, e la sua improvvisa apparizione, se da un lato disorientò i Calusa, dall'altro sembrò infondere nuovo vigore nei guerrieri Tequesta, che serrarono finalmente i ranghi e si lanciarono all'assalto.

Una donna stava correndo al centro del villaggio con un bimbo tra le braccia, urlando di terrore. Uno dei nemici la inseguiva brandendo una mazza. Rapido come un fulmine, Luigi gli fu addosso. Schivato un colpo, caricò con la lancia. La punta d'osso si conficcò nell'addome dell'avversario con un rumore orribile. Il Calusa strabuzzò gli occhi, poi la sua bocca si arrossò di sangue. La donna e il bambino erano salvi, e molti guerrieri Tequesta avevano visto tutto.

Appostati su un'altura poco distante, Raymond de Ceillac e i suoi seguivano gli alterni sviluppi della battaglia.

«Guardate là», gridò improvvisamente Denis. «L'uomo che guida gli indigeni. È un bianco. Non lo riconoscete?»

«Luigi di Valnure!» esclamò de Ceillac in tono di esecrazione.

«I Calusa stanno battendo in ritirata verso il fiume», disse ancora Denis con aria inquieta. «Non mi pare il caso di scendere in campo. Le sorti della battaglia mi sembrano decise.»

«Hai ragione. Torniamo alla nave. Provvederemo ai Tequesta in un altro momento.»

Luigi aveva il viso madido di sudore e il corpo lordo del suo stesso sangue, mescolato a quello dei nemici uccisi. Combatteva con tenacia, guidando con il suo esempio una schiera di guerrieri.

Quando anche l'ultimo degli assalitori fu respinto, le urla di vittoria dei Tequesta si levarono alte.

L'alba illuminò una scena di desolazione: molte capanne del villaggio erano ridotte ad ammassi di legna fumigante. Almeno cento guerrieri e duecento tra donne, vecchi e bambini giacevano a terra privi di vita.

Il vecchio Tucla raggiunse Luigi mentre si aggirava tra le rovine cercando di portare aiuto.

«Joti, il capo del villaggio, vuole parlarti», disse.

Quando entrarono nella sua capanna, videro in un angolo la donna salvata da Luigi.

«Il tuo valore», disse Joti tradotto da Tucla, «ha salvato la vita alla mia donna e a mio figlio. Da oggi non sarai più un prigioniero, ma un uomo libero, un guerriero valoroso, un amico.»

«Sono giunti in città gli emissari del re», disse la giovane guardia. «Dovete fuggire, Bertrand. E io vi aiuterò. Di notte la sorveglianza è molto allentata. Colpitemi sulla testa. Colpitemi, vi dico», ripeté concitatamente, vedendo l'espressione confusa del Cavaliere.

«Dirò che ero entrato nella cella perché sembrava che foste morto, mentre si trattava di un tranello. Insomma, siete riuscito a evadere. Vi ho portato indumenti per travestirvi, e prendete anche la mia spada, potrebbe esservi utile.»

Poco dopo Bertrand percorreva furtivamente i sotterranei del castello di Vienne. Come aveva detto il giovane, la sorveglianza era quasi nulla. Anche nel corpo di guardia, presso il ponte levatoio abbassato, i soldati sonnecchiavano.

Tenendosi rasente ai muri, Bertrand de Rochebrune riuscì a guadagnare la libertà.

Ma quale direzione prendere? Di lì a poco le guardie avrebbero dato l'allarme, e le strade sarebbero state perlustrate.

Tuttavia le ricerche sarebbero quasi sicuramente state concentrate su quelle che portavano al Portogallo o al braccio di mare tra la Francia e l'Inghilterra, Paesi dove l'Ordine non era ancora stato messo al bando.

Puntò quindi risolutamente a sud, verso l'Italia. Suo cugino Lorenzo di Valnure gli avrebbe sicuramente offerto un rifugio.

Aprile 1999

Sara Terracini non perse tempo. Non appena si fu accertata della presenza di Gerardo al castello, prese il primo treno per Piacenza. Doveva assolutamente parlare con lui faccia a faccia, lontano da orecchi indiscreti. Lo trovò ad attenderla in stazione.

«Spero di non aver guastato qualche tuo programma», gli disse, «ma avevo assolutamente bisogno di vederti.»

«Averti qui è soltanto un piacere.»

Non appena furono al castello, Sara venne subito al dunque. «È un pezzo che volevo chiederti una cosa, ma non ci sono mai riuscita. Conosci le connessioni tra la Sindone e i Templari?»

«Certo, una serie di strane coincidenze sembrerebbe collegarla a Jacques de Molay. C'è addirittura chi sostiene che l'immagine impressavi sia la sua. Dopo aver subìto nel Tempio di Parigi le stesse torture riservate a Gesù Cristo, sarebbe stato avvolto in un lenzuolo funebre e affidato alle cure di parenti del suo compagno di prigionia Geoffroy de

Charney. Non era ancora morto, e il suo corpo avrebbe subìto un procedimento chimico, di cui però...»

«Acidosi metabolica», lo interruppe Sara.

«Ah, vedo che conosci questa ipotesi.»

«Fino a questo punto, ma mi manca il seguito. Come si arriva da lì a Torino?»

«La prima ostensione della Sindone risale alla seconda metà del XIV secolo, nella località di Lirey. E, guarda caso, proprietaria del Santo lenzuolo era Jeanne de Charney, vedova di Geoffroy, pronipote e omonimo del Precettore di Normandia imprigionato con de Molay. La Chiesa s'interessò subito al sudario, diffidando i fedeli dal venerarlo come reliquia cristiana. Ma le sue rimostranze si placarono quando nel 1378 Jeanne de Charney, risposatasi con un membro di una famiglia potente in campo ecclesiastico, divenne zia del nuovo papa, Clemente VII. In seguito il sudario fu acquistato dai Savoia. Come mai questo interesse?»

«La Sindone sembra in qualche modo connessa con la setta del nodo. Un cordoncino rosso annodato è stato trovato nella Cappella del Guarini, a Torino, e un altro è saltato fuori dalla borsetta di Estelle Dufraisne. Soprattutto di quest'ultimo ti vorrei parlare.»

«Sono tutt'orecchi.»

«Ti scongiuro però di non dire a nessuno quello che ti dirò. Bada bene: la direttrice del museo di Akko ha preferito suicidarsi piuttosto che fornire informazioni sulla setta.»

Gerardo la guardò sbalordito, mentre lei continuava.

«Sì, ho ormai la netta convinzione che si tratti di una setta segreta, con affiliati fanatici fino al suicidio. Sei alle prese con gente pericolosa, Gerardo. Sta' in guardia.»

«Da chi hai avuto queste informazioni?»

«Ho amici influenti in Israele, e forse un giorno ti parlerò di loro. Per adesso sappi che sono a nostra disposizione per qualsiasi necessità.»

«Il Mossad?»

«Anche, ma non soltanto.»

Si interruppero, avendo sentito che davanti al cancello si era fermata un'auto di piccola cilindrata.

Ne smontò Paola Lari, e Gerardo procedette alle presentazioni. Ma Sara rimase lì ancora poco. Preso il primo treno possibile, tornò a Roma.

Febbraio 1312

Shirinaze si svegliò di soprassalto nel cuore della notte, trovandosi davanti il ghigno di Denis torto in un'espressione di scherno. «La contessa negra è desiderata dal Gran Maestro», si sentì dire.

Era il momento che attendeva con ansia da giorni, rosa dal timore che non arrivasse mai, che de Ceillac si fosse stancato di lei. Per questo momento teneva nascosto tra le vesti un pugnale affilato che la sorte benigna le aveva fatto trovare nell'alloggio del suo seviziatore.

Senza dire niente, si alzò e seguì a testa china lo scherano.

«Sai chi guidava quei selvaggi nella difesa?» le chiese de Ceillac con una luce torva nello sguardo. «Il tuo amato Luigi», continuò, con gli occhi ridotti a due fessure gonfie d'odio. «Ma la pagherà. E ti giuro che assisterai alla scena.»

Rafforzata nella sua determinazione dalla notizia che suo marito e probabilmente anche suo figlio erano vivi, Shirinaze allungò la mano verso il pugnale. Ma non riuscì a raggiungerlo.

Ne fu impedita dalla destra di de Ceillac, che le si era insinuata sotto le vesti. Forte come il ferro, la costrinse a inginocchiarsi, mentre con l'altra mano l'uomo si calava le brache. Shirinaze chiuse gli occhi. Aveva un solo pensiero: rivedere Luigi e suo figlio.

Tucla era il solo a conoscere la lingua dei bianchi quanto bastava per fungere da traduttore, quindi era costantemente al fianco di Luigi.

Gli indigeni trattavano ormai con profondo rispetto l'amico ritrovato e seguivano con attenzione i suoi insegnamenti, anche se avevano difficoltà ad apprendere le tecniche militari degli europei. Ma Luigi sapeva quanto fosse importante che vi si addestrassero, certo com'era dell'incombere di un nuovo scontro con gli uomini di de Ceillac.

Soltanto loro, inoltre, potevano aiutarlo nel tentativo di liberare Shirinaze.

Roma. Maggio 1999

Nei giorni seguiti al rapido incontro con Sara Terracini, Gerardo di Valnure era stato tutto preso nella gestione delle sue proprietà. Intanto la presenza di Paola Lari al castello si era fatta sempre più frequente: quando era libera da impegni di lavoro, veniva lì. Ma Gerardo non aveva mai fatto parola nemmeno con lei delle conclusioni a cui era pervenuto con la studiosa romana.

Era quasi sera, ma sapeva che con ogni probabilità avrebbe trovato Sara ancora in laboratorio, con il computer collegato in rete.

Pochi istanti più tardi era infatti in linea con lei, protetto dal programma di crittografia.

<HO AVUTO DIVERSE COSE DA SBRIGARE QUI, MA ADESSO SONO PRONTO A RIPRENDERE LE RICERCHE>, digitò.

<SEI SICURO? TE L'HO DETTO: DEVI STARE IN GUARDIA. CONOSCI FIN TROPPO BENE LA PERICOLOSITÀ DI QUELLA GENTE.>

<NON MI FANNO PAURA.>

<DA DOVE RICOMINCERESTI?>

<TI HO CHIAMATO PROPRIO PER QUESTO. HO BISOGNO DELL'AIUTO DEI TUOI AMICI. VORREI RIDARE UN'OCCHIATA ALLA CAPPELLA DEI ST CLAIR A ROSLIN. L'HO GIÀ VISITATA ALCUNI ANNI FA, MA NON POTEVO IMMAGINARE GLI SVILUPPI DI QUESTA VICENDA.>

<GIUSTO. TANTO PIÙ CONSIDERATI GLI STRANI BASSORILIEVI DI CUI CI HA PARLATO TONI. RICORDI? IMMAGINI DI VEGETALI

SCONOSCIUTI PRIMA DELLA SCOPERTA UFFICIALE DELL'AMERICA. MA CHE COSA POSSONO FARE PER TE I MIEI AMICI?>

<HO BISOGNO DI UNA NUOVA IDENTITÀ.>

Oswald Breil era appena rientrato in albergo, letteralmente esausto. I festeggiamenti per la sua elezione al parlamento israeliano si erano protratti a lungo, e aveva soltanto voglia di riposare. Fedele alle sue abitudini, tuttavia, prima di coricarsi collegò il computer portatile alla presa telefonica.

Nella sua casella di posta elettronica trovò una sequela di messaggi d'auguri: per lo più vecchi collaboratori e amici. Tra gli altri, però, gli balzò subito agli occhi quello di Sara Terracini. Lo aprì e lesse: <COMPLIMENTI!!! CHIAMAMI APPENA PUOI>.

L'agognato riposo poteva aspettare ancora qualche minuto. Oswald si connesse con Roma.

<SONO EMOZIONATA>, lesse dopo qualche istante. <UAU! HO UN AMICO MINISTRO D'ISRAELE.>

<NON CORRERE TROPPO. PER IL MOMENTO SONO SOLTANTO UNO DEI CENTOVENTI MEMBRI DELLA KNESSET. IL NUOVO PREMIER AVRÀ QUARANTACINQUE GIORNI PER FORMARE UN GOVERNO, E PUOI IMMAGINARTI QUANTI COMPROMESSI DOVRÀ ACCETTARE. NON SO ANCORA SE RICOPRIRÒ UN INCARICO DI GOVERNO. COMUNQUE SONO MOLTO SODDISFATTO.>

<SONO SICURA CHE CE LA FARAI. MA TI HO CHIESTO DI CHIAMARMI ANCHE PER UN ALTRO MOTIVO.>

Quattro giorni più tardi, dopo aver rinunciato all'amata barba e ai capelli lunghi e inforcato un paio di occhiali dalla montatura spessa, Gerardo di Valnure partì per Edimburgo.

Dai documenti risultava essere Flavio Tomasetti, biologo milanese.

Aprile 1312

Lorenzo di Valnure chiamò suo cugino Bertrand nel salone del castello, davanti al grande camino acceso.

«Ho ricevuto da poco un dispaccio da Vienne», disse senza preamboli. E si mise subito a leggere ad alta voce la parte della bolla papale *Vox in Excelso* riguardante la sorte dell'Ordine Templare.

«*In considerazione della cattiva reputazione dei Templari, del sospetto e delle accuse che gravano su di loro; in considerazione della cerimonia segreta di ammissione, della condotta perversa e irreligiosa di molti dei suoi membri; in considerazione dello scandalo, ormai non più sanabile; in considerazione dell'eresia, dei terribili misfatti; in considerazione del fatto che la Santa Romana Chiesa soppresse in passato, per motivi ben più lievi, altri celebrati Ordini, Noi, non contravvenendo alle regole della Cavalleria, e non senza intima sofferenza, non in virtù di una sentenza giudiziaria, ma* ex autoritate *apostolica, sopprimiamo l'Ordine suddetto con tutte le sue istituzioni.*

«*Clemente Pontefice della Santa Romana Chiesa, a Vienne il 3 aprile 1312.*»

Bertrand rimase in un silenzio assorto: sapeva che quel momento sarebbe arrivato, ma aveva continuato a sperare.

«I miei fratelli avevano ragione. Quello che la Cristianità acclama come il suo Pastore non è che un nemico della comunità di Cristo e dell'intera umanità. E avevano anche ragione di chiedere a noi sopravvissuti di costituirci in una società segreta per combatterlo. Fino alla morte, per il trionfo della verità.»

«Che espressioni aspre. Mi stupisci, Bertrand.»

«Mi sono stupito io stesso nel pronunciarle, ma, credimi, non c'è alternativa. Dovrò rientrare al più presto in Scozia per preparare i miei fratelli a una lunga battaglia contro il Maligno.»

«Sia come vuoi, Bertrand. Qui avrai sempre un amico e alleato fedele. Ma, ti prego, parlami ancora di mio figlio

Luigi, della sua sposa, del mio nipotino. Se tornassero, li accoglierei a braccia aperte.»

La nave veleggiava maestosa seguendo la costa. Avvistatala, Luigi si precipitò al coperto tra la vegetazione. Quel mattino si era allontanato dal villaggio dicendo che andava a pesca. In realtà voleva cercare d'individuare la base di de Ceillac, impresa che fino ad allora non gli era riuscita. I guerrieri Calusa erano costantemente in agguato e avevano già ucciso quasi trenta Tequesta in una serie d'imboscate.

La nave virò improvvisamente, puntando verso il largo. Luigi la seguì con lo sguardo sino a quando, al tramonto, non la vide raggiungere l'isola più lontana e scomparire.

«Adesso so dove ti nascondi, de Ceillac», esclamò.

Maggio 1999

Sotto le mentite spoglie del biologo Tomasetti, Gerardo di Valnure si era unito a una delle tante visite guidate ai laboratori di Roslin, circa sedici chilometri a sud di Edimburgo, luogo assurto a grande fama da quando vi era stato effettuato un importante esperimento di clonazione.

Il viaggio organizzato prevedeva una settimana di soggiorno nel paesino scozzese, inclusa un'escursione alla cappella.

La prima caratteristica singolare consisteva proprio nel nome della località e in quello della cappella; la pronuncia era uguale, ma si scrivevano in maniera diversa: Roslin e Rosslyn. Facendo ricerche sull'origine gaelica, Gerardo aveva scoperto che Roslin significa «antico sapere che si tramanda nel tempo».

Finse un grande interesse quando gli venne illustrato lo straordinario procedimento scientifico che aveva portato a clonare la celeberrima pecora Dolly, ma il suo vero interesse era rivolto in ben altra direzione.

Sara Terracini compose il numero telefonico del suo insostituibile collaboratore, Toni Marradesi, pregandolo di andare da lei.

I preziosi volumi di cui si accingeva a esaminare le procedure di restauro erano di straordinaria importanza, ma ormai non riusciva più a togliersi dalla mente le vicende dei Templari.

Quando Toni comparve sulla porta con la sua perenne aria indaffarata, gli scoccò subito un sorriso angelico, ma capì che la tecnica non funzionava più.

«Forza, sputa il rospo», sbottò infatti lui. «In quale pasticcio vuoi ficcarci, questa volta?»

«Niente, Toni... Solo che tu sei l'unico...»

«L'unico pazzo capace di seguirti nelle tue follie. Lasciamo perdere. Di che cosa mi devo occupare?»

«Ricordi quando ci hai detto che esiste la possibilità che i Templari siano sbarcati in America prima di Colombo?»

Marradesi annuì, e lei continuò.

«Hai nominato un paese presso Edimburgo e una cappella della famiglia St Clair. Be', devo saperne tutto il possibile.»

«Quanto tempo mi dai?»

«Gerardo di Valnure è a Roslin e ci resterà tre giorni. Ho la sensazione che potrebbe avere bisogno di noi.»

Il pullman della visita guidata svoltò in una stradina quasi al centro del paese, infilandosi tra due antiche locande. Appena oltre l'angolo comparve la cappella di Rosslyn, protetta da un tetto in lamiera. Vi si entrava attraverso un piccolo cottage zeppo di souvenir e fotografie in vendita.

L'imponente parete ovest stonava con la perfezione architettonica dell'insieme: diroccata, sembrava che i costruttori non fossero riusciti a completarla.

La guida si soffermò soltanto brevemente a descrivere i bassorilievi sui montanti del portale d'accesso, ma quanto bastava perché Gerardo vi riconoscesse le pannocchie di mais. Come poteva, l'anonimo scalpellino che le aveva scolpite con incredibile precisione, conoscere quel vegetale almeno dodici anni prima che Cristoforo Colombo scoprisse l'America?

Gerardo si staccò dal gruppo, fermandosi a osservare un'iscrizione in latino sopra un portale.

PIÙ FORTE DEL VINO È IL RE,
PIÙ FORTE DEL RE È UNA DONNA,
MA SU TUTTI TRIONFA LA VERITÀ.

Grazie a una e-mail speditagli dal prezioso Marradesi e ricevuta collegandosi in rete con Piacenza, Gerardo sapeva quale ne fosse la fonte: le *Antichità giudaiche* di Flavio Giuseppe, dove si legge che Zorobabele, trovandosi con altri due ebrei alla reggia di Dario come sua guardia del corpo, rispose con queste parole all'indovinello: « È più forte il vino, il re o una donna? »

Compiaciuto della risposta, Dario gli disse che d'ora in avanti lo avrebbe fatto sedere al suo fianco e chiamato « cugino »: gli chiedesse pure ciò che desiderava. Allora Zorobabele gli ricordò l'impegno preso quando era divenuto re: ricostruire Gerusalemme e il suo Tempio e restituire i vasi sottratti e portati a Babilonia da Nabucodonosor. Così Dario ordinò che fosse fatto.

Ecco dunque un primo indizio che rinviava al Tempio.

Quindi Gerardo contò il numero dei pilastri: erano dodici. Ma nella zona orientale della cappella c'era un'altra coppia di colonne gemelle, di più pregevole fattura: una seconda analogia con l'interno del Tempio di Gerusalemme, di cui ricordava bene la struttura.

E due colonne gemelle, denominate Jachim e Boaz, risalenti ai rituali d'iniziazione dei Templari, costituivano tuttora una componente importante nell'arredo delle sedi della massoneria, che molti consideravano un'erede dei Cavalieri del Tempio.

Il terzo indizio, gli aveva detto l'e-mail, lo avrebbe trovato sulla parete esterna. Fu infatti esaminando con attenzione quei bassorilievi che scoprì due figure: un uomo bendato, inginocchiato e coperto da una tunica, tenuto come al guinzaglio da un secondo personaggio.

Reggeva un libro, probabilmente una Bibbia o un altro testo sacro, visto che sulla copertina era scolpita una croce quasi cancellata dal tempo. L'altro invece teneva la corda stretta attorno alla sua testa. Il soggetto in secondo piano aveva la barba e capelli fluenti sulle spalle. Avvicinatosi di più, Gerardo vide ciò che cercava: la croce incisa sulla tunica del secondo personaggio. Una croce *templare*.

Ma dalla bolla papale *Vox in Excelso*, che aveva bandito l'Ordine, al completamento della cappella erano trascorsi centosessantotto anni. Ecco dunque la prova che i rituali d'iniziazione dei Cavalieri erano sopravvissuti alla loro scomparsa.

Purtroppo il tempo aveva cancellato il nodo che serrava la corda al collo dell'uomo, ma Gerardo era convinto di sapere che cosa fosse: una gassa d'amante.

Giugno 1312

Bertrand de Rochebrune porse al cugino Lorenzo di Valnure il foglio su cui aveva disegnato il motto e l'emblema di quello che sperava sarebbe stato il Nuovo Ordine. Era un disegno molto semplice: un pesce stilizzato, simbolo dei primi cristiani. Le estremità che costituivano la coda erano annodate con un nodo marinaro. Una gassa d'amante, aveva spiegato il Templare al cugino. Sotto la figura stilizzata si leggeva il motto del Nuovo Ordine: *Non nobis, Domine, non nobis, sed Nomini Tuo da gloriam. Nos perituri mortem salutamus.*

«Sono ormai depositario di molti segreti», disse Lorenzo. «Dalla segreta terra dove vive Luigi alla tua volontà di ricostituire l'Ordine, seppure in clandestinità. Ti chiedo pertanto di concedermi l'onore di farne parte. Accetta inoltre alcuni uomini della mia guardia, una quindicina. Ti scorteranno nel viaggio verso la Scozia.»

«L'onore di accoglierti tra i Cavalieri del Nuovo Ordine è mio. Non ho ancora pensato alla Regola, ma non appena avrò provveduto te la farò pervenire. Però devi prestare un solenne giuramento di segretezza.»

E Lorenzo di Valnure pronunciò la formula rituale del giuramento dei Templari: «*Ego, Miles de Ordine Templi, promitto Domino Meo...*»

Quindi aggiunse solennemente: «Farò scolpire il simbolo e il motto del nostro Ordine su una pietra, che verrà collocata nel punto più importante di ogni costruzione: la *pietra d'angolo*, come sta scritto nei Vangeli».

«Ti ringrazio di tutto ciò che hai fatto per me, Lorenzo. Un'intera vita non basterà per sdebitarmi.»

«Devo chiederti ancora una cosa, Bertrand. Se dovessi andare di nuovo al di là dell'Oceano, di' a Luigi che questa è la sua casa. Sua, di sua moglie e di mio nipote.»

«Ci andrò senza dubbio: le navi e gli uomini che abbiamo lasciato là ci sono indispensabili per combattere gli usurpatori del Trono di Pietro.»

Luigi di Valnure sapeva di poter contare su ciascuno di quei guerrieri fedeli e indomiti. Ma si accingevano ad affrontare un'impresa veramente ardua. Le difese erette da de Ceillac sembravano insuperabili.

Dopo aver visto la nave scomparire in prossimità di quell'isola, vi si era spinto con la canoa, trovando conferma a ciò che pensava: era il rifugio degli ex Templari. Ne aveva valutato le difese, osservando attentamente la baia con la nave alla fonda e il minaccioso forte.

Aveva capito che un attacco in forze non avrebbe sortito il risultato che si prefiggeva. Soltanto l'azione di pochi uomini ben addestrati avrebbe potuto tentare di liberare Shirinaze.

Ricordò quanto gli aveva insegnato Bertrand de Rochebrune: « Un buon ufficiale non si limita a pianificare le fasi dell'attacco. Egli sa bene che la ricerca di vie di fuga è altrettanto importante, se non di più ».

Tutto dipendeva dallo stato della nave: se gli uomini di de Ceillac avessero avuto difficoltà a manovrare, con ogni probabilità non sarebbero riusciti a raggiungere la canoa in fuga. Contare su quell'eventualità era un rischio, ma sapeva di doverlo correre se voleva salvare Shirinaze.

9

Giugno 1999

<POSSO COMPLIMENTARMI CON SUA ECCELLENZA IL VICE MINISTRO DELLA DIFESA?> digitò Sara Terracini.

<MI FAI FELICE>, rispose Oswald Breil.

<HO PERÒ PAURA CHE I NUOVI IMPEGNI TI RENDERANNO INAVVICINABILE.>

<CI SIAMO SEMPRE TENUTI IN CONTATTO, E HO SEMPRE OCCUPATO POSIZIONI DI UN CERTO RILIEVO, NO?>

<NON SPARIRAI, VERO? PROMETTIMELO.>

<NON CE N'È BISOGNO. ADESSO PERÒ DIMMI A CHE PUNTO SONO LE RICERCHE DEL TUO AMICO. INTERESSANO MOLTO ANCHE NOI.>

<LO VEDRÒ TRA POCO, E FAREMO IL PUNTO DELLA SITUAZIONE.>

<TIENIMI INFORMATO.>

<PUOI STARNE CERTO. ANCORA AUGURI, SIGNOR MINISTRO. *SHALOM!*>

<*VICE* MINISTRO!>

Faceva molto caldo, ma nel laboratorio di Sara umidità e temperatura erano costantemente sotto controllo, per cui Gerardo di Valnure, appena entrato, trasse un sospiro di sollievo.

« Ogni volta che vengo a Roma mi chiedo come facciate a sopportare questo forno. »

« Qui invece ci chiediamo come facciate voi con la nebbia », ribatté Sara, abbracciandolo. « Che notizie ci porti da Roslin? »

Quando fu lì anche Toni Marradesi, Gerardo aprì la sua

voluminosa borsa e ne estrasse un fascio di fogli e fotografie, mettendosi subito a illustrarle.

«Questa è la cosiddetta 'Cappella' di Rosslyn. Grazie ai vostri suggerimenti sono riuscito a orientarmi molto bene. Ho verificato a uno a uno gli indizi che mi avete segnalato, ma ho scoperto anche altre cose.»

«Per esempio?» chiese Marradesi.

«La disposizione delle colonne interne forma una tripla *tau*. Una tripla T, insomma. Un simmetria architettonica che si riscontra nelle più antiche costruzioni templari e pare tragga origine dal Tempio di Gerusalemme. Ma compare anche nei moderni templi massonici.»

«Una T? Credi che abbia un significato?» lo incalzò Sara.

«Molti. Ma per brevità ne indicherò soltanto tre. *Theca ubi res pretiosa deponitur*, 'teca ove è riposta una cosa preziosa'. *Clavis ad Thesaurum*, 'chiave che porta al tesoro'. O, più semplicemente, *Templum Hierosolymae*, il 'Tempio di Gerusalemme'.»

«Molto interessante. Ha notato altri particolari?» chiese ancora Toni Marradesi, stringendosi il mento tra il pollice e l'indice della destra.

«Ho esaminato tutti i bassorilievi. Vi compaiono figure inquietanti, dense di significati. E, soprattutto, ciascuna di esse ha tratti somatici ben definiti, come se chi le ha realizzate conoscesse bene i personaggi che raffigurava. Una sola scultura è priva di testa, quasi che qualcuno avesse voluto cancellare un volto ben noto. È sulla parete sud, a circa due metri d'altezza», e Gerardo mostrò uno schizzo che aveva tracciato sulla sua agendina. «Questa figura 'decapitata' sembra reggere un grande telo su cui compare il volto di un uomo barbuto.»

«La Sindone...» esclamò Sara, ma Gerardo la interruppe subito.

«Piano, non correre troppo. È vero, ci sono alcuni indizi, ma troppo semplici per le enormi possibilità che prospettano. Dobbiamo anche riconoscere che queste tracce sono state identificate da persone che volevano trovarle a tutti i costi.»

«In che senso?» chiese Marradesi in tono piccato.

«Nel senso che, se in un luogo così enigmatico si fossero cercate tracce di Confucianesimo, probabilmente si sarebbero trovate anche quelle.»

«Hai tratto qualche conclusione, Gerardo?»

«È presto per chiamarle conclusioni. Rischio di ripetermi, ma è d'obbligo la più assoluta cautela. Per adesso mi sento di dire che si tratta certamente di una costruzione singolare, edificata da gente che, pressata da persecuzioni, ha cercato di trasmettere un messaggio celato in una possibile riproduzione del Tempio di Gerusalemme. Tra l'altro ultimata più di un secolo e mezzo dopo la scomparsa dell'ultimo Templare.»

«Be', almeno in questo ti ho prevenuto», esclamò Sara.

«Cioè?»

«Non crederete che sia rimasta con le mani in mano?» rispose lei, rivolta a entrambi. «Ho scoperto anch'io qualcosa.»

«Che cosa?»

«A partire dal febbraio 1867, il luogotenente Warren del Genio militare britannico iniziò una campagna di scavi a Gerusalemme, basandosi sulla topografia rilevata dal suo predecessore Wilson. Ci ha lasciato una discreta mole di documenti e anche alcune sommarie ricostruzioni grafiche. In una di queste, in particolare, compare un pozzo che scende a perpendicolo per circa ottanta piedi sottoterra, proseguendo poi con una galleria orizzontale. Qui si vedono alcuni uomini intenti a compiere scavi attorno a un grande muro. Si pensa che si possa trattare dei resti della struttura del Tempio. Ma pare anche che, esplorando il dedalo di gallerie sotto l'antica Gerusalemme, Warren si sia imbattuto in una serie di reperti, tipo else di spade eccetera, che nessuno potrebbe mai far risalire agli abitanti precristiani. Cose lasciate lì dai Crociati, insomma.»

«Hugues de Payns e i primi Cavalieri del Tempio?» chiese Gerardo.

«Esattamente, sempre fatte salve tutte le cautele. È dimostrato che i fondatori dell'Ordine Templare, istituito per difendere i pellegrini che si recavano in Terrasanta, in realtà si occupavano di ben altro.

«I nove Cavalieri originari, infatti, iniziarono una campagna di scavi sotto le rovine del Tempio di Salomone, che si protrasse per circa dieci anni. Nessuno sa che cosa abbiano trovato.

«Ma ho riscontrato un fatto secondo me singolare in quello che, nella Regola stilata da Bernardo di Chiaravalle, sarebbe diventato il voto di povertà dei Templari. Be', la formula è molto diversa dal patto che legava i nove fondatori. I quali giurarono soltanto di mettere in comunione ogni loro ricchezza. Una cosa piuttosto diversa da un voto monastico di povertà. Dà l'idea che fossero impegnati nella ricerca di qualcosa di molto prezioso, da mettere in comune.»

Nel laboratorio calò un silenzio profondo, rotto soltanto dal ronzio delle apparecchiature elettroniche. Ma dopo qualche istante Sara riprese:

«Quindi ho cercato qualche analogia tra il Tempio di Gerusalemme e la costruzione più emblematica della potenza dei Cavalieri: il Tempio di Parigi. Esaminando le testimonianze rese dai Templari, ho scoperto che tale Giovanni da Foligno ammise che le cerimonie avevano luogo nella cappelletta sita nella torre principale.

«Non esistono documenti certi che la descrivano, ma era vicina al forziere del tesoro dell'Ordine, ed è interessante vedere come la immaginano molti importanti studiosi: una stanza priva di finestre, con un pavimento a scacchi bianchi e neri e un soffitto simile alla volta celeste, con a ovest una stella più luminosa delle altre.

«Probabilmente c'erano anche i quattro simboli usati nelle varie fasi del rituale: un teschio umano, due femori, e soprattutto un lenzuolo funebre. Semplici analogie? Strane coincidenze? La prudenza è sempre d'obbligo, ma l'ultimo Gran Maestro fu torturato nel Tempio di Parigi e, dopo aver subìto gli stessi supplizi inferti a Gesù Cristo, fu adagiato in un telo funebre.

«Il Grande Inquisitore di Francia potrebbe aver utilizzato il telo rituale dei Templari, un lenzuolo antico e proveniente dalla Terrasanta come la maggior parte degli oggetti sacri dell'Ordine. Si potrebbe quindi spiegare così la presenza sulla Sindone di pollini rinvenibili soltanto in alcune zone del Medio Oriente, come hanno evidenziato recenti analisi. Pollini di due piante particolari, per la precisione, rintracciabili in una sola zona del mondo: la Palestina.

«Lo *Zygofillum domosum*, una pianta simile al cappero, e la *Gundelia turneforti*, un cespuglio tipico della zona di Gerusalemme, con cui la tradizione vuole fosse intrecciata la corona di spine di Gesù Cristo».

A quel punto Sara cercò di prendere fiato, ma l'evidente curiosità dei due uomini la costrinse a continuare.

«Studiando i documenti della Prima Crociata, ho scoperto che Henry St Clair, antenato del costruttore della Cappella di Rosslyn, tornò da Gerusalemme con un amico, a cui diede in sposa la nipote. E sapete chi era costui? Hugues de Payns, fondatore dei Templari e comandante di coloro che scavarono per anni sotto il Tempio di Salomone.»

Toni Marradesi si passò la mano dove un tempo c'era forse qualche capello, e decise che era arrivato il momento di dire la sua.

«Capisco la vostra prudenza. Capisco tutte le cautele. Ma non vi sembra di esagerare? Non abbiamo raccolto un numero sufficiente d'indizi per puntare in una sola direzione? Siamo scienziati, e come tali soggetti all'errore nel corso delle approssimazioni necessarie per raggiungere una scoperta. Non dobbiamo aver paura di rimanere delusi.

«Sapete a che cosa credo si debba puntare? A un segreto, tanto arcano e potente da essere rimasto inviolato per tutti questi secoli, nascosto chissà dove da coloro che si addentrarono per primi nei sotterranei – in senso figurato e reale – delle origini della religione. E quando parlo di religione non mi limito alla Cristianità, ma a tutto ciò che la Città Santa di Gerusalemme, crocevia delle fedi, custodiva.»

Luglio 1312

Il castello di Roslin era immerso nel silenzio. I festeggiamenti per il ritorno di Bertrand de Rochebrune si erano protratti per un giorno e una notte, dopo di che il Cavaliere aveva cercato la quiete necessaria per redigere la Regola del Nuovo Ordine che stava per fondare.

Quindi aveva convocato attorno a un grande tavolo ovale undici Cavalieri, tutti con la testa coperta da un cappuccio e con la mantella bianca crociata del soppresso Ordine a cui erano appartenuti.

Quando ebbero tutti pronunciato solennemente la formula del giuramento, prese la parola il barone di St Clair, appena insignito della nomina di Precettore del Nuovo Tempio.

«Nobili Cavalieri, conoscete bene i motivi che ci hanno indotto a costituirci in società segreta. A ispirarci in questa nuova e ardua battaglia saranno gli stessi principi che ci hanno indotto un tempo ad aderire all'originario Ordine Templare. Vi ricordo pertanto l'Ottava Regola dello Statuto Templare, che dice: 'Al Maestro è dovuta la stessa obbedienza cieca che si deve a Dio'. Quindi mi inchino a te, Bertrand de Rochebrune, nostro Gran Maestro, e a te giuro fedeltà sino all'estremo sacrificio.»

«Grazie, nobile St Clair: senza di te non saremmo qui. E ringrazio anche questa terra di Scozia e il suo re, che non ha piegato la testa davanti ai poteri che hanno voluto la rovina dell'Ordine del Tempio. Purtroppo, a causa dell'assenza di Lorenzo di Valnure, in questa prima riunione il numero dei Santi Apostoli non è completo, ma mio cugino ha prestato personalmente a me il suo giuramento.

«Vi conosco uno per uno da molto tempo. Con molti di voi sono stato in battaglia. Mi è noto il vostro valore di uomini e di Cavalieri. Credo sia inutile rammentare ancora la segretezza della nostra missione, che proseguirà finché il nostro scopo non sarà raggiunto: da noi stessi o da chi verrà dopo. La prima pietra è stata posata oggi: sta in chi veste e vestirà questi abiti edificarvi sopra una chiesa: quella di Dio e degli uomini giusti. Dobbiamo combattere, fratelli. Incontreremo ostacoli persino superiori a quelli che ognuno di noi ha trovato in Terrasanta. Dobbiamo porre freno in ogni modo al progresso del Maligno e rigettarlo nel suo regno di fuoco. Soltanto così riusciremo a salvare il mondo.»

«Ma come faremo a combattere Clemente e Filippo, con le loro grandissime disponibilità di uomini e mezzi?» chiese uno dei Cavalieri.

«Con azioni rapide, prevalentemente in mare, dove possiamo contare su una flotta veloce e potente. Presto tornerò oltre l'Oceano a prendere le navi e gli uomini che vi ho lasciato. Se riusciremo a radunare tutte e diciassette le navi partite da La Rochelle, potremo affrontare qualsiasi flotta. Le quattro che ho lasciato nelle Terre d'Occidente erano in ottimo stato, e mi auguro che de Ceillac le abbia mantenute così. Quando farò ritorno dal mio viaggio, Filippo di Francia e il suo pavido servo Clemente conosceranno la bandiera di battaglia dei Templari: il teschio bianco in campo nero, sotteso da due femori incrociati.»

Accompagnato da sette guerrieri e con l'aiuto delle tenebre, Luigi era approdato nell'isola di de Ceillac, raggiungendola con una piroga sul lato opposto alla baia, e lì aveva nascosto l'imbarcazione tra la fitta vegetazione. I Tequesta, con i volti decorati dai colori di guerra, procedevano con cautela e in silenzio, ma decisi.

Risaliti i rilievi al centro dell'isola, avevano studiato dall'alto la fortificazione edificata nella gola di roccia: sembrava inespugnabile. Da una torre sul lato destro una sentinella in costante stato di allerta dominava con lo sguardo la sconfinata distesa dell'Oceano. Due pareti del forte erano costituite dalle rupi rocciose. All'interno della palizzata si vedevano alcune case di legno.

Luigi individuò prima l'alloggio di soldati e marinai, un edificio basso e lungo, e poi, a poca distanza, quello dei sergenti, entrambi a ridosso dell'imponente rupe di roccia vulcanica. La dimora di de Ceillac era probabilmente sul lato opposto. Forse una delle tre più piccole, a pochi passi dalla palizzata.

Quando illuminata dai bagliori dei fuochi, apparve la figura di una donna che usciva da una delle case, tenuta per un braccio da un uomo, si sentì prendere dall'angoscia. Nonostante l'oscurità e la distanza, aveva riconosciuto il malvagio Denis, e la pelle della donna era bruna. La poveretta camminava a testa china, come oppressa dal greve peso della sua situazione. All'angoscia si sostituì il furore: era probabilmente condotta all'alloggio di de Ceillac per essere strumento del suo piacere.

Ma Luigi vide anche verso quale casa erano diretti i due. Il rumore sordo del catenaccio che serrava l'uscio alle spalle della prigioniera arrivò distinto sino a lì.

Doveva agire, prima che fosse troppo tardi.

Patron Magri, comandante della nave ammiraglia, era accanto al navigatore, cui impartiva ordini con voce ferma. Il marinaio aveva due braccia scultoree, temprate dalla barra del timone. Al collo, dentro un sacchetto di pelle, portava un frammento di magnetite contro cui strofinare l'ago della bussola nel caso che si fosse demagnetizzato.

La Scozia era ormai lontana. Non la vedevano più da quarantadue giorni, e ormai le scorte di viveri e acqua cominciavano a scarseggiare. L'Oceano era increspato da una leggera brezza. Le vele erano spiegate, e la nave avanzava maestosa e agile, leggermente sbandata a dritta.

Il nuovo Gran Maestro si era chiesto a lungo se fosse opportuno partire per un viaggio così rischioso con due sole navi. Ma aveva finito con il preferire quella soluzione a un convoglio: era meglio che l'esigua forza navale di cui disponeva restasse al sicuro nei porti della Scozia.

Recuperare la flotta e gli uomini affidati a de Ceillac non era un'impresa difficile, al di là dei rischi della traversata.

Ma la tempesta cominciò a montare nella notte, per scatenarsi terribile alle prime luci dell'alba.

Roma. Giugno 1999

« Non si può darle torto, dottor Marradesi », disse Gerardo di Valnure, interrompendo il silenzio meditabondo che era calato nel laboratorio. « Ma ci troviamo comunque a un nuovo punto morto. »

« Niente affatto », obiettò Sara. « Dobbiamo scoprire chi si attribuisce ancora il ruolo di custode del segreto di cui parlava Toni. Non dimentichiamo che cos'è successo al povero Giacomo e sarebbe potuto capitare anche a te ad Akko. Le tue, anzi le *nostre*, ricerche hanno infastidito qualcuno. Non c'è più dubbio. Qualcuno molto potente, capace di uccidere e talmente fanatico da uccidersi perché il segreto rimanga tale. Il legame tra l'antichità medievale e questi misteriosi personaggi sembrerebbe il cordoncino rosso con il filamento d'oro e quel singolare nodo marinaro. E uno simile è stato trovato anche vicino al rogo che quasi distruggeva la Sindone. Un segnale, forse. »

« È vero. Se la Sindone fosse davvero l'effigie del Gran Maestro de Molay, potrebbe rappresentare il simbolo della vergogna dell'Ordine Templare. Una reliquia da distruggere per cancellare l'infamia e riportare il Tempio agli antichi splendori », convenne Gerardo.

A pochi chilometri di distanza, nella villa sull'Appia Antica, era nuovamente riunito il Gran Consiglio dell'Ordine.

Il Gran Maestro levò le braccia al cielo. Dalle fessure del cappuccio s'intravedevano due occhi gelidi e gonfi di odio.

« Siamo finalmente pronti, fratelli. Il segnale è stato dato da tempo, anche se la sorte ha voluto che l'ultimo simbolo del nostro disonore non fosse distrutto dalle fiamme. È ora di uscire dalla secolare clandestinità per impadronirci del mondo.»

Agosto 1312

Alvise Magri corse verso poppa con un'ascia. La nave rollava paurosamente e le onde superavano la murata, frangendosi sui ponti e abbattendosi con violenza sui marinai. Di notte le due navi procedevano assicurate l'una all'altra da una robusta cima, perché l'oscurità non facesse loro perdere il contatto.

Ma adesso la tremenda tensione del cavo rendeva quasi impossibile governare. Magri abbassò con violenza l'ascia, e lo schiocco sordo del cavo che si tranciava superò il frastuono della tempesta. Immediatamente le due navi recuperarono la governabilità e tornarono a fendere le onde con la prora.

Patron Magri tenne la sua tutto il giorno alla cappa, manovrando il minimo necessario per non esporre il fianco alla tempesta. Ma finalmente scese la notte, e il vento e il mare andarono progressivamente calando. Tuttavia, quando il sole sorse di nuovo su una distesa piatta di acqua, dell'altra nave non c'era più traccia.

Luigi aveva radunato i fedeli Tequesta sulla cima dello sperone di roccia. Conosceva i rischi cui li esponeva, ma se voleva salvare la sua compagna non aveva alternative.

La corda, intrecciata dalle donne del villaggio con fibre vegetali, era abbastanza lunga perché potesse calarsi da lì sino al forte. Se ne legò un'estremità alla vita, e i guerrieri cominciarono a svolgerla nel buio.

La roccia della parete era scura, e i bagliori dei fuochi del forte non la raggiungevano. I nemici avrebbero potuto vederlo soltanto quando avesse raggiunto l'ampio piazzale in terra battuta al centro del fortilizio, che però a quell'ora era deserto.

Sentendo un rumore improvviso, Luigi si fermò, acquattandosi contro la parete e scrutando verso il basso.

Vide Denis uscire dall'alloggio di de Ceillac spingendo davanti a sé Shirinaze, che avanzava con passo incerto. Luigi pregò che l'uomo non alzasse lo sguardo.

«Buonanotte, contessa», disse lo scherano in tono canzonatorio, spingendo bruscamente Shirinaze nella sua prigione. «Dalla faccia del Gran Maestro, direi che vi siete meritata ampiamente un po' di riposo.»

Rimasta sola, Shirinaze si lasciò cadere sul letto singhiozzando. Ma dopo qualche istante impugnò il pugnale che si era procurata di nascosto. Non aveva mai trovato il coraggio di usarlo contro il suo aguzzino.

Asciugatasi le lacrime, benedisse il figlio perduto e augurò a Lorenzo una vita migliore di quella toccata a lei. Quindi, chiesto perdono a lui e a Dio, alzò su di sé la mano per immergersi l'arma nel cuore.

A pochi metri da lei, non appena ebbe toccato il suolo, le mani di Luigi corsero a liberare i nodi che lo assicuravano alla fune.

Ma la sentì afflosciarsi e se la vide quasi cadere addosso. Mentre si buttava a corpo morto dietro un riparo, dalla rupe dove aveva lasciato i Tequesta si levò un grido di allarme.

«All'erta. Abbiamo catturato alcuni selvaggi. Siamo attaccati.»

Dal suo nascondiglio, Luigi vide con sgomento lo spiazzo del forte riempirsi in pochi istanti di uomini che brandivano spade e archi. Poi sentì risuonare la voce sinistra di de Ceillac.

«I Tequesta non possono aver elaborato da soli il piano di questa incursione. Non sono abbastanza intelligenti», disse, facendo guizzare lo sguardo in ogni zona d'ombra. «Ah», urlò poi. «Ecco lì una fune piovuta dal cielo. Il nostro amico Luigi dev'essere qui. Portatemelo.»

«Eccolo!» gridò poco dopo uno dei suoi uomini.

Luigi non poté fare altro che brandire la spada, un'arma corta e leggera, del tutto insufficiente per quello scontro impari. Ma era pronto a morire.

L'urlo nella notte fermò la mano di Shirinaze, che si accostò lestamente alla porta, tendendo gli orecchi in attesa di altri rumori. Sentite le parole di de Ceillac, il suo cuore cominciò a battere tumultuosamente.

Qualche istante più tardi la porta della sua prigione si spalancò, facendo stagliare sulla soglia la figura odiosa di Denis, che stringeva in una mano la spada e nell'altra una torcia.

«Seguimi, negra», le intimò con il solito sorriso malvagio. «Vieni a vedere che cosa faremo al tuo valoroso condottiero di selvaggi nudi.»

Luigi era arroccato oltre una strettoia tra le due rupi, in modo che gli assalitori potessero attaccarlo soltanto uno alla volta. Aveva già avuto ragione di tre di essi, quando sopra i rumori si levò la voce di de Ceillac.

«Credo ti convenga arrenderti, Luigi. O preferisci che affondi la lama in questa morbida pelle nera?»

Luigi vide la lama del pugnale di de Ceillac incidere leggermente la gola di Shirinaze, facendo sgorgare una goccia di sangue. Non poté fare altro che lasciar cadere la spada.

I guerrieri Tequesta erano stati allineati sullo spiazzo con mani e piedi legati. Conoscevano il loro destino, ma nessuna espressione di paura velava il loro sguardo fiero.

«Ci occuperemo anche di te, Luigi, ma prima voglio che guardi bene che cosa faremo a questi selvaggi, così stupidi da seguirti in questa folle impresa», sghignazzò de Ceillac, indicando ai suoi di procedere.

Una fila di rudimentali croci di legno fu eretta al centro del piazzale, e su ognuna di esse fu crocifisso un Tequesta.

Quindi de Ceillac fece un cenno d'intesa al suo perfido scherano, e Denis si avvicinò con un pugnale affilato a uno degli indigeni. La sua mano scorse con lentezza esasperante ma con forza sul ventre del prigioniero, aprendovi una ferita non letale, ma sufficiente perché ne fuoriuscissero le viscere.

« Sii maledetto, de Ceillac », urlò Luigi, cercando invano di divincolarsi dalla stretta dei suoi carcerieri.

Roma. Giugno 1999

Il familiare scampanellio distolse Sara Terracini dalle sue occupazioni. Azionato immediatamente il programma di criptaggio, vide comparire nella finestra una sola parola: <NOVITÀ?>

<UN EDUCATO BUONGIORNO COSTEREBBE TROPPO?> rispose. <VA BE', LASCIAMO PERDERE. ABBIAMO APPENA FINITO UNA RIUNIONE A TRE.>

<BUONGIORNO, DOTTORESSA. RAGGIUNTA QUALCHE CONCLUSIONE?>

<BRANCOLIAMO NEL BUIO PIÙ ASSOLUTO. SIAMO SOLTANTO ALL'INIZIO DI UN'AVVENTURA, SOPRATTUTTO PER QUANTO CONCERNE I RISVOLTI CONTEMPORANEI.>

<DECODIFICHIAMO, PER FAVORE?>

<LO SCENARIO STORICO DELL'ANTICO ORDINE STA ASSUMENDO CONTORNI ABBASTANZA DEFINITI, PUR CON TUTTI I SUOI LATI OSCURI. MA CI SIAMO CONVINTI CHE QUALCOSA PORTI DALLA NOTTE DI QUEI TEMPI FINO AI GIORNI NOSTRI. LA DOMANDA È: CHE COSA? CI MANCA QUALCHE ANELLO DELLA CATENA. ME LO TROVI TU?>

<CHE AMICO SAREI SE NON LO FACESSI? ANZI, QUALCOSA HO GIÀ FATTO.>

<EH? DANNAZIONE. SPUTA IMMEDIATAMENTE IL ROSPO.>

<I MIEI UOMINI HANNO SCOPERTO CHE ESTELLE DUFRAISNE HA RICEVUTO DIVERSE VISITE DI UN TIPO MOLTO POCO RACCOMANDABILE. TALE HANS HOLOFF, EX AGENTE DEI SERVIZI SEGRETI DELLA GERMANIA EST, CHE DOPO LA CADUTA DEL MURO DI BERLINO SEMBRAVA SVANITO NEL NULLA.>

<CREDI CHE POSSA ESSERE UNO DI QUEGLI ANELLI MANCANTI?>

<CHISSÀ. È UN UOMO SCALTRO E SENZA SCRUPOLI, PERFETTAMENTE ADDESTRATO PER QUALSIASI SITUAZIONE. LO STANNO CERCANDO METÀ DEI SERVIZI DI SICUREZZA DEL MONDO. MA L'ORDINE È DI SEGNALARE SOLTANTO DOVE SI TROVA E TENERLO D'OCCHIO.>

Quando Sara e Oswald interruppero il loro scambio di messaggi, Hans Holoff stava percorrendo a piedi Avenue de la Paix, a Losanna. La persona che aveva appena incontrato in un Istituto di credito gli aveva assicurato la sua totale disponibilità, come preannunciato dal Gran Maestro. Sì, i «fratelli» erano tutti pronti ad agire.

Agosto 1312

Luigi, sempre guardato a vista da due uomini armati, era chiuso in una cella angusta, ricavata sotto la torre d'avvistamento del forte, e quasi sospeso in aria. La trazione delle funi sui polsi legati dietro la schiena gli provocava un dolore intollerabile. Attendeva con rassegnazione il momento in cui la porta si sarebbe aperta e i suoi carcerieri lo avrebbero trascinato fuori. Quale orribile morte gli aveva riservato de Ceillac?

Ma non era la morte a fargli paura, quanto piuttosto il destino a cui aveva condannato Shirinaze con l'insuccesso della sua incursione, e l'avvenire di Lorenzo, affidato a una tribù d'indigeni.

Il silenzio fu rotto dal grido di una sentinella: «Nave all'orizzonte. Dirige verso di noi».

De Ceillac si precipitò per la ripida scala a pioli che portava alla torre di avvistamento. Riconobbe subito l'ammiraglia di Bertrand de Rochebrune.

«Presto, Denis, nascondi il prigioniero e la negra nelle grotte. Voglio che siano sempre sorvegliati da quattro uomini armati. Nel frattempo io preparerò il comitato di ricevimento per il nostro ex Gran Maestro. Dobbiamo convertire a nostro vantaggio questo suo inatteso ritorno. Se uno qualsiasi di voi si lascerà sfuggire una sola parola su quanto è accaduto, lo decapiterò con le mie mani.»

Il tono di de Ceillac lasciava intendere che la sua mente diabolica aveva già elaborato un piano.

La scialuppa con Bertrand approdò sul far della sera. De Ceillac lo aspettava in piedi sulla striscia di sabbia bianca che costeggiava la baia.

«Quale insperata gioia abbracciarti di nuovo», esclamò, muovendogli incontro non appena fu sbarcato.

«Sono diversi giorni che vi cerchiamo, e, visto il nostro villaggio distrutto, avevamo quasi perso le speranze di trovarvi», rispose Bertrand.

«Una sventura terribile. Sono stati i Tequesta. Ci hanno aggredito di sorpresa, infierendo sugli sventurati che hanno catturato. Per fortuna io e pochi altri siamo riusciti a forzare l'assedio.»

Bertrand sentì la morte nel cuore. «È morta anche Shirinaze?»

«So quanto tenevi a lei, Bertrand», rispose spudoratamente de Ceillac. «Preferisco quindi risparmiarti il supplizio inflitto a lei, a Luigi e al piccolo Lorenzo. Li hanno massacrati sotto i nostri occhi.»

Bertrand chinò lo sguardo a terra, preso da un terribile senso di vuoto. Quella che ormai considerava la sua famiglia non esisteva più.

Ma la pena cedette subito al furore. «Quegli assassini avranno ciò che meritano», esclamò con occhi di fuoco. «Ma che ne è stato delle altre navi?» si riprese subito.

«Gli indigeni le hanno date alle fiamme. Siamo riusciti a portare in salvo solamente quella che hai visto alla fonda nella baia», rispose de Ceillac senza battere ciglio.

«Dobbiamo elaborare un piano. Prima di ripartire per l'Europa, faremo pagare tutto ai Tequesta», concluse seccamente Bertrand.

La grotta era umida e maleodorante. Luigi aveva polsi e caviglie assicurati da una solida fune. La posizione in cui era stato legato, con le mani poco distanti dai piedi, non gli consentiva quasi di respirare. Ogni volta che aveva provato a rivolgere una parola a Shirinaze, aveva ricevuto una tempesta di pugni e calci dai loro carcerieri. Non vedeva via di scampo, ma a dargli ancora forza era la vicinanza della sua compagna.

Castello di Valnure. Giugno 1999

Vedendo l'auto di Paola nel parcheggio, Gerardo provò un forte piacere, che, seppure ancora un po' a malincuore, fu costretto a connettere con l'idea di «ritorno a casa». Non sapeva ancora se quello che provava per la donna fosse davvero amore, ma certamente la cantante costituiva ormai per lui un punto di riferimento.

La trovò in cucina. Vestiva una camicia leggera di foggia maschile che le lasciava scoperte le gambe abbronzate. Paola non distrasse la sua attenzione dalla pentola fumante dove stava indorando un soffritto, ma lo salutò con grande calore, girando la testa verso la porta.

«Gerardo, che gioia», esclamò. «Scusa l'improvvisata, ma avevo una giornata libera dalle registrazioni televisive e ho pensato di venire qui. Visto che non c'eri, mi sono messa a preparare la cena. Spero di non disturbare.»

«La prossima volta avvertimi», finse di protestare lui. «Quando ho visto la tua auto in giardino, ho dovuto scacciare un corteo di concubine.» Quindi la strinse a sé e la baciò delicatamente sulla bocca, sentendosi avvolgere dal suo profumo. «Adesso però», concluse, «ti lascio un attimo alle tue leccornie. Sistemo alcuni documenti e torno.»

Per una vecchia abitudine, ulteriormente rafforzata dalla tragedia di Giacomo, mise al sicuro nella poderosa cassaforte il dischetto con gli appunti sulla Cappella di Rosslyn, cancellandoli con cura dal disco fisso del suo computer. Dopo pochi minuti era di nuovo con Paola.

Le si accostò da dietro, fingendo di annusare gli aromi che salivano dai fornelli. Lei lo sentì premere e non fece niente per sottrarsi al contatto. Anzi, si voltò e lo baciò con ardore sulla bocca.

Le braccia di Gerardo la sollevarono, e si trovò quasi seduta sul ripiano della cucina. Divaricò immediatamente le gambe, stringendogli le caviglie dietro la schiena. Sentì per un attimo le sue mani accarezzarla sopra lo slip, poi le dita di Gerardo lo scostarono. Lo sentì pulsare dentro di sé.

«Posso esserti d'aiuto?» gli chiese Paola quando ebbero finito di cenare.

«In che cosa?»

«Per le tue ricerche.»

«No, grazie. Ho le idee pochissimo chiare io stesso, e non saprei come approfittare della tua offerta. No, davvero.»

«Capisco. D'altra parte che cosa potrei fare? Non ne so niente. Voglio dire, stai facendo un ricerca sui Templari, no?»

«Be', è uno dei tanti argomenti che mi affascinano da sempre», tagliò corto lui, sollevandola ancora di peso dalla seggiola e portandola verso il letto.

Gli era parsa la scusa migliore per chiudere lì una conversazione che cominciava a farsi imbarazzante. Non aveva nessuna intenzione di mettere Paola al corrente di segreti che avrebbero potuto rappresentare un pericolo anche per lei.

Ma la notte che seguì gli fece riconoscere con soddisfazione che era stata un'*ottima* scusa.

Agosto 1312

«Uccidili non appena saremo salpati», ordinò de Ceillac a Denis.

Lo scherano annuì e, cercando di non farsi vedere dagli

uomini di Bertrand, si avviò a passo spedito verso la grotta nella montagna.

Arrivatovi, ordinò alle quattro guardie di rientrare al campo e, non appena fu solo con i prigionieri, aprì le labbra nel sorriso di un cobra.

« Mi spiace, ma è giunto il vostro ultimo istante. Rivolgete pure una preghiera a Dio, ma fate in fretta », concluse, estraendo dalla cintola lo stesso pugnale con cui aveva sconciato gli indigeni sulla croce.

Luigi cercò per l'ennesima volta di fare forza sulle corde, con il solo effetto di far sanguinare le piaghe ai polsi e alle caviglie.

« Non so da quale di voi due cominciare », sibilò Denis. « A chi provocherò il dolore di vedere la persona amata morire? Desidero comunque informarvi che anche il vostro piccolo bastardo tra poco subirà la stessa sorte, anche se non dalle mie mani. Tra qualche giorno de Ceillac e Bertrand de Rochebrune attaccheranno il villaggio dei pagani nudi. Non intendono lasciare superstiti. »

Shirinaze pregò Dio che suo marito capisse che cosa intendeva fare. Quindi fissò lo sguardo su Denis, muovendo le gambe in maniera provocante. « Ti prego », mormorò con voce roca. « Sono pronta a tutto per non morire. »

Nello sguardo dell'uomo si accese un lampo di lussuria. De Ceillac si era trastullato a suo piacimento con quel magnifico corpo, mentre lui non ricordava quasi come fosse fatta una donna. Inoltre, al forte non lo aspettavano: quando lo aveva lasciato, una delle due navi stava per salpare verso il territorio dei Calusa, con cui Bertrand e Raymond intendevano stringere un accordo per distruggere i Tequesta.

Con una risata bestiale si slacciò il cinturone di cuoio e tagliò le corde alle caviglie della donna. Le sue mani sudice le sollevarono la gonna di pelle. Quando si buttò su di lei, Luigi chiuse gli occhi per non vedere, sentendosi prendere da un odio incontenibile.

Mentre Denis si dimenava grugnendo e armeggiando con i suoi indumenti, Shirinaze gli accostò le labbra al collo.

Sentendo l'umidore della sua lingua, l'uomo si abbandonò su di lei con un gemito animalesco. Ma la lingua di lei si ritrasse fulminea, lasciando il posto ai denti. Mossi dalla forza della disperazione, affondarono nel collo di Denis.

L'uomo strabuzzò gli occhi, scattando in piedi e portando istintivamente le mani alla ferita. Il sangue della giugulare recisa zampillava come una fontana.

«Maledetta puttana», urlò il malfattore. Aveva capito che stava morendo. Con gli occhi velati dal terrore cercò il pugnale lasciato cadere prima di abbandonarsi alla prospettiva del piacere.

«Morirai con me», continuò con la voce ridotta a un gorgoglio, brandendolo. Ma già aveva la vista confusa, le gambe molli.

Luigi si lasciò rotolare sulla terra battuta, buttandosi fra lui e Shirinaze. Denis incespicò sul suo corpo e cadde, perdendo la presa sul pugnale. Tentò di rialzarsi, ma l'emorragia gli stava togliendo le forze.

Chiamate a raccolta le ultime energie, Shirinaze si tese in tutto il corpo finché non riuscì a raggiungere e stringere tra i piedi il pugnale caduto. A poco a poco riuscì a portarselo sotto il corpo e, con uno sforzo disperato, recise la fune che le serrava i polsi.

Impugnata l'arma, si tirò in ginocchio di scatto per fronteggiare il nemico, ma non ce n'era più bisogno. Denis giaceva senza vita in una pozza di sangue.

Singhiozzando di sollievo, Shirinaze si buttò su Luigi, tagliando anche le sue funi. Rimasero stretti a lungo senza dire niente, mescolando le loro lacrime di felicità.

Recuperate le forze, Luigi la condusse cautamente verso il luogo dove aveva nascosto la piroga dopo lo sbarco. Con nuovo, intenso sollievo scoprì che per fortuna gli uomini di de Ceillac non l'avevano trovata. Poco dopo vogavano entrambi di lena, cercando di mantenersi fuori del campo visivo delle sentinelle del forte. Sull'orizzonte videro la sagoma di una nave che si allontanava.

Bertrand de Rochebrune teneva lo sguardo fisso sull'isola che si allontanava a poppa, immerso in cupi pensieri. C'erano troppe cose che non capiva. Sapeva che i Calusa erano feroci e sanguinari, nemici mortali dei Tequesta, che erano invece un popolo cordiale e gentile, assolutamente non violento se non provocato. Com'era possibile che durante la sua assenza fossero così drasticamente cambiati? Che cos'era successo?

Era ancora immerso in simili pensieri quando sbarcarono, raggiungendo il villaggio dei nuovi alleati.

La lingua dei Calusa consisteva in pochi suoni gutturali, accompagnati da un violento gesticolare, per cui riuscì a capire almeno il senso di ciò che Raymond de Ceillac stava dicendo al loro capo. Ma chiarissima era, da parte di entrambi, la violenza dei toni. Il suo senso di disagio, lungi dal placarsi, si andò addirittura intensificando. E divampò letteralmente quando Raymond de Ceillac lo informò che doveva appartarsi qualche minuto con il capo Calusa.

Il primo ad avvistare la piroga che risaliva l'ansa del fiume fu Tucla, l'anziano Tequesta a cui Luigi aveva affidato il figlio. Riconoscendoli, il buon indigeno lanciò un grido di gioia, che però gli si spense in gola quando si rese conto che i guerrieri partiti con Luigi non lo seguivano.

Fatta accostare con le ultime forze la leggera imbarcazione alla riva, i due si lasciarono cadere sulla sabbia, stremati. Ma la stanchezza scomparve come per incanto non appena sentirono la voce di Tucla, che videro venire verso di loro tenendo per mano Lorenzo. Riconosciuto il padre, il bambino si liberò dalla presa per corrergli incontro.

La vista della donna, invece, provocò in lui un attimo di esitazione: era troppo tempo che non vedeva la madre. Finalmente però capì, e con un grido di esultanza si lanciò verso i genitori.

Poco più tardi Luigi sedeva al cospetto del capo del villaggio, con Tucla che lo aiutava a riferire il terribile esito della spedizione al forte di de Ceillac.

«Una nuova minaccia sta per abbattersi su di noi», spiegò concitatamente. «Il villaggio sta per essere attaccato. Il tuo amico Bertrand de Rochebrune è finalmente tornato, ma il traditore de Ceillac è riuscito a ingannarlo, facendogli credere che vi siete ribellati. Dobbiamo preparare subito la difesa.»

Le due navi procedevano appaiate verso la terraferma. Il viso di de Ceillac era torto in un sorriso di perfidia. Con l'ausilio degli uomini di Bertrand avrebbe sicuramente distrutto i Tequesta, e nel caos dell'assalto nessuno avrebbe riconosciuto il piccolo Lorenzo, che aveva una pelle bruna come quella dei selvaggi. Nessuno avrebbe mai saputo che fine avessero fatto Luigi e la sua famiglia, e lui sarebbe potuto tornare in Europa carico di tutto l'oro e l'argento razziati.

Sebbene fosse sempre in preda ai suoi dubbi, Bertrand de Rochebrune stava intanto ripassando mentalmente il piano di attacco. Il fiume era abbastanza profondo per le due navi. Arrivati a distanza di tiro dal villaggio, avrebbero cominciato a bombardarlo con le catapulte. Poi sarebbero sbarcati e, di concerto con i Calusa, avrebbero sferrato l'assalto finale. Nessuno dei Tequesta ribelli sarebbe potuto scampare.

A distoglierlo dalle sue riflessioni si levò il grido di una vedetta: «Piroga dritta a prora. Punta verso la nostra nave. A bordo c'è un uomo solo».

Eretto sul castello di prora dell'altra nave, de Ceillac ordinò immediatamente di bloccarla. Non poteva correre rischi, e la temerarietà di quell'uomo solitario era sospetta. Meglio non lasciarlo accostare alla nave di Bertrand.

«Pare che de Ceillac abbia una gran fretta di raggiungere quella piroga prima di noi», disse patron Magri, perplesso, rivolto a Bertrand. «Considerato il nostro vantaggio, non credo che possa farcela, ma non capisco perché agisca così. Quell'uomo vuole chiaramente parlare con noi, non con lui. Oltre a tutto, il comandante della spedizione siete voi. Gli segnalerò di farsi da parte.»

Bertrand de Rochebrune rispose semplicemente con un grido di gioia. La figura sulla piroga si era andata facendo sempre più familiare. E, sebbene non osasse sperarlo, finalmente l'aveva riconosciuta.

Sembrando obbedire alle segnalazioni di patron Magri, la nave di de Ceillac virò bruscamente, cedendo il passo alla piroga.

La minuscola imbarcazione era ormai a distanza di voce dall'ammiraglia, quando in prossimità di essa si alzò una colonna d'acqua, e la catapulta sulla prora della nave di de Ceillac era già pronta a un secondo lancio.

«Bertrand, guardatevi da de Ceillac», gridò Luigi con tutto il fiato che aveva, prima di buttarsi nel fiume. «È un traditore!»

L'altra nave virò, scostandosi. Gli occupanti di quella di Bertrand non poterono sentire il grido di de Ceillac, simile a quello di un leone ferito. Ma lo videro distintamente picchiare il pugno sulla battagliola.

Luigi fu issato a bordo e, seppure quasi senza fiato, stava cominciando a raccontare a Bertrand ciò che avevano patito lui, Shirinaze e il piccolo, quando lo sguardo esperto di patron Magri, appostato presso la timoneria, notò le strane manovre dell'altra nave.

«All'erta», gridò, sbalordito. «Sembra che abbiano intenzione di usare la catapulta contro di noi.»

Non avendo sentito il racconto del giovane, non riusciva a capacitarsi di un simile comportamento. Ma Bertrand ormai sapeva tutto.

«Vi conviene arrendervi, de Ceillac», gridò, sporgendosi dalla murata e unendo le mani a cono davanti alla bocca. «Non commettete altre follie.»

«Perché mai?» replicò l'altro. «Le nostre navi sono identiche, ma l'equipaggio della mia è molto meno stanco e provato del vostro. E non dimenticate i Calusa. Sapete che usano evirare i loro prigionieri prima di ucciderli. Abbiate buon senso. Sono io a chiedervi la resa.»

Come sempre gli accadeva nell'imminenza di una battaglia, Bertrand si sentì pervadere da una bruciante sferzata di energia. Quante volte gli era successo. La salutò con gioia, sguainando la spada. La sua voce si levò sopra ogni altro suono.

«Patron Magri, pronti all'abbordaggio.»

Le due navi si affiancarono minacciose come due lottatori in guardia.

Bertrand vide la terza soltanto quando era ormai vicina. Esultante, la riconobbe: era quella partita con loro dalla Scozia e dispersa nella tempesta.

«Patron Magri», ordinò, «dobbiamo portare indietro con noi la nave di de Ceillac. Ne abbiamo troppo bisogno, non possiamo perderla. Comandate di evitare lo scontro.»

Ma era tardi. Le due navi avevano raggiunto il punto di non ritorno. Le due fiancate si urtarono, facendo cadere in acqua grossi frammenti di fasciame spezzati come fuscelli. Ma, obbedendo all'ordine di patron Magri, i suoi abili marinai riuscirono subito a districarsi dall'ingaggio. Le due navi rimasero vicinissime, ma libere.

«Arrendetevi, de Ceillac», gridò di nuovo Bertrand. «Non ve lo chiederò una terza volta. Dovrò ordinare alle mie navi di affondarvi.»

L'inseguimento durò alcune ore, ma finalmente le due navi di Bertrand de Rochebrune intrappolarono la terza in una baia.

Lontano da lì, i Calusa erano appostati nella vegetazione fitta attorno al villaggio dei Tequesta. Per sferrare l'attacco finale, aspettavano soltanto che gli uomini vestiti di ferro li raggiungessero. Non capivano perché non arrivassero.

Inquieti ma disciplinatamente immobili, tenevano gli

occhi puntati sul loro bersaglio: non temevano sorprese alle spalle. Fu invece proprio da quella parte che i Tequesta, ammaestrati da Luigi, balzarono loro addosso all'improvviso.

PARTE TERZA

LA REGINA DEGLI OCEANI

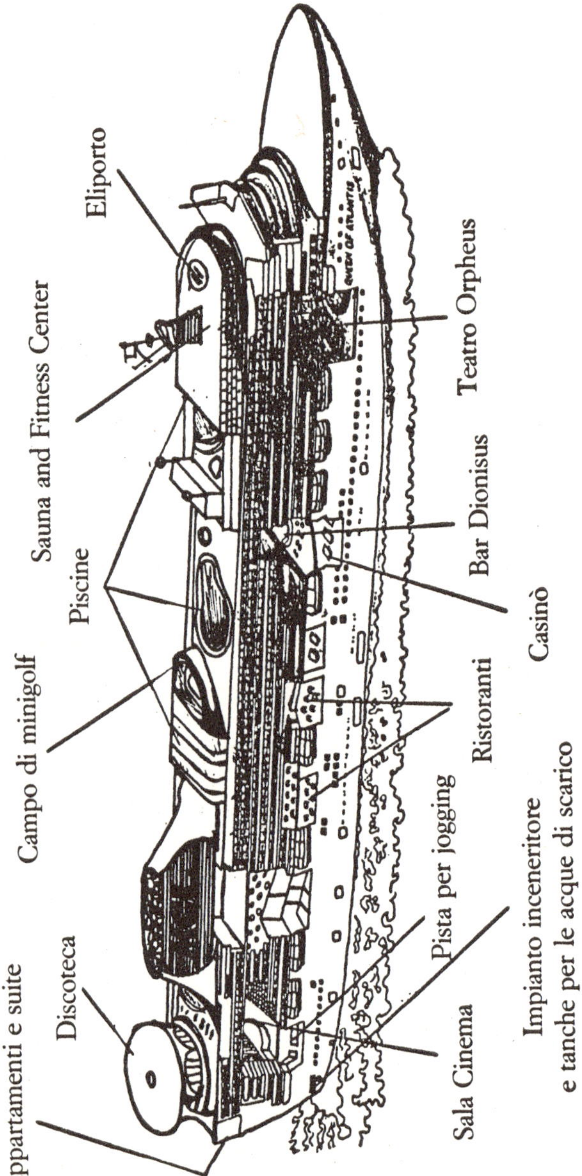

La *Queen of Atlantis*

10

Porto di San Francisco. Marzo 1998

Il presidente delle Maritime Cruise Lines, la più grande compagnia di navigazione del mondo, tagliò il nastro con i tre colori della bandiera statunitense, mentre la madrina lanciava la consueta bottiglia di champagne. Il vetro colpì la murata della nave, ma non si ruppe. Un cattivo presagio tristemente noto agli uomini di mare.

Quindi l'acqua prese ad affluire nel bacino fino a sollevare la nave dall'invaso. La poppa scivolò verso il mare aperto. I cavi che assicuravano la *Queen of Atlantis* a quattro rimorchiatori si tesero. La nave passeggeri più grande del mondo prese il mare con il gran pavese che sbatteva sotto un vento gelido di primavera. Le sirene delle altre navi del porto suonarono all'unisono, mentre gli idranti dei rimorchiatori gettavano immense fontane d'acqua: era il saluto del popolo dei naviganti a quella perfetta macchina tecnologica, capace di trasportare tremilaseicento passeggeri e milleduecento uomini d'equipaggio.

Poco più tardi il presidente della compagnia di navigazione entrò in una hall alta cinque piani, dove si muovevano come in altalena quattro ascensori panoramici in cristallo. Rivolto alle autorità, disse semplicemente: «Vi presento la 'Regina di Atlantide'». Quindi alzò lo sguardo al cielo e mormorò: «Regina di un mondo leggendario. Nel nostro mondo sarai regina degli Oceani.

«La prego, comandante Di Bono, vuole illustrare la nave ai nostri ospiti?» concluse.

Arthur Di Bono aveva i capelli grigi ma portava molto bene i suoi sessantatré anni, di cui oltre trentacinque vissuti sui mari. Era il comandante più anziano ed esperto delle

Maritime Cruise Lines. L'elegante divisa, tagliata su misura da un sarto di Bond Street, riusciva a dissimulare un accenno di pancia, inevitabile conseguenza dell'età. La barba bianca, ben curata, conferiva a Di Bono un aspetto bonario. Ma bastava osservare i suoi movimenti, le spalle larghe, i piedi ben piantati a terra, per capire che era un lupo di mare a cui nessuna tempesta poteva incutere timore.

La *Queen of Atlantis* era un grattacielo viaggiante di quattordici piani dotato di ogni comfort, con 1352 cabine passeggeri, due teatri, un centro termale e quattro piscine, di cui la più grande circondata da sabbia candida proveniente dai paradisi caraibici.

Di Bono ne passò in rassegna a una a una le caratteristiche, soffermandosi in particolare su quelle tecniche: «In pratica questo colosso da centoventimila tonnellate potrebbe essere governato da un uomo solo», disse illustrando la plancia di comando, zeppa di congegni elettronici. «Ecco il cuore della nave», aggiunse, indicando un grosso computer. «Da qui è possibile controllarne ogni funzione, dall'inceneritore dei rifiuti alle tende della sala da pranzo.»

Il comandante della *Queen of Atlantis* era fiero di quella che considerava una sua creatura, ma non poteva sapere quale ruolo essa avrebbe avuto di lì a qualche mese nella sua vita.

New York. Giugno 1999

La libreria in noce alle spalle di Derrick Grant, principale socio dell'ormai importante studio Grant & Associates, era zeppa di testi legali.

«La ringrazio, avvocato», disse Charles Thomas, presidente delle Maritime Cruise Lines, stringendogli con calore la mano. «I suoi suggerimenti si sono rivelati come sempre preziosi. Quando avrà intenzione di prendersi un periodo di riposo, consideri le nostre navi a sua disposizione.»

Grant lo accompagnò alla porta, quindi tornò alla scrivania, allungandosi sullo schienale della poltrona ad ammirare il panorama di Manhattan fuori della grande vetrata. Sì, una vacanza, pensò. Quando? E si rimise subito al lavoro.

In quel momento la sua amica Maggie Erriot sorrideva, guardando la luce rossa della telecamera e dicendo: «Cari telespettatori, anche questa sera abbiamo cercato di risolvere un mistero. Purtroppo, però, il nostro è soltanto un tentativo, e i vostri dubbi sono gli stessi che abbiamo noi. D'altra parte, se i misteri fossero di facile soluzione, non sarebbero misteri».

Le note della sigla riempirono lo studio tra gli applausi del pubblico. Quando quest'ultimo fu sfollato, Maggie rimase ancora un po' con i suoi collaboratori per discutere eventuali dubbi e suggerimenti. Il successo di *Labyrinth* era in gran parte dovuto al loro spirito di corpo.

L'autista degli studi televisivi la stava aspettando. Non appena fu montata sull'auto, Maggie diede una rapida occhiata agli indici di ascolto: erano ormai otto anni che *Labyrinth* continuava a soddisfare i gusti degli ascoltatori. Un successo veramente straordinario.

Posati finalmente i fogli sul sedile, la bella donna di colore accavallò le gambe e si lasciò andare contro lo schienale. Suo marito sarebbe rientrato da uno dei suoi viaggi di lavoro proprio quella sera. Si vedevano ormai di rado, e con un moto di malinconia le tornò in mente ciò che le aveva chiesto tanti anni prima il suo vecchio compagno di studi Derrick Grant: «Sei felice, Maggie?»

In quel momento avrebbe dovuto rispondere: «No».

Lei e il marito si erano praticamente separati di fatto un anno prima, quando Timothy era diventato presidente della *Task Force on Terrorism & Unconventional Warfare* e si era trasferito a Washington. Le aveva proposto di andare là a vivere con lui, ma lei si era tassativamente rifiutata di lasciare New York e la sua attività. Ne era seguito uno dei loro dolorosi litigi. E Maggie aveva capito che il suo matrimonio stava per naufragare. Ma non lo avrebbe mai ammesso con nessuno, forse nemmeno con sé stessa.

Pat Silver sorrise alla bella segretaria della US Gambling & Lotteries, una delle tante ditte con sede a New York specializzate in gioco d'azzardo e lotterie. Indossava una tuta bianca come gli altri sette tecnici della società di software dove lavorava da due mesi, lì con lui nella sala di attesa della US Gambling & Lotteries.

Dovevano rendere operativo il sistema di trasmissione, controllo e spoglio delle giocate appena installato. Un sofisticato sistema costato centinaia di milioni di dollari, che avrebbe reso più semplici, sicure e celeri le operazioni di una delle lotterie più ricche d'America. La forza della US Gambling risiedeva nella capillarità: più di centomila terminali dislocati in tutto il territorio nazionale, che convogliavano settimanalmente seicento milioni di giocate al centro operativo.

I dati erano trasmessi via modem dai terminali attraverso le normali linee telefoniche, e il computer centrale era in grado d'immagazzinarli in pochi secondi, gestendo simultaneamente trentaseimila trasmissioni. L'intera massa delle giocate veniva scaricata in poco più di venti minuti. Dopo di che i cinquanta giga di memoria operativa del computer centrale procedevano allo spoglio e all'individuazione delle schede vincenti.

I giocatori dovevano indovinare sette numeri su settanta, con un indice di probabilità di uno su circa un miliardo e duecento milioni. E le vincite potevano essere colossali: poche settimane prima, in California, un manovale messicano si era infatti visto piovere addosso trentuno milioni di dollari.

Pat Silver si era lasciato crescere i capelli e due vistosi baffi alla tartara che gli nascondevano buona parte della zona inferiore del viso. Sembrava la reincarnazione di un hippy anni '60. Ricevuto finalmente il permesso, entrò con gli altri tecnici nella sala dove l'apparecchiatura stava eseguendo alcune operazioni di prova.

Aperta la valigetta in metallo, si mise a lavorare alacremente. La posta in gioco era altissima. Pochi giorni dopo, definitivamente lasciata la sede della US Gambling & Lotteries, sarebbe potuto essere milionario. O ricercato dalla polizia.

Stoccolma. Giugno 1999

La temperatura era mite. Un sole caldo illuminava il fine primavera svedese. La *Queen of Atlantis* era affiancata al molo passeggeri. Molto più alta di tutti i palazzi circostanti, sembrava un grattacielo capitato per caso in un porto del mare del Nord. Il comandante Di Bono sorrise tra sé compiaciuto, come sempre gli accadeva quando guardava la sua nave.

Sembrava quasi che fosse la terraferma a tenersi ancorata a quel colosso di quattordici piani. Sulla banchina c'era un andirivieni di automezzi che imbarcavano i viveri e i materiali necessari a un simile colosso. Di Bono si considerava fortunato: nel corso della crociera inaugurale attorno al mondo non aveva quasi mai incontrato maltempo, nemmeno durante la traversata atlantica.

Pochi ospiti potevano permettersi di rimanere a bordo tutti i centoventi giorni dell'intera crociera. La maggioranza raggiungeva la nave nel corso di una delle dieci tappe, com'era avvenuto a Stoccolma.

Lionel Goose era ancora stupito di essersi potuto permettere quel genere di vacanza. Non perché, a sessantadue anni, non disponesse dei centomila dollari per pagarsi la crociera completa attorno al mondo, ma perché aveva sempre creduto che non sarebbe mai riuscito a smettere di occuparsi del supermercato che aveva fondato nella Back Bay di Boston.

Sua moglie non la pensava diversamente: l'azienda poteva funzionare soltanto con la loro presenza; i figli erano ancora troppo inesperti. Lisa era una signora bionda e tonda, di forme che un tempo dovevano essere state piacenti. Aveva un viso gioviale dal sorriso spontaneo.

Lionel non aveva mai avuto paura di morire; non in Vietnam, per esempio. Ma quando gli avevano diagnosticato un cancro, era stato preso dal terrore. Erano seguiti due anni di cure estenuanti e traumatiche, al punto che si era più volte chiesto se non fosse meglio rinunciare e cedere al male.

« Se mai dovessi uscirne », aveva detto un giorno alla moglie, « ti porto a fare il giro del mondo su un transatlantico di lusso. »

E ne era uscito. Non completamente, ma i medici gli avevano assicurato che il suo male si era ridotto. Insomma, gli avevano garantito ancora qualche anno di vita.

Così, trentun giorni prima i Goose si erano imbarcati sulla *Queen of Atlantis* a New York, dove sarebbero dovuti tornare esattamente quattro mesi più tardi.

In quel momento nessuno dei due si sarebbe mai potuto immaginare l'incredibile avventura che avrebbero vissuto.

Aeroporto internazionale Costa Smeralda. Giugno 1999

Didier Fosh scese la scaletta del Lear Jet e fu costretto a portare la mano ai pochi capelli per ripararsi dal torrido vento di maestrale.

Il forte aroma di mirto e dell'estate ormai prossima si mescolava a quello acre del carburante. C'era un'auto ad attenderlo. Si sistemò sul sedile posteriore, godendo il sollievo dell'aria condizionata.

Le ginestre in fiore coloravano di un giallo intenso un paesaggio per il resto quasi monocromo. L'auto si avviò per una strada tortuosa, tra rocce granitiche quasi da paesaggio lunare. Si vedevano baie incantevoli su un mare turchese.

Fosh non ricordava nemmeno più quante volte fosse venuto lì per conto del suo Institut Bancaire de Lausanne. Aveva seguito tutte quelle che definiva « colonizzazioni » di quell'esclusiva zona di vacanze. Prima per curare gli interessi dei potenti italiani, molto attenti a nascondere al fisco i propri affari. E la sua piccola banca era una maestra nel settore. Erano poi venuti gli arabi, che con i loro petroldollari avevano acquistato a peso d'oro dagli italiani le sontuose ville della Costa Smeralda. Chi avrebbe potuto mettere a profitto il loro immenso potere economico meglio dell'Institut Bancaire de Lausanne?

Infine era stata la volta dei nuovi ricchi dell'Est, con i loro interessi al limite tra l'illegalità e le sconfinate possibilità in un'economia in tumultuoso sviluppo. Ed era proprio nella casa di vacanze di un russo che Fosh si stava recando, per concludere l'affare più importante e rischioso della sua carriera.

Aspettandolo, Iosif Bykov uscì nel patio della villa che dava sul golfo di Cala di Volpe, portando con sé un bicchiere di Martini e vodka. Il trascorrere degli anni non aveva addolcito il suo sguardo.

Godendo lo splendido panorama, sorrise pensando alla baracca nella steppa siberiana. Un ricordo ormai lontano. Ne aveva fatta di strada, da allora. Aveva distrutto a colpi di Kalashnikov ogni ostacolo e vendicato ogni torto subito. Tra di essi, l'omicidio del suo unico amico e socio, Chalva Tanzic.

Delta del Nilo. 1313

Ibn ben Mostoufi scrutò il mare aperto oltre il braccio del Grande Fiume. Cominciava a sentire il peso degli anni e della solitudine impostagli dall'impossibilità di avere figli. Maledisse ancora una volta il mare in tempesta che gli aveva portato via la sua Shirinaze, morta tra i flutti o, peggio, venduta come schiava.

L'emiro era un uomo molto ricco: poteva permettersi quattro mogli e almeno trenta concubine. Quando i medici gli avevano detto che la terribile setticemia aveva leso le sue capacità di riproduzione, non si era dato per vinto. Aveva provato e riprovato, nella speranza che una donna del suo harem potesse dargli un figlio. Ma si era dovuto rassegnare alla triste realtà. Alla sua vita sarebbe mancato il vero motivo per essere vissuta; il suo percorso terreno non avrebbe avuto la naturale continuazione di un figlio.

Per Shirinaze aveva pianto, come non ricordava di aver mai fatto in vita sua, e ogni volta che pensava a lei i suoi occhi s'inumidivano ancora.

Mille volte aveva sfidato temerariamente il mare, sperando che riuscisse a dargli l'ultima pace. Ma il malvagio non aveva voluto: lo aveva soltanto reso sempre più ricco.

Stoccolma. Giugno 1999

Lionel Goose era sul terrazzino della sua suite al quattordicesimo piano della *Queen of Atlantis*. Aveva sempre pensato che il sole del mare del Nord fosse freddo e malinconico, invece lo stava riempiendo di un confortante calore. Quante cose non sapeva, quando era chiuso nel suo supermercato a verificare prezzi e codici a barre.

Voltatosi, tornò nella camera da letto. Seduta alla toilette per il trucco, sua moglie si stava preparando per quella serata speciale. Lionel la guardò: e la trovò ancora bella. La lunga vita in comune impediva loro di vedere i segni del tempo. L'amava come il primo giorno, niente al mondo sarebbe riuscito a separarli. Tranne quell'inesorabile male.

Lionel scacciò il pensiero e si lasciò andare sul letto, guardandosi attorno compiaciuto: i pannelli in ciliegio riscaldavano l'atmosfera della stanza. Il letto king size era parallelo alla parete di vetro aperta sull'Oceano. Le luci erano distribuite con sapienza nel soffitto, anch'esso in ciliegio chiaro.

In ogni stanza c'era una tastiera simile a quella di un computer, collegata allo schermo del televisore con un sistema a raggi infrarossi. Attraverso quella meraviglia tecnologica ci si poteva connettere con un servizio centrale in grado di fornire le più disparate informazioni: si poteva far comparire sullo schermo l'estratto conto aggiornato della propria cabina, ricevere notizie sulla crociera, effettuare prenotazioni di servizi particolari.

Il bagno era vasto, interamente rivestito in marmo e dotato di doppio lavabo e doppia vasca per idromassaggio. I servizi igienici erano separati da una sottile parete, anch'essa rivestita di marmo bianco di Carrara.

Il salotto attiguo dava sul terrazzino e aveva una zona divani attorno a un tavolo, dove, nei rari casi di maltempo, veniva servita la prima colazione. Altrimenti la facevano a quello sul terrazzino, un angolo rivestito in teak a strapiombo sul mare, oltre trenta metri sotto di loro.

Lisa si stava truccando con cura. Secondo tradizione, il comandante invitava al suo tavolo i croceristi in gruppi di quattro-sei. E quella sera sarebbe toccato a loro, gli ospiti della suite *Minothaurus* sul ponte numero quattordici.

Come negli hotel, le cabine erano infatti contrassegnate da numeri progressivi, le cui prime cifre rappresentavano il ponte. Le trenta suite avevano invece nomi presi dalla mitologia. Ma, come negli alberghi, il rispetto di eventuali suscettibilità superstiziose aveva eliminato il numero tredici.

Arthur Di Bono rimase in plancia sin quasi all'ora di cena. In quel tratto di mare del Nord il traffico era molto intenso, e lui preferiva rimanere a fianco del nocchiere. Di notte, diceva sempre, è difficile avere la percezione precisa della velocità e delle dimensioni di una nave che si sta incrociando, nonostante tutti gli strumenti di bordo. Il mare è sconfinato, ma la collisione è sempre in agguato.

La sala comando, a forma di ellisse appuntita alle estremità e protetta da un'ampia vetrata polarizzata, era in un'ala soprelevata rispetto al ponte più alto della nave. L'antica ruota del timone aveva lasciato il posto a una cloche di tipo aeronautico, e due joystick sostituivano le scampanellanti manette di un tempo. Sui due lati del posto di guida c'erano postazioni dotate delle tecnologie più sofisticate per la navigazione. Al centro i cinque schermi radar, sulla sinistra i video collegati al computer centrale, con informazioni aggiornate in tempo reale su apparato motore, stabilizzatori e allarmi di macchina. Sulla destra un'altra serie di monitor teneva sotto controllo il funzionamento dei servizi: dal livello dell'acqua nelle piscine allo stato dell'impianto di desalinizzazione, capace di potabilizzare duemilacinquecento tonnellate di acqua al giorno.

Le due cuspidi della sala comando sporgevano di qualche metro dalle fiancate per favorire la visibilità nella manovra di accosto. «I nostri specchietti retrovisori», li definiva Di Bono. Due postazioni di guida identiche a quella centrale erano fissate su ognuna delle soprelevazioni laterali della sala comando. Venivano utilizzate alternativamente nel corso della manovra in porto, a seconda che la nave ormeggiasse sul lato di dritta o su quello di sinistra. Davanti a ogni stazione di guida una fila di monitor ripeteva le immagini delle oltre ottanta telecamere a circuito chiuso collocate nei punti strategici della nave.

L'anima computerizzata della *Queen of Atlantis* era in una stanza subito a ridosso della plancia, un ambiente con tasso di umidità e temperatura tenuti sotto costante controllo per non provocare danni al parallelepipedo di circa due metri per uno, per un'altezza di oltre un metro e mezzo, che costituiva il cervello della nave.

Lisa Goose aveva indossato un abito lungo di taglio italiano, acquistato proprio per la crociera. Lionel, invece, si era strizzato a forza in uno smoking fatto quasi venti anni prima. Usciti dal loro appartamento, presero uno dei quattro ascensori panoramici per scendere nella sala ristorante, sette ponti più in basso.

Il comandante Di Bono attendeva gli ospiti accanto al suo tavolo, a ridosso della parete di fondo del ristorante di prora. Oltre ai buffet nei pressi della piscina, utilizzati prevalentemente per la seconda colazione e per gli spuntini notturni, a bordo c'erano infatti due ristoranti pressoché identici, uno a prora e l'altro a poppa, capaci di ospitare gli oltre tremila passeggeri in due turni successivi.

Al tavolo del comandante, quella sera, con i coniugi Goose avrebbero pranzato il più anziano dei tre medici di bordo, il secondo ufficiale e una coppia di giovani coniugi di Baltimora.

New York. Giugno 1999

Maggie aveva preparato un'ottima cena per festeggiare il ritorno del marito, che però la piluccò distrattamente. E poco prima del dolce le chiese a bruciapelo: «Quando pensi che finirà la tua trasmissione?»

«Tra circa un mese. Faremo la solita pausa estiva.»

«Non intendevo questo», ribatté nervosamente Timothy. «Quando la smetterai, per trasferirti finalmente a Washington con me?»

«Finché lo *share* sarà così alto, non credo che interromperanno la trasmissione. Ancora oggi *Labyrinth* è uno dei talk show più seguiti.»

«D'accordo, ma chi segue il nostro matrimonio?»

«In che senso?»

«Non te ne accorgi? Viviamo di fatto separati. Per colpa del tuo maledetto *Labyrinth* ci vediamo soltanto nei week-end, e non sempre. Se tu vivessi a Washington con me...»

«Sarà il caso di precisare che a Washington non *vivrei con te*, ma *aspettando te*. Ci vedremmo con la stessa frequenza di adesso, con la sola differenza che passerei le giornate chiusa in casa. Al massimo potrei fare un po' di shopping con la moglie di qualche tuo collega. Sai la noia. È un genere di vita che non fa per me.»

«Quando mi hai sposato, sapevi che assumevi degli obblighi nei miei confronti.»

«Sapevo che c'erano obblighi reciproci. Non hai comperato una donna al mercato degli schiavi, Timothy: l'hai sposata. Una donna fedele ma innamorata del suo lavoro.» I toni della discussione stavano però salendo troppo, per cui Maggie cercò di assumere un atteggiamento più pacato. «Forse non è colpa del lavoro se il nostro matrimonio è in crisi. Dipende da altro», continuò guardandolo fisso negli occhi, mentre lui manteneva la sua aria dura e scostante.

«E da che cosa?»

«Oh, accidenti, lo sai. Un figlio, Timothy. Voglio un figlio prima di diventare troppo vecchia.»

Lui la scrutò con uno sguardo mai visto prima, in cui alla freddezza si mescolava un velo di supponenza.

«E che cosa ti fa credere che io abbia intenzione di mettere al mondo un figlio negro?»

Maggie non replicò. Non c'era niente da dire: il suo matrimonio era finito.

Quando poco dopo Timothy si ritirò in camera da letto, rimase nel soggiorno. Per non scoppiare a piangere, cercò conforto nell'unico vero amico che aveva. Era tardi, ma sapeva che Derrick Grant rimaneva spesso in ufficio fino a ore impossibili. Sollevò la cornetta del telefono e compose il numero.

«Maggie! Che piacere scoprire che anche le celebrità non scordano gli amici», esclamò Derrick non appena la segretaria gli ebbe passato la comunicazione. Ma dal tono di Maggie aveva capito che qualcosa non andava: sembrava sul punto di scoppiare in lacrime. «Come va?» si affrettò a chiederle.

«Sono stanca, Derrick. Ho bisogno di staccare. Da tutto e da tutti.»

«Capisco benissimo, Maggie. È un pezzo che non mi parli dei tuoi fenomeni medianici. Continuano a estenuarti come un tempo?»

«La trasmissione e la famiglia non mi lasciano tempo per cercare la giusta concentrazione, quindi ho messo un po' da parte le mie *sensazioni*. Anche per questo vorrei ricaricarmi, prendere un periodo di vacanza.»

«A proposito di famiglia, come va con Timothy?»

«Peggio non potrebbe andare. Temo che questa sera abbiamo avuto l'ultima discussione.»

«Oh, su, a caldo si dice sempre così. Poi si fa la pace.»

«Questa volta temo sia difficile. E sento terribilmente la

mancanza di qualcuno con cui parlare. Quanto vorrei non aver perso il contatto con gli amici di un tempo.»

«Senti», rispose Derrick dopo un attimo di silenzio intento. «A proposito di vacanze e vecchi amici, uno dei miei clienti è Charles Thomas, presidente delle Maritime Cruise Lines. Proprio questo pomeriggio mi ha offerto una crociera su una delle sue navi. Verresti con me? Pare che la *Queen of Atlantis* sia la più bella nave mai costruita.»

«È un'ottima idea, Derrick, ma ho bisogno di pensarci un po'. La mia trasmissione sarà sospesa per tutto luglio, ma in agosto dovrò rientrare a New York per preparare la nuova serie.»

Quando posò il ricevitore, Maggie si vide davanti Timothy.

«Chi era?» le chiese con l'aria di non essere affatto turbato dall'enormità detta pochissimo tempo prima.

«Derrick Grant. Mi ha proposto una crociera sulla *Queen of Atlantis*, la nave che fa un viaggio intorno al mondo», rispose Maggie, ormai decisa a non inasprire inutilmente la situazione.

Timothy parve illuminarsi di colpo.

«Ho... ho detto una cosa che non penso», riprese in un tono completamente diverso. «Ti prego di scusarmi. È colpa dello stress, del troppo lavoro. Una crociera farebbe benissimo anche a me. Posso chiederti di accompagnarti?»

Gli occhi neri di Maggie lo fissarono. Ciò che il marito le aveva detto era orribile, ma sapeva bene che in un momento di rabbia può capitare di lanciare gli insulti più tremendi, per pentirsene non appena tornata la calma.

Aveva comunque tempo per prendere una decisione: anzitutto Derrick doveva verificare la disponibilità di posti su una nave che i media indicavano come completamente prenotata per mesi. In secondo luogo non era detto che l'eventuale disponibilità di posti coincidesse con la pausa della sua trasmissione.

Aveva tempo... Tempo...

Intanto, ancora chiuso nel suo studio, Derrick Grant

aveva già chiamato il numero privato di Charles Thomas, chiedendogli quali fossero le disponibilità per lui, e forse qualche amico, sulla *Queen of Atlantis*.

Dopo una settimana trascorsa con gli altri tecnici a mettere a punto il sistema, Pat Silver era ormai di casa alla US Gambling & Lotteries, dov'era riuscito a conquistarsi la fiducia di tutti. Nonostante la sua anacronistica aria da hippy, sembrava il più preparato di tutta la squadra di tecnici.

Aveva organizzato ogni cosa con la massima cura sin da quando aveva letto che la celebre lotteria intendeva cambiare le modalità di trasmissione dei dati. Si era informato su quale ditta avesse ottenuto l'appalto e, forte delle sue capacità nel campo e di un curriculum creato sui due piedi, si era fatto assumere con il nome di Phil Darren.

Il piano escogitato dalla sua fervida mente era abbastanza semplice. Doveva soltanto riuscire a mettere le mani sul computer centrale della US Gambling & Lotteries. Aspettava l'occasione.

Porto Cervo. Giugno 1999

Comodamente seduto nel patio della villa, Iosif Bykov scorreva con apparente scarso interesse i documenti che Didier Fosh gli posava davanti. Aspettava che l'altro venisse al dunque. Il presidente dell'Institut Bancaire de Lausanne non era di sicuro venuto fino a lì soltanto per mostrargli i saldi dei conti correnti.

E finalmente Fosh si decise. «Ho un affare molto interessante da proporle, signor Bykov.»

«Mi dica, sono sempre molto interessato a un buon affare.»

«Un governo che mi consentirà di non rivelarle, conoscendo i rapporti di affari che ho in tutto il mondo, mi ha chiesto se posso reperire armi di fabbricazione russa. Mi è subito venuto in mente lei. Sono diversi anni che le sue società lavorano con la nostra banca, e... diciamo... non è difficile capire che lei non commercia in caviale o icone antiche.»

«Continui», disse Iosif, a cui non era piaciuto il tono untuoso del suo interlocutore.

«Non si tratterebbe di un cliente, per così dire, 'ufficiale', lei mi capisce, ma le farebbe guadagnare qualche decina di milioni di dollari con una sola operazione.» E Fosh fece una pausa studiata, in attesa di una reazione davanti alla cifra, che però non venne affatto.

«Che cosa sta cercando questo suo cliente?» rispose invece seccamente Bykov.

«RSM 52, ovvero SS 20 Sturgeon. Le dice niente?»

«Missili balistici transcontinentali», rispose subito Iosif. «Un'arma relativamente vecchia, non più prodotta dal 1982.»

«Non avevo dubbi sulla sua esperienza in materia», riprese l'altro, di nuovo con il suo sorriso untuoso. «Quindi lei sa anche che ne erano dotati i sottomarini nucleari sovietici. Insomma, servono al mio cliente.»

«L'esperienza mi ha anche insegnato che per un buon commerciante è meglio stare alla larga dal nucleare», ribatté Iosif scuotendo la testa. «Non per falsi scrupoli, ma perché con quella roba ci s'infila inevitabilmente nel verminaio dei servizi segreti e ci si fotte. Come si trasporta un gingillo del genere? Dove lo si consegna? No, Fosh, la sua proposta non mi interessa.»

«Ripeto: il mio cliente è disposto a pagare molto, molto bene. E non è interessato al vettore, ma soltanto alle dieci testate nucleari. Quindi il problema del trasporto e della consegna...»

«Mi spiace, Fosh.»

«Mi permetta d'insistere. Questo cliente mi sta molto a cuore.»

«Non so che cosa farci», rispose Bykov in tono infastidito. «Non tratto il nucleare. Ci sono decine di persone che trafficano con i residuati nucleari dell'ex Unione Sovietica.

Il suo innominabile cliente può rivolgersi a loro. Le consiglierei dunque di bere il suo drink e godersi questo meraviglioso panorama.»

Il viso di Fosh assunse un tono che Bykov non aveva mai visto. La sua espressione molliccia si trasformò in una maschera di durezza. Gli occhi si fecero fessure.

«Invece le conviene darmi retta, *Drostin.*»

Iosif sentì suonare un tremendo campanello d'allarme. Era molto tempo che nessuno lo chiamava con il suo cognome vero. Quali leve poteva manovrare Fosh per essere riuscito a scoprire la sua identità?

«Come vede», continuò Fosh tornando al suo aspetto inoffensivo, «so molte cose di lei. Cose che potrebbero interessare alla giustizia, visto che Iosif Drostin è ricercato da anni per un efferato omicidio e per la misteriosa scomparsa del capo reparto della fabbrica dove lavorava a Ekaterinburg.

«Oh, non mi guardi così. So che cosa sta pensando, ma, vede, se questa sera non farò ritorno a Losanna, qualcuno consegnerà un interessante dossier all'ambasciata del suo Paese. Che cosa ne dice di venire incontro al mio cliente?»

11

Roslin. Castello St Clair. 1313

BERTRAND DE ROCHEBRUNE era tornato con le tre navi. Raymond de Ceillac e i suoi accoliti erano stati chiusi nelle segrete.

Era in corso una riunione del Gran Consiglio del nuovo Ordine, che lo stesso Bertrand presiedeva da capotavola, la testa coperta dal cappuccio. La croce templare, rossa in campo bianco, risaltava sulla tunica di ciascuno dei presenti. Sul tavolo era posata la grande fune rossa con i due capi uniti da una gassa d'amante.

«La mia missione non è stata fruttuosa. A seguito del comportamento infame di de Ceillac, gli indigeni nostri amici hanno incendiato la flotta. Quindi ho riportato in Europa una sola delle navi lasciate là. La nostra forza è troppo esigua per dare battaglia ai nemici della Cristianità.»

«Potremmo chiedere rinforzi a qualche amico potente», suggerì St Clair.

«Temo che ne troveremo ben pochi, anche se dobbiamo tentare tutto il possibile. I Cavalieri del Tempio sono trattati ovunque come appestati, e nessuno dei nostri presunti vecchi amici sarebbe disposto a darci nemmeno una piroga. Altro che una flotta.»

Il silenzio angosciato dei presenti fu improvvisamente rotto dalle grida delle guardie, che rimbombarono sotto le alte volte del castello: «De Ceillac e una decina dei suoi sono fuggiti».

Le ricerche ebbero inizio immediatamente e proseguirono ininterrotte per due giorni e due notti. Ma i fuggiaschi avevano un vantaggio incolmabile. Le guardie si erano accorte della fuga soltanto al cambio del turno, quando avevano trovato i loro colleghi in una pozza di sangue.

Bertrand e Luigi dovettero rassegnarsi all'idea che de Ceillac era riuscito a evitare la giusta punizione.

L'aria dell'Europa aveva risvegliato in Luigi la nostalgia del padre. Per questo chiese che la missione all'isola di Rodi per chiedere aiuto all'ammiraglio dei Cavalieri dell'Ospedale di San Giovanni – vecchio amico di Bertrand – fosse affidata a lui. Sarebbe partito con i primi venti della bella stagione passando per l'Italia, dove avrebbe sostato brevemente per recarsi a Piacenza a riabbracciare il padre.

Avrebbe condotto con sé la moglie e il figlio per affidarglieli, come lo stesso Lorenzo di Valnure aveva chiesto a Bertrand di dirgli. Durante il viaggio di ritorno avrebbe poi fatto di nuovo sosta a Piacenza per riportarli con sé a Roslin.

Bertrand de Rochebrune sarebbe invece partito di lì a poco per la Francia, dove riteneva di avere ancora diversi amici potenti.

New York. Giugno 1999

Tutto era cominciato quando Pat Silver aveva visto in una ricevitoria un terminale della US Gambling. Un'apparecchiatura estremamente semplice. Un lettore ottico leggeva le schedine giocate e immagazzinava i dati. A intervalli regolari, il terminale si metteva in contatto con il computer centrale e vi scaricava i dati protetti da un codice.

Ed era proprio a questo computer che Pat stava lavorando ormai da diversi giorni. Alla chiusura delle giocate, pochi minuti prima dell'estrazione, i dati giunti da tutte le ricevitorie venivano trasferiti su alcuni dischi ottici, poi inseriti nei computer addetti allo spoglio onde individuare le schede vincenti.

Silver entrò nell'appartamento affittato per l'occasione:

un anonimo monolocale di periferia. Sul tavolo, vicino alla presa telefonica, c'era un terminale identico a quelli delle ricevitorie.

Silver si sarebbe inserito nel cervellone centrale durante le operazioni di raccolta dei dati, servendosi del codice di un negozio di liquori di Little Italy. Avrebbe inserito nel lettore ottico una sola schedina, ma con tutte le combinazioni possibili, ovvero con tutti i settanta numeri coperti da un pallino nero a penna. Se giocata davvero, quella schedina sarebbe costata quanto l'intero monte premi, ma aveva la matematica certezza di risultare vincente.

Era a quel punto che le cose cominciavano a complicarsi. Ammesso che qualcuno avesse davvero commesso la follia di giocare tutte le combinazioni, sarebbe bastato un controllo nella ricevitoria per scoprire che non esisteva un'entrata corrispondente alla colossale giocata, e che quella giocata non risultava nella memoria del terminale. Quindi la vincita sarebbe stata catalogata come irregolare, sempre che i responsabili della US Gambling & Lotteries non avessero deciso di denunciare il fatto alla magistratura.

La scelta del negozio di liquori non era stata fatta a caso: Silver aveva lavorato alcune ore proprio al nuovo terminale che sarebbe stato collocato in quella ricevitoria, copiandone tutti i dati identificativi in un secondo terminale identico.

A questo punto aveva bisogno di due cose: accesso al computer centrale e tempo. Soprattutto tempo.

Nella tarda mattinata Derrick Grant ricevette una telefonata dal presidente delle Maritime Cruise Lines. «Siamo fortunati, avvocato. La *Queen of Atlantis* era completa, ma ieri una compagnia automobilistica giapponese ha dovuto disdire una vacanza premio per alcuni suoi dirigenti. Quindi si sono liberate quattro suite per una tappa nel Mediterraneo. Imbarco a Venezia il 15 luglio e sbarco a Genova il 30. Mi aveva detto che avete bisogno di quattro stanze, no?»

«Magnifica notizia, grazie. Quanto tempo ho per dare una risposta? Mi metto immediatamente in cerca dei miei compagni di università. Credo che basteranno tre giorni.»

«Faccia pure con calma, avvocato. Non dovremmo avere problemi a collocare comunque quelle suite.»

«Un'ultima cosa, Thomas. Se vuole posso parlarne con i suoi collaboratori, ma avrei bisogno di sapere il costo della crociera e l'itinerario. Sa, i miei amici...»

«Quando ne abbiamo parlato nel suo studio, le ho offerto un *premio* per i magnifici risultati che ha ottenuto, non uno *sconto*. Tra l'altro, la penale pagata dai giapponesi per la disdetta me l'ha fatta ottenere lei con i contratti tipo che ci ha elaborato.»

«Ma...»

«Nessun ma. Pensi a ricambiarmi con la prossima parcella. Per quanto riguarda l'itinerario... Ha carta e penna per prendere nota? Poi le manderò un fattorino con il materiale illustrativo.»

Nei giorni seguiti al litigio, Timothy si era mostrato particolarmente premuroso nei confronti di Maggie. Aveva persino ritardato il rientro a Washington per rimanerle accanto. Sembrava entusiasta dell'idea della crociera. Ma ormai Maggie temeva che nessun collante potesse più rimettere insieme i cocci del loro matrimonio.

Quando sentì squillare il telefono, pensò che si trattasse di una chiamata di lavoro per il marito. Invece sentì la voce di Derrick, che non le diede nemmeno il tempo di salutarlo, enunciandole d'un sol fiato le famose località che avrebbe toccato la *Queen of Atlantis*.

«Venezia, imbarco alle 14 del 15 luglio. Sosta tecnica a Bari e poi: Katakolon, Santorini, Mykonos, Rodi, Haifa, Ashod, Alessandria, Napoli. Rientro a Genova il 30 luglio. Vuoi maggiori particolari? Olimpia, piramidi egizie, Gerusalemme, Capri?»

«No, no, Derrick, che meraviglia. Timothy mi ha detto

che sarebbe venuto volentieri anche lui in crociera e, se non ha cambiato idea... »

« Non ho affatto cambiato idea », disse Hassler, comparso improvvisamente sulla soglia del salotto. « Ho soltanto bisogno di sapere quando si parte. E il prezzo, naturalmente. »

« Niente! » gridò Derrick quando Maggie gli riferì la domanda. « Un omaggio al mio studio di quel volpone di Charles Thomas. Comincio a credere davvero di averlo assistito molto bene. »

« Oh, no, Derrick, non posso accettare. »

« Il mio cliente si offenderebbe. Ormai ha già avvertito il suo ufficio pubbliche relazioni che avranno a bordo una star della tivù americana. Di solito le paga profumatamente. Per lui sei un affare. »

« E tu sei un demonio, Derrick. »

« Non ho fatto niente. Non lo avrei mai immaginato neanch'io. Ma a caval donato... Eh? »

« Sì, certo, però... hai detto quattro suite. Chi sono gli altri? »

« Il nostro vecchio quartetto della Columbia, Maggie. Annie ha già detto di sì, e devo soltanto riuscire a contattare Pat. È difficile scovarlo, ma lascia fare a me. »

Per i primi due mesi dopo l'installazione, la US Gambling & Lotteries aveva contrattato la presenza della squadra di tecnici, specialmente durante le operazioni di spoglio, momenti di grande delicatezza, trasmessi in diretta da diverse televisioni. Un qualsiasi intoppo avrebbe fatto perdere credibilità a tutto il sistema.

L'estrazione avveniva ogni sabato sera. Il turno di servizio di Pat Silver era fissato per il 3 luglio. Avrebbe finalmente potuto verificare se la sua trappola funzionava.

Il lunedì prima sarebbe andato nel negozio di liquori di Little Italy e avrebbe effettuato una giocata normale. Poi si sarebbe servito del suo terminale « clonato » per trasmettere la scheda con tutte le combinazioni, utilizzando gli stessi numeri identificativi del tagliando rilasciatogli dalla ricevitoria.

Dopo di che avrebbe avuto tutto il tempo di cancellare la giocata «legale» dalla memoria del computer della US Gambling, sostituendola con quella falsa. Avrebbe poi creato alcuni errori *ad hoc* nella trasmissione, in modo da non permettere al computer dello spoglio di leggere immediatamente la schedina. Quindi l'apparecchiatura avrebbe riconosciuto una combinazione vincente, ma senza riuscire a «vedere» la giocata.

A quel punto gli addetti federali presenti a ogni estrazione avrebbero richiesto l'intervento di un tecnico dei computer. E a lui, per vincere una fortuna, sarebbe bastato inserire un dischetto già preparato con i numeri appena estratti e i dati della schedina giocata nel negozio di liquori.

Il programma che aveva elaborato avrebbe addomesticato i dati sul disco ottico dello spoglio come quelli nella memoria del computer centrale. Infine avrebbe falsificato il tagliando servendosi del terminale «clonato» nella sua abitazione e, tramite una semplice connessione telefonica, avrebbe modificato la giocata effettuata nella ricevitoria, facendola risultare del tutto identica alla schedina vincente.

Sentendo squillare il telefono, Pat trasalì. Nessuno conosceva il suo attuale domicilio, tranne l'azienda per cui lavorava e, come sempre, sua madre.

«Ti ho beccato anche questa volta», si sentì dire da Derrick Grant. «Tua madre è veramente preziosa. Come va? È tanto che non ci sentiamo.»

«Me la cavo, Derrick. Ma a che cosa devo...»

«Ti propongo una rimpatriata tra vecchi amici. Una splendida crociera nel Mediterraneo con la *Queen of Atlantis*, hai in mente? Vengono anche Maggie, suo marito e Annie. Più il sottoscritto, ovviamente. Ti va l'idea?»

Pat rimase un attimo in silenzio. L'idea gli andava, eccome. Se il suo piano funzionava, era meglio togliersi dai piedi per un po'. Quanto all'eventualità che *non* funzionasse... be', preferiva non pensarci.

Castello di Valnure. Giugno 1999

Paola sarebbe arrivata quella sera, e Gerardo pregustava con impazienza il piacere della sua presenza.

Sapeva di essere buffo, così indaffarato in cucina, con un grembiule di Giacomo, ma da quando il suo sfortunato maggiordomo era stato ucciso, non aveva più voluto personale fisso in casa, accorgendosi presto che riusciva a farcela lo stesso. Gli bastava la moglie del portiere, che saliva ogni mattina a fare le pulizie, lavare e stirare.

Il rumore dell'auto nel vialetto lo fece affacciare alla finestra. Paola portava un abito leggero color corda che esaltava le sue forme.

A metà della cena lo mise al corrente di un suo progetto. «Mi hanno offerto un ingaggio su una nave da crociera.»

«Ti sembra opportuno, adesso che ti vogliono diverse televisioni?»

«Be', Gerardo, è la *Queen of Atlantis*, la nave passeggeri più grande e lussuosa del mondo. E dovrei esibirmi poche volte durante una magnifica crociera di quindici giorni nel Mediterraneo. Mi pagano benissimo.»

«*Queen of Atlantis*... Ah, sì, ne ho letto qualcosa», replicò Gerardo, facendo una breve pausa, pensoso, e poi continuando: «Sì, forse, non è una cattiva idea».

«Non ho ancora deciso niente. Ho preso tempo. Dovrei imbarcarmi a Venezia e sbarcherei quindici giorni dopo a Genova.»

«Fammi sapere. Una breve vacanza non mi farebbe male.»

«Vuoi dire che verresti anche tu?» chiese Paola sgranando gli occhi. Quindi si alzò di scatto dalla tavola e gli gettò le braccia al collo.

«Se non ti dispiace. Penso che qualche giorno di relax mi farebbe staccare dal peso dell'amministrazione di ristoranti.»

«Dispiacermi? Stai scherzando?» esclamò Paola, accarezzandogli la nuca con dolcezza. «Ne sarei felice. Ti farò sapere entro pochi giorni che cosa ho deciso. Devo soltanto avere conferma dello spostamento di alcune registrazioni per una televisione.»

Mediterraneo. Maggio 1313

Luigi di Valnure era salpato con una tozza imbarcazione da carico, lunga poco meno di trenta passi e larga dodici, con un albero massiccio e una vela sudicia, rammendata in più punti.

La comandava Aniello, un abile marinaio-mercante di Amalfi rimasto fedele all'Ordine, unitosi alla flotta fuggita da La Rochelle e restato in Scozia. Un uomo fidato, gli aveva detto Bertrand. Aniello era infatti il suo occhio discreto sugli avvenimenti del mondo: aveva continuato a raggiungere il Mediterraneo per i suoi commerci e portava in Scozia tutte le notizie che riusciva a raccogliere.

La nave diede finalmente fondo alla foce di un fiume, che l'amalfitano spiegò a Luigi essere il Magra. Valicando le montagne che si vedevano in lontananza, il giovane avrebbe raggiunto con la sua famiglia la pianura tra Parma e Piacenza.

Aniello e la sua nave, intanto, avrebbero effettuato qualche operazione di piccolo cabotaggio costiero, tornando nel luogo dello sbarco esattamente dopo trenta giorni. Luigi avrebbe avuto così il tempo di raggiungere il castello di famiglia con Shirinaze e Lorenzo e, dopo averli affidati al padre, ripartire per la sua missione a Rodi.

Prima di spronare il cavallo, Luigi guardò Shirinaze. La terribile esperienza vissuta l'aveva indurita, ma il suo spirito era molto migliorato dalle prime notti di libertà, quando passava lunghe ore a piangere. Davanti a lei sulla sella c'era Lorenzo, con il suo visino incorniciato da riccioli neri. Luigi si chiese come avrebbe fatto a vivere senza di loro.

I due cavalli si avviarono lentamente sulla Via Francigena dei pellegrini.

Al sesto giorno di viaggio, vedendo il castello comparire finalmente nella bruma mattutina, Luigi si sentì invadere da un'intensa euforia. Istintivamente spronò il cavallo che, dopo giorni al passo o al trotto lento, sembrava non aspettare altro.

Il ponte levatoio era abbassato. Le guardie che presidiavano l'ingresso li fermarono. « Chi siete e che cosa volete? » chiese il loro capo, scrutando quasi con sdegno il colore della donna e del bambino.

« Sono Luigi di Valnure, e questa è la mia famiglia. Chiama mio padre. »

Pochi istanti più tardi si udì un gran trambusto, e la voce ancora tonante del conte di Valnure che gridava: « Mio figlio Luigi? Dov'è? Che io lo abbracci! »

Subito dopo Lorenzo di Valnure uscì nella corte, correndo verso il figlio, che cinse in un abbraccio carico di affetto paterno. Quindi si rivolse alla donna e al piccolo, senza manifestare alcuna emozione per il colore della loro pelle.

« Ecco dunque tua moglie e il mio nipotino, che porta il mio nome. Capisci la mia lingua, Shirinaze? »

« Certo, signore, la parlo, anche se meno bene del francese », rispose la bella giovane mora, ancora timorosa delle reazioni del suocero e in preda a un forte tremore.

Al punto che, quando lo vide dirigersi verso di lei, strinse istintivamente a sé il bambino. Invece il conte spalancò le braccia con un'espressione carica di affetto.

« Dio sia lodato », esclamò Lorenzo con voce rotta dall'emozione, prendendo dalle sue braccia il piccolo e stringendolo a sé. « Quanto ho atteso questo momento. Siate i benvenuti nella nostra famiglia. »

Porto Cervo. Sardegna. Giugno 1999

Seduto al tavolo della veranda, Iosif Bykov teneva lo sguardo fisso sulla bottiglia di champagne. Erano trascorsi cinque giorni dalla visita del banchiere, ma non era ancora riuscito a placare il furore. Non sopportava di subire un ricatto, ma purtroppo Fosh aveva il coltello dalla parte del manico. Era costretto ad assecondarlo. Infatti lo stava aspettando.

Fosh arrivò puntuale. Sedutosi sotto il grande ombrellone bianco, accettò un *flûte* di champagne, asciugandosi il sudore dalla fronte.

«La consegna del materiale dovrà essere effettuata a bordo della *Queen of Atlantis* tra il 15 e il 25 luglio. Le dieci testate verranno ritirate da alcuni incaricati del mio cliente. Stabilisca lei il prezzo. Come le ho detto, non ci sono problemi.»

«Invece qualche problema c'è», ribatté con durezza Iosif. «Devo procurarmi un missile nucleare transcontinentale, rimuovere le dieci testate e imbarcarle su una nave da crociera in meno di un mese. Pensa che sia un giochetto? Cercherò di fare il possibile. Quanto al prezzo, faccia accreditare cento milioni di dollari sul conto della mia società.»

«Via, via, *Drostin*, la conosco bene e so che i problemi che continua a fingere di avere in realtà non esistono. Sono convinto che dopo il nostro incontro lei non è rimasto inattivo. Ricordi comunque che il mio cliente non ammette ritardi. Il pagamento, ovviamente, avverrà alla consegna, *Drostin.*» E Fosh ripeté il vero cognome di Iosif sottolineandolo con uno sguardo minaccioso.

Iosif rimase impassibile, ma dentro di sé ribolliva.

«Chi si occuperà della consegna?» continuò Fosh.

«Io personalmente, con alcuni uomini fidati. È un'operazione troppo importante per delegarla ad altri.»

«Molto giusto. Infatti il mio cliente si è già premurato di prenotarle uno dei due appartamenti di lusso della *Queen of Atlantis.*»

Acque territoriali portoghesi. Giugno 1999

La *Queen of Atlantis* aveva appena lasciato il porto di Lisbona, riempiendo l'aria con tre alti squilli della sirena in segno di saluto.

Lionel Goose stava effettuando come sempre la sua passeggiata serale sul ponte numero quattro, dove c'era una pista da jogging in materiale sintetico.

Stava osservando, oltre la barriera di protezione, alcuni croceristi che si esercitavano nel tiro al piattello, dicendosi che prima della fine della crociera avrebbe provato anche lui quello sport, quando fu costretto ad appoggiarsi alla balaustra, piegandosi in avanti. Il dolore era cominciato nella parte bassa della schiena, salendo fino al centro delle scapole. Un dolore non molto forte, ma acuto, costante. Come se una mano gli premesse sui polmoni. Gli fece paura.

Lionel si chiese a quale sforzo avesse sottoposto la colonna vertebrale in quegli ultimi giorni. Forse si era esposto inavvertitamente a uno spiffero maligno di aria condizionata.

Ma finalmente, con una calma che lo meravigliò, capì la verità: era il suo Male.

Arthur Di Bono radunò in plancia gli ufficiali e gli otto addetti alla sicurezza della nave.

«Tra poco entreremo nel Mediterraneo, e in seguito ci dirigeremo verso le coste mediorientali. È dunque indispensabile la massima sorveglianza: una nave come la nostra potrebbe costituire un ottimo obiettivo per un gruppo terroristico in cerca di un'azione spettacolare. Vi ricordo quindi le procedure per il reimbarco dei passeggeri dopo le escursioni: scrupolosa verifica dei documenti, obbligo di controllo personale con il metal detector e dei bagagli a mano con i raggi X. Per gli imbarchi delle prossime tappe, inoltre, non bisognerà mai fidarsi dei controlli a terra, ma sarà obbligatoria una seconda ispezione a bordo. Speriamo che sia una precauzione eccessiva, ma ciascuno di voi dispone di una copia delle chiavi dell'armeria.»

New York. Giugno 1999

Timothy era ripartito per Washington, e Maggie si trovò finalmente sola con i suoi pensieri, con le sue amarezze e con lo spettro di avere sbagliato una buona parte della vita.

Per scacciare pensieri tanto spiacevoli, cominciò senza precisamente volerlo gli esercizi di respirazione e rilassamento che preludevano alle sue *sensazioni*. Non lo faceva da molto tempo, e si stupì della prontezza con cui il suo corpo e la sua mente risposero. Cominciò subito a sentirsi più leggera, sebbene con le palpebre più pesanti. Ancora una volta le parve che il corpo si sollevasse dal letto. Cadde in trance vigile.

Il volto del bambino le apparve con i contorni sfumati di un sogno. Le parole che pronunciò le si scolpirono invece nella mente come incise da uno scalpello sulla pietra.

«*L'Anticristo è qui, il suo demoniaco volere mira al Trono di Pietro. La Signora Lucente lo aveva predetto: nella sua brama di sangue il Maligno cercherà di distruggere il mondo, affinché l'umanità disorientata e impaurita lo adori come il nuovo Dio. Satana regna sui potenti e mira a impossessarsi dei vertici della Chiesa. I suoi adepti dispongono di armi capaci di distruggere gran parte dell'umanità. Se gli uomini non reagiranno alla minaccia, verrà il tempo di tutti i tempi e la fine di tutte le fini. Onde alte come montagne sconvolgeranno gli Oceani e invaderanno le città. Milioni di uomini moriranno, e chi rimarrà in vita invidierà chi è morto. Il Maligno s'impossesserà del potere del Sole e lo utilizzerà ai suoi sordidi fini. Voi potete impedire che questo avvenga. Siete i prescelti dalla Signora Lucente. Voi potete salvare la Terra.*»

Porto Cervo. Giugno 1999

Il *Blue Sapphire* era pigramente all'ancora nella baia dell'isolotto di Mortorio. Costruito cinque anni prima dai cantieri De Vries di Aalsmeer, in Olanda, era interamente in acciaio per una lunghezza fuori tutto di 49,99 metri. I tre motori Caterpillar da 2400 cavalli ciascuno potevano spingerlo alla velocità di ventiquattro nodi. Non un'imbarcazione velocissima, dunque, ma a chi l'aveva ordinata e progettata interessava soprattutto il comfort. Le sue quattro cabine, infatti, ricordavano più un lussuoso appartamento che lo spartano alloggio di una barca.

Iosif Bykov lo aveva comperato da un magnate arabo, dandogli subito un nuovo nome: quello della pietra, lo zaffiro blu, che lo zar Nikolaj Romanov era solito regalare alle figlie a ogni compleanno. Assieme alle altre, quella pietra era alla base della sua fortuna.

Come il banchiere Fosh non aveva faticato a capire, Iosif era abituato a trattare questioni che era un eufemismo definire «riservate». Ogni apparecchio telefonico che utilizzava era dunque protetto da uno strumento che ne impediva l'intercettazione. E gli apparecchi del *Blue Sapphire*, collegati al sistema satellitare, non facevano eccezione.

«Ho trovato quello che cerchi», gli disse il suo braccio destro dall'altro capo della linea.

«Fissami un appuntamento con il venditore. Arrivo a Mosca.»

12

Stretto di Gibilterra. Luglio 1999

La rocca si stagliava sulla sinistra, alta e minacciosa. Il comandante Di Bono la osservò per qualche istante, senza però perdere mai di vista l'intenso traffico marittimo tra la costa africana sulla dritta e quella europea a sinistra. Tra quelle scogliere e nel Mediterraneo si sentiva quasi a casa.

La *Queen of Atlantis* navigava sicura verso Malaga, e nessun incidente aveva turbato la vita di bordo. Le mani forti del comandante accarezzarono i piani in legno della plancia, quasi in un ringraziamento per la nave, che si comportava da vera regina degli Oceani.

Poco lontano da lui Lionel Goose si alzò dal letto e rimase a lungo a osservare Gibilterra scorrere oltre l'ampia vetrata della sua cabina. Sembrava quasi che un costruttore celeste si fosse divertito a versare migliaia di tonnellate di cemento dall'alto, tanto la parete era levigata.

Un colpo di tosse gli provocò un nuovo leggero dolore. Senza dire niente a Lisa, ancora a letto, andò in bagno.

Rientrò nella stanza poco dopo e si rimise a letto. A Lisa fu sufficiente uno sguardo per capire che qualcosa non andava.

«Che cosa c'è, Lionel?»

«Niente, stavo soltanto pensando a come se la staranno cavando i ragazzi.»

Lei fece finta di credergli, ma lo conosceva troppo bene per non sapere che il problema non era quello. «Stanno di sicuro meglio adesso che non con il tuo fiato sul collo.» Quindi rise e lo accarezzò. Ma lui non rispose alla carezza: un pensiero lo rodeva come un tarlo.

Il dottor Redjia era alla sua scrivania, dove spiccava la statuetta in metallo dorato di una divinità indù. Quel giorno aveva effettuato l'unico intervento chirurgico di tutta la crociera: un bambino particolarmente vivace era caduto facendosi un taglio sotto il mento, per il quale erano bastati due punti.

Ma l'esperienza gli diceva che il pericolo era sempre in agguato, pronto a colpire quando meno ci si pensa. E l'anziano medico di origine indiana non si sarebbe mai fatto cogliere impreparato.

Stava passando mentalmente in rassegna le attrezzature del suo piccolo ma funzionale ospedale, quando bussarono alla porta.

Mediterraneo. Giugno 1313

Il giardinetto di poppa era molto angusto e scomodo. Spesso Luigi si trovava a consumare il pasto seduto sui grossi barili di acqua e di carni salate.

«Tra quanto credi che arriveremo, Aniello?» chiese.

«Due o tre giorni al massimo. Conosci l'isola di Rodi?»

«No. Parlamene.»

«È sempre stata un importante crocevia per tutti i traffici del Mediterraneo meridionale, e qualche anno fa il feudatario genovese Vignolo de' Vignoli l'ha venduta all'Ordine dei Cavalieri dell'Ospedale di San Giovanni. La loro organizzazione è molto simile a quella dei Templari: hanno anche loro un Gran Maestro, attualmente Folco de Villaret, che ha provveduto a colonizzare l'isola. Da quando sono arrivati a Rodi, poco più di quattro anni fa, sono in corso imponenti lavori per edificare la cinta e le torri.

«I Cavalieri di San Giovanni sono stati fondati da noi amalfitani, provengono anch'essi da nobili famiglie d'Europa e sono suddivisi secondo la loro lingua. Tu devi incontrare Corneliano de' Scalzi, l'*admiratus* – ovvero l'ammiraglio – che comanda sia la loro potente flotta sia la *lingua d'Italia*. Bertrand de Rochebrune lo considera un amico, ma sta' in guardia. Da quando il re di Francia ha deciso di perseguitare l'Ordine del Tempio, ho visto troppi voltafaccia e reticenze. E ricordati che la mia nave è troppo lenta per consentirci una fuga.»

Penisola di Kola. Russia. Giugno 1999

Il sommergibile nucleare *Lenin*, della classe Oscar, era stato un fiore all'occhiello della flotta dell'Unione Sovietica. Ma adesso, come buona parte degli armamenti dell'ex impero comunista, era quasi dimenticato in un porto militare con decine di altre navi quasi prive di manutenzione.

Lungo centocinquantaquattro metri e con una larghezza massima superiore ai diciotto, era munito di due reattori nucleari capaci di una potenza di novantottomila cavalli e quindi di spingere le sue diciottomila tonnellate alla velocità di trentatré nodi in immersione. Ma a Iosif Bykov interessava soltanto il fatto che aveva a bordo alcuni missili intercontinentali SS 20.

Il comandante, Leonid Uradov, portava una divisa da lavoro piuttosto logora con i gradi di alto ufficiale della marina russa. Accolse Bykov con un atteggiamento che intendeva essere marziale, ma che sembrava piuttosto quello di un nobile decaduto e costretto a vendere le proprietà.

«Venga con me, signor Bykov. Dentro saremo più tranquilli.»

Iosif lo seguì per la ripida scaletta che conduceva nei visceri di quel mostro marino. Gli ambienti erano angusti ma funzionali.

Si stava meravigliando di non vedere nemmeno un marinaio, quando Uradov parve leggergli nel pensiero.

«Questa meraviglia della tecnica si sta riducendo a un ammasso di ferraglia», disse mestamente. «A bordo siamo rimasti soltanto io e otto uomini, che oggi ho mandato in libera uscita per qualche ora. E pensi che l'equipaggio standard era di centotrenta uomini. Avevamo tre turni di guardia di quaranta persone. Mentre oggi mi sono rimasti sei fanti di marina e due sottufficiali dell'esercito esperti di armamenti nucleari. Gente di città, che ha forse visto il mare per la prima volta in questo cimitero dove la mia nave è stata mandata a morire.»

In plancia, davanti ai monitor di controllo c'erano diverse sedie ergonomiche con la stoffa dei braccioli lisa. Il timone sembrava la cloche di un aereo, con la possibilità di dirigere nelle quattro direzioni cardinali.

Uradov fece accomodare l'ospite nella sala da carteggio e ci mise poco a venire al dunque.

«Mi è stato detto che cosa cerca, e penso di poterle essere d'aiuto. A bordo ci sono ancora otto SS 20 perfettamente armati. Se il ritmo del disarmo continuerà a essere lo stesso, ci vorrà una quarantina di anni perché si accorgano che mancano dieci testate. Se pure se ne accorgeranno mai. Posso venderle quello che cerca, ma si tratta di roba molto pregiata, per cui anche il prezzo...»

«Quanto?» tagliò corto Iosif.

«Dieci milioni di dollari per me su un conto cifrato all'estero e altrettanti per il silenzio del mio equipaggio, che si occuperà anche di smontare le testate e sbarcarle.»

Mediterraneo. Luglio 1999

«Avanti», disse il dottor Redjia, riscuotendosi dai suoi pensieri.

«Si ricorda di me, dottore?» chiese l'uomo entrato nel suo studio.

«Sì, certo, abbiamo cenato insieme poche sere fa al tavolo del comandante. Il signor Goose, se non ricordo male. Si accomodi.»

Redjia indicò con un sorriso la sedia di fronte alla scrivania, convinto di essere alle prese con la solita indigestione, un raffreddore provocato dall'aria condizionata.

«Quattro anni fa mi è stato diagnosticato un carcinoma infiltrante di tipo anaplastico. Insomma, un tumore maligno alla vescica. Mi sono sottoposto a due operazioni chirurgiche e a diversi cicli di chemioterapia, e il male sembrava essere regredito. Ho detto 'sembrava', perché da alcuni giorni ho una serie di disturbi ai polmoni, e questa mattina ho emesso sangue tossendo.»

«Si sdrai, signor Goose», disse il dottor Redjia, fattosi subito serio, «e si scopra schiena e torace.»

Pochi minuti più tardi, eseguita una visita minuziosa, posò gli strumenti.

«Sono necessari alcuni test, signor Goose», sentenziò. «Analisi sofisticate, che qui a bordo non possiamo fare. È opportuno che lei sbarchi.»

Lionel scosse la testa con decisione: «Mi avevano avvertito che c'era la possibilità di recrudescenza del tumore, connessa con l'esistenza di metastasi. Se è così, non mi rimane molto da vivere, ma non voglio essere sottoposto a nuove torture. È una lotta impari. Preferisco restare qui e godere quanto rimane della mia vita. Contro il destino non si può nulla».

«È una decisione che non mi sento di biasimare, signor Goose. Ma se vuole, e per quanto possa servire, potrei farle una radiografia al torace e rilevare l'eventuale esistenza di anomalie polmonari.»

«D'accordo, dottor Redjia. Ma vorrei una promessa: qualunque sia l'esito del suo esame, non dica niente a mia moglie. È la prima vera vacanza che ci concediamo, non voglio rovinargliela.»

Rodi. Giugno 1313

Virato a dritta dopo aver bordeggiato le frastagliate coste dell'Anatolia, la nave amalfitana affrontò finalmente il braccio di mare che la separava da Rodi, spinta da un forte vento del nord.

« Guarda bene », disse Aniello a Luigi. « Vedrai una cosa che credo tu non abbia mai visto. I Cavalieri proteggono l'imboccatura del porto tenendo tesa una grossa catena tra le due estremità. Al nostro arrivo, dopo aver ben controllato dalle torri di vedetta chi siamo, la ammaineranno sul fondo. »

Luigi si portò a prua, curioso di vedere questa novità. A Ruad aveva sentito alcuni Cavalieri nordici – transitati per Costantinopoli durante il loro lungo viaggio, dopo aver raggiunto il mar Nero navigando sul Danubio – dire che anche quella mirabile città era protetta da una catena tesa tra le due estremità dell'imbocco del Corno d'Oro, ed era molto curioso di vedere come ciò avvenisse.

Poco fuori dal porto, la nave di Aniello fece una complicata serie di bordeggi in attesa di essere riconosciuta. All'imboccatura si vedevano chiaramente le onde frangersi contro le grosse maglie della catena, che fendeva la superficie.

Ma finalmente il rauco stridore degli argani si levò alto, avvertendoli che l'accesso al porto era consentito e la catena veniva abbassata.

Mentre la nave entrava nella stretta insenatura, Luigi di Valnure osservò incantato le mura che salivano direttamente dallo specchio circolare d'acqua. Sulla sinistra una sorta di lungo pennello di terra s'inoltrava nel mare per oltre cinquecento passi. Sopra quella sottile striscia di terreno, conclusa da una fortificazione, erano stati costruiti tredici mulini a vento.

All'estremità opposta dell'imboccatura del porto, invece, vedeva uomini e macchine edili intenti a edificare una torre di sagoma piuttosto singolare, simile a un fungo contornato da quattro torrioni.

La nave ormeggiò nei pressi dei mulini, e quasi immediatamente ebbero inizio le operazioni di sbarco delle merci. Luigi scese a terra mescolandosi alla folla e si avviò verso la città, dove entrò per la Porta di Santa Caterina tra un fitto via vai.

Per raggiungere le « case » dei Cavalieri di San Giovanni

non dovette camminare molto. Capì subito che erano divise a seconda della *lingua* d'appartenenza. La «casa» d'Italia era quasi a metà della via che attraversava la città.

Era un edificio di pregevole fattura, a due piani, in grosse pietre vulcaniche a incastro. Sul frontale spiccava il blasone della *lingua* d'Italia scolpito in marmo bianco. La porta era guardata da due cavalieri armati.

«Chiedo di conferire con l'ammiraglio Corneliano de' Scalzi», spiegò. «Ho un dispaccio per lui.»

«Chi siete?»

«Il mio nome ha poca importanza. Ditegli che gli porto un messaggio riservato di un amico.»

Fu introdotto in una sala dalle volte alte e malamente illuminata, sebbene vi ardessero alcune torce anche a quell'ora avanzata.

Attorno a un tavolo erano riuniti alcuni Cavalieri, uno dei quali gli chiese con una voce profonda, in cui alle tonalità liguri si mescolava ormai la lingua franca dei cristiani del Levante: «Chi siete, e quale messaggio recate?»

«Sono Luigi di Valnure, ma il mio nome poco importa. È invece importante che io consegni al più presto un messaggio per il quale ho navigato giorni e giorni. Posso avere l'onore di sapere con chi sto parlando?»

«Con la persona che cercate. Sono Corneliano de' Scalzi.»

Il Cavaliere prese dalle sue mani l'astuccio di pelle e lo osservò con un'espressione che, non appena vide il sigillo, si trasformò immediatamente da distratta in seria.

«Lasciateci soli», ordinò agli altri.

Quando furono usciti, Corneliano de' Scalzi indicò il nodo marinaro che spiccava sul sigillo.

«Rechi dunque un messaggio di Bertrand de Rochebrune?»

«Sì, signore. È una richiesta d'aiuto. Bertrand è ingiustamente perseguitato dalle forze possedute dal Maligno.»

Corneliano lesse con grande attenzione la pergamena, quindi scosse la testa.

«Accorrere in aiuto del Tempio, eh? Non è una decisione che possa prendere io. Sulla testa di Bertrand e dei suoi pende una grossa taglia di re Filippo», disse. Quindi, posato il messaggio, continuò: «Ma la vecchia amicizia che mi lega a Bertrand... Aspettatemi qui».

Dopo una lunga attesa, Luigi lo vide tornare in compagnia di un altro Cavaliere dal viso scarno e dalle tonalità ieratiche.

Sul corpetto dell'armatura spiccavano il blasone di una casata nobiliare – tre torrioni vermigli con sopra appollaiati tre merli neri – e la croce bianca in campo rosso dei Cavalieri di San Giovanni.

Il tono di deferenza con cui gli si rivolgeva l'*admiratus* fece capire subito a Luigi chi fosse, prima ancora che il nuovo venuto dicesse:

«Sono il Gran Maestro Folco de Villaret, e sono lieto di accogliervi in questa nostra fortezza. Corneliano de' Scalzi mi ha mostrato il messaggio di cui siete latore», continuò, sedendosi sullo scranno più alto e indicando agli altri due di accomodarsi.

«Abbiamo molto sofferto per le notizie riguardanti il Tempio arrivate dalla Francia. Il nostro cuore ha sanguinato per quei Cavalieri al cui fianco abbiamo vissuto tante vicissitudini. Siamo anche stati divisi da profondi contrasti, ma abbiamo sempre lottato per lo stesso fine. Non ho mai incontrato Bertrand de Rochebrune, ma ho sentito molte volte parlare di lui. Ne conosco il valore e la dedizione all'Ordine».

E il Gran Maestro degli Ospedalieri fece una lunga pausa, passandosi nervosamente le dita nella barba rada.

«Ma, accorrere in aiuto del Tempio», riprese con voce bassa ma ferma. «Ahimè, giovane amico, come possiamo? Siamo troppo lontani e stiamo vivendo anche noi tempi calamitosi. L'aver trovato una nuova sede in questa isola non significa che abbiamo raggiunto la sicurezza. D'altra parte, già da tempo ho ritenuto di lasciar cadere la proposta dello sfortunato Gran Maestro de Molay di realizzare un'unione dei nostri due Ordini onde rafforzarli di fronte alle mire dei comuni nemici: sapete bene chi intendo.

«No, giovanotto», concluse in tono amaro ma secco, alzandosi e facendo capire che l'udienza era terminata. «Riferite a Bertrand de Rochebrune che, seppure profondamente angosciati, non possiamo fare niente. Leveremo le più fervide preghiere al Signore perché protegga il Tempio.»

Mosca. 1° luglio 1999

Iosif non riusciva a dimenticare il ricatto: l'avrebbe fatta pagare cara a Fosh. Ma intanto aveva la sgradevole sensazione che le pretese del suo banchiere non sarebbero finite lì.

Aveva effettuato consegne in Bosnia, in Cecenia, nel Corno d'Africa e in Kosovo. I suoi aerei erano atterrati su impossibili piste in terra battuta per scaricare mezzi cingolati. Aveva rifornito ogni genere di guerriglia in buona parte del globo terrestre, ma non gli era mai capitato di fare una consegna su una lussuosa nave da crociera. Era un fatto perlomeno singolare, come del resto la merce richiesta.

Ciascuna delle dieci testate appena acquistate dal comandante russo aveva una capacità dirompente cinque volte maggiore di quella della bomba di Hiroshima.

Iosif si concesse un sorriso pensando a Leonid Uradov e al suo equipaggio, che in quel momento se la stavano probabilmente spassando in qualche paradiso dei Caraibi, sperperando i venti milioni di dollari che la banca svizzera aveva versato sui loro conti cifrati.

Ma bastò l'idea di banca a rendergli livido il sorriso. Gli venne in mente lo sguardo viscido di Fosh.

Neanche per un attimo pensò al suo enorme guadagno personale. Quei soldi non gli interessavano, ma sarebbero serviti per farla pagare a chi lo aveva ricattato.

New York. 3 luglio 1999

Come ogni sabato le telecamere delle quattro maggiori emittenti televisive erano state ammesse nel luogo più protetto della US Gambling & Lotteries, una stanza blindata di dieci metri per dieci, senza alcuna apertura esterna oltre alla porta corazzata, il cui unico mobilio era costituito dai due enormi computer piazzati al centro e da qualche poltroncina.

Le macchine stavano immagazzinando i dati e procedendo in diretta all'estrazione dei sette numeri vincenti. L'eventuale vincitore si sarebbe aggiudicato otto milioni e duecentomila dollari.

La voce meccanica del computer cominciò a scandire i numeri estratti, che contemporaneamente apparivano in un maxischermo su una delle pareti bianche: «2... 5... 7... 11... 17... 31... 63».

La tensione era alta tra i presenti come tra i milioni di telespettatori con lo sguardo fisso sul tagliando della giocata. Nessuno poteva accorgersi che Pat Silver, in un angolo, stava digitando i numeri vincenti sulla tastiera del suo portatile.

Le operazioni di spoglio iniziarono immediatamente, e i due maxicomputer cominciarono a esaminare a una a una tutte le combinazioni giocate.

Fu verso metà dello spoglio che una delle due macchine si bloccò. Sul monitor comparve la scritta *Bad Cluster*: un dato era illeggibile.

«Autorizziamo l'intervento del tecnico», dichiarò subito il responsabile federale.

Impassibile, Pat si sedette alla tastiera, digitando con sicurezza alcuni comandi, ma scosse la testa.

«Devo collegare il computer centrale con il mio portatile», disse, «e sperare che i miei programmi di correzione riescano a superare il blocco.»

Quindi collegò con mosse esperte il cavo e inserì un CD-Rom nel lettore del suo portatile. Un'icona sul monitor lo informò che i due computer erano in comunicazione.

Nessuno poteva sospettare che stesse modificando su tutte le memorie fisse e mobili del sistema l'unica schedina vincente, inserendovi i numeri appena sorteggiati.

« Fatto », disse finalmente in tono neutro, alzandosi, mentre la macchina principale riprendeva il suo sordo ronzio.

Poco più tardi, con tutta la solennità richiesta dal momento, il responsabile federale si portò davanti alle telecamere.

« Lo spoglio ha evidenziato una sola vincita di prima categoria. Espletati i dovuti controlli, il vincitore riceverà otto milioni e duecentomila dollari. »

Pochi minuti dopo, la sede della US Gambling & Lotteries era deserta. Pat era stato uno dei primi ad andarsene: per consentire l'espletamento dei « dovuti controlli », doveva precipitarsi a stampare con il suo terminale la schedina vincente.

Ventiquattro ore più tardi la sera colse di nuovo Derrick Grant nel suo ufficio, ancora al lavoro.

« C'è l'ingegner Silver in linea, avvocato. Glielo passo? » gli chiese la segretaria.

« Ehi, Pat, qual buon vento? »

« Vento di poppa, Derrick. Se rimani in ufficio ancora un po', vengo lì. Ho da dirti una cosa molto importante. »

Esattamente diciotto minuti più tardi i due ex compagni di campus si stringevano la mano con calore.

Derrick notò che l'amico si era appena rasato. Anzi, da certe zone chiare della faccia si sarebbe detto che per qualche tempo avesse portato i baffi. Anche i capelli sembravano tagliati di fresco.

Pat Silver prese dal portafogli una schedina di lotteria e gliela porse.

« Che cos'è? » chiese Derrick, guardandola.

« Un assegno al portatore di otto milioni, duecentomila dollari e spiccioli. E ti chiedo d'incassarlo. »

« Vuoi dire che hai vinto alla lotteria? »

« Esatto, Derrick. Ho vinto il primo premio dell'estrazione di ieri sera. Era un sacco di tempo che giocavo una serie di sistemi elaborati da me stesso. E adesso mi occorre un legale che si occupi dell'incasso, garantendomi l'anonimato. Non voglio trovarmi addosso tutti i parenti fino al ventesimo grado. »

Derrick stava girando e rigirando il tagliando tra le dita. « Sei proprio sicuro che sia la schedina vincente? L'hai giocata di persona? Non vorrei che si trattasse di una contraffazione. »

« *È* la giocata vincente, Derrick, autentica al cento per cento. E in ogni caso non rischi niente: sei un legale che assiste un cliente. »

« Sarà. »

« Che cosa mi tocca sentire. Un avvocato esita a riscuotere una vincita alla lotteria, e poi magari non si pone nessun problema ad assistere un assassino. »

« Una cosa è il diritto alla difesa e un'altra il favoreggiamento di un reato. Comunque non voglio e non devo sapere altro: domattina farò presentare il tagliando vincente all'incasso. »

« Grazie, avvocato. »

« L'inattesa ricchezza non ti farà cambiare idea circa la crociera? »

« Neanche per idea. Al contrario. Ma, mi raccomando: acqua in bocca con tutti. »

« Segreto professionale », replicò Derrick, strizzandogli l'occhio.

Mediterraneo. Giugno 1313

La nave di Aniello aveva lasciato ormai da molte ore il porto e, dopo aver costeggiato la costa settentrionale dell'isola fino alla sua estrema punta occidentale, aveva virato a sinistra verso il Mediterraneo aperto, diretta a Malta per proseguire nel suo viaggio e nelle sue attività commerciali.

Ancora oppresso dal rifiuto ricevuto dai Cavalieri di San Giovanni, Luigi di Valnure era appoggiato alla murata di dritta, con lo sguardo perso nell'immensità del mare, da cui il sole faceva levare violenti barbagli.

Il mercante amalfitano gli si avvicinò e gli posò affettuosamente una mano sulla spalla destra, stringendogliela. Di più, per dargli conforto, non avrebbe potuto fare.

« Non crucciarti, Luigi », disse. « Hai fatto il tuo dovere. Avevo avvertito Bertrand che si trattava di un tentativo disperato, ma era giusto farlo. Il rifiuto dei Cavalieri di San Giovanni lo amareggerà, ma non poteva andare diversamente. Checché possa averti detto Folco de Villaret, gli Ospedalieri aspirano all'assegnazione dei beni rimasti del Tempio, come ha suggerito a Filippo il Bello il suo giurista Pierre Dubois. Dovrete cercare aiuto altrove.

« Adesso, però », continuò Aniello, « dovremo tenere gli occhi molto aperti. Come vedi, il forte vento che scende dal Peloponneso ci sta mettendo a dura prova. E non è raro che i mori arrivino fino a qui con le loro navi nei loro commerci con i correligionari turchi Mentesce, che dominano molte zone costiere dell'Anatolia sottratte a Costantinopoli. Siamo in una stagione in cui di solito evitano questa canicola, ma non si sa mai. »

Castello di Valnure. 4 luglio 1999

« Si parte il 15 da Venezia », annunciò allegramente la voce di Paola Lari nella cornetta. « E le Maritime Cruise Lines hanno mostrato una grande signorilità: ci è stato assegnato un appartamento extra lusso. Pensa, sono soltanto due su più di milletrecento cabine. »

« Magnifico, ma voglio contribuire per la mia quota. Che tu sia ospite della compagnia è logico, ma io... »

« Non pensarci nemmeno. L'ufficio pubbliche relazioni delle Maritime Cruise Lines mi ha spontaneamente offerto ospitalità per un accompagnatore. »

Non appena conclusa la telefonata, Gerardo tornò alle ricerche che stava facendo su Internet, finché dal computer sentì arrivare uno scampanellio. Lo stava chiamando Sara Terracini.

Chiusa la pagina che stava consultando in rete, aprì immediatamente il programma di linguaggio criptato. <TROVATO QUALCOSA DI NUOVO?> vide scorrere nella finestra in basso sul suo monitor.

<NIENTE D'INTERESSANTE. E TU?>

<RICORDI QUEL MIO AMICO IMPORTANTE?>

<QUELLO CHE MI HA PROCURATO I DOCUMENTI PER ANDARMENE ALLA CHETICHELLA A ROSLIN?>

<ESATTAMENTE. DOPODOMANI SARÀ A ROMA PER UNA VISITA UFFICIALE. È UN PERSONAGGIO 'MOLTO' IMPORTANTE. MI HA CHIESTO SE POSSIAMO VEDERCI TUTTI E TRE PER PARLARE DEL FAMOSO NODO MARINARO. PUOI?>

<NON POTREI MAI MANCARE. A CHE ORA E DOVE?>

<IL MIO AMICO VERRÀ DA ME NEL PRIMO POMERIGGIO.>

<ARRIVO ALLE DUE E MEZZO.>

Quando si furono salutati, Gerardo tornò ai motori di ricerca di Internet, ma con suo profondo disappunto fu nuovamente interrotto dal telefono.

« Scusami se ti disturbo di nuovo », gli disse Paola. « Presa com'ero dalla notizia della crociera, mi sono scordata di chiederti ospitalità per dopodomani. »

« La mia casa è sempre aperta per te. Hai le chiavi. Io però rientrerò piuttosto tardi. Ho da fare a Roma nel primo pomeriggio. »

« Un incontro galante? »

« Magari. Macché, un incontro con una grossa organizzazione turistica, per il castello », rispose Gerardo, preferendo ancora una volta la prudenza. Ma era lusingato dalla velata nota di gelosia nascosta nelle parole di Paola.

Mediterraneo. Giugno 1313

I timori di Aniello trovarono purtroppo conferma al tramonto. La sua nave da carico era ormai da tempo in mare aperto, quando nella sua scia apparve un vascello dall'inconfondibile sagoma moresca. Era una nave da guerra. In lontananza si vedeva una lunga fila di vele più piccole, sicuramente una flotta di commercianti a cui la nave più grossa faceva da scorta.

Si avvicinava a vista d'occhio, era impossibile sfuggirle. Aniello ordinò di prepararsi allo scontro. Le armi apparvero come d'incanto, prese dai nascondigli, e ogni uomo occupò la sua postazione. Non era il primo arrembaggio da cui si difendevano. I mori avrebbero trovato un filo molto duro da torcere.

Quando furono a poca distanza, Luigi notò un febbrile movimento intorno alla catapulta a prora della nave nemica. Alcuni mori in caftano bianco e turbante erano alle prese con i verricelli che armavano il lungo palo con l'estremità a forma di cucchiaio. Sin da quella distanza si sentiva il gemito delle grosse funi su cui ruotava l'asse del palo, tese al massimo. Due uomini deposero un proiettile nel cucchiaio.

Ne aveva sentito parlare tante volte: erano i *naffatin*, i pirotecnici. Avevano appena preparato per il lancio una giara d'argilla colma del liquido detto «fuoco greco», una micidiale soluzione in grado di far divampare a bordo in pochi istanti un incendio indomabile. Prima di aggiustare l'alzo di tiro, ponendo tra l'asse verticale dell'arco e il palo una serie di spessori di stoffa imbottita, i due pirotecnici diedero fuoco ad alcuni stracci inseriti nella giara, e dalla prora della nave dei mori si levò una densa nube di fumo nero.

Il «fuoco greco» si basava su una formula attribuita a un alchimista siriano del IX secolo, di nome Callinicos. La terribile miscela si otteneva mescolando zolfo, pece, lardo, salnitro e calce viva con un petrolio particolarmente leggero, detto «nafta».

«Al riparo, presto, copriti con una di quelle pelli umide», gridò Aniello a Luigi.

Lo schianto del palo che sbatteva con violenza contro l'asse orizzontale dell'arco della catapulta fece calare un silenzio assoluto sulla nave amalfitana. Subito dopo si sentì il sibilo del proiettile incendiario, che piombò in mare a poca distanza dalla fiancata.

«Maledetti. Sono straordinariamente precisi. Non vogliono darci la soddisfazione di morire con le armi in pugno», ringhiò Aniello.

Pochi attimi più tardi, infatti, si scatenò l'inferno: la nave amalfitana, colpita da una serie di proiettili incendiari, prese fuoco come legna secca in un camino.

«Abbandonate la nave», ordinò Aniello, avvolto da una nuvola fiammeggiante di fumo.

La nave s'inclinò di lato, facendo rotolare fuori bordo uno dei barili della carne salata, principale nutrimento dell'equipaggio.

Visto che galleggiava, Luigi capì che era almeno parzialmente vuoto. Si tuffò e lo raggiunse con poche bracciate. Chiamate a raccolta le forze, vi si issò e, sollevato il coperchio, si lasciò cadere all'interno con una capriola.

Il comandante della nave da guerra saracena ordinò di raggiungere la zona dove era appena affondata quella cristiana. Il vento, rinforzatosi, aveva spinto lontano i relitti che offrivano una maggiore superficie alle raffiche. Ma l'acqua era comunque cosparsa di pezzi di fasciame, pelli, balle di tessuto, barili, tra cui nuotavano almeno cento naufraghi, molti dei quali feriti.

Il moro fece versare in mare grandi quantità di «fuoco greco», che si stese come una pellicola in tutta la zona. Quindi ordinò al timoniere di portare la nave a distanza di sicurezza. Dal mare, Aniello e i suoi valorosi marinai videro i *naffatin* caricare l'ultimo proiettile, letale.

Ormai lontano dalla macchia scura e oleosa, Luigi sollevò il coperchio della botte spinta dal vento, e l'orrore lo lasciò senza fiato. Il proiettile tracciò un arco di fuoco nelle ombre seguite al tramonto. Non appena toccò il mare, le fiamme si levarono, diffondendosi lente ma inesorabili sulla superficie increspata.

«Presto, presto», ordinò il comandante moro ai suoi marinai. «Abbiamo ancora un po' di luce. Raggiungiamo la flottiglia. La fusta in ritardo dovrà cavarsela da sola. Non possiamo più cercarla. Ma ormai siamo in acque abbastanza tranquille. Maledizione, quando ho visto le vele di questi infedeli ero proprio convinto che fossero quelle dell'emiro. Ci hanno fatto soltanto perdere tempo.»

Roma. Una villa sull'Appia Antica. 5 luglio 1999

«È incredibile», esclamò Hans Holoff, seduto davanti al Gran Maestro. «O questo maledetto Gerardo di Valnure è un genio dei computer, o siamo noi a sbagliare qualcosa.

«Teniamo sotto stretto controllo da mesi ogni sua comunicazione, comprese quelle fatte con i telefoni cellulari. Ma non captiamo altro che conversazioni di lavoro. Abbiamo bobine e bobine di registrazioni, ma prive del minimo interesse. È ormai evidente che quello che ci interessa può essere soltanto nascosto nei suoi scambi telematici con questa Sara Terracini. Ma comunicano in un linguaggio criptato che sembra impossibile scardinare.»

«Mi pare assurdo che nessuno dei nostri tecnici abbia scoperto la chiave. Che cosa fanno? Dormono?»

«Macché dormire. Sono i migliori. Ma dicono che il sistema di crittografia assomiglierebbe addirittura a quello del Mossad, che nessuno ha mai violato.»

«Abbiamo provato a intercettare anche le comunicazioni di questa Terracini?»

«Tutte le linee del suo laboratorio sono protette: qualsiasi tentativo di manomissione o intrusione verrebbe immediatamente scoperto. E comunque, se usa un linguaggio indecifrabile con Gerardo di Valnure, lo farà con tutti.»

«Abbiamo provato con le intercettazioni ambientali interne e a distanza?» chiese ancora il Gran Maestro, esibendo una singolare conoscenza delle tecniche spionistiche.

«È impossibile infiltrarsi nel laboratorio, quindi non ci si può piazzare nessuna 'cimice'. E i vetri schermati sono a prova di microfoni laser esterni.»

«Quindi non si può fare altro che ricorrere ai vecchi metodi del pedinamento e dell'osservazione costante, nella speranza di un loro passo falso.»

Holoff annuì, mentre il Gran Maestro concludeva: «Organizza un controllo assiduo di Sara Terracini, attimo per attimo, e occupati personalmente di Gerardo di Valnure. Non possiamo rischiare che tutto vada in fumo per questi due rompiscatole».

Roma. 6 luglio 1999

Oswald Breil non voleva far correre rischi a Sara. Conosceva personalmente da quando dirigeva il Mossad i due agenti messi a sua disposizione dall'ambasciata per la visita romana, ma che dire dell'auto di scorta con i quattro poliziotti italiani?

«Al prossimo semaforo rosso fa' in modo di frapporre qualche auto tra la nostra e quella della scorta», disse all'agente che guidava l'anonima berlina scura dell'ambasciata.

L'uomo eseguì abilmente l'ordine, e non appena l'auto fu ferma, Oswald sgattaiolò fuori dalla portiera di destra tenendosi piegato in due, dopo aver detto ai suoi sbigottiti angeli custodi: «Fate un bel giro turistico per la città portando a spasso i poliziotti. Con questi vetri schermati non possono capire che non ci sono. Ci vediamo qui tra un'ora e mezzo precisa».

Pochi minuti più tardi era su un taxi diretto all'Eur.

L'Intercity arrivò alla stazione Termini in perfetto orario, e Gerardo si mise in coda sotto la pensilina dei taxi, leggendo un giornale. Se anche avesse avuto qualche sospetto, non avrebbe mai potuto notare l'uomo che, a distanza di sicurezza, non lo perdeva d'occhio.

Sara lo aveva appena abbracciato con il solito calore, quando nel suo ufficio entrò un omino. Macché omino, trasalì Gerardo. Un *nano*. Gli arrivava poco sopra la cintura. Chi diavolo...

« Ti presento il mio amico Oswald Breil, vice ministro della Difesa di Israele », gli disse Sara Terracini, lasciandolo di stucco.

« Ah, sì, certo », borbottò. « Ho letto un articolo sulla sua nomina. » Ma si riprese immediatamente. « Sono davvero onorato di conoscerla, signor vice ministro. »

« Ho chiesto d'incontrarla », venne subito al dunque Oswald, « perché sono convinto che le sue ricerche abbiano scoperchiato un nido di vespe sempre pronte a colpire. Insomma: ho validi motivi di ritenere che la setta medievale che faceva riferimento al nodo marinaro esista tuttora e sia straordinariamente organizzata, ramificata e potente. »

Hans Holoff aveva seguito il taxi di Gerardo di Valnure fino al laboratorio di Sara Terracini. Parcheggiata l'auto all'ombra di un grosso pino, si era preparato ad aspettare.

Ma erano trascorsi soltanto pochi minuti quando davanti al palazzo si era fermato un secondo taxi. Ne aveva visto smontare un omino, un vero e proprio *nano*, scomparso in un lampo oltre il portone. Holoff aveva lavorato troppo tempo in uno dei più efficienti servizi segreti per non riconoscere Oswald Breil. Un nome sinonimo di guai.

« Si è fatto tardi », disse Oswald dopo tre quarti d'ora. « Ho un appuntamento con il mio parigrado italiano. Ma da questo momento dobbiamo agire in stretto contatto e sempre usando le massime cautele per ogni nostra comunicazione. Se i miei sospetti sono giusti, vi stanno sicuramente tenendo sotto controllo. E forse anche me. Sara, mi fai chiamare un taxi, per cortesia? »

« Se non disturbo, Oswald », disse Gerardo, « verrei con lei fino a dove deve andare, per poi farmi portare in stazione. Il prossimo treno per Piacenza parte tra circa un'ora, e non vorrei perderlo. »

Il taxi arrivò dopo qualche minuto. Mentre montavano, notarono appena un jogger che si stava avvicinando di corsa sul marciapiede.

Nonostante il caldo torrido, portava una pesante tuta completa. La fronte era nascosta da una spugna anti sudore, e gli occhi da grossi occhiali scuri. Parte del viso era coperta da un asciugamano di spugna infilato nel colletto della tuta.

Arrivato di fianco al taxi, il jogger sembrò mettere un piede in fallo sul marciapiede sconnesso e si appoggiò alla vettura per non cadere.

Senza rendersi subito conto di che cosa fosse, Gerardo vide un involto scivolare sulle gambe di Oswald dal finestrino aperto. Ma si sentì gelare il sangue non appena si accorse che sprigionava un fumo denso e acre.

Stupefatto, vide Breil, sempre impassibile, aprire di scatto la portiera, proprio mentre il taxi partiva, e gettare fuori l'ordigno. Avevano fatto pochi metri quando si sentì il tonfo sordo di un'esplosione.

Sempre impassibile, Oswald indicò all'autista del taxi dove voleva essere portato: un sottopassaggio a una traversa di distanza dal semaforo dove l'aveva lasciato l'auto dell'ambasciata.

13

Giugno 1313

La fusta dell'emiro Ibn ben Mostoufi navigava sulla rotta di casa provenendo dalle terre dei Mentesce. Aveva ancora davanti a sé molti giorni di mare. Il carico l'appesantiva, riducendone di molto la velocità. Per questo aveva perduto il contatto con il resto della flottiglia.

«Relitto a prora», gridò improvvisamente una vedetta. «All'erta, mi sembra che trasporti un naufrago.»

Ibn ben Mostoufi diede ordine di accostare.

«È un *ferengi*, effendi, un infedele», gli disse il comandante non appena ebbero il barile sotto bordo. «Sembra moribondo. Abbandoniamolo al suo destino.»

Gli occhi di Ibn ben Mostoufi divennero due fessure. Come in un lampo gli tornò alla memoria il cristiano che si gettava nel mare in tempesta per soccorrere sua figlia Shirinaze.

«Lasceresti che i gabbiani cavino gli occhi e strappino le carni a un uomo vivo quando potremmo salvarlo, anche se si tratta di un cristiano? È questa la carità che hai appreso dal Corano? Siamo tutti figli del Libro», gridò con voce sdegnata. «Issatelo immediatamente a bordo e fate tutto il necessario per salvarlo.»

Dopo tre giorni e tre notti passati in balia delle onde, Luigi di Valnure era completamente anchilosato e alternava sprazzi di lucidità a lunghi periodi d'incoscienza. Si era cibato della poca carne salata rimasta attaccata al fondo della botte e aveva combattuto la disidratazione lambendo il liquido trasudato dalla carne. Ma anche quelle misere scorte alimentari erano finite: la morte era ormai prossima.

Quando nel riverbero infiammato del sole, che gli impediva di vedere, avvertì uno sciabordio seguito da voci in una lingua sconosciuta, pensò che fosse il delirio finale.

Invece si sentì afferrare da braccia robuste e issare fuori dal barile.

Filippo IV, re di Francia, aveva adibito a sala del trono l'ampio salone del Tempio di Parigi dove, fino a pochi anni prima, concedeva udienza il Gran Maestro dei Templari.

Raymond de Ceillac entrò nella stanza e gli s'inginocchiò davanti, piegando la testa in segno di sottomissione.

«Quale impellente urgenza può mai aver spinto un Templare a chiedere udienza al re di Francia?» gli chiese Filippo, facendogli magnanimamente cenno di alzarsi. La diserzione di un ex Cavaliere del Tempio non poteva che fargli piacere.

«Il desiderio di ottenere perdono e giustizia, Maestà», rispose de Ceillac con uno sguardo gonfio di perfidia. Ma non sarebbe mai arrivato a rivelare l'esistenza delle terre al di là dell'Oceano, dove, sistemati i conti con Bertrand de Rochebrune e Luigi di Valnure, avrebbe fatto ritorno per impossessarsi di sconfinate ricchezze.

«So dove si nasconde il traditore che più di tutti state cercando. E conosco anche l'identità del suo più fedele collaboratore.»

Filippo IV manifestò subito un vivo interesse: «Chi sarebbero costoro?»

«Anzitutto Bertrand de Rochebrune, che, sappiate, sta cercando di riorganizzare l'Ordine del Tempio. Poi Luigi, discendente dei Valnure, una famiglia di Piacenza, in Italia. Sono entrambi in Scozia, ospiti dei St Clair di Roslin.»

«Credi che i miei informatori non sappiano dov'è una persona così pericolosa? Intrattengo da tempo una fitta corrispondenza con il re d'Inghilterra al fine di convincerlo che la presenza di molti Cavalieri del Tempio in Scozia costituisce un pericolo anche per la sua augusta persona. La Francia non ha alcun interesse a invadere la Scozia per stanare un traditore.»

«Non avrei mai potuto nutrire dubbi sull'efficienza dei Vostri informatori, Vostra Maestà. Ma avete pensato al dopo? I Templari potrebbero trovare un altro rifugio. E precisamente a Piacenza, nelle proprietà di Lorenzo di Valnure, cugino di Bertrand de Rochebrune e padre di Luigi. Un giovane che, pur non avendo preso i voti, ha appreso fin troppo bene le costumanze sacrileghe dell'Ordine», continuò de Ceillac abbassando subdolamente la voce quasi non volesse che altri sentissero l'orribile segreto. «L'infame ha l'ardire di accoppiarsi con una infedele, una mora che si dice sia addirittura figlia del demonio Bafometto.»

«Che cosa proponi? Che il mio esercito oltrepassi le Alpi, scontrandosi con i Savoia-Acaia, con i Visconti di Milano e con tutti coloro che vedranno i loro territori minacciati?» Filippo IV scosse la testa e concluse: «No, non è possibile».

«Non occorre un esercito, signore. Basta agire con la stessa subdola astuzia dei Vostri nemici.»

«Cioè?»

«La Vostra augusta persona non dovrà essere assolutamente coinvolta in questa vicenda. E la Vostra incommensurabile generosità saprà ricompensare chi Vi si è mostrato fedele.»

«Non farmi perdere la pazienza. Che cosa vuoi?»

«Cinquanta uomini che raggiungano l'Italia alla spicciolata, radunandosi ai miei ordini nei pressi di Piacenza.»

«E per te personalmente?»

«Il Vostro magnanimo perdono, Vostra Maestà», rispose de Ceillac posando nuovamente il ginocchio destro a terra. «E che la Vostra augusta autorità si adoperi affinché venga concessa a me la contea degli ignobili di Valnure quando li avrò annientati.»

Palermo. 7 luglio 1999

La *festa italiana* a bordo della *Queen of Atlantis* era splendida, seppure con tonalità troppo folcloristiche. Sul palco del teatro l'orchestra eseguiva pezzi siciliani. Tutti i ristoranti e i ventuno bar servivano tranci di pizza e spaghetti, naturalmente scotti. Il clima era di grande allegria.

Ma a bordo c'erano almeno due persone che non si stavano divertendo. Il comandante Arthur Di Bono era troppo legato alle origini italiane per apprezzare che il suo Paese fosse ridotto a un concentrato di arie popolari e spaghetti scotti.

L'altro, e per un motivo ben più grave, era Lionel Goose.

L'ansia che lo divorava era ulteriormente acuita dalla decisione di non rivelare niente a sua moglie.

Le radiografie effettuate dal medico di bordo avevano rivelato una infiammazione ai polmoni che di per sé non avrebbe significato molto. Ma Lionel non aveva dubbi: era una nuova manifestazione del suo male.

Osservò a lungo dal parapetto il magnifico spettacolo delle luci del porto e della città. Aveva deciso che era meglio non pensarci e godere la crociera, e così doveva fare.

Si girò verso Lisa, le sorrise, canticchiando senza parole la popolarissima aria dalla *Cavalleria rusticana* appena eseguita in sgangherata versione popolare dall'orchestra, e la invitò a ballare.

Mediterraneo. Giugno 1313

Erano ormai nove giorni che Luigi di Valnure giaceva nel giaciglio concessogli dal comandante per ordine dell'emiro. Le sue condizioni andavano migliorando, ma non le angustie per il destino che lo aspettava. Sapeva di essere su una nave di mori, che quasi certamente, non appena raggiunto un porto, lo avrebbero trascinato in catene al primo mercato di schiavi.

Era ancora molto debole e cadeva in frequenti sonni profondi, popolati da incubi. Fu proprio durante uno di essi che due mani lo afferrarono per le spalle, scuotendolo e svegliandolo di botto.

Aperti gli occhi, vide il volto barbuto dell'emiro a poca distanza dal suo.

« Ripeti il nome! Ripeti quel nome! » si sentì ingiungere in un francese stentato.

« Quale nome? » chiese.

« Hai detto Shirinaze. Il nome di mia figlia, scomparsa in mare da molti anni e sicuramente morta. Se fosse ancora viva, avrebbe infatti trovato il modo di farmi avere sue notizie. »

Allibito, Luigi vide l'espressione di profondo dolore dell'emiro velarsi di lacrime. Era mai possibile che la *sua* Shirinaze...

« Devo dirti una cosa, Ibn ben Mostoufi », replicò, balzando a sedere sul letto. « Una storia straordinaria. »

Raccontò quanto sapeva sul salvataggio di Shirinaze da parte di Bertrand de Rochebrune, ventidue anni prima. E spiegò allo stupefatto emiro quale amore lo legasse a lei, e tutto ciò che avevano dovuto soffrire, e come avessero rischiato di perdersi per sempre. Parlò del piccolo Lorenzo.

Ibn ben Mostoufi lo ascoltò in un silenzio rapito, bevendo ogni particolare. Ma alla descrizione del nipote maschio, la vita che avrebbe prolungato la sua, cedette di schianto alla commozione, scoppiando in singhiozzi e abbracciandolo.

« Allah è grande! » esclamò tra le lacrime. E levati gli occhi al cielo, aggiunse con profonda solennità: « Nello stesso mare dove credevo di aver perduto mia figlia, oggi Tu, il Clemente, il Misericordioso, mi hai fatto ritrovare la luce della vita. Ti ringrazio, mio Dio ».

« Se in tutti questi anni tua figlia non ti ha fatto avere sue notizie », gli spiegò Luigi, « è soprattutto perché la terribile febbre che l'ha colpita dopo il naufragio le ha fatto perdere quasi completamente la memoria. »

« Siamo ormai a destinazione, padre del mio nipote. Ci fermeremo il tempo necessario per sbarcare le merci, rinnovare le provviste di bordo e imbarcare alcuni uomini di scorta. Poi ripartiremo subito per la tua terra.

« Allah, Allah », concluse, genuflettendosi sul pavimento e battendosi il petto, « mi hai già molto beneficato, ma, Ti prego, concedimi ancora la grazia di abbracciare Shirinaze e mio nipote.»

New York. 10 luglio 1999

Maggie doveva sbrigarsi a preparare tutto. Tra meno di una settimana avrebbero preso l'aereo per l'Italia, dove, dopo una breve sosta a Venezia, si sarebbero imbarcati sulla nave passeggeri più grande del mondo.

Gli ingredienti per cercare di rimettere in sesto il rapporto con suo marito c'erano tutti, ma, nonostante le continue attenzioni di Timothy, non riusciva a dimenticare la terribile frase circa l'eventualità di avere un figlio.

«Arrivati in Italia dovrai concedermi una sosta di poche ore a Roma, prima di ripartire per Venezia», le disse Timothy. «Ho un appuntamento con la direzione dell'antiterrorismo italiano. Sarà una cosa rapida, ma mi costringerà a prendere il volo per Venezia successivo al vostro. Ti raggiungerò all'Hotel Danieli.»

Cominciamo bene, pensò mestamente Maggie, limitandosi ad annuire.

Pat Silver entrò nell'ufficio di Grant con stampato in faccia un sorriso radioso. Derrick gli fece cenno di sedersi mentre terminava una telefonata.

«Devo chiederti scusa per i miei dubbi», gli disse non appena ebbe posato la cornetta. «Quella schedina è autentica e perfettamente valida. Dopodomani la US Gambling & Lotteries accrediterà sul conto del mio studio gli otto milioni e duecentomila dollari. Devi soltanto farmi sapere gli estremi del conto sul quale girarli.»

«Li ho scritti qui», rispose Pat, porgendogli un foglietto con le coordinate di un conto bancario cifrato presso una banca di Innsbruck. «Deduci pure il tuo onorario.»

«Non parlarne nemmeno. È un favore che ti ho fatto volentieri. Piuttosto, sei pronto ad affrontare la tua prima vacanza da Paperone?»

«La prima di una lunga serie, mi auguro.»

Roma. 10 luglio 1999

Dopo aver bussato con forza, Toni Marradesi fece letteralmente irruzione nell'ufficio di Sara Terracini senza aspettare risposta.

«Ti vedo sempre con immenso piacere, Toni», lo accolse ironicamente Sara. «Quindi, la prossima volta, butta pur giù direttamente la porta, invece di perdere tempo a bussare. Sospetto che tu abbia qualcosa d'importante da dirmi.»

«Guarda qui», sbottò Toni, porgendole un volume molto vecchio. «Ma fai attenzione, ne esistono pochissime copie.»

«Ho una certa abitudine a maneggiare anticaglie, non credi?»

«Già, è vero, scusa, ma sono molto agitato. Insomma, l'anticaglia che hai in mano è una pubblicazione privata di un autore che ha preferito rimanere anonimo: un misterioso esperto di sette segrete. Guarda il titolo: *Secret Societies of the Middle Ages*. È stato edito nel 1846. Leggi il punto dove ho messo il segnalibro.»

Aperto il volume alla pagina indicata, Sara lesse: «*Con ogni probabilità i Templari sfuggiti alla cattura si riunirono in sette segrete allo scopo prevalente di destabilizzare i poteri che avevano agito contro di loro, distruggendo per sempre l'Ordine dei Poveri Cavalieri di Cristo e del Tempio di Gerusalemme. Si può pensare che alcune di queste sette segrete operino ancora oggi*».

«Accidenti», esclamò. «Il tuo anonimo conferma le nostre tesi. Ma che cos'è quel sorriso sornione? Che cos'altro hai in pentola?»

«Sto documentandomi ulteriormente sulla Sindone di

Torino, e mi sto facendo una certa teoria. Anzitutto, esaminata bene l'impronta, ho concluso che il corpo impresso nel telo non doveva essere adagiato su una pietra funebre, ma su un giaciglio morbido, con almeno un paio di cuscini dietro la schiena. Se il corpo fosse stato steso su una superficie rigida, le braccia non si sarebbero potute distendere in quella posizione, ma sarebbero rimaste molto più in alto rispetto al bacino. E la parte dorsale avrebbe lasciato impresse soltanto le zone sporgenti, natiche e spalle, e non tutto il tronco, come si vede nella Sindone. Inoltre, con la testa appoggiata su una pietra piatta, i capelli tenderebbero a cadere verso il basso e non a incorniciare il viso, come invece succede se la testa è posata su un cuscino. E i capelli della Sindone circondano il viso. E sai perché quel corpo era stato adagiato su cuscini? Perché era quello di Jacques de Molay, stremato dalle torture dell'inquisitore ma ancora vivo.»

Sara lo ascoltò in silenzio con la massima attenzione. Sapeva bene quanto il suo collaboratore fosse restio a parlare se non era più che sicuro di quello che diceva.

«A rinforzare questa mia tesi», incalzò Toni, «c'è il fatto che la Chiesa non ha mai voluto considerarla una reliquia sacra. Ci sono lettere a papa Clemente VII da parte d'illustri prelati, dove, tra l'altro, si legge: '*Sono convinto di non poter esprimere a sufficienza la deplorevole natura dello scandalo della Sindone, prodotto dell'ingegno umano e non di qualcosa di miracoloso*'. Lo ha scritto il vescovo d'Arcis sul finire del XIV secolo. Insomma, la Sindone diventa reliquia cristiana soltanto in tempi recenti, ma senza il placet ufficiale della Chiesa. E vuoi che ti ripeta come la penso sul cordoncino rosso trovato nella Cappella del Guarini mentre il fuoco attaccava la teca della Sindone?»

Sara annuì intenta, e Toni proseguì: «Sono sempre più convinto che quel rogo misterioso fosse un segnale per i componenti della setta».

«Dove hai messo la tua proverbiale prudenza, Toni? Abbiamo già discusso questa ipotesi, concludendo che, se dovesse rispondere al vero, ci sarebbe da avere una gran fifa. Mi sembra che tu stia fantasticando troppo su trame segrete e minacce incombenti», ribatté Sara, alzandosi dalla scrivania e avvicinandosi al vetro schermato della finestra. A pochi metri dal portone vide alcuni operai intenti a sistemare il marciapiede.

Stavano evidentemente riparando i danni del presunto attentato mafioso fallito di cui avevano parlato i giornali. Ma Oswald le aveva spiegato bene che cosa era in realtà successo.

Non vide però l'auto con i due agenti israeliani che lo stesso Oswald aveva ordinato la tenessero sotto controllo giorno e notte.

Luglio 1313

Luigi si era completamente rimesso, ma quelle interminabili peregrinazioni per mare lo stavano estenuando. Trovava però intenso sollievo nella prospettiva che tra pochi giorni avrebbe riabbracciato i suoi cari.

L'emiro non si stancava mai di sentirlo parlare di Shirinaze e Lorenzo, esplodendo sonore esclamazioni e battendo le mani felice come un bambino quando gli raccontava del profondo affetto che legava il piccolo alla madre.

Lasciatasi a poppa le coste della Sicilia, la nave stava ormai risalendo la penisola italiana.

Prima di sbarcare, l'emiro abbandonò i lussuosi abiti moreschi per abbigliarsi da mercante cristiano del Levante, e altrettanto fecero i sette uomini che li avrebbero scortati fino a Piacenza.

Per la Cristianità Ibn ben Mostoufi rimaneva un nemico, ed era in territorio ostile. Ma il desiderio di riabbracciare la figlia e conoscere il nipotino cancellava ogni timore: avrebbe infilato la testa anche nella tana di un lupo.

Raymond de Ceillac aveva esaminato a uno a uno i cinquanta uomini concessigli dal re di Francia. Quindi aveva comandato loro di lasciare Parigi a gruppi di due, tre al massimo, per riunirsi con lui in una zona boschiva nei pressi del castello di Valnure.

Soltanto a quel punto li avrebbe messi al corrente dell'astuto piano che aveva in mente. Non era infatti pensabile cingere d'assedio il maniero dei Valnure: per avere ragione di quelle mura non sarebbero bastati tremila uomini e qualche anno. Bisognava agire d'astuzia.

Non appena furono finalmente tutti riuniti, spiegò: «Mi servirò dell'affetto che lega Lorenzo a suo cugino Bertrand de Rochebrune per introdurmi con tre di voi nel castello. Dirò che porto sue notizie. Nottetempo, dopo aver avvelenato il conte, metteremo fuori causa gli uomini di guardia al ponte levatoio. Al che farete irruzione nel castello, cogliendo di sorpresa i soldati».

Poche ore più tardi il conte Lorenzo di Valnure stava giocando allegramente con il nipote, quando una guardia entrò nella sala dicendogli: «Un uomo chiede di conferire con voi, signore».

«Digli che concedo udienza soltanto di mattina», replicò il conte, continuando a giocare e fingendosi gravemente ferito dal fendente infertogli dal bambino con una spada di legno.

«Chiedo perdono», insistette la guardia, «ma ha detto di riferirvi che viene a nome di vostro cugino Bertrand.»

«Perché non me l'hai detto subito? Portalo qui. Perdonami, Lorenzo, ma adesso il nonno deve occuparsi di una cosa importante.»

Lorenzo accolse lo straniero da amico. Dopo che lo ebbe fatto parlare a lungo, si convinse che sapeva molte cose di suo cugino Bertrand, compresa l'esistenza della leggendaria terra di cui gli avevano tanto parlato Luigi e Shirinaze.

Mentre conversavano, però, trasse distrattamente dalla cintura un cordoncino rosso, impreziosito con un filo d'oro zecchino. Sembrava che ci stesse giocherellando come con un rompicapo, ma in realtà le sue dita stavano componendo un nodo. Se lo straniero conosceva davvero bene Bertrand, non poteva non sapere di che cosa si trattava.

Invece l'ospite non mostrò la minima reazione, nemmeno quando lui gli posò davanti il cordoncino annodato. La procedura di riconoscimento tra «fratelli» avrebbe voluto che estraesse un cordone identico, assicurandolo a quello di Lorenzo con il medesimo nodo.

Da tutto ciò che mi ha detto, rifletté perplesso l'anziano conte, quest'uomo è senza dubbio un Templare. Come mai, allora... Evidentemente non si è ancora affiliato al nuovo Ordine.

Era comunque il caso di agire con prudenza. Quindi non rivelò all'ospite che Shirinaze e il piccolo erano al castello, né che si sperava Luigi li raggiungesse entro qualche giorno.

«Sarete stanco, cavaliere», concluse. «Vi ho fatto preparare una stanza, e i vostri uomini troveranno alloggio nelle scuderie. Riposate qualche ora. Ceneremo al calar del sole.»

Raymond de Ceillac tornò però nel salone con notevole anticipo. Controllato attentamente che fosse deserto, si accostò furtivamente al tavolo dove avrebbero pranzato, su cui erano già state sistemate alcune brocche in peltro. Presa quella del vino, vi versò una pozione mortale preparata da un alchimista. Rimessala precisamente dove l'aveva trovata, prese ad aggirarsi per la sala con aria innocente, fingendo un grande interesse per i trofei di caccia appesi alle pareti.

E quando poco dopo Lorenzo di Valnure lo raggiunse, dopo un breve scambio di battute, esclamò con falso calore: «È d'uopo un brindisi a vostro cugino, il mio indimenticabile maestro e comandante Bertrand de Rochebrune».

«Molto giusto», convenne immediatamente Lorenzo, prendendo la brocca piena di ottimo rosso proveniente dai suoi poderi, riempiendo due calici e portandosi il suo alla bocca.

In quel momento la porta del salone si aprì, e Shirinaze scrutò incredula l'uomo che stava brindando con suo suocero. Si fermò così soltanto qualche istante, poi esplose in un urlo.

Lorenzo di Valnure rimase come impietrito, con il calice sollevato nella mano destra e un'espressione interrogativa. Ma già il traditore aveva estratto uno stiletto dalla cintura e gli si era fatto addosso. La lama si conficcò nel fianco di Lorenzo, che si accasciò a terra, mentre Shirinaze afferrava una delle spade appese alla parete.

De Ceillac schivò un primo fendente. La donna sollevò a fatica la spada, pronta a vibrare un secondo colpo, ma il suo avversario si mosse veloce e letale come un aspide.

La lama dello stiletto balenò nell'aria e penetrò nel costato della giovane fino all'elsa. Con l'ultima forza che le rimaneva, Shirinaze riuscì ugualmente a vibrare il colpo prima di accasciarsi senza vedere più niente.

Stava calando il buio, ma Luigi e Ibn Ben Mostoufi decisero di raggiungere ugualmente il castello, a cui mancavano ormai soltanto poche miglia.

La torre comparve finalmente, svettando sopra gli alberi, e Luigi la indicò all'emozionato padre della sua sposa: tra poco avrebbe potuto riabbracciare la figlia creduta morta. Spronarono i cavalli al galoppo, frementi per il desiderio di raggiungere il maniero.

Le urla di disperazione che provenivano dagli appartamenti li raggiunsero quando erano ormai a poca distanza dal ponte levatoio.

Luigi lo superò di slancio e balzò subito a terra, precipitandosi verso la scala che conduceva nel castello. Ibn ben Mostoufi lo raggiunse nel salone, trovandolo inginocchiato accanto a Shirinaze morente.

«Me ne vado, amore mio», gli disse la sventurata con l'ultimo filo di voce. «Promettimi che avrai cura di nostro figlio.»

«Rimani con noi, Shirinaze», gridò Luigi disperato, con gli occhi pieni di lacrime. «Guarda chi ti ho portato.»

Ibn ben Mostoufi si chinò sulla figlia che amava come la sua stessa vita e che la sorte malvagia gli stava per rapire una seconda volta, e questa volta per sempre. Le sfiorò il viso con intensa dolcezza.

Gli occhi di Shirinaze lo fissarono qualche istante, annebbiati. Ma improvvisamente s'illuminarono dell'ultima lucidità che precede la morte. I recessi più oscuri della sua memoria parvero colpiti da un raggio di luce.

« Padre! Padre! »

Ibn ben Mostoufi scoppiò in singhiozzi, portandosi la sua mano alla guancia in una stretta disperata.

« Come sta il conte Lorenzo? » riuscì ancora a chiedere la morente a Luigi.

« Ha una ferita grave, ma i suoi domestici lo stanno curando. Stai tranquilla, amore mio, non agitarti. Se è ancora vivo lo deve a te. »

« È stato molto buono con noi. » E improvvisamente gli occhi della poveretta si riempirono di nuovo terrore.

« E... de Ceillac? »

Inorridito, Luigi guardò per la prima volta il corpo steso sul pavimento. Non lo aveva riconosciuto. La testa era spaccata da una fenditura che la divideva in due parti quasi uguali. La faccia era lorda di sangue coagulato, che colava fino a terra.

« È morto », mormorò.

« Lo maledico », disse Shirinaze con un ultimo, straziante sforzo. « Lo maledico per tutto il male che ci ha fatto. Abbraccia per me Bertrand, marito mio: devo a lui questi anni di vita bellissima con te. Maledico invece ancora chi ha disonorato gli ideali dei Cavalieri del Tempio. Ti supplico, Luigi, sii vigile e coraggioso, impedisci che altri, usurpando il nome dei Templari, possano in futuro utilizzarlo per i loro turpi fini. Porta a nostro figlio l'ultimo bacio della sua mamma. E Dio mi perdoni », concluse con un filo di voce divenuto ormai quasi impercettibile.

E i suoi occhi si chiusero per sempre.

New York. 13 luglio 1999

Maggie Erriot pensava che la difficoltà ad addormentarsi fosse dovuta all'eccitazione per la partenza, l'indomani mattina. Ma poi capì che stava arrivando la *sensazione*.

Vide una donna morente. Aveva la pelle scura come la sua e un viso giovane e dolce, ma profondamente segnato dal dolore. Stava morendo tra le braccia di due uomini, in una sala dalle pareti di pietra, illuminata da torce e bracieri. Le sue ultime parole le s'impressero nella mente: «*Impedisci che altri, usurpando il nome dei Templari, possano in futuro utilizzarlo per i loro turpi fini*».

Pat Silver, in splendida forma, spingeva con passo atletico il carrello portabagagli nella sala partenze internazionali dell'aeroporto Kennedy di New York. Tra i viaggiatori diretti a Roma vide il volto amico di Derrick Grant. I due vecchi amici si salutarono con calore.

Completato il check-in, si accomodarono nella zona riservata ai viaggiatori di prima classe, entrambi con lo sguardo fisso sull'entrata.

«Sono passati vent'anni», disse Pat con espressione quasi sognante. «Come vola il tempo. Ma eccoci di nuovo qui ad aspettare che ci raggiungano Annie e la nostra Venere Nera. Mancano soltanto un tavolino a tre gambe e un compressore elettrico, e si potrebbe organizzare un'altra seduta spiritica.»

«Ah, no. Ci mancherebbe altro. La prima è stata più che sufficiente.»

Dalle porte scorrevoli videro finalmente entrare Maggie, in pantaloni leggeri e comodi. La camicia bianca metteva ancor più in risalto il suo colore ambrato. Si era vestita in modo casual per il volo transcontinentale, ma le sue curve risaltavano ugualmente sotto gli indumenti larghi.

Al suo fianco, Timothy avanzava con piglio quasi militaresco, da bravo agente federale. Visti Derrick e Pat, li salutò con la mano e si diresse verso di loro.

Pat sfiorò le guance di Maggie con un bacio, gustandone il profumo fresco.

Annie Ferguson li raggiunse poco dopo. Pur non essendo mai stata una gran bellezza, ai tempi dell'università aveva un certo successo. Ma dei quattro era quella che aveva sofferto di più il trascorrere degli anni. Portava occhiali da vista con la montatura in tartaruga e non era molto elegante. Tuttavia i suoi occhi azzurri, ancora molto belli, sprizzavano felicità. Aveva manifestato tutto il suo entusiasmo fin da quando Derrick le aveva proposto la vacanza. Ed era felice di poter riabbracciare i suoi amici più cari, lontana finalmente dalla routine del laboratorio.

Il volo partì in perfetto orario. Maggie, stanca per la notte insonne, trovò subito la posizione giusta nella comodissima poltrona di prima classe e sprofondò in un sonno pesante.

Castello di Valnure. Settembre 1313

Lorenzo di Valnure morì quindici giorni dopo Shirinaze. Per diritto ereditario il castello sarebbe passato ad Alessandro, il primogenito, per cui Luigi decise di lasciare quel luogo che per lui significava soltanto ricordi di morte.

Nei giorni difficili in cui, già oppresso dal dolore per la morte di Shirinaze, aveva assistito il padre morente, era arrivato a benedire la presenza di Ibn ben Mostoufi. L'anziano emiro lo aveva riempito di affettuose attenzioni e aveva addirittura conquistato il piccolo Lorenzo.

Una settimana prima della data fissata per la partenza, Ibn ben Mostoufi disse a Luigi che voleva parlargli.

«Vorrei pregarti di affidarmi Lorenzo», disse a Luigi, il quale lo guardò sulle prime stupefatto, ma poi, ascoltando le sue sagge parole, andò via via convincendosi che aveva ragione.

«Vuoi che tuo figlio cresca tra continue peregrinazioni, fughe, rischi? Ricordati che sei un fedele di Bertrand de

Rochebrune, il ricercato numero uno del re di Francia. E prima o poi gli inglesi potrebbero conquistare la Scozia. Vuoi che quel piccolo innocente senza madre soffra ogni tua vicissitudine?» concluse Ibn ben Mostoufi con voce rotta dall'emozione.

«Vorrei che mio figlio crescesse nella Cristianità», mormorò Luigi.

«E per un Dio diverso soltanto nel nome dal mio, sacrificheresti la vita di tuo figlio? Ebrei, cristiani, musulmani, siamo tutti figli del Libro che voi chiamate Bibbia, discendenti di Abramo-Ibrahim. Dio è Grande e Uno. No, Luigi, sono l'unico che possa prendersi cura di Lorenzo e garantirgli l'esistenza serena a cui la sua innocenza gli dà diritto.

«È tutta la vita che viaggio, e sono stanco. E tu hai addirittura percorso rotte sconosciute. Potremmo trovarci di quando in quando qui in questo stesso castello, e riusciresti probabilmente a vedere tuo figlio più spesso che se lo portassi con te in Scozia. Ovviamente le porte della mia casa ti saranno sempre aperte.»

Luigi rimase zitto, ma sapeva che il saggio emiro aveva ragione.

Italia. 14 luglio 1999

«Le dieci testate ci verranno consegnate alla data stabilita», confermò Hans Holoff al Consiglio riunito nella villa sulla Via Appia.

«Benissimo. Il piano può scattare», disse il Gran Maestro. «Tu ti imbarcherai domani pomeriggio sulla *Queen of Atlantis* come un qualsiasi crocerista. Con i fratelli che ti raggiungeranno sulla nave controllerai la consegna e provvederai a eliminare il pericoloso testimone che sai.» Quindi, rivolto al Consiglio, concluse: «Ognuno di voi ha un compito preciso e molti adepti da guidare e controllare. È arrivato il momento».

L'Hotel Danieli è a pochi passi da piazza San Marco, e l'edificio originale in cui si trova viene fatto risalire alla fine del XIV secolo, costruito da una potente famiglia veneziana. Divenuto poi sede dei Dogi Dandolo, è da tempo stato trasformato in uno degli alberghi più famosi e suggestivi del mondo. Nelle sue nove suite e oltre duecento stanze si sono consumati amori celebri: George Sand e Alfred de Musset, Gabriele D'Annunzio ed Eleonora Duse...

Maggie sbarcò con gli altri dal motoscafo sul piccolo ingresso laterale. Il fatto che Timothy la raggiungesse soltanto in tarda serata non le dispiaceva per nulla: avrebbe cenato con i suoi compagni di università, tra i quali suo marito sarebbe stato un pesce fuor d'acqua, con tutti i ricordi che avrebbero fatalmente evocato.

Lei invece aveva una gran voglia di fare una lunga chiacchierata con i suoi amici di un tempo felice. Dal poco che si erano detti durante il viaggio, aveva capito che se la cavavano egregiamente, ma voleva saperne di più. Di Derrick sapeva quasi tutto, ma degli altri no. Annie dirigeva uno dei laboratori di ricerca virologica d'avanguardia negli Stati Uniti. Ma ancora una volta le era sfuggito che cosa facesse veramente Pat Silver. Poteva soltanto dire che non era cambiato molto; anzi era persino più attraente che ai tempi del college.

Aperta la valigia lasciata dal facchino sull'apposito sgabello, scelse con grande cura il vestito per la cena. Ridacchiando, si chiese se ancora una volta, dopo tanti anni, voleva farsi bella per l'inafferrabile Pat.

Derrick fu il primo a scendere nella hall, rimanendo quasi in estasi a osservare l'architettura interna dell'antico palazzo, i preziosi arredi, lo scalone che saliva dalla sala centrale.

Dopo circa dieci minuti il quartetto uscì sul lungomare affollato di turisti incantati dal tramonto. Davanti a loro, sullo sfondo di San Giorgio e della Giudecca, scorrevano veloci vaporetti e solenni navi. Derrick prese Maggie sottobraccio e Pat fece lo stesso con Annie. L'Harry's Bar, dove si erano fatti prenotare la cena, non era molto lontano dall'albergo, ma le continue deviazioni e soste affascinate davanti a questa o quella meraviglia di Venezia lo trasformarono in un lungo tragitto.

Rientrati in albergo quando era ormai tardi, Maggie fu quasi sollevata dal messaggio che trovò alla reception: Timothy era stato trattenuto a Roma e l'avrebbe raggiunta soltanto il mattino dopo.

Pat andò subito a letto, ma scoprì che faceva molta fatica a prendere sonno. Il jet lag, mentì a se stesso, agitandosi tra le lenzuola: in realtà non riusciva a togliersi dalla mente la bella Maggie, il suo sorriso, la sua pelle di seta color ambra.

Tel Aviv. 15 luglio 1999

Se Erma, il responsabile del Mossad, lo aveva pregato di raggiungerlo nel suo ufficio, significava che aveva notizie importanti e molto riservate. Per gli uomini dell'« Istituto » nessun luogo era sicuro, tranne i locali protetti dalle impenetrabili pareti della loro sede.

Superate le tre barriere d'identificazione e adempiuto a tutte le procedure di sicurezza, Oswald Breil salì finalmente con l'ascensore all'ultimo piano. Erma lo stava aspettando sulla porta di quello che fino a poco tempo prima era stato il suo ufficio.

Si salutarono con grande cordialità, e il nuovo capo del Mossad venne subito al dunque.

« Lo abbiamo trovato, Oswald », disse con aria soddisfatta. « I servizi italiani ci hanno comunicato la presenza di Hans Holoff a Roma nei giorni scorsi, e questa mattina ci hanno segnalato il suo sbarco all'aeroporto Marco Polo di Venezia. I nostri agenti l'hanno già sotto controllo e aspettano ordini. »

« Cerchiamo di capire che cosa lo ha portato a Venezia, e non perdiamolo *mai* di vista », replicò Oswald, dopo essersi complimentato. « Quando avremo scoperto quello che ci interessa, sarà opportuno prelevarlo con tutte le dovute cautele per portarlo qui. Ha il suo dossier?»

«Certo, l'ho studiato con la massima attenzione. Holoff è un personaggio persino più pericoloso di quanto pensassi.»

Oswald annuì, facendogli cenno di proseguire.

«È opportuno cominciare da una storia relativamente recente», riprese Erma, «e precisamente dal maggio '98, quando Alois Estermann, appena nominato comandante delle Guardie Svizzere in Vaticano, fu assassinato con sua moglie. Come sicuramente ricorda, con i cadaveri dei due coniugi ne fu trovato un terzo, quello di Cedric Tornay, un caporale delle Guardie Papali, a cui fu imputato il duplice omicidio. Dopo di che si sarebbe suicidato. Ma le conclusioni della magistratura vaticana non hanno mai convinto nessuno, e soprattutto noi.»

«Ricordo benissimo», commentò Breil. «Nella ricostruzione ufficiale dei fatti c'erano diverse incongruenze.»

«Infatti. Il corpo del caporale Tornay – descritto come un ragazzo serio ed emotivamente stabile – era riverso sul braccio piegato che impugnava ancora la Sig Sauer calibro nove d'ordinanza. Ma è difficile credere che un uomo che si spara in bocca con un'arma da guerra possa poi cadere in avanti e non all'indietro per effetto del proiettile. Inoltre il braccio armato avrebbe dovuto subire anch'esso una spinta verso l'esterno per effetto del rinculo, e non finire sotto il corpo. C'è poi il mistero di un colpo mancante: i bossoli rinvenuti sono cinque, ma i proiettili esplosi sulla scena del delitto soltanto quattro. Qualcuno ha ipotizzato la presenza di un quarto uomo: un killer esperto e freddo che, dopo aver ucciso la coppia, avrebbe inscenato il suicidio del caporale per rendere verosimile un raptus di follia del poveraccio, scatenato da una serie di rimproveri di Estermann.»

«C'entra Holoff?» esclamò subito Oswald.

«Poco dopo, George Tenet, direttore della CIA, rilascia dichiarazioni in cui prospetta la concreta possibilità di nuovi attentati contro il pontefice. Contemporaneamente Hans

Holoff viene segnalato in una pensioncina di Roma, a pochi passi dalla Città del Vaticano.»

«Una traccia piuttosto labile per potergli attribuire un triplice omicidio e addirittura una possibile cospirazione contro il papa», ribatté Oswald. «Ma se me ne parla, è perché di sicuro ha dell'altro.»

«Infatti. Nei giorni immediatamente successivi, un personaggio che conosciamo tutti molto bene, Markus 'Misha' Wolff, per anni capo della Stasi», riprese subito Erma, «ha rilasciato un'intervista al quotidiano polacco *Super Express*, dove si legge testualmente: 'Eravamo molto fieri di essere riusciti ad arruolare Alois Estermann nella Stasi, nel 1979, prima che entrasse a far parte della Guardia Svizzera'. Come prevedibile, questa dichiarazione ha suscitato una miriade d'ipotesi, anche se poi, come sempre succede, i mass media si sono stufati. La notizia non 'tirava' più? Era forse arrivata qualche delicata ma ferma pressione? Comunque, dalle indagini sui documenti del ministero della Sicurezza dell'ex Germania Est, effettuata da un cronista del *Berlin Kurier*, è emerso che Estermann, il 1° maggio 1980, in Svizzera, aveva effettivamente firmato un impegno di arruolamento nella Stasi. Oltre a concordare il compenso e le modalità operative, gli era stato assegnato il nome in codice Werder. Nome con cui, alla metà degli anni '80, avrebbe spedito ai servizi segreti dell'ex Germania Orientale almeno sette dossier riservati tramite una buca delle lettere in disuso sul treno notturno Roma-Innsbruck. L'accordo è stato siglato davanti a tre ufficiali di collegamento della Stasi. Il più alto in grado era Hans Holoff.»

Venezia. 15 luglio 1999

La sagoma filante del *Blue Sapphire* scivolava lenta nel Canale della Giudecca. Affacciato al parapetto, Iosif Bykov sembrava ammirare lo splendido panorama. In realtà era troppo concentrato sulle istruzioni ricevute per lasciarsi conquistare dalle bellezze di Venezia: di lì a pochi minuti avrebbe lasciato il suo panfilo per imbarcarsi sulla *Queen of Atlantis*, dove doveva effettuare la sua inquietante consegna.

Pur essendo molto voluminose, le cinque casse in legno erano perfettamente dissimulate tra le tonnellate di merci varie e viveri che l'enorme ventre della *Queen of Atlantis* si apprestava ad accogliere. In quindici giorni di crociera la città galleggiante poteva infatti consumare tre tonnellate di bistecche e altrettante di filetto, una tonnellata di aragoste, centoventimila uova, mille chili di pasta, quaranta tonnellate di farina, seimila litri di vino e settemila di birra.

Nella dicitura stampigliata sulle cinque casse, oltre alle usuali raccomandazioni per il maneggio si vedeva il marchio di una nota azienda di elettrodomestici industriali: ufficialmente contenevano frigoriferi. L'addetto allo stivaggio ordinò di verificarne il contenuto schiodando un lato: la parete in acciaio del frigorifero industriale riflettè il sole dell'estate italiana. Tracciato un segno sul manifesto di bordo, l'ufficiale passò a ispezionare altre merci.

La coppia sembrava studiare il bric-à-brac esposto in una delle tante bancarelle di souvenir a Rialto. La donna era sui venticinque anni, l'uomo sulla trentina. Apparentemente, una coppia qualsiasi nella fiumana di turisti che affolla perennemente il ponte più suggestivo del mondo. Nessuno avrebbe potuto riconoscere in loro due agenti del più temuto servizio segreto del mondo. Nessuno tranne una vecchia volpe come Hans Holoff.

La donna stava fingendo di guardare una gondola in vetro soffiato, quando perse di vista il vero oggetto della sua attenzione. Il suo sguardo corse immediatamente tra la folla nella direzione in cui, fino a pochi attimi prima, aveva tenuto sotto controllo Holoff. Non lo vide più.

Bastò un impercettibile cenno d'intesa perché i due agenti israeliani si facessero largo tra la calca che affollava il ponte, infilandosi nel dedalo di calli strette e buie.

Stavano ormai correndo, quando Holoff sbucò davanti a loro da un angusto sottopasso. I due agenti non fecero nemmeno in tempo a impugnare le armi: la Smith & Wesson «Body Guard» con silenziatore di Holoff esplose due tonfi sordi. I due corpi si accasciarono nella calle deserta. Holoff ripose la pistola nella fondina e tornò con assoluta calma verso il ponte di Rialto.

Gerardo di Valnure era abituato a vivere in un castello, ma il lusso dell'appartamento sulla *Queen of Atlantis* lo metteva quasi a disagio. Era stata messa a loro disposizione una vastissima camera matrimoniale all'estremità di poppa della nave, con un balcone che si affacciava sul mare. Alla camera si accedeva attraverso un breve corridoio dove, sulla sinistra, si apriva la porta del bagno, dotato di vasca idromassaggio per due persone e angolo doccia-sauna. Sulla destra, invece, c'era una seconda stanza con due letti gemelli, destinata a rimanere inutilizzata per tutta la crociera. Il corridoio portava in un salotto arredato con ottimo gusto. Dava anch'esso sulla balconata lunga quasi otto metri, a strapiombo sul mare.

Paola era andata subito dal responsabile delle manifestazioni a bordo per concordare i suoi spettacoli, e Gerardo, dopo aver curiosato in ogni angolo dell'appartamento, decise di guardare dal ponte esterno lo spettacolo dell'uscita da Venezia.

Lasciato l'appartamento, contraddistinto dal nome *Olympus*, si scontrò quasi con l'occupante del contiguo appartamento gemello. Lo osservò, scusandosi urbanamente. Era un uomo tarchiato e massiccio, dallo sguardo freddo e distaccato. Vestiva in maniera elegante e portava al polso un vistoso orologio d'oro. Non sembrava americano né europeo. Uno dei nuovi ricchi dell'Est, probabilmente.

Rinnovate le sue scuse, Gerardo si allontanò per il corridoio.

Seguitolo qualche istante con lo sguardo, Iosif Bykov

aprì la porta del suo appartamento. No, concluse, il suo vicino non aveva l'aria dell'emissario di un governo determinato a entrare in possesso di una potenza distruttiva tale da creare gravi preoccupazioni persino al Pentagono.

Eppure il fatto che a quell'uomo fosse stato assegnato uno dei due unici appartamenti di lusso della nave era sospetto. Quale modo migliore per fargli tenere sotto controllo proprio lui? Non c'era niente da fare: quella storia continuava a non piacergli.

Ma Iosif aveva preso ogni precauzione, e il *Blue Sapphire* avrebbe seguito con discrezione la nave per tutto il suo tragitto. A bordo, oltre ai dieci fidati membri dell'equipaggio, c'erano i suoi cinque uomini più esperti.

«Conte di Valnure!» sentì esclamare in americano alle sue spalle da una voce femminile.

Gerardo si girò, e il viso di Maggie Hassler si aprì in un largo sorriso.

«Maggie, che piacere. Che magnifica sorpresa mi ha riservato il destino», disse con galanteria, prendendole la mano e baciandola.

«Oh, il destino. Non lascia mai niente al caso. Permette che le presenti mio marito Timothy e i miei amici?» replicò Maggie, indicando il tavolo da dove si era alzata per salutarlo.

A pochi metri da loro, Lionel Goose la indicò alla moglie.

«Non è Maggie Erriot? Quella di *Labyrinth*?»

Erano entrambi fedeli ascoltatori della trasmissione, ed ecco che avevano la possibilità di fare conoscenza con la loro conduttrice televisiva preferita.

Roslin. Scozia. Castello dei conti St Clair. Gennaio 1314

Il tempo è l'unica medicina che possa curare certe ferite. Ma ne era trascorso troppo poco da quando Shirinaze e suo padre erano morti. Bertrand de Rochebrune aveva offerto a Luigi tutto il suo affetto, ma non poteva bastare.

Il giovane aveva prestato giuramento qualche giorno prima, entrando nel Gran Consiglio del Nuovo Ordine, e adesso era un Cavaliere del Tempio a tutti gli effetti. Con gli altri componenti del Consiglio si era assunto il non facile compito di restituire all'antico Ordine l'onore distrutto.

Bertrand lo convocò una sera. Luigi sapeva che de Rochebrune sarebbe presto andato in Francia a cercare aiuti e adesioni da parte dei Cavalieri sopravvissuti, e aveva sempre covato in cuore la speranza che lo portasse con sé in quella missione rischiosa.

«Vorrei che venissi con me in Francia», si sentì dire, provando un tuffo al cuore. «Capisco che il tuo dolore è ancora grande, ma credo che questo viaggio possa essere un modo per pensare ad altro.»

«Non osavo chiederlo, Bertrand. Verrò con entusiasmo. Sono stanco di questa vita sedentaria e delle brume scozzesi, che sanno soltanto riempirmi di malinconia.»

Tel Aviv. 16 luglio 1999

L'*Ha'aretz* è il quotidiano di riferimento per politici e intellettuali di Israele e vanta antiche tradizioni, essendo stato il primo giornale pubblicato in ebraico ancora sotto il mandato britannico.

«Morte a Venezia per una giovane coppia d'israeliani», diceva il titolo a caratteri cubitali.

«Abbiamo provveduto che non comparissero riferimenti all''Istituto' o al vero lavoro dei due ragazzi», disse Erma, posando il giornale sul tavolo e guardando Oswald.

«Comunque due nostri ottimi agenti sono stati assassinati mentre tenevano d'occhio Hans Holoff. Un lavoro da professionista, e sono convinto che sia stato lo stesso Holoff», replicò Breil.

«Sì, soltanto un professionista come lui poteva volatilizzarsi in quel modo. È scomparso senza lasciare traccia. Stiamo esaminando tutti i filmati delle telecamere a circuito chiuso dell'aeroporto, della stazione e dei caselli autostradali, ma finora niente. Mi sembra però inverosimile che Holoff sia rimasto a Venezia dopo aver capito che lo avevamo scoperto.»

Oswald studiò le fotografie scattate dalla coppia di agenti prima di essere uccisi. Splendide immagini di Venezia, ma sempre, magari in un angolo e fuori fuoco, con la figura di Holoff.

Una di esse lo colpì in particolare. I fumaioli di una nave svettavano sopra i tetti delle case. Le iniziali della compagnia di crociera erano in blu con bordi d'oro.

«MCL», mormorò. «Sappiamo che nave è, Erma?»

«Maritime Cruise Lines, una compagnia statunitense, e quello è il loro ultimo gioiello, la *Queen of Atlantis*, la nave passeggeri più grande del mondo. È salpata da Venezia nelle prime ore del pomeriggio di ieri con circa tremila croceristi a bordo.»

«Gli italiani ci hanno inviato qualche filmato dell'imbarco?»

«Pare che le telecamere a circuito chiuso della stazione marittima abbiano subito un blackout proprio ieri.»

«Che combinazione. Abbiamo qualche 'amico' a bordo?»

«Quasi tutti gli addetti alla sicurezza delle Maritime Cruise Lines vengono dai nostri corpi speciali. Basta contattare chi è di servizio sulla *Queen of Atlantis.*»

«Si faccia mandare subito per e-mail sicura e criptata le istantanee scattate dal fotografo di bordo all'imbarco. È una vecchia tradizione delle navi da crociera.»

Un paio d'ore più tardi, a Roma, Sara Terracini stava pensando proprio al suo inafferrabile e minuscolo amico.

«Chissà dov'è in questo momento», si chiese. «Preferisce le piante fiorite ai fiori recisi ed è l'animo più sensibile che io conosca. Eppure è stato capo del Mossad e adesso è vice ministro della Difesa di una nazione in perenne stato di guerra. Però non manca mai di darmi una mano. Chissà se ha fatto qualche passo avanti sui misteri del Tempio.»

Sara allungò le gambe, sistemandosi davanti al monitor del computer. Aperto il programma criptato di posta elettronica, spedì due messaggi, uno per Oswald Breil e l'altro per Gerardo di Valnure, sollecitandoli a mettersi in contatto con lei.

14

Parigi. Marzo 1314

La tunica da frate mal si adattava al fisico possente di Bertrand e Luigi: erano uomini temprati dalle vicissitudini, e i loro muscoli gonfiavano la grezza lana del saio. Erano arrivati da pochi giorni, trovando una Parigi cupa. Dopo un inverno molto rigido, marzo non sembrava voler essere da meno.

La bramosia di Filippo IV d'impossessarsi delle ricchezze dei Templari si era ormai placata: il tesoro del Tempio era bastato a pagare soltanto una piccola parte dei debiti del re detto «il falsario». Le casse del regno di Francia erano dunque di nuovo vuote, e questo gravava inevitabilmente sulle condizioni di vita della popolazione.

«Non è cambiato un granché da quando ce ne siamo andati», commentò Luigi.

«Già, escluso il numero di mendicanti, che mi pare parecchio cresciuto.»

Le case, prevalentemente in legno, erano basse e addossate le une alle altre. Nelle strade anguste e sudice giocavano bambini in abiti lisi e a piedi nudi nonostante il freddo. Nelle case, soltanto pochi fortunati potevano permettersi il lusso di un fuoco.

«Il prossimo 18 marzo», scandì stentorea la voce di un banditore, «al cospetto dell'arcivescovo di Sens e dei tre Commissari pontifici, verrà pronunciata davanti alla cittadinanza la sentenza di condanna per Jacques de Molay, Geoffroy de Charney e altri. E ciò affinché vengano cancellati per sempre dubbi e incertezze. Firmato: Filippo, re di Francia.»

Mar Ionio. 16 luglio 1999

Lionel Goose prese il coraggio a due mani e si avvicinò alla bella conduttrice di colore.

«Chiedo perdono, signora, ma credo di essere uno dei suoi più affezionati ammiratori, se lei è Maggie Erriot.»

La bocca dell'uomo si aprì in un sorriso cordiale, ma Maggie vi posò sopra l'indice.

«Sst», gli intimò per scherzo. «Sono qui in incognito.»

«Sono Lionel Goose, e questa è mia moglie Lisa. È un autentico piacere conoscerla di persona, signora Erriot.»

Non appena ebbe stretto la mano di Lionel, Maggie avvertì con un soprassalto che la *sensazione* le si diffondeva in tutto il corpo. Avvertì l'angoscia che attanagliava quel simpatico signore dallo spiccato accento del Massachusetts. Al tempo stesso sentì una vibrazione sprigionarsi da lui. No, decise, nemmeno questo incontro era dovuto al caso.

Arthur Di Bono abbandonò la plancia non appena la nave si fu lasciata alle spalle l'estrema punta sudorientale dell'Italia. A cena avrebbe ospitato al suo tavolo Paola Lari, la cantante italiana che la sera dopo si sarebbe esibita per gli ospiti della nave, e il suo accompagnatore, uno studioso di storia medievale discendente da una nobile famiglia del Norditalia. Non voleva arrivare in ritardo.

È incredibile, pensò, come il tam-tam di bordo sappia diffondere le notizie in un lampo. Paola Lari si era appena imbarcata, e già lui sapeva molte cose non soltanto di lei, ma anche del suo accompagnatore. D'altra parte, cogliere i mormorii di bordo rientrava nei suoi compiti: era un metodo per tastare il polso agli ospiti. Non doveva soltanto condurre un colosso da centoventimila tonnellate: gli spettava anche la responsabilità di dispensare spensierate vacanze a migliaia di croceristi.

La pericolosa consegna che doveva effettuare non consentiva a Iosif Bykov di godere la gaia atmosfera di bordo. Trascorreva gran parte del suo tempo in cabina, in preda a una sensazione di disagio e impotenza che andava crescendo con il passare delle ore. Affacciato alla balconata del suo appartamento, stava osservando senza veramente vederla la scia della nave, quando sentì squillare il telefono.

«Benvenuto a bordo, signor Bykov», disse in buon russo la voce all'altro capo della linea. «Sono l'incaricato del ritiro. Mi rifarò vivo quanto prima. Buona crociera.»

Il comandante assegnò i posti alla sua tavola, facendo accomodare Paola Lari al suo fianco e Gerardo di Valnure vicino al primo ufficiale, un giovane italiano dai modi simpatici. Poi, come sempre, si dilungò a descrivere le caratteristiche salienti della nave.

Quando si mise a parlare fittamente con Paola, il giovane ufficiale italiano si piegò verso Gerardo, dicendogli sottovoce: «Lei dev'essere un ottimo cliente per l'Institut Bancaire de Lausanne».

«Institut Bancaire?» chiese Gerardo, perplesso.

«Be', i due appartamenti di lusso sono stati prenotati da quella banca svizzera, e credevo... Insomma, ho immaginato che fossero destinati a clienti a cui tengono molto. L'altro infatti è occupato da un ricco uomo d'affari russo, che pare stare moltissimo a cuore a quella banca, almeno a giudicare dalle raccomandazioni che abbiamo ricevuto noi di bordo.»

«Ah», commentò Gerardo in tono neutro, osservando Paola. Era tutta presa nella sua conversazione con il comandante e non sembrava aver sentito il suo dialogo con il giovane ufficiale italiano.

Mentre lui, alcuni giorni prima, l'aveva sentita *benissimo* spiegare che sarebbero stati ospiti della compagnia di navigazione, non di una banca svizzera. Mah.

Parigi. 18 marzo 1314

Bertrand e Luigi erano rimasti defilati rispetto alla calca che si ammassava davanti alla tribuna allestita per l'occasione. Avevano comunque riconosciuto i prigionieri condotti al cospetto del vescovo di Sens e dei tre messi papali.

Il Gran Maestro Jacques de Molay precedeva il Precettore di Normandia Geoffroy de Charney e altri due Cavalieri. Tutti e quattro apparivano profondamente provati dagli anni di carcere duro, torture, isolamento e privazioni.

Circondati da uno stuolo di guardie del re e cercando comunque di mantenere un'andatura dignitosa, arrivarono davanti agli ecclesiastici. L'unico scopo della messinscena era notificare pubblicamente al Gran Maestro e agli altri la sentenza. Un'ulteriore umiliazione voluta da Filippo IV.

I Cavalieri non avrebbero avuto diritto di replica, tanto più che, se avessero ritrattato le accuse estorte con la tortura, sarebbero stati tacciati di eresia e condannati a morte.

«Nel nome di Dio», tuonò l'arcivescovo di Sens zittendo ogni mormorio, «e per espressa delega di Sua Santità Clemente V e di Filippo IV re di Francia. Voi tutti siete rei confessi dei reati che qui elenco per sommi capi: rinnegamento del Cristo e profanazione della Croce, adorazione di un idolo satanico, celebrazione di sacramenti distorti, omicidi e baci rituali, utilizzo di simboli eretici, alto tradimento. Per tutto questo io vi condanno, Jacques de Molay, Geoffroy de Charney, Hugues de Pairaud e Geoffroy de Gondeville, al carcere a vita...»

A questo punto il Gran Maestro de Molay si alzò e chiese di parlare. La parola gli venne negata più volte, e la folla riprese a tumultuare. Consultatosi con i messi papali, l'arcivescovo di Sens decise allora di concedergliela, anche se non era previsto. Era sicuro che de Molay avrebbe confermato le confessioni già rese: a un reo confesso non era permesso ritrattare, pena il rogo.

Sulla piazza calò di nuovo il silenzio, e il Gran Maestro

prese a parlare, facendo fremere Bertrand, che ricordava la sua voce ferma e profonda e invece adesso la sentiva flebile e malata.

« Proverò onta e vergogna per l'eternità », disse de Molay, « perché ho commesso il più grave dei crimini. » E così detto fece una pausa.

« Il mio crimine », riprese, gettando tutti nello sconcerto, « è stato aver confessato quanto mi è stato estorto con la tortura. Ma l'ho fatto soltanto per porre fine a indicibili sofferenze e sevizie. Perfettamente conscio della pena a cui vado incontro ritrattando, posso ora gridare al mondo intero che l'Ordine è innocente. »

La voce di Geoffroy de Charney, che si associava alla denuncia del Gran Maestro, fu coperta dal trambusto esploso sulla tribuna, quindi le guardie ridussero al silenzio i due prigionieri. Il processo fu immediatamente sospeso, e i giudici si ritirarono in gran fretta tra il vociare sempre più alto della piazza.

Roma. 17 luglio 1999

Sebbene fosse sabato, Sara Terracini era andata al laboratorio molto presto. Aveva parecchie cose da fare, trascurate per dedicarsi alle vicende del Tempio. Comunque la perfetta climatizzazione del suo laboratorio era un modo per sfuggire al caldo soffocante che opprimeva Roma.

« Mi ci vorrebbe proprio una bella vacanza », pensò, scostando i capelli corvini dalle guance che avevano bisogno di un'abbronzatura. « Tipo quella che si sta godendo Gerardo di Valnure: su una nave da crociera sotto il bel sole del Mediterraneo. »

Il pensiero le fece illuminare la faccia da un bel sorriso, mentre controllava meccanicamente la sua casella di posta elettronica. Il messaggio che vi trovò veniva proprio da Gerardo. Poche parole, scritte da chi in quel momento aveva per la testa ben altro che le vicende dei Cavalieri del Tempio. Dalle quali, invece, Sara non riusciva proprio a distogliere la mente.

Dopo pochi minuti, infatti, nonostante tutti i buoni propositi di dedicarsi alle questioni del suo laboratorio, stava studiando per l'ennesima volta la copia del singolare sigillo.

Lasciata la scrivania, si avviò verso la fornitissima biblioteca del suo centro di ricerche. Scelse a colpo sicuro da uno scaffale un libro sui nodi e, tornata nel suo ufficio, vi cercò notizie sulla gassa d'amante. Oltre alle caratteristiche e alla modalità di esecuzione, trovò una breve descrizione in forma di fiaba: «*Si costruisce la tana, si fa entrare il serpente. Il serpente esce e gira intorno alla radice dell'albero, ma, spaventato, rientra nella tana*».

Perplessa, prese un pezzo di corda e provò a seguire queste singolari istruzioni. Al terzo tentativo ci riuscì.

Mar Ionio. 17 luglio 1999

La donna estrasse il cordoncino rosso da una tasca dei pantaloni attillati. Composto il nodo quasi senza guardare la corda, lo lasciò penzolare davanti all'uomo. Questi infilò il suo cordoncino nell'anello, assicurando le due estremità con una gassa d'amante. Soltanto allora Hans Holoff disse qualcosa.

Intanto Gerardo di Valnure aveva deciso di fare un po' di moto, anche per smaltire la magnifica cucina di bordo. Messosi in tuta e scarpe da ginnastica, era quindi sceso alla pista da jogging. Quando uscì sul ponte ebbe l'impressione che Paola avesse appena finito di parlare con un uomo dall'espressione stranamente dura. Ma fu soltanto una sensazione fugace, niente di più. Eppure la faccia del possibile interlocutore di Paola gli aveva dato un senso di disagio, come se lo avesse già incontrato in una situazione imbarazzante.

A un altro piano della nave, Iosif Bykov era seduto nel salotto del suo appartamento. Guardava oltre l'ampia vetrata il mare, che sembrava stesse montando. Una nave come la *Queen of Atlantis* non poteva certo temere qualche onda, ma le attività di bordo avrebbero probabilmente risentito delle condizioni climatiche.

«Poco male», pensò. «Non sono qui per divertirmi, ma per farla finita con questa brutta storia.»

Un'espressione minacciosa brillò nei suoi occhi di ghiaccio. Conosceva soltanto lui il gran finale che aveva riservato a quell'avventura, una volta sfuggito al ricatto di Fosh e del suo ignoto cliente. Nessuno doveva permettersi di sbarrargli il passo.

Il telefono suonò proprio mentre riesaminava il piano della sua vendetta, elaborato fin da quando era stato messo con le spalle al muro da Fosh.

Si sentì salutare cortesemente in russo dal suo sconosciuto contatto a bordo.

«Ma adesso veniamo agli affari, Bykov. È ora che lei ci comunichi dov'è la merce», aggiunse subito la voce all'altro capo del filo.

«Corre un po' troppo, amico. Anzitutto non tratterei mai una consegna così delicata per telefono, per cui ritengo sia più sicuro incontrarci. In secondo luogo c'è il problema del pagamento. Non ho notizia che l'accredito sia stato effettuato.»

«Può telefonare all'Institut Bancaire de Lausanne. Le daranno conferma dell'avvenuta rimessa sul suo conto corrente. La richiamo tra pochi minuti per fissare un incontro.»

Già, pensò Iosif, la banca di Fosh avrebbe potuto garantire qualsiasi cosa. Ma personalmente aveva parecchi sospetti sulla sorte a lui destinata quando avesse svelato il nascondiglio delle dieci testate nucleari. Era quasi sicuro che avrebbero cercato di eliminarlo.

Maggie rientrò nella sua cabina: il sole del Mediterraneo le aveva reso ancor più lucente la pelle. Dopo diverse ore trascorse sul bordo della piscina, aveva bisogno di rilassarsi un po'. S'infilò nella vasca idromassaggio e si abbandonò ai getti d'acqua. Da quando era arrivata a Venezia aveva un solo pensiero: Patrick Silver.

Dal bagno sentì la porta della cabina che si apriva. Nel locale fece capolino Timothy, che rimase lì a guardarla nuda nella vasca senza far niente per nascondere la sua eccitazione. Non facevano l'amore da prima del famoso litigio, ma lei non aveva nessuna intenzione di concedersi a un uomo che temeva di non amare più.

Timothy si sedette sul bordo della vasca, sfilandosi i pantaloncini da bagno ed esibendole il suo palese stato di eccitazione. Ma inutilmente: a lei non interessava.

Ignaro del suo stato d'animo, suo marito immerse le mani nell'acqua e prese ad accarezzarla.

«Non adesso, ti prego», provò lei, sperando di farlo desistere.

Le mani scesero invece insistenti fino al pube.

Maggie le afferrò e scostò bruscamente, stringendo di scatto le gambe.

«Mi respingi, Maggie? Mi ecciti ancora di più.»

La destra del marito la afferrò per la nuca, trascinandola a forza verso il pene eretto.

Lei cercò di opporre resistenza, ma, sdraiata com'era in una vasca da bagno, poteva fare poco contro le forti braccia del marito. Ma non accondiscese, costringendolo a masturbarsi lì dov'era, a poca distanza dal suo viso. Constatò con disgusto che la cosa sembrava averlo eccitato ancora di più.

«Non è mai successo che ti rifiutassi», le disse finalmente lui, tornato lucido ma ancora ansante. «E non ammetto questo comportamento da parte di mia moglie», concluse con una luce malvagia negli occhi, mai vista prima.

Patrick Silver nuotava con grande eleganza. L'acqua della piscina, prelevata dal mare, gli massaggiava piacevolmente i muscoli, ma non era soddisfatto.

No, quella vita non faceva per lui. Quei giorni d'inattività li considerava semplicemente un premio per il suo successo «professionale». A quel punto era ricco e avrebbe potuto ritirarsi più che onorevolmente, ma sapeva benissimo che la mancanza di rischio e avventura gli provocava una vera e propria crisi di astinenza. Uscì dall'acqua con un volteggio, sotto lo sguardo interessato di alcune donne sdraiate sul bordo della piscina. No, la vita sedentaria non faceva proprio per lui.

In un'altra zona, Gerardo di Valnure stava correndo sulla pista da jogging da diversi minuti, quando un colpo di mare più forte fece sbandare leggermente la nave.

Un crocerista che lo stava incrociando perse l'equilibrio e gli andò quasi addosso. Dopo essersi scusato riprese la sua corsa, allontanandosi. Voltatosi, Gerardo lo seguì qualche istante con lo sguardo, perplesso. Come in un lampo gli venne in mente il pericolo cui era scampato grazie a Oswald Breil.

Rivide il jogger che avanzava verso il taxi, inciampando e rischiando di cadere, e inconsciamente associò il volto dell'attentatore a quello dell'uomo che poco prima gli pareva di aver visto parlare con Paola. Si sentì correre un brivido lungo la schiena. Erano la stessa persona.

Abbandonò subito la pista da jogging e si precipitò all'interno della nave. Doveva contattare Sara Terracini al più presto, perché mettesse all'erta i suoi influenti amici. Corse verso il suo appartamento, sperando vivamente che Paola non fosse ancora rientrata.

Tel Aviv. 17 luglio 1999

Breil ed Erma, seduti da ore davanti allo schermo di un computer all'ultimo piano dell'«Istituto», stavano violando lo *shabbath*, ma lo facevano a fin di bene.

Avevano già passato in rassegna tutti gli scatti del fotografo della *Queen of Atlantis*, digitalizzati e inviati per via telematica dall'uomo che avevano a bordo.

«Non diamoci per vinti», sbottò Oswald. «Se Holoff non ha lasciato Venezia con mezzi convenzionali, penso proprio che sia sulla *Queen of Atlantis*. Comunque escludiamo questi gruppi di famiglia: non credo che Holoff si sia portato dietro donne o bambini. Così la nostra scelta si riduce di molto.»

Invece fu proprio osservando la foto di gruppo appena fatta comparire da Erma sullo schermo, che l'omino trasalì. Il volto duro di Holoff si distingueva appena, quasi coperto dal cartello con il marchio di una grossa agenzia di viaggi, ma era lui.

«Centro», esclamò Erma, indicandolo. «Adesso dobbiamo soltanto valutare se convenga farlo arrestare al prossimo scalo.»

«Calma, Erma», ribatté Oswald, scuotendo il testone fuori misura per il suo piccolo corpo. «Non abbiamo prove per spiccare un mandato internazionale. Potremmo farlo fermare per i nostri sospetti, ma entro pochi giorni sarebbe di nuovo libero. È meglio tenerlo sotto controllo e agire quando la nave arriverà a Haifa.»

«Ma chi può tenere sotto controllo un tipo come Holoff? Gli addetti alla sicurezza della nave sono personale altamente addestrato, ma...»

«No, Erma, non loro. Anzitutto perché Holoff se ne accorgerebbe subito, e poi perché non credo sia a questo punto opportuno diffondere la notizia che è lì. Ma su quella nave dovrebbe esserci anche un amico di Sara Terracini. Un tipo in gamba, anche lui impegnato nella famosa faccenda. Chiederò alla mia amica di metterlo all'erta.»

Parigi. 19 marzo 1314

Appena informato, Filippo il Bello prese una decisione fulminea. Senza attendere il benestare del papa, emise seduta stante la sentenza di morte per de Molay e de Charney. L'esecuzione avrebbe avuto luogo quello stesso giorno sull'*Ile des Javiaux*, con la pena prevista per gli eretici: il rogo a fuoco lento.

Una gran folla si assiepò sull'argine della Senna all'altezza dell'isoletta. Quando Jacques de Molay fu condotto per primo al rogo, le due pire emettevano soltanto un sottile filo di fumo. Tra la folla si erano confusi Bertrand e Luigi, sempre travestiti da frati.

De Molay fu legato al palo, mentre il boia ravvivava il fuoco in punti lontani dal suo corpo. L'ordine del re era che i due eretici ardessero a fuoco lento, sentendo il calore insopportabile divorar loro i piedi per poi salire verso i genitali e diffondersi finalmente a tutto il corpo, provocando una morte a quel punto sospirata.

I due condannati chiesero di poter rivolgere il viso verso Notre-Dame e gridarono ancora una volta la loro innocenza, profetizzando a Clemente V e Filippo il Bello che sarebbero comparsi davanti al tribunale di Dio entro la fine dell'anno.

Lo sguardo di de Molay era indomito. Vagò tra la folla finché non incontrò quello di Bertrand de Rochebrune. Fu soltanto un attimo, ma bastò a far capire al Gran Maestro del Nuovo Tempio che lo aveva riconosciuto.

17 luglio 1999

Sara Terracini scosse la testa, irritata. Non ne veniva a capo. Non ne veniva a capo! Ma s'impose la calma.

Ripercorse mentalmente, punto per punto, tutto il lavoro fatto, cercando ogni possibile errore. Per esempio, aveva studiato tutto con sufficiente scrupolo?

Le tornò in mente la misteriosa costruzione di Roslin Forse la chiave del mistero era nascosta proprio in quella singolare Cappella. Ecco che cosa doveva chiedere a Oswald, capace di arrivare dove altri non potevano: un permesso per visitarla con licenza di ficcare il naso *ovunque*.

Come sempre succedeva, bastò il pensiero del suo minuscolo amico per ridarle il sorriso. Diede un'occhiata all'orologio: poteva ancora concedersi qualche ora di sole sulla spiaggia di Fregene. Stava per spegnere il computer, quando uno scampanellio le tolse persino l'idea di andare al mare.

Pochi minuti più tardi aveva già finito di comunicare con Oswald. Ma quei pochi minuti erano bastati a riempirla di un'eccitazione febbrile.

L'idea che un personaggio pericoloso come Hans Holoff fosse sulla stessa nave di Gerardo di Valnure la riempiva di angoscia. Compresse il file ricevuto da Oswald, con la foto di Holoff e alcune sommarie informazioni, e lo inviò per posta elettronica a Gerardo, nella speranza che avesse la buona abitudine di controllare la sua casella anche quando era in vacanza.

Entrato nel suo appartamento e tratto un sospiro di sollievo nel trovarlo deserto, Gerardo di Valnure constatò tuttavia con disappunto l'assenza di campo nel suo telefono cellulare: le coste italiane si stavano allontanando, e sarebbero occorse diverse ore prima che entrassero nel campo di un altro gestore.

Sapeva che sarebbe stato molto pericoloso utilizzare la linea telefonica di bordo per contattare Sara. Se le sue supposizioni erano esatte, aveva a che fare con gente che aveva occhi e orecchi ovunque.

Ma non poteva fare altrimenti. Verificò che la presa di almeno uno dei cinque apparecchi telefonici del suo appartamento fosse compatibile con il collegamento del suo computer portatile, e vide con sollievo che così era.

Inserito il plug nella presa e acceso il computer, provò a connettersi. Il fischio del modem gli disse che era in linea. Adesso doveva soltanto aprire il programma di linguaggio criptato e scrivere un messaggio.

In quello stesso momento Sara stava per inviargli il suo messaggio, quando un nuovo scampanellio nel computer la interruppe. <SARA, È SUCCESSA UNA COSA GRAVE>, lesse nella finestrella. <TEMO CHE L'UOMO CHE HA LASCIATO CADERE LA BOMBA NEL TAXI SIA QUI A BORDO.>

<GUARDA SE È QUESTO>, rispose immediatamente lei, digitando i comandi per inviargli il file compresso.

Qualche istante più tardi l'ingrandimento del particolare della foto con Holoff si materializzò sullo schermo del portatile di Gerardo.

<È LUI!> rispose immediatamente. <COME HAI FATTO?>

<HO APPENA RICEVUTO QUESTA FOTO DAL MIO AMICO DI TEL AVIV. DICE CHE È UN TIPO MOLTO PERICOLOSO. SI CHIAMA HANS HOLOFF, È UN EX AGENTE DEI SERVIZI DELL'EST. CHIEDE SE PUOI TENERLO D'OCCHIO CON DISCREZIONE, ALMENO FINCHÉ LA NAVE NON ENTRERÀ NELLE ACQUE TERRITORIALI ISRAELIANE. TI RACCOMANDA DI NON COMMETTERE IMPRUDENZE. SE LE COSE SI COMPLICANO, DICE DI LASCIAR PERDERE.>

<VA BENE, LO TERRÒ D'OCCHIO E CERCHERÒ DI TENERTI INFORMATA.>

Mar Ionio. 17 luglio 1999

Il teatro della *Queen of Atlantis* era gremito. Alla fine del concerto di Paola Lari, durato oltre un'ora, tutti gli spettatori applaudirono entusiasticamente.

Gerardo di Valnure, però, non lo aveva seguito con grande attenzione. Era interessato a ben altro: uno spettatore solitario, seduto poche file più avanti. Non appena vide Holoff alzarsi, lasciò anche lui il teatro.

A poca distanza da loro, Derrick Grant rimase galantemente in piedi fin quando Maggie non si fu accomodata a un tavolo abbastanza defilato del Dioniso, il bar principale.

« Molto brava quella cantante », commentò.

« Davvero, proprio una voce magnifica », convenne Maggie. « Ma ho bisogno di parlarti di una cosa. »

« Sono a tua completa disposizione. »

« Se siamo su questa nave... è perché abbiamo una missione », continuò lei con aria trasognata.

«Che cosa dici, Maggie?»

«Non lo so di preciso, ma sento che la nostra presenza qui non è dovuta al caso... Abbiamo un compito molto importante.»

«Mio Dio!» esclamò Derrick, sorridendo. «E io che pensavo volessi dirmi *tutta* un'altra cosa.» Ma smise subito di scherzare, facendosi sollecito. «Sei tesa, Maggie. O, meglio, lo sono i rapporti con tuo marito, e sempre più. L'ho capito da un pezzo.»

«È vero. Credo che ormai il nostro matrimonio sia definitivamente andato a rotoli.»

Ma Maggie non aveva voglia di confidarsi nemmeno con il suo migliore amico. Per fortuna vide tra i frequentatori del bar Lionel Goose con la moglie.

Salutatili allegramente con la mano, li invitò: «Volete bere qualcosa con noi, signori Goose?»

A pochi tavoli di distanza, Gerardo stava sorseggiando un ottimo Margarita, facendo scorrere lo sguardo sugli arredi del salone. Sembrava avere un fortissimo interesse per la specchiera che rivestiva una delle pareti. Era l'unico modo per tenere d'occhio di nascosto Hans Holoff.

Anche Iosif Bykov era seduto a un tavolo del bar Dioniso, quando si sentì chiedere in buon russo da uno sconosciuto se poteva sedersi con lui. Riconobbe immediatamente la voce.

«Ha avuto conferma del bonifico?» gli chiese l'uomo non appena si fu seduto.

«Posso sapere con chi ho il piacere di parlare?»

«Può chiamarmi Hans. Sono la persona con cui si doveva incontrare.»

Iosif lo valutò con attenzione. Aveva un'espressione dura e minacciosa. Gli occhi erano gelidi, quelli di un uomo abituato a uccidere. Ma non gli faceva paura.

«Sì, ho ricevuto un fax dall'Institut Bancaire de Lausanne.»

«Quindi è ora che mi comunichi la collocazione della merce.»

«No. Sarò io a decidere quando farlo.»

«Le ricordo che i miei datori di lavoro sono a conoscenza di alcune cose del suo passato.»

«Non c'è bisogno che mi ricordi niente. Ricordi casomai lei che l'esatta collocazione di ciò che le interessa la conosco soltanto io.»

Gerardo di Valnure vide Holoff alzarsi con un gesto di stizza, represso, ma chiarissimo. L'altro, invece, l'uomo che aveva incontrato nel corridoio accanto alla sua porta e che poi aveva saputo essere un ricco uomo d'affari russo, rimase seduto imperturbabile.

Holoff uscì velocemente dal bar, e Gerardo pensò che sarebbe stato molto imprudente seguirlo ancora.

Sebastian Chalag era nato a Manila ventisette anni prima. Da quasi tre era imbarcato sulle navi delle Maritime Cruise Lines come aiuto-cuoco. Faceva parte di una squadra di otto addetti a preparare le decorazioni che ornavano le portate dei buffet e quasi ogni piatto dei commensali nei vari ristoranti.

Non si sentiva bene dalla notte prima, ma ci sarebbe voluto ben altro per tenere il coscienzioso filippino lontano dal suo posto di lavoro. Stava infatti passando uno straccio umido sul collo di un cigno di ghiaccio che aveva appena finito di scolpire con maestria, quando si sentì ardere nei visceri una vampata di calore. Poi gli si annebbiò la vista, e le emorragie cominciarono a devastare i suoi organi interni.

Pat Silver aveva applaudito Paola Lari, poi era sgattaiolato al casinò, a poppa dello stesso ponte del teatro. Aveva puntato distrattamente alcuni gettoni alla roulette, ma la sua attenzione era stata presto attirata dai tavoli dove i croupier distribuivano le carte ai giocatori. Pochi istanti dopo era seduto a un tavolo di Caribbean Poker, una variante del poker americano con cinquantadue carte, le cui regole mettono ancora di più in vantaggio il banco.

Al bar Dioniso, intanto, Lionel Goose aveva insistito perché le consumazioni venissero addebitate sulla sua carta di credito di bordo e poi aveva lanciato un'idea.

«Perché non andiamo a dare un'occhiata al casinò?»

Lisa Goose alzò gli occhi al cielo e spiegò a Maggie e Derrick che il marito puntava ogni sera cinque dollari sul ventitré rosso. Se vinceva, continuava.

«Ma purtroppo», concluse con un sorriso, «non è mai successo.»

Nella sala da gioco la loro attenzione fu subito attratta da un folto gruppo di passeggeri assiepato al tavolo del Caribbean Poker.

Pat Silver giocava da solo contro il croupier: tutti gli altri giocatori avevano abbandonato la partita e seguivano la sfida, che sembrava pendere in una sola direzione. Pat aveva davanti a sé diverse pile di gettoni, e la sua concentrazione sul gioco appariva evidente, almeno a giudicare dalle mani costantemente appoggiate alle tempie, sopra un paio di occhiali dalla spessa montatura nera.

«Che strano», commentò Maggie rivolta a Derrick, «non avevo mai visto Pat con gli occhiali.»

Parigi. 19 marzo 1314

Auguste d'Auberge era un personaggio che Bertrand de Rochebrune conosceva molto bene dai tempi del suo soggiorno al Tempio di Parigi. Era il crudele comandante della guardia personale di re Filippo e, a poca distanza da loro, stava impartendo ai suoi sgherri l'ordine di mantenere la calma tra i curiosi ancora assiepati di fronte al macabro scenario dove la sera prima Jacques de Molay e Geoffroy de Charney avevano esalato l'ultimo respiro.

Sia Bertrand sia Luigi tenevano il cappuccio calato sulla testa per nascondere il viso. Ma una voce tonante alle loro spalle li fece gelare.

«Voi due siete di sicuro i frati incaricati di dare gli ultimi sacramenti alle spoglie di questi eretici», disse Auguste d'Auberge, avvicinandosi con passo tracotante. Quando fu a breve distanza, però, notò il loro fisico possente e li scrutò con attenzione.

«Avete un corpo da guerrieri e non da fraticelli di campagna. Qual è il vostro convento?» chiese con tono dubbioso, portando la mano alla spada.

«Veniamo da Assisi, patria del nostro fondatore Francesco», rispose pronto Luigi, marcando il suo accento italiano. Intanto Auguste aveva estratto la spada, facendo cenno a due sgherri di avvicinarsi.

«Due buoni fraticelli d'Assisi, sicuro. Ma vorrei che il Signore mi illuminasse facendomi vedere» – e d'Auberge infilò repentinamente la punta della spada nel cappuccio di Bertrand – «le vostre pie facce.»

Sgranò istantaneamente gli occhi, esclamando in tono incredulo: «Bertrand de Rochebrune! Il traditore...» Ma le sue parole si spensero in un gorgoglio di sangue.

Il pugno di Bertrand lo aveva colpito in pieno volto con una forza tale da frantumargli l'osso del naso e fargli perdere i sensi. Nello stesso istante Luigi si era gettato sui due sgherri, cogliendoli di sorpresa. Estratto il pugnale che portava sotto il saio, ne aveva avuto ragione in pochi attimi.

Adesso però avevano il problema della fuga. Alle loro spalle scorreva la Senna e, se vi si fossero gettati, la temperatura gelida li avrebbe sicuramente uccisi in breve tempo. Davanti a loro, invece, cercando di sfondare l'argine creato dai corpi dei soldati di Filippo, ondeggiava il muro umano degli spettatori del rogo.

Si lanciarono senza esitazione da quella parte, pronti ad aprirsi un varco anche con le armi. Come per miracolo, la marea umana si aprì davanti a loro, richiudendosi subito sugli inseguitori.

Mentre scappavano, Bertrand si sfilò il saio e Luigi lo imitò. Ormai erano stati scoperti: il travestimento non sarebbe servito ad altro che a impacciarli.

« Presto, signori, di qua », sentirono gridare mentre correvano in una via stretta e buia.

Una megera in abiti logori e sudici li chiamava dall'uscio di una cadente casa di legno. I capelli le scendevano grigi e unti sulla faccia. Si precipitarono da quella parte e, non appena furono dentro, la vecchia li spinse in un antro sotto una botola di legno.

Dalla strada si sentirono arrivare lo scalpiccio dei cavalli e le voci concitate dei soldati, quindi Bertrand e Luigi udirono bussare con violenza alla porta, mentre una voce stentorea ingiungeva: « Aprite, in nome del re! »

« Hai per caso visto due fuggiaschi, due pericolosi assassini, vecchia? » chiese ancora la stessa voce, più distinta, mentre nella casa risuonavano i passi di alcuni soldati che avevano fatto irruzione con il loro comandante.

« Qui c'è soltanto una grande miseria, ufficiale e, se va bene, qualche famiglia di ratti », mentì spavaldamente la donna.

Poco dopo i soldati abbandonarono la casa, e la vecchia aprì il nascondiglio. Sebbene fosse giorno, la luce che filtrava a stento nella casa non bastava a illuminarla.

« Mi riconoscete finalmente, de Rochebrune? » chiese la donna.

« Mio Dio... » esclamò Bertrand, dopo averla scrutata attentamente. « Voi siete... siete la contessa de Serrault. »

« Proprio, sono la madre di Jean Marie, e per questa orribile colpa il re mi ha fatto privare di tutto. Ma, ditemi, che ne è di mio figlio? »

« Sta bene ed è al sicuro in Scozia presso i vostri cugini, i conti di St Clair. Mi ha detto che nessuno dei messaggeri che vi ha inviato è mai riuscito a trovarvi. »

« Oh, chi potrebbe mai trovarmi in questo laido antro? » disse amaramente la megera a cui era ridotta una delle donne un tempo più belle e influenti di Parigi. Ma il sollievo per la notizia che suo figlio stava bene era evidente. « Adesso veniamo a voi », continuò in tono pensoso. « Bisogna trovare il modo di farvi tornare in tutta fretta alla costa atlantica a cercare un imbarco per la Scozia. »

PARTE QUARTA

IL DISEGNO DEL MALE

Riproduzione di Bafometto. Idolo infernale venerato, secondo l'accusa, dai Cavalieri del Tempio

15

Mediterraneo. 18 luglio 1999

QUELLA notte il dottor Redjia aveva dormito poco e male. Ma di buonora era già ugualmente nello studio adiacente all'ospedale di bordo. Lo angustiavano le condizioni di un membro dell'equipaggio. In tutta la sua carriera non aveva mai visto niente di così inquietante. I sintomi manifestati da Sebastian Chalag non corrispondevano a nessuna delle malattie che capitasse normalmente di diagnosticare. E la sua esperienza andava indubbiamente al di là del normale.

Anche quel giorno, come faceva sempre prima di un'esercitazione di abbandono nave, Arthur Di Bono riunì gli ufficiali. Conosceva troppo bene il mare per non sapere che nessuna nave poteva considerarsi totalmente sicura. Tempestività e addestramento potevano salvare migliaia di vite umane. Per questo le esercitazioni di sicurezza non venivano svolte come noiosa routine ma con grande impegno.

Verso la fine della riunione, Di Bono si rivolse al giovane ufficiale italiano addetto ai servizi, tra cui quello di sicurezza.

« Mantenga i suoi uomini in stato di allerta, signor Vassalle. Siamo sempre in zone a rischio per una nave che batte bandiera americana, e tra pochi giorni arriveremo in Israele. »

« Stiamo eseguendo controlli scrupolosi sui passeggeri a ogni imbarco, signore, e tutti i bagagli vengono passati ai raggi X. Siamo perfettamente consapevoli del pericolo di atti terroristici in queste regioni. »

I sette fischi di sirena diedero inizio all'esercitazione di abbandono nave, e tutti gli ufficiali si avviarono verso la postazione assegnata.

L'ordine impartito per altoparlante di recarsi ai punti di

raccolta per l'esercitazione costrinse invece Pat Silver a lasciare il tavolo del Caribbean Poker, dove, contrariamente al giorno prima, stava perdendo. Giocava in un modo stranamente distratto.

« Che cos'hai intenzione di fare, Maggie? » chiese Timothy a sua moglie, quando altri sette fischi di sirena segnalarono che l'esercitazione era conclusa, aggiungendo senza aspettare risposta: « Nella sala cinema stanno per dare un vecchio film che mi interessa. Che cosa ne diresti di vederci tra un paio d'ore direttamente al buffet della piscina? »

Maggie annuì. Da quando si era abbandonato a quella disgustosa scena di violenza, qualsiasi cosa lo tenesse lontano da lei le dava sollievo. Da quel momento si sentiva sporca. Aveva continuamente necessità di sentirsi scorrere acqua sul corpo.

Tornò in cabina e si allungò qualche istante sul letto, giusto il tempo che la vasca per l'idromassaggio si riempisse. Poi s'immerse, ma non servì a niente: l'orribile scena vissuta con il marito non le usciva di mente.

Anche Pat Silver stava facendo una doccia. Il ponte dove aveva dovuto stare pazientemente inquadrato con gli altri passeggeri, infagottato in un ingombrante giubbotto salvagente, era caldissimo. Rimase sotto il potente getto d'acqua per diversi minuti, quando la sua attenzione fu richiamata dai rumori che venivano dal bagno confinante. Quello di Maggie.

La parete che separava i due locali, sebbene rivestita di marmo, doveva essere troppo sottile, o non abbastanza insonorizzata. Sperò che si trattasse proprio di Maggie, e la sua fantasia si mise a galoppare.

Avvoltosi nell'accappatoio bianco, uscì sul balconcino panoramico, sporgendosi a guardare un branco di delfini che giocavano con la scia della nave. Ma dopo qualche minuto un nuovo lieve rumore lo fece girare verso il terrazzino della cabina di Maggie.

La vide seduta sulla *chaise longue*, con il viso tra le mani. Evidentemente non si era accorta di lui. Si raschiò rumorosamente la gola, e lei allontanò di scatto le mani dagli occhi. Erano arrossati e lucidi. Stava piangendo.

«Che cosa succede, Maggie?», esclamò Pat, allarmato.

«Niente», rispose lei con voce rotta. «Ordinarie questioni di famiglia. Cose che non conosci. Beato te.»

«Nessuno e niente deve mai far piangere la mia Venere Nera. Lo proibisco», provò a scherzare lui, ma lo sfogo di Maggie lo aveva riempito di una sconosciuta voglia di sincerità.

«Ogni volta che penso a una mia possibile famiglia, mi vieni in mente tu, Maggie. Sei l'unica cosa veramente pulita che io abbia mai avuto.»

I loro sguardi s'incrociarono, e lei si sentì pervadere da un fremito. Oh, pensò in un lampo, se quelle poche parole me le avessi dette allora. Quante cose sarebbero potute andare diversamente per entrambi.

Si alzò come un automa dalla sdraio e raggiunse il divisorio da cui si sporgeva Pat. Senza dire una parola, lo prese per la nuca e lo attirò a sé, baciandolo.

Pat si sporse ancora di più e la strinse a sé. Rimasero così, abbracciati fuori del parapetto, per alcuni lunghi istanti, finché Pat non scavalcò agilmente la balaustra del suo terrazzino e, reggendosi su una sporgenza, saltò in quello di Maggie.

Si strinsero in un abbraccio quasi disperato, baciati dal sole.

«Ti ho sempre desiderato, Maggie. Sei la cosa più bella che io conosca.»

I lembi dei due accappatoi si erano scostati, e lei sentì sul ventre l'eccitazione di Pat. Le parve di fuoco. Si lasciò adagiare sulla sdraio e si aprì per accoglierlo.

Iosif Bykov aveva deciso che durante la navigazione tra Santorini e Rodi avrebbe finalmente rivelato all'emissario del cliente dov'erano le dieci testate: nei cinque involucri di frigorifero imbarcati a Venezia. Ma era sempre convinto che da allora la sua vita sarebbe stata in pericolo. Doveva quindi essere pronto a far scattare il piano che aveva predisposto, e a farlo funzionare.

Vedendo le effusioni di due giovani a pochi passi da lui sul ponte, probabilmente sposini in viaggio di nozze, fu preso da un'intensa malinconia. Come sarebbe stata diversa la sua vita se Nadja fosse rimasta al suo fianco.

Non si era mai posto il problema di come venissero utilizzate le armi che lui vendeva a chiunque potesse pagarle. Ma il pensiero di Nadja, il ricordo della sua fresca e pulita onestà, lo spinse per la prima volta a chiedersi che cosa potesse mai farsene delle dieci testate nucleari quell'ignoto cliente.

La spiegazione datagli da Fosh – che si trattava di un Paese mediorientale che voleva incrementare il suo arsenale atomico – lo aveva soltanto fatto sorridere. C'era sotto ben altro. Un simile potere di distruzione costituiva un pericolo per l'umanità intera.

Intanto, un altro inquietante e sfuggente pericolo incombeva sulla piccola umanità chiusa in quella nave.

« Chalag è addirittura peggiorato », disse al dottor Redjia uno dei collaboratori. « È anche subentrata una fortissima febbre, che assolutamente non riusciamo a far recedere. I momenti di lucidità sono sempre più rari. Non ho mai visto niente di così aggressivo. »

Isola di Santorini. Grecia. 19 luglio 1999

Attraverso la vetrata panoramica accanto al suo letto, Lionel Goose stava vedendo uno spettacolo senza uguali. La nave aveva dato fondo quasi al centro di un grandissimo cratere vulcanico invaso da un'acqua cristallina. Ringraziò Dio di avergli regalato ancora quella giornata.

La prevista escursione fu di particolare interesse: la visita ai resti di un'antica città che alcuni sostenevano essere addirittura la leggendaria Atlantide. I croceristi visitarono poi la città moderna e ridiscesero all'imbarcadero in parte a dorso di mulo e in parte con una teleferica

Maggie dedicò tutto il suo interesse ai reperti millenari illustrati dalla guida e non incrociò mai lo sguardo di Pat. Se lo avesse fatto, sapeva che sarebbe stata costretta ad abbassare gli occhi. E non capiva perché. Non la sfiorava nemmeno l'ombra di un rimorso, eppure aveva paura di arrossire come una adolescente colta in fallo.

Be', si disse con un sorriso amaro: come sarebbe arrossita la studentessa che era quando aveva conosciuto Pat. E da allora – decise finalmente di ammetterlo – non aveva mai smesso di amarlo.

Avevano optato tutti e cinque per la discesa al porto a dorso di mulo e risero per tutto l'impervio tragitto, gridandosi incitamenti e battute.

Raggiunto il livello del mare dopo circa quaranta minuti di perigliosa cavalcata, si meravigliarono per la severità dei controlli, cominciati ancora prima dell'imbarco sulle lance e conclusi sulla *Queen of Atlantis* da un'ispezione personale con il metal detector e un passaggio ai raggi X di ogni bagaglio a mano.

Arthur Di Bono pigiò tre volte sul pulsante della sirena, e i fischi di saluto echeggiarono amplificati dalle pareti del cono vulcanico.

Quindi il comandante si affrettò a raggiungere il suo ufficio, da dove chiamò il primo medico di bordo. In tanti anni di navigazione con il dottor Redjia non gli era mai capitato che gli inviasse un rapporto scritto sulle condizioni di un paziente. Anzi, aveva avuto più volte modo di constatare come il medico di origine indiana sapesse cavarsela egregiamente anche in circostanze critiche.

Se gli aveva mandato quel rapporto e poi telefonato di

verse volte in tono preoccupato, doveva essere una cosa davvero grave.

Intanto Redjia stava occupandosi di Sebastian Chalag, che non aveva mai ripreso conoscenza. La febbre era altissima e nessun farmaco riusciva a debellarla. In più il paziente presentava vomito, diarrea e difficoltà respiratorie. I muscoli della mascella erano serrati in una morsa che soltanto gli strumenti medici riuscivano ad aprire.

Il telefono sulla sua scrivania squillò, e alla preoccupata richiesta del comandante rispose: «Capisco che l'incolumità dei nostri croceristi le stia a cuore, ma sta a cuore anche a me. E, ripeto, non ritengo sia opportuno sbarcare il malato, sempre ammesso che sopravviva fino a Rodi. Il nostro ospedale di bordo è sicuramente meglio equipaggiato di quelli di queste isole. Oltre a tutto, se si dovesse trattare di una malattia di origine virale – speriamo di no –, le autorità portuali non consentirebbero lo sbarco del malato per il timore di un'epidemia.»

«Le leggi della navigazione», obiettò Di Bono, «ci impongono di denunciare il caso.»

«Lo so, comandante. Ma le cause della malattia mi sono ancora ignote. Potrebbe trattarsi soltanto di un gravissimo avvelenamento alimentare, o di un altro malanno non causato da virus patogeni. Metteremmo in allarme senza un giustificato motivo tutti i porti che abbiamo toccato. D'altra parte, se si trattasse d'infezione virale epidemica, mi dispiace ammettere che il contagio potrebbe già essere iniziato. Quindi è meglio che rimanga circoscritto alla nostra nave.»

Canale d'Inghilterra. Marzo 1314

Nella zona malfamata dove si era dovuta ridurre a vivere la contessa de Serrault si poteva acquistare di tutto. Quindi, pagandole a caro prezzo con il denaro datole da Bertrand, la coraggiosa signora non aveva faticato a procurarsi due divise da sottufficiale della guardia del re e tre cavalli sellati.

Dopo di che era stato messo in atto il piano che avevano studiato con grande cura. Travestiti da guardie del re, Bertrand e Luigi erano partiti verso la costa atlantica fingendosi incaricati di scortarvi una prigioniera.

E tutto era andato benissimo. Avevano incontrato molte pattuglie di soldati, che però, vedendo le divise della guardia personale del re, li avevano lasciati proseguire senza problemi.

Arrivati a Calais, Bertrand aveva saputo che proprio quella sera sarebbe salpata una nave per la Scozia. Si precipitarono al porto.

Vi trovarono una piccola imbarcazione da carico, tozza e alta di bordo, poco più lunga di trenta passi, collegata alla terraferma da una passerella volante formata da due tavole appoggiate l'una all'altra.

«Sono un sottufficiale della guardia del re e devo scortare una prigioniera sino in Scozia», disse Bertrand dalla banchina. «Chiedo il permesso di salire a bordo per parlare con il comandante.»

Il quale comandante, un figuro a metà tra il pirata e il brigante di strada, s'infilò avidamente in tasca alcune monete d'oro, dichiarandosi molto onorato di rendere un servigio al re di Francia.

La piccola nave aveva appena raggiunto il largo, quando nel porto irruppero alcune guardie del re. E il loro capo, fatte un po' di domande ansiose sul molo, esplose in una sequela di bestemmie.

21 luglio 1999

Quando l'ultimo dei pullman riportò al molo gli escursionisti era ormai sera. Effettuate le meticolose operazioni di controllo per il reimbarco, la *Queen of Atlantis* era pronta a salpare per percorrere in poco meno di venti ore le quattrocento miglia da Rodi a Haifa.

All'escursione, l'unica da quando si era imbarcato, aveva partecipato anche Iosif Bykov. Poche ore prima dell'arrivo a Rodi aveva ricevuto una telefonata dall'emissario del cliente, a cui aveva rivelato dov'erano le testate nucleari.

Adesso la sua vita era in pericolo, e per questo aveva preferito confondersi tra la carovana dei turisti. Ma sapeva che qualcuno lo avrebbe comunque tenuto sotto stretto controllo.

Tra i partecipanti all'escursione c'erano anche Gerardo di Valnure e Paola Lari. Avevano visitato la città medievale e sentito cose di grande interesse sulla storia dell'isola. Gerardo aveva preso molti appunti, ma in diverse occasioni non aveva potuto fare a meno di gettare un'occhiata di sguincio al suo vicino d'appartamento, che sembrava invece avere scarsissimo interesse per quanto spiegava la guida, limitandosi a seguire il gruppo con aria pensierosa e assente. Una persona strana.

Poco prima d'impartire l'ordine di salpare, Arthur Di Bono telefonò al dottor Redjia. «Ci sono novità?»

«Il paziente ha mostrato un leggero miglioramento, ma le sue condizioni continuano a essere gravissime», rispose il medico.

Posato il ricevitore, Di Bono andò in plancia, e, poco dopo, la *Queen of Atlantis* si staccò dal molo del porto antico di Rodi.

Intanto, appena rientrata nel suo appartamento, Paola Lari aveva cominciato a esercitare la voce in vista del secondo spettacolo, previsto per quella sera.

Gerardo, invece, aveva aperto la sua inseparabile agenda tascabile e riportato sul computer portatile alcune interessanti notizie sui Cavalieri di San Giovanni apprese durante la visita a Rodi.

Nonostante la passione per la tecnologia, trattava la sua fida *Moleskine* come una reliquia: alcuni antenati di quel libriccino erano stati usati da scrittori come Hemingway. Terminato di riportare gli appunti nel computer, se la mise in una delle tasche dello smoking estivo che avrebbe indossato per la serata di gala.

La cena fu come sempre squisita, ma gli ospiti si affrettarono a lasciare il ristorante per trasferirsi nella sala teatro, dove Paola Lari avrebbe tenuto il suo attesissimo spettacolo.

Prima di salire sul palcoscenico, gli aveva spiegato Paola, preferiva non mangiare, per cui lui aveva cenato da solo. E adesso si stava inoltrando nell'ampio corridoio verso il teatro, quando avvertì una presenza al suo fianco. Hans Holoff, che sembrava avere una gran fretta, lo urtò, facendosi largo tra gli spettatori. Gerardo sentì un colpo secco all'altezza della tasca destra della giacca, ma non gli diede peso.

Si preoccupava soprattutto di non perdere di vista Holoff.

A Pat Silver, invece, il concerto non interessava assolutamente e, come capitava spesso, aveva fatto perdere le sue tracce al gruppo di amici, filandosela al casinò.

Inforcati gli occhiali, stava giocando da circa un'ora con alterna fortuna al tavolo del Caribbean Poker, quando un signore dai modi gentili ma fermi si qualificò come direttore della sala da gioco e gli chiese di seguirlo nell'ufficio del comandante.

Dana Pettersson era una signora di mezza età, leggermente sovrappeso. Una qualsiasi degli oltre tremila croceristi della *Queen of Atlantis*. Cominciò a sentirsi male durante lo spettacolo di Paola Lari. L'amica che l'accompagnava nella crociera la condusse fuori dal teatro, sorreggendola per un braccio. Mentre entravano nell'ascensore per salire verso la loro cabina, Dana stramazzò a terra in preda a convulsioni.

Quasi nello stesso istante, altri due uomini dell'equipaggio accusarono i sintomi del contagio.

Redjia era chino sul paziente. Il sangue nelle urine era comparso subito dopo la partenza da Rodi. Quasi contemporaneamente il corpo del filippino si era coperto di ematomi. Un preciso indizio dell'aumentare delle emorragie interne e quindi di ulteriore peggioramento del quadro clinico. Sebastian Chalang era morto per un sopravvenuto blocco renale.

Il medico indiano scosse la testa, angosciato. Il sospetto che nutriva da quando i sintomi avevano assunto una certa configurazione era purtroppo confermato. Alle sue labbra affiorò quasi inconsciamente una parola.

Una sola, ma tale da far venire i brividi anche a un medico anziano ed esperto come lui: «Ebola».

Pat era seduto davanti ad Arthur Di Bono, mentre il direttore del casinò armeggiava con un videoregistratore.

«Le sue cospicue vincite hanno allarmato il personale della casa da gioco, signor Silver», disse il comandante.

«Be', non è detto che un giocatore debba perdere per forza. Non crede?» ribatté prontamente Pat.

«Ci sono modi e modi di vincere», replicò imperturbabile il comandante. «E ci siamo accorti che il suo dà adito a molte perplessità.»

Sullo schermo a parete cominciarono a scorrere le immagini riprese da una telecamera nascosta.

«Come certo saprà, signor Silver, ogni sala da gioco è controllata da telecamere a circuito chiuso. Per un problema d'illuminazione, abbiamo dovuto sostituire alcune delle nostre tradizionali con altre a raggi infrarossi. Il risultato lo può vedere lei stesso.»

Il direttore della sala da gioco cominciò a ingrandire il fermo immagine di alcune carte tenute in mano da Pat: sul dorso apparivano distintamente diverse impronte di dita visibili soltanto agli infrarossi.

«Lei ha impresso con materiale sensibile segni di riconoscimento sulle carte da gioco, signor Silver, dopo di che, nel corso delle mani successive, con i suoi occhiali a infrarosso riusciva a leggere il punto del croupier», lo accusò senza mezzi termini il direttore del casinò.

«Posso vedere quegli occhiali, signor Silver?» incalzò con calma il comandante.

Pat glieli porse. Era inutile traccheggiare: lo avevano beccato.

« Questa nave batte bandiera americana, signor Silver, e le nostre leggi prevedono pene molto severe per bari e truffatori », concluse Di Bono, facendogli dondolare davanti gli occhiali. « Ma la nostra compagnia preferisce non rendere pubblici eventi così incresciosi. Se restituirà quanto indebitamente sottratto e si atterrà al divieto di frequentare il casinò, nessuno saprà niente. »

Proprio in quel momento squillò il telefono. Da grave, l'espressione del comandante si fece livida.

<CHI SAREBBE QUESTO IOSIF BYKOV?> digitò Sara Terracini.

<L'UOMO DI CUI CI HA INFORMATO GERARDO DI VALNURE NEL SUO ULTIMO MESSAGGIO, DICENDO CHE LO HA VISTO PARLARE CON HANS HOLOFF. SIAMO RIUSCITI A IDENTIFICARLO. È UN MERCANTE D'ARMI RUSSO>, rispose Oswald Breil

<CHE RAZZA DI FAUNA HANNO IMBARCATO SULLA *QUEEN OF ATLANTIS*? INFORMO SUBITO GERARDO. A CHE PUNTO SONO I MIEI LASCIAPASSARE PER ROSSLYN?>

<A BUON PUNTO. ARRIVERANNO FRA QUALCHE GIORNO.>

Lasciata la tastiera del computer, Oswald tornò a parlare con Erma.

« Vediamo di riassumere. Un uomo degli ex servizi dell'Est, assoldato da una pericolosa setta segreta, s'incontra con un grosso mercante d'armi. Si può supporre che stiano trattando una partita di merce. Ma perché su una nave da crociera? »

« Tra poche ore la nave arriverà a Haifa, e sarà lo stesso Holoff a spiegarci tutto. »

22 luglio 1999

Arthur Di Bono aveva appena comunicato il pericolo di epidemia alle autorità sanitarie israeliane, ma adesso doveva informare anche i croceristi. Bisognava agire con tatto, se non voleva scatenare una pericolosa crisi di panico. Tirato un respiro profondo e aperto il sistema interfonico di bordo, annunciò che un pericolo di contagio imponeva di adottare misure igieniche eccezionali.

Intanto il dottor Redjia aveva appena terminato di trasformare una delle due camere operatorie in stanza sterile, ricoverandovi i tre nuovi malati. Ma sapeva che da un momento all'altro sarebbero arrivate altre persone infettate dal virus.

Ci siamo, si disse infatti quando bussarono alla porta, ma ebbe il sollievo di trovarsi davanti una simpatica americana che, oltre ad avere un tono di grande efficienza, sembrava il ritratto della salute.

«Sono Annie Ferguson», gli spiegò subito la donna. «Dirigo un laboratorio d'immunologia e virologia in Nuova Scozia. Ho appena sentito il messaggio del comandante e sono venuta subito a mettermi a sua disposizione, sempre che la mia esperienza possa esserle utile.»

Prima di rispondere, Redjia la scrutò qualche istante attraverso le lenti. «Se la situazione dovesse evolversi come temo», disse finalmente, «avremo bisogno non soltanto di tanta esperienza, ma anche di moltissima fortuna. E una virologa non può che esserci utile. Purtroppo però non disponiamo di strumenti di analisi adeguati.»

«Quale pensa possa essere il virus responsabile dell'epidemia?»

«Con ogni probabilità si tratta di virus Ebola o Marburg. A giudicare dai sintomi, sembrerebbe proprio un filovirus ad alto tasso di mortalità.»

«Allora non c'è tempo da perdere. Mi dica soltanto dove posso mettermi a lavorare e mi mostri le attrezzature di cui dispone.»

Alle due di notte Iosif Bykov si mise in azione nel suo appartamento. Estrasse dal bagaglio la zattera autogonfiabile, un parallelepipedo di poco più di trenta centimetri per lato, e prese dall'armadio il giubbotto salvagente. Quindi, verificato il funzionamento del trasmettitore satellitare, indossò sotto gli abiti normali una muta galleggiante. Si sarebbe calato a poppavia, dal ponte più vicino al mare, quello dove venivano manovrati i cavi d'ormeggio.

Nel corridoio fuori dell'appartamento di Bykov, intanto, Holoff stava spingendo un carrello del servizio alle cabine. Giunto davanti alla porta, si accertò che il corridoio fosse deserto, poi posò sul pavimento la bomboletta e aprì la valvola, così che il gas soporifero entrasse nella stanza attraverso un tubicino infilato nella fessura sotto la porta.

Iosif aveva sentito il rumore del carrello, e non appena capì che si era fermato davanti alla sua porta, spense la luce. Aveva già sistemato i cuscini sotto le lenzuola, in modo che sembrassero un corpo addormentato. Il sibilo del gas che penetrava nella stanza lo costrinse ad anticipare i tempi. Si precipitò sul balcone e, legata con una sagola di una ventina di metri l'attrezzatura che aveva preparato, si lanciò in mare cercando di saltare il più lontano possibile dai vortici creati dalle eliche.

Quando la bombola ebbe finito di emettere il gas, Hans Holoff indossò una mascherina e impugnò una strana pistola. Quindi inserì una chiave magnetica nella serratura dell'appartamento. La pistola ad aria compressa che impugnava poteva sparare ad alcuni metri di distanza sottili proiettili di ghiaccio collocati in un apposito caricatore all'azoto liquido. Era un'arma utilizzata spesso dagli agenti segreti per eliminare pericolosi avversari senza lasciare traccia. L'ago di ghiaccio penetrava infatti nel corpo lasciando soltanto un minuscolo forellino e poi si scioglieva completamente. Se poi l'organo colpito fosse stato il cuore, anche il più esperto medico legale avrebbe diagnosticato un infarto.

Senza accendere la luce, Holoff scaricò un proiettile contro quello che credeva fosse il corpo di Iosif Bykov.

« Mi scusi se la disturbo a quest'ora della notte, Breil », disse Erma al telefono, « ma il comandante della *Queen of Atlantis* si è appena messo in contatto con le nostre autorità sanitarie per denunciare il pericolo di un'epidemia virale a bordo. La nave sta incrociando al traverso di Cipro, diretta a Haifa. Si sospetta che un membro dell'equipaggio sia morto per infezione da virus Ebola, e si sono già verificati altri tre casi. »

« Ci mancava anche questa. Bisogna cambiare tutto. Quali misure dovrà adottare la nostra autorità sanitaria? »

« I protocolli internazionali non prevedono l'obbligatorietà di messa in quarantena del mezzo dov'è scoppiata l'epidemia. La consigliano solamente. »

« Allora provvederò affinché le nostre autorità sanitarie adottino la procedura consigliata e non facciano sbarcare nessuno. La nave verrà fatta fermare in una zona del porto di Haifa evacuata e messa sotto stretta sorveglianza. I cordoni sanitari impediranno che l'infezione virale si diffonda. »

« Benissimo. Così potremo interrogare con calma chi ci interessa. »

« Ha finalmente ricevuto il manifesto di carico della nave? »

« Sì, ma l'esame sarà lungo. Lei non ha idea di quanta roba venga imbarcata a ogni scalo su una nave come quella. »

« Quando la *Queen of Atlantis* arriverà a Haifa, avremo modo di verificare direttamente che cosa contengono le stive. »

« D'accordo. Intanto la informo che siamo riusciti a far accettare all'ente di gestione della Cappella di Rosslyn che una scienziata italiana compia alcune ricerche in totale libertà. »

« Bene, riferirò a Sara che può partire, e aspettiamo la nave », concluse Oswald facendo un rapido calcolo. « Dovrebbe metterci poco più di dieci ore ad arrivare a Haifa. »

Fatta sistemare nella seconda camera operatoria l'attrezzatura da analisi disponibile, Annie chiese di esaminare il cadavere di Sebastian Chalag.

La pelle era costellata di ecchimosi, indice delle violente emorragie interne che lo avevano ucciso. L'attenzione della virologa si concentrò in particolare su una, all'altezza della coscia destra, di dimensione almeno tripla rispetto alle altre.

Al centro si vedeva un forellino rosso, ma Annie non gli diede particolare peso. Doveva ancora visitare i tre ammalati per valutare con attenzione i sintomi e poi prelevare campioni di tessuto e sangue dal cadavere, anche se sapeva benissimo di non aver alcuna possibilità di eseguire la maggior parte degli esami di laboratorio necessari per attribuire con assoluta certezza le cause del decesso a un filovirus.

Nel suo ufficio, intanto, Arthur Di Bono stava ricevendo una chiamata dalla terraferma.

«Sono Farek, il responsabile dell'Organizzazione Mondiale della Sanità nell'area mediorientale», si sentì dire. «La chiamo su segnalazione del ministero della Sanità di Israele. Le comunico che una task-force elitrasportata sta per raggiungere la sua nave. Le raccomando di fornirle la massima assistenza. Sono circa venti persone, tra medici e personale paramedico, e dispongono di tutta l'attrezzatura necessaria per scongiurare il diffondersi di epidemie.»

Preparandosi per andare a letto, Gerardo di Valnure tolse dalla tasca dello smoking il libriccino per appunti e rimase un attimo interdetto. Proprio al centro della copertina della *Moleskine* c'era un forellino, che poi attraversava tutte le pagine fin quasi all'ultima. Attorno a ogni foro si vedeva un alone bruno.

«Hanno cercato di bucarmi con un ago», esclamò. Quando poteva essere successo? In un lampo gli tornò in mente l'urto con Hans Holoff.

Non poteva parlarne con Paola: se i suoi sospetti erano fondati, lei e quell'uomo si conoscevano.

Uscì precipitosamente, e vicino al bar centrale incontrò Maggie Erriot, che gli chiese in tono preoccupato: « Che cosa ne pensa del pericolo di epidemia, signor conte? »

« Su questa nave ne succedono di tutti i colori », sbottò. E si tolse di tasca l'agenda, indicando il liquido bruno ormai seccato sulle pagine. « Sembra che qualcuno abbia tentato d'inocularmi qualcosa con un ago, che però, per fortuna, è stato fermato da questo ostacolo. »

Proprio in quel momento una cameriera stava entrando nell'appartamento contiguo al suo, dopo aver bussato due volte. Sperava che quel russo sempre con il muso fosse finalmente uscito, consentendole di mettere in ordine. La mandava sempre via.

Quando vide la sagoma sotto il lenzuolo, spense subito la luce e scappò precipitosamente, sperando di non aver svegliato quello scorbutico signore. Avrebbe potuto ricevere un rimprovero.

Naturalmente non vide la macchiolina circolare bruna sul lenzuolo. L'unica traccia lasciata da Hans Holoff.

Bykov sapeva che il *Blue Sapphire* stava tallonando la *Queen of Atlantis* da una distanza di sicurezza, secondo i suoi ordini.

L'impatto con l'acqua scura, circa trenta metri sotto di lui, era stato violento. Era sprofondato diversi metri sotto, e i vortici provocati dalle eliche si erano impadroniti del suo corpo, impedendogli a lungo di tornare in superficie. La mancanza d'aria stava facendogli scoppiare i polmoni, sottoponendolo a un autentico supplizio, quando finalmente la sua testa riemerse. L'aria gli gonfiò i polmoni con un sibilo.

Recuperò immediatamente la cima che si era legato alla caviglia e si issò faticosamente sulla zattera gonfiabile, seguendo con lo sguardo la *Queen of Atlantis*, ormai lontana. Sembrava un grattacielo illuminato in un deserto ondulato e buio.

Attivò il segnalatore satellitare. I suoi uomini avrebbero dovuto recuperarlo nel giro di un'ora.

«Purtroppo», disse Annie Ferguson al dottor Redjia, «non posso eseguire né un isolamento virale in coltura cellulare, né test Elisa o Western Blot o d'immunofluorescenza che possano confermare con assoluta certezza la diagnosi di un virus Ebola o Marburg. Anche se i sintomi sembrano evidenti, ho ancora qualche dubbio che si tratti davvero di un filovirus.»

«Per esempio, dottoressa?» chiese il medico.

«La febbre, che nel cuoco filippino è stata riscontrata diverse ore dopo la comparsa dei sintomi, mentre negli altri tre ricoverati non si sono ancora rilevate temperature fuori della norma. Nelle infezioni virali che sospettiamo compare una febbre altissima come primo sintomo, e non come estrema conseguenza di emorragie e infezioni.»

«A quali conclusioni sarebbe giunta?»

«Senza i miei strumenti di laboratorio non posso azzardarne. Comunque, analizzando i soli effetti neurotossicologici, mi sembra che potremmo trovarci di fronte a un avvelenamento piuttosto che al virus Ebola.»

«Di qualsiasi cosa si tratti, stiamo per scoprirlo: il comandante mi ha appena informato che una squadra dell'Organizzazione Mondiale della Sanità sta per raggiungere la nave con tre elicotteri. La loro attrezzatura ci consentirà la certezza. Terremo fra poco la prima riunione con loro: dovrebbero atterrare tra una decina di minuti.» E Redjia si alzò, sfilandosi il camice e indossando la giacca della divisa.

Uscirono assieme, e Redjia si diresse immediatamente alla riunione.

Annie, invece, andò verso il ponte. Aveva bisogno di una boccata d'aria fresca. Appoggiatasi al parapetto, si strinse le tempie fra le mani. C'era qualcosa che non la convinceva, e, se non fosse stato per la limitata attrezzatura della *Queen of Atlantis*, ne sarebbe sicuramente venuta a capo.

Sentì una mano su una spalla e si voltò.

« Abbiamo bisogno di te », le disse Maggie in tono agitato. Con lei c'era il nobile italiano che le aveva presentato all'inizio della crociera.

I tre elicotteri si avvicinarono alla nave in formazione. All'ultimo era appeso un container metallico, assicurato con solidi cavi di acciaio.

Le operazioni di avvicinamento alla piattaforma di atterraggio, esattamente sopra la plancia comando, furono ostacolate da un leggero vento al traverso. I primi due elicotteri si rialzarono non appena ebbero terminato di scaricare. Come nella sequenza di un film di fantascienza, ne erano smontati alcuni uomini in tuta stagna bianca, con un cappuccio dall'ampia visiera trasparente.

A differenza degli altri due, il terzo elicottero non atterrò, limitandosi a depositare il container metallico nel quale evidentemente c'era il materiale per quel tipo di emergenza.

L'ufficiale addetto ai servizi accompagnò immediatamente la task-force sanitaria dal comandante.

Intanto, nella camera operatoria attrezzata a laboratorio, Annie aveva prelevato un campione da una pagina dell'agenda datale da Gerardo di Valnure e l'aveva esaminato al microscopio convenzionale che aveva a disposizione.

Era rimasta diversi minuti con l'occhio incollato allo strumento, staccandolo di quando in quando dall'oculare per consultare alcuni libri.

Ma finalmente si rialzò con un'espressione di trionfo e lasciò precipitosamente il laboratorio. Il dottor Redjia doveva essere ancora nell'ufficio del comandante con gli uomini dell'Organizzazione Mondiale della Sanità. Doveva avvertirli subito di ciò che aveva scoperto.

Il responsabile della task-force entrò nell'ufficio del comandante con due dei suoi, senza che si fossero mai tolti la tuta stagna. Tesa la mano guantata a Di Bono, si presentò come colonnello medico Mills.

Il dottor Redjia aveva preparato una relazione esauriente sui casi osservati, ma con suo stupore Mills non la degnò neppure di uno sguardo, rivolgendosi nuovamente a Di Bono in tono perentorio.

« Da questo momento assumo il comando della nave, comandante », disse con una voce che uscì distorta e metallica dai filtri per la respirazione inseriti nel cappuccio.

« Mi scusi, colonnello, ma le leggi internazionali non prevedono questa eventualità, a meno che io stesso non presenti sintomi di... »

Mills infilò la destra nella grossa borsa portadocumenti che aveva con sé, e i due pensarono che ne volesse estrarre un verbale di sequestro della nave, o qualcosa che legittimasse la sua intenzione.

Quando invece la destra del colonnello Mills ricomparve, stringeva una mitraglietta Skorpion.

« Assumo il comando della nave con i miei uomini, Di Bono », ripeté in tono minaccioso.

Annie non attese che dall'interno della stanza arrivasse una risposta: ciò che aveva scoperto era troppo importante per non comunicarlo immediatamente al comandante, al medico di bordo e al personale dell'Organizzazione Mondiale della Sanità appena sbarcato.

Quando fu entrata, non si accorse che gli uomini in tuta stagna avevano nascosto precipitosamente qualcosa dietro la schiena, attribuendo alla sua improvvisa intrusione il tono d'imbarazzo che regnava nella stanza.

« Chiedo scusa se interrompo la vostra riunione », si precipitò a dire, « ma ho scoperto una cosa che modifica radicalmente la prassi da seguire. Non si tratta di filovirus né di epidemia, ma di un veleno che provoca intossicazione e spesso morte con sintomi simili a quelli dei virus Ebola e Marburg.

« È un veleno che viene usato anche in anestesiologia e proviene da un serpente molto comune in Birmania e Laos: la vipera di Russell. Qualcuno lo ha iniettato nel morto e nei tre malati con una siringa, o con chissà quale altro sistema.

« Dobbiamo quindi cercare un omicida, non un agente virale. »

E Annie stava per esibire l'agenda di Gerardo di Valnure, quando uno degli uomini in tuta bianca la interruppe.

« Brava », esclamò la voce del colonnello Mills, senza che la sonorità metallica riuscisse a nascondere il tono ironico.

Soltanto allora Annie si accorse delle armi che la tenevano sotto tiro.

« Che cosa succede? Non capisco... » mormorò.

« Pare che questi signori non siano ciò che credevamo, signorina Ferguson », le spiegò il comandante Di Bono in tono di assoluta calma. « Sono semplicemente criminali che vogliono impadronirsi della mia nave. »

Gerardo e Maggie avevano atteso fuori dell'improvvisato laboratorio che Annie ricomparisse con l'esito delle sue analisi.

Poi l'avevano vista uscire di corsa con un'espressione di trionfo. Dopo aver semplicemente spiegato che non c'era nessun pericolo di epidemia, era corsa via dicendo che doveva immediatamente riferire la notizia al comandante, al medico di bordo e agli uomini dell'Organizzazione Mondiale della Sanità.

Quindi erano tornati sui ponti superiori ad aspettare che Annie li raggiungesse e desse loro qualche altra spiegazione.

Erano circa a metà del corridoio per gli ascensori, quando da dietro un angolo sentirono arrivare le voci di due uomini che parlavano in russo.

« Che cosa ne debbo fare dei malati? » chiese uno di essi.

« La dose di veleno che ho loro iniettato non lascia scampo, ma è inutile perdere tempo. Falli fuori», rispose l'altro in tono gelido.

Con un trasalimento, a Gerardo parve di riconoscere la voce di Holoff. Senza dire niente, prese Maggie per un braccio e la tirò con sé in uno sgabuzzino usato dal personale.

Quando i due uomini ebbero svoltato l'angolo del corridoio, li vide attraverso uno spiraglio della porta: uno indossava la tuta stagna bianca della task-force, l'altro invece era Holoff.

L'uomo in tuta bianca entrò nell'ospedale, e pochi istanti più tardi i colpi di una mitraglietta, pur attutiti dal silenziatore, arrivarono fino al ripostiglio.

I passeggeri e tutto l'equipaggio, a esclusione del turno in plancia – annunciò la voce del comandante attraverso gli altoparlanti –, dovevano riunirsi nella sala teatro e in quella del bar principale.

Che noia questa epidemia, pensò Pat Silver, girandosi dall'altra parte nel letto. Sì, sarebbe senz'altro andato in uno dei due punti di ritrovo, ma più tardi. Adesso voleva dormire.

In quello stesso momento, dal ponte superiore del *Blue Sapphire* si stava alzando un elicottero a due posti. Accanto al pilota sedeva Iosif Bykov con la sua solita espressione di gelo.

16

Roslin. Marzo 1314

« ANDATE pure avanti, Cavalieri », disse la contessa de Serrault con voce affaticata. « Io vi raggiungerò con calma. Non voglio che il mio povero cuore ceda proprio adesso che sto per riabbracciare mio figlio. Andate, andate, e ditegli di venirmi incontro al più presto. Sono ansiosa di vederlo. »

Era un'esortazione strana da rivolgere a due Cavalieri del Tempio, il cui Ordine era stato fondato proprio per accompagnare e difendere i viandanti sulle strade pericolose dei pellegrinaggi. Ma il castello dei St Clair era ormai in vista, imponente. Bertrand e Luigi spronarono quindi i cavalli alla sua volta.

Dai torrioni del castello pendevano stendardi con lo stemma del re di Scozia, Robert the Bruce. Un leone dalla lunga coda, iscritto in un anello formato da una correggia, troneggiava sopra il portale.

Bertrand de Rochebrune chiese ad alcune persone incontrate lungo la via quale fosse il motivo di quell'aria festosa, e gli fu risposto che il re di Scozia era lì onde arruolare uomini per lo scontro con Edoardo d'Inghilterra, ormai imminente, oltre che risolutivo per l'indipendenza della Scozia.

Non appena varcarono il portale del castello, Jean Marie de Serrault fu tra i primi a correre loro incontro. Era più pallido e tremante del solito. Bertrand non gli diede il tempo di aprire bocca, dandogli subito la bellissima notizia.

« Ti abbiamo portato una sorpresa dalla Francia, amico mio », gli disse. « Tua madre è partita con noi e sta per raggiungere il castello. Ti chiede di correrle incontro. »

Pazzo di felicità, Jean Marie inforcò immediatamente un cavallo e lo spronò verso la strada per Edimburgo.

Raggiunta l'ala principale del palazzo, Bertrand e Luigi si videro venire incontro il barone St Clair.

«Fraterni amici», esclamò il nobile scozzese. «Non sapete quale gioia sia rivedervi. Per darvi il benvenuto ho interrotto una riunione con Robert the Bruce, il re di Scozia. Presto, venite, il re mi ha chiesto di condurvi da lui.»

Ebbro di felicità, Jean Marie de Serrault galoppava a spron battuto sulla strada per Edimburgo. Sua madre era l'unica persona cara che gli fosse rimasta. Aveva temuto per la sua vita: ogni messaggio che aveva tentato di farle avere non era mai arrivato a destinazione.

Da alcuni amici di Parigi aveva poi saputo che era caduta in disgrazia, e che i suoi beni erano stati requisiti da Filippo il Bello. Ma adesso sua madre era a poche miglia di distanza. I tacchi degli stivali spronarono di nuovo i fianchi del cavallo in un tratto di foresta rigogliosa.

Uscendo da una curva del sentiero, vide un fagotto in mezzo alla carreggiata. Sulle prime pensò a un mucchio di stracci. Poi capì che si trattava di un corpo, prono. Frenò bruscamente il cavallo e smontò.

Quando lo girò, non riuscì a trattenere un grido di disperazione. Era sua madre. Un fendente le aveva spaccato il cranio fin quasi alle sopracciglia.

Jean Marie si sentì gelare in tutto il corpo, e le gambe gli cedettero di schianto. Non si accorse nemmeno che dodici soldati inglesi lo avevano circondato.

Mediterraneo meridionale. 22 luglio 1999

Pietro Vassalle era imbarcato sulle navi delle Maritime Cruise Lines da sette anni. Era sempre stato con il comandante Di Bono, salendo via via di grado. Parlava l'inglese con un accento ricco d'inflessioni della regione italiana dov'era nato, la Liguria.

Quando udì il messaggio attraverso gli altoparlanti di bordo era in plancia e, mentre si chiedeva che cosa potesse mai essere successo, ricevette una telefonata del comandante.

«Dia l'ordine di fermare le macchine, signor Vassalle. Da questo momento il colonnello Mills e i suoi uomini prendono il comando della nave», si sentì dire. «Le raccomando di eseguire ogni loro ordine. Ne va della sicurezza della nave e dei passeggeri. La raggiungerò in plancia tra pochi minuti.»

Pietro Vassalle capì subito che stava succedendo qualcosa di molto grave. Prese immediatamente la chiave dell'armeria dal mazzo che portava sempre alla cintura e, entrato nella sala ufficiali, rimosse un grande quadro e la inserì nella serratura che esso nascondeva.

Le dieci Beretta bifilari 7.65 erano allineate su altrettante sagome di legno. Poco più in alto c'erano quattro fucili a pompa Winchester. Vassalle limitò la sua scelta a tre armi corte e ad alcune scatole di colpi. Quindi fece sparire i tre scalmi di legno dove erano alloggiate le pistole.

Probabilmente i suoi timori erano eccessivi, e il comportamento del comandante dovuto a un aggravarsi dell'epidemia. Ma, conoscendo bene Di Bono, sapeva che non avrebbe mai abbandonato il comando della sua nave prima che fosse affondata fino «all'albero dell'apparato radio». Era una frase che aveva imparato da suo padre, per lungo tempo comandante dei transatlantici italiani.

Maggie e Gerardo rimasero nel loro nascondiglio finché l'uomo con la tuta bianca non fu passato loro davanti una seconda volta.

«Dobbiamo rimanere nascosti, Maggie, almeno fino a quando non riusciremo a capire che cosa sta succedendo», le mormorò lui.

Appena sentito il messaggio del comandante, Lionel Goose prese disciplinatamente la moglie sottobraccio e si avviò con lei verso il luogo di riunione.

Si era messo in colonna con gli altri passeggeri, quando vide un primo uomo in tuta bianca. Si stupì non poco che un membro dell'Organizzazione Mondiale della Sanità impugnasse una mitraglietta. C'era qualcosa che non andava. Pochi istanti più tardi ebbe conferma del suo sospetto.

Pat Silver fu svegliato di soprassalto dal rumore di una porta che sbatteva con violenza. Un secondo schianto lo indusse ad alzarsi e ad affacciarsi nel corridoio. Vide due uomini armati, in tuta bianca, che stavano spalancando tutte le porte, quasi volessero accertarsi che le cabine fossero state evacuate. La cosa non gli piacque per niente.

Richiuse silenziosamente la porta e rimase immobile. I rumori si facevano sempre più vicini, fra poco sarebbe toccato alla sua cabina. Attese che i due uomini fossero entrati nell'appartamento di Maggie e, quando sentì che ne uscivano di nuovo, si precipitò sul balcone e scavalcò la balaustra che lo aveva portato tra le braccia della donna che amava. Un attimo dopo i due uomini entrarono nella sua cabina, trovandola deserta.

Pietro Vassalle decise di non aspettare Di Bono in plancia, come gli era stato ordinato. Conosceva quella nave in ogni suo recesso. Non gli sarebbe stato difficile sparire finché la situazione non si fosse chiarita.

Ordinato al timoniere di fermare le macchine, lasciò la plancia e scomparve nel ventre della nave. Aveva con sé, in una borsa, due delle tre pistole e le munizioni. La terza Beretta la teneva infilata nella cintura dei pantaloni, nascosta dalla giacca.

Haifa. 22 luglio 1999

L'elicottero militare israeliano impiegò meno di mezz'ora per percorrere i novantacinque chilometri che separano Tel Aviv da Haifa. A bordo, Oswald riesaminò punto per punto le ultime, tragiche notizie. Era profondamente perplesso: non riusciva a capire le mosse del nemico.

Erma gli aveva telefonato circa due ore prima per dirgli che il Mossad aveva captato una conversazione tra il comandante della nave e una persona che si era qualificata come il responsabile dell'Organizzazione Mondiale della Sanità per l'area mediorientale. Ma era bastata una telefonata dello stesso Erma al vero alto funzionario dell'Organizzazione, perché questi precisasse di non sapere niente della *Queen of Atlantis*. Né aveva avuto alcun contatto con il ministero della Sanità di Israele.

L'elicottero si stava già abbassando verso la corvetta lanciamissili *Sa'ar 5* della marina israeliana, sul cui ponte sarebbe atterrato.

Losanna. 22 luglio 1999

Didier Fosh stava scendendo dal centro verso il Beau Rivage, il quartiere residenziale sul lago Lemano dov'era la sua villa. Gli piaceva molto guidare e quindi faceva spesso a meno dell'autista e della guardia del corpo, che utilizzava solamente per gli spostamenti lunghi.

Considerava Losanna un luogo del tutto sicuro anche per persone come lui, abituate a trattare affari molto azzardati.

A un semaforo nei pressi della stazione un taxi si affiancò alla sua city car giapponese. Attraverso il finestrino gli apparve il viso di una splendida donna, che gli scoccò un caldo sorriso.

Si raddrizzò istintivamente la cravatta, mentre i clacson delle auto in coda dietro di lui gli segnalavano nervosamente di ripartire, visto che il verde era scattato.

Ancora un semaforo, e di nuovo il taxi accanto alla sua auto. Fosh lanciò alla donna uno sguardo che esprimeva tutta la sua ammirazione. Lei rispose con un cenno della mano, ammiccando.

Il centro caotico della città si stava allontanando, e sul lungolago il traffico era sporadico. Accertatosi che il taxi lo seguisse ancora, Fosh azionò la freccia a destra e accostò in una piazzola.

Con soddisfazione mascolina, vide nello specchietto che il taxi eseguiva la stessa manovra. La donna scese e si avviò verso la sua auto. Era alta, bionda e formosa, con tratti somatici slavi.

Salì in auto senza dire niente, e il movimento delle sue gambe fece sollevare leggermente la gonna. Lo sguardo di Fosh diede una sbirciata libidinosa alla carne giovane e vellutata che gli veniva esposta, preparandosi a gustarla. Fu il suo ultimo pensiero. La sostanza soporifera spruzzatagli in faccia dalla bellissima sconosciuta ebbe un effetto fulmineo.

Si svegliò dopo qualche ora. Non riusciva a capire se l'insistente ronzio che sentiva venisse dall'esterno o dal suo cervello. Ci volle un po' perché riuscisse a connettere. Ma finalmente la vista gli si schiarì e capì di essere su un jet privato. Davanti a lui, seduto in un comodo divanetto, c'era Iosif Bykov.

Roma. Aeroporto Leonardo da Vinci. 22 luglio 1999

Sara Terracini aveva imparato molte cose dal suo minuscolo amico ex capo del Mossad, ma non a stare in guardia contro possibili pedinamenti. Non le era mai capitato, non ci pensava nemmeno.

Quindi, quando era montata sul taxi davanti al portone di casa sua, non aveva assolutamente notato l'auto che sporgeva dall'incrocio di una stretta traversa. E ancora meno aveva notato la donna in austeri abiti grigi seduta sul sedile posteriore.

Circa un'ora più tardi era con Toni Marradesi, che si aggirava nella zona partenze dell'aeroporto come un animale in gabbia, brontolando: « Lo sai che odio volare. Perché devo infilarmi su quella scatola di ferro? Io vado dove vanno le mucche, non a diecimila metri di altezza. Lasciami qui, e vedrai che ti sarò utile come se fossi al tuo fianco in quella Cappella... come diavolo si chiama ».

« Si chiama Rosslyn, a Roslin », replicò lei, ridacchiando. « Adesso però cerca di piantarla. Non c'è niente da temere. »

Le due persone che stavano aspettando e che li avrebbero contattati con complicate formule di riconoscimento non erano infatti appassionati dell'Ordine del Tempio e delle sue misteriose ramificazioni, ma angeli custodi imposti da Oswald Breil. La lungimiranza del suo minuscolo amico le aveva già salvato la vita diverse volte.

Karin era paffuta e rotonda, sebbene di andatura imprevedibilmente agile. Portava spessi occhiali in tartaruga sopra due guance rosse che le davano un'aria da sciatrice agonistica. Bertold parlava un buon italiano, sebbene con una cadenza del tutto particolare. Ufficialmente, due archeologi dell'Università di Bonn.

Espletata con cautela la procedura di riconoscimento, il quartetto si avviò verso il check-in in due gruppi. La procedura prevedeva infatti un diversivo: mentre Sara e Toni si accodavano alla lunga fila di un volo per Nairobi, Karin e Bertold fecero quella più corta del volo per Edimburgo.

Quando i due giovani agenti del Mossad ebbero effettuato il check-in per tutti e quattro, Sara e Toni, fingendo di avere dimenticato qualcosa, lasciarono la loro fila, seguendoli con un giro tortuoso.

Nonostante tutta la loro cautela, però, nessuno dei quattro aveva notato un'austera suora seduta in una poltroncina dell'atrio partenze.

Non appena ebbero attraversato il cancello di sicurezza verso l'uscita del loro vero volo, la suora fece comparire un cellulare e digitò un numero, dicendo semplicemente: « Vanno a Edimburgo ».

Roslin. Marzo 1314

Jean Marie de Serrault era nella tenda dei soldati inglesi, di fronte a Auguste d'Auberge, il comandante delle Guardie di Filippo IV. Il suo sguardo vacuo era venato di follia.

«Quei due malfattori si sono fatti scudo di vostra madre per lasciare la Francia», disse lo sgherro francese. «Hanno raggiunto Calais e credevano di averla fatta franca, ma ai miei informatori era arrivata notizia di quello strano drappello.

«Speravamo di bloccarli prima che trovassero un imbarco, ma purtroppo non ci siamo riusciti. Ho quindi requisito una nave veloce e ho raggiunto l'Inghilterra con una lettera personale del nostro re per Edoardo, che mi ha messo a disposizione questo drappello di soldati. Abbiamo spronato i cavalli giorno e notte per arrivare in tempo a salvare vostra madre, ma ahimè...

«Quando siamo arrivati qui, i due assassini avevano già ucciso la povera donna, divenuta ormai un ostaggio inutile. Dovete vendicarvi, signor conte.»

Robert the Bruce sedeva a capo della lunga tavola in legno massiccio. Con lui c'erano i due luogotenenti, Sir James Douglas e Sir Thomas Randolph, con altri nobili scozzesi. Entrato nella sala con Bertrand e Luigi, St Clair li presentò al re di Scozia con espressioni lusinghiere.

«Conosco il valore dei Cavalieri del Tempio e la loro devozione», rispose Robert. «Proprio per questo mi sono rifiutato di credere a una sola delle infami accuse che vi sono state rivolte. Nel mio Paese i Templari saranno sempre bene accolti. La vostra esperienza ci può essere di grande aiuto per lo scontro con gli inglesi. Le nostre forze sono molto inferiori a quelle di cui può disporre re Edoardo. Ma la Scozia rimarrà un Paese libero.»

L'assemblea fu finalmente sciolta, e Robert the Bruce partì per la foresta di Torwood, dove stava raccogliendo truppe da ogni angolo della Scozia. Ma si trattava perlopiù di uomini scarsamente addestrati e armati alla bell'e meglio, seppure ricchi di coraggio e determinazione.

Uscito dalla sala, Bertrand chiese subito notizie dei conti de Serrault al comandante della guardia e, apprendendo che la signora non era arrivata e nemmeno Jean Marie era tornato, fu preso da una profonda apprensione.

Le ricerche cominciarono subito e si protrassero diversi giorni, ma Jean Marie de Serrault e sua madre sembravano scomparsi nel nulla.

Mediterraneo meridionale. 22 luglio 1999

Il comandante Di Bono arrivò in plancia scortato da alcuni terroristi in tuta bianca e da un uomo in cui molti riconobbero un passeggero. Dal modo come quest'ultimo trattava il sedicente colonnello Mills, si capiva benissimo chi fosse il vero capo della sporca operazione.

«Ci dica dov'è l'armeria e ci consegni la chiave, comandante», ordinò infatti Hans Holoff.

«Non ce l'ho», mentì Di Bono, accortosi subito che il primo ufficiale non era rimasto ad aspettarlo lì come gli aveva ordinato.

«Ci consegni la chiave dell'armeria», ripeté il capo dei terroristi, puntando una pistola alla tempia del timoniere e facendo scattare il cane.

Di Bono se la tolse di tasca e la gettò sul tavolo da carteggio, indicando il pannello dietro cui erano custodite le armi. In quello stesso istante Hans Holoff premette il grilletto. Gli schizzi di sangue lordarono le vetrate del ponte di comando, mentre il corpo del timoniere si accasciava al suolo senza vita.

«Non serviva più. Adesso saranno i miei uomini a condurre la nave», disse gelidamente Holoff, prendendo la chiave e aprendo l'armadietto.

Di Bono vide immediatamente che tre pistole non c'erano più.

«Adesso», gli ordinò ancora Holoff, «comunichi via radio alle autorità statunitensi e a quelle israeliane che la sua nave è in nostro possesso, e che da questo momento sarà instaurato il silenzio radio.».

Gli otto agenti addetti alla sicurezza della *Queen of Atlantis* erano sistemati in prossimità dell'ospedale, in una sala controllo che riceveva le immagini da un centinaio di telecamere collocate nei punti strategici della nave. Alcuni di loro, concluso il turno di guardia, stavano riposando in cabina, quando furono svegliati dal messaggio del comandante. Si precipitarono a rivestirsi. Due di loro erano invece davanti ai monitor di controllo.

Pietro Vassalle doveva allertarli il più presto possibile. La sua perfetta conoscenza della nave gli consentì di non servirsi degli ascensori per scendere verso i ponti inferiori. I passaggi erano deserti: croceristi ed equipaggio avevano già raggiunto i punti di riunione indicati dal comandante.

Gerardo di Valnure e Maggie Erriot erano invece rimasti in silenzio nel loro nascondiglio. Dalla fessura della porta videro quattro uomini armati dirigersi verso i locali degli addetti alla sicurezza, a poca distanza dal loro sgabuzzino.

Poco dopo, vedendo l'ufficiale che avanzava cautamente nel corridoio con la pistola spianata, Gerardo riconobbe subito il simpatico italiano con cui aveva conversato al tavolo del comandante. Andava nella stessa direzione dei quattro terroristi.

Gerardo aprì la porta e lo attirò nello sgabuzzino, spiegandogli a gesti il pericolo che stava correndo. In quello stesso istante risuonarono sinistri i tonfi delle mitragliette silenziate. E poco dopo i quattro uomini in tuta bianca passarono di nuovo davanti al nascondiglio.

A quel punto i tre si azzardarono a uscire, precipitandosi ai locali degli addetti alla sicurezza. Erano tutti morti. Colti di sorpresa, erano stati falciati dalle mitragliette dei terroristi.

Intanto il teatro era gremito da passeggeri e membri dell'equipaggio, che si assiepavano anche nei corridoi e nel salone del bar Dioniso. Il comandante Di Bono salì sul palcoscenico con il microfono in mano, esattamente come aveva fatto alcuni giorni prima durante la cerimonia di benvenuto. Ma questa volta l'atmosfera era del tutto diversa.

«Il colonnello Mills e i suoi uomini», disse, cercando di non far trasparire la preoccupazione, «hanno assunto con la forza il comando della nave. Vi invito ad attenervi scrupolosamente a ogni loro ordine per evitare inutili spargimenti di sangue.»

Il panico cominciò a serpeggiare tra i passeggeri. Alcune donne urlarono, ma i colpi esplosi in aria da uno degli uomini in tuta bianca ristabilirono immediatamente un ordine carico di apprensione. Il sedicente colonnello Mills strappò il microfono dalle mani del comandante, intimando in modo perentorio: «Se non si verificheranno incidenti, non dovrete rimanere chiusi qui dentro per più di ventiquattro ore. Non tentate gesti estremi. Sarebbero stupidi e, soprattutto, inutili. I miei uomini hanno l'ordine di uccidere a vista».

In quello stesso istante, nei punti strategici del teatro e del bar comparve una decina di uomini in tuta bianca con le armi spianate.

«Tra non molto saremo vicini alla costa israeliana. Le comunicazioni con la terraferma sono rigorosamente vietate, per cui vi ordino di consegnare immediatamente telefoni cellulari e apparecchi radio ai miei uomini. Le linee interne della nave sono già state disattivate. Attenetevi a questi ordini, e non vi succederà niente.»

Molti passeggeri e membri dell'equipaggio si avviarono nella direzione indicata da Mills, e il tavolo presidiato da uno dei terroristi in tuta bianca si coprì di telefoni cellulari e apparecchi radio portatili.

Poco dopo altri terroristi si aggiunsero al gruppo iniziale. Erano quelli che avevano perquisito a fondo la nave.

«Sono tutti qui, colonnello», disse uno di loro. «Il resto

della nave è deserto. Agli uomini della sicurezza è stato provveduto secondo gli ordini.»

La nave passeggeri più grande del mondo si era trasformata in un lager in viaggio verso la morte.

Roslin. 23 luglio 1999

L'accoglienza riservata al gruppo di studiosi dal sovrintendente della Cappella di Rosslyn fu cortese.

«Influenti funzionari del nostro governo mi hanno esortato a fornirvi la massima collaborazione, e sono lieto di farlo.

«Consentitemi dunque di accompagnarvi in un primo sopralluogo. Quando vi sarete orientati, potrete operare fuori del normale orario di visita, anche se ovviamente non vi è consentito manomettere in alcun modo le strutture, né prelevare campioni o eseguire analisi che possano in qualsiasi modo danneggiare il sito. A questo proposito è tassativo che lasciate la porta della Cappella aperta, per un eventuale nostro controllo.»

La struttura principale era protetta da un tetto in lamiera e da un percorso in ferrotubi che consentiva di esaminare anche le sculture e i fregi nella parte alta della Cappella.

Il sovrintendente fu prodigo d'informazioni storiche, ma non sfiorò uno solo dei dubbi che la singolare costruzione poteva far sorgere. Sara finse educatamente la massima attenzione, ma sia lei sia Toni sapevano già a memoria quanto andava spiegando.

«William St Clair, terzo e ultimo principe di Orkney, cominciò la costruzione della Cappella di Rosslyn nel 1446, e alla sua morte, avvenuta nel 1484, fu tumulato nella parte occidentale della struttura, che non venne praticamente mai completata», disse il sovrintendente.

«Tra il 1589 e il 1590, però», continuò, «la Cappella fu duramente censurata dalle autorità ecclesiastiche, che la definirono 'edificio e monumento d'idolatria, in nessun modo adeguato per insegnarvi la Parola e amministrarvi i Sacramenti'. Oliver St Clair, discendente di William, fu più volte invitato a demolire gli altari, e nel 1592 fu convocato presso l'Assemblea Generale, che lo minacciò di scomunica se non avesse prontamente provveduto. La demolizione venne certificata il 31 agosto di quell'anno, e da allora Rosslyn andò progressivamente in rovina. Comunque, tra alterne vicende, è sopravvissuta fino ai nostri giorni, e purtroppo c'è chi si ostina a voler scoprire misteriosi simbolismi celati nelle raffigurazioni statuarie e nella stessa architettura.»

La visita durò poco meno di cinquanta minuti, dopo ci che i quattro visitatori si congedarono dal cortese sovrintendente, ringraziandolo e dicendogli che avrebbero cominciato le loro ricerche quella sera stessa.

Si stavano inoltrando nelle anguste vie di Roslin, quando Toni diede di gomito a Sara, indicandole la prima pagina di un giornale in un'edicola.

«Dirottata la *Queen of Atlantis*», vi si leggeva a caratteri cubitali. «Quasi cinquemila persone nelle mani dei terroristi.»

Si precipitarono ad acquistarne due copie. Un uomo, fermo davanti a un portoncino sull'altro lato della viuzza, si frugò nelle tasche in cerca della chiave fin quando non li vide allontanarsi ed entrare nel loro albergo. Disinteressatosi di chiave e portoncino, entrò in un pub, sedendosi davanti a una vetrinetta da cui poteva tenere d'occhio precisamente quell'albergo.

Mediterraneo meridionale. 23 luglio 1999

L'ordine impartito da Oswald Breil al comandante della *Sa'ar 5* era di tenersi sulla scia della *Queen of Atlantis*, senza però rendersi visibile.

Intanto si era fatto raggiungere da due persone: il direttore del Mossad, Erma, e il capitano Bernstein, una sua vecchia conoscenza, un uomo prezioso per l'«Istituto», capace di scardinare ogni segreto di qualsiasi computer.

« Non riesco a capire che cos'abbiano in testa questi terroristi », disse l'omino. « Non c'è stata nessuna richiesta, e la nave continua a procedere al minimo verso Haifa. »

In quel momento un ufficiale della corvetta israeliana, dopo aver educatamente bussato, entrò nella sala comando.

« Chiedo scusa, signor vice ministro », spiegò mettendosi sull'attenti: « ci è appena arrivato un messaggio da uno yacht che naviga a poca distanza da noi. Il proprietario, Iosif Bykov, chiede di poter parlare con lei. Sostiene di avere informazioni di vitale importanza. »

I passeggeri avevano trascorso una prima notte insonne e angosciata. Di Bono era riuscito a ottenere dai terroristi che una piccola équipe di cuochi preparasse una prima colazione, servita con le attrezzature mobili usate per i buffet. Il terrore serpeggiava evidente, ma il comportamento di tutti era esemplare.

Di Bono stimò che le coste israeliane non dovevano distare più di una quarantina di miglia. La *Queen of Atlantis* continuava a procedere a bassa forza sulla rotta per Haifa.

Lionel Goose si era trovato vicino a Sam e Debbie Ride, i due coniugi del Maryland con cui aveva cenato al tavolo del comandante. Agitatissima, la giovane signora sembrava non rendersi conto della situazione e continuava a protestare con il marito, ordinandogli in tono petulante di fare qualcosa.

« Guardi », si lamentò con Lisa Goose come una bimbetta viziata, « mi si è spiegazzato tutto il vestito. Ed è costato un occhio della testa, nientemeno che... » Ma s'interruppe di colpo, in preda al panico.

Il telefono cellulare che non aveva voluto consegnare ai dirottatori si era messo a trillare. Nel silenzio teso della sala, lo squillo risuonò come la campana di una cattedrale. Immediatamente due dei terroristi le furono addosso, strappandole la borsa e prendendo l'apparecchio.

Debbie Ride fu trascinata sul palcoscenico, dove il colonnello Mills le puntò freddamente la pistola alla tempia.

«Fermati, assassino!» gridò Lionel Goose, gettandosi verso la terribile scena e travolgendo l'uomo che dal palcoscenico puntava il fucile mitragliatore sugli ostaggi.

Il colpo della pistola di Mills partì prima che Lionel gli fosse addosso. Il cranio di Debbie Ride esplose come una zucca matura.

Ma gli altri terroristi sparsi per la sala non potevano aprire il fuoco per il timore di colpire Mills e il loro compagno.

Le mani di Goose calarono su Mills come due magli. Gli anni non gli avevano fatto dimenticare il durissimo addestramento ai tempi dei Berretti Verdi: il suo furore ne fece un'arma letale. Con un sinistro scricchiolio di ossa, il collo di Mills si piegò in una posizione innaturale.

Gli ostaggi cominciarono a tumultuare, e i terroristi esplosero alcune raffiche di mitra in aria per ristabilire la calma.

Lionel si sentì afferrare per l'avambraccio. «Presto, di qui», gli gridò il comandante Di Bono, trascinandolo lontano dai due corpi senza vita.

Buttatisi oltre le quinte, i due salirono la ripida scaletta che portava alla passerella sopra il palcoscenico, dov'erano appese le luci e le attrezzature di scena. Di Bono fece cenno a Lionel di chinarsi, spingendolo verso la porticina in fondo alla passerella. Si trovarono in un'intercapedine sopra il teatro. Gli spari si stavano rarefacendo. I terroristi erano evidentemente riusciti a ristabilire l'ordine.

«Grazie, comandante», disse Lionel con voce affannata.

«Sono io che devo ringraziarla per aver creato questo diversivo con il suo coraggio. Saremo molto più utili da liberi che da prigionieri dei terroristi.»

Guidati da Pietro Vassalle, Maggie e Gerardo avevano intanto raggiunto il ventre della nave nella zona di poppa, sul ponte più basso, quello dell'inceneritore dei rifiuti, dei contenitori di combustibile e delle acque di scarico. Erano tutti e tre armati di pistola. L'inceneritore produceva un fetore nauseabondo, ma non sembrava quasi loro vero di essere sfuggiti ai dirottatori.

«Qui non dovrebbe trovarci nessuno», disse l'ufficiale italiano. «E comunque penso che i terroristi abbiano ben altro da fare.»

Così infatti era. Non appena ristabilito l'ordine nel teatro, Hans Holoff aveva ordinato ai suoi di riprendere le operazioni secondo i piani prestabiliti. Tre uomini furono sguinzagliati in caccia dei due fuggiaschi.

Altri raggiunsero il ponte superiore, cominciando a scaricare il container depositato dal terzo elicottero. Altri ancora si portarono nella stiva numero quattordici, mettendosi ad armeggiare attorno alle cinque casse perfettamente allineate.

Di Bono e Goose si muovevano con estrema cautela, ma quando Lionel girò per primo l'angolo di un corridoio, un pugno lo colpì con violenza in piena faccia. Il comandante lo vide cadere a terra, mentre da dietro l'angolo sbucava Pat Silver in posizione di attacco.

«Accidenti», esclamò immediatamente, aiutando Lionel ad alzarsi. «Pensavo di aver a che fare con i terroristi.»

«Presto, signor Silver», tagliò corto Di Bono. «Dobbiamo cercare di metterci in contatto con la terraferma.»

«Come facciamo?» chiese Pat. «Ho provato alcuni telefoni, ma sono tutti muti. Inoltre ho visto i terroristi che portavano via dalle cabine i telefoni portatili dei passeggeri. E siamo soltanto in tre, disarmati, mentre loro sono una ventina o più, armati fino ai denti.»

«Sono convinto», replicò Di Bono, «che uno dei miei ufficiali sia sfuggito alla cattura, e penso che abbia prelevato alcune pistole dall'armeria. Credo anche di sapere dove si sta nascondendo.»

Il *Blue Sapphire* si accostò alla nave militare israeliana e calò uno dei due motoscafi di servizio. Iosif Bykov salì a bordo della *Sa'ar 5* dallo scalandrone laterale, venendo immediatamente condotto nella sala comando. Vistosi davanti uno sgraziato omino, non poté fare a meno di dubitare che fosse in grado di padroneggiare quella drammatica situazione.

«Sono il vice ministro della Difesa di Israele», si sentì dire in un tono che fugò immediatamente ogni suo dubbio.

«Lei è dunque il famoso Oswald Breil. È un onore conoscerla. Sono Iosif Bykov. Se quanto si dice sui vostri servizi d'informazione è vero, credo sia inutile spiegarle di che cosa mi occupo.»

Oswald annuì, invitandolo a proseguire.

«Quella nave trasporta le dieci testate nucleari di un missile intercontinentale balistico SS 20», riprese Iosif in tono concitato. «Che cosa c'entri, può ben capirlo. Ma sappia che l'unica persona in grado di svelarci il piano dei terroristi è nelle mie mani. Sono pronto a consegnarvela, purché il mio ruolo in questa vicenda venga dimenticato.»

Rosslyn. 23 luglio 1999

Sara Terracini continuava a studiare le quattordici colonne, apparentemente disposte tenendo unicamente conto del peso che dovevano reggere. Era invece convinta che in quella disposizione ci fosse una logica dettata da leggi misteriose.

«'Teca dov'è riposta una cosa preziosa'... 'Tempio di Gerusalemme'... 'Chiave che conduce al Tesoro'», continuava a ripetere, indicando a Toni Marradesi il punto dove le linee che congiungevano le colonne della parte orientale formavano una tripla *tau*, e poi facendo correre lo sguardo in altre direzioni.

Se le sue supposizioni erano esatte, tra il Tempio di Gerusalemme e Rosslyn ci doveva essere un'ulteriore analogia. Improvvisamente il suo volto s'illuminò.

«È ora di tornare in albergo», disse di botto. «Devo esaminare alcuni documenti e vedere se un certo nostro amico ha risposto al mio ultimo messaggio.»

Nessuno dei quattro, uscendo, notò che uno sguardo seguiva ogni loro mossa.

Rientrata in albergo, Sara collegò alla rete il computer portatile che aveva con sé, aprendo la casella dei messaggi in arrivo. Letta la notizia del dirottamento, aveva mandato infatti subito un messaggio a Oswald Breil, che però non aveva ancora risposto. Anche questa volta la casella era vuota. Evidentemente il suo minuscolo amico aveva cose più gravi di cui occuparsi, pensò con disappunto.

17

Mediterraneo meridionale. 23 luglio 1999

Didier Fosh avanzava a testa bassa sullo scalandrone della corvetta israeliana, scortato da due uomini di Bykov armati. Sul ponte lo aspettavano Breil con i suoi collaboratori e lo stesso Bykov.

Sull'ultimo scalino Fosh sembrò inciampare, e uno dei due guardiani si chinò per aiutarlo. L'incauto movimento bastò perché Fosh gli strappasse con una mossa fulminea la pistola.

« Non scoprirete mai i segreti dei miei fratelli », esclamò, puntando l'arma verso Bykov e facendo fuoco. Poi si puntò la pistola alla tempia.

Oswald gli fu addosso come il fulmine, caricandolo con la spalla destra. Il colpo, inferto all'altezza del bacino, fu sufficiente perché l'arma di Fosh si alzasse. Invece di entrare nella tempia, il proiettile si conficcò nella parte alta della testa, uscendo dalla calotta cranica.

Bykov era steso sul ponte. Da un angolo della bocca gli colava un rivolo di sangue. Rosso come i rubini dei Romanov.

« Va bene così », riuscì a mormorare prima di morire. « È troppo tempo che Nadja mi aspetta con nonno Igor. »

Il referto comunicato poco dopo a Oswald Breil dal personale medico della *Sa'ar 5* diceva che Fosh era grave, ma poteva cavarsela. Sarebbero comunque trascorse diverse ore prima che potesse essere sottoposto a interrogatorio.

A Oswald fu anche consegnato ciò che era stato trovato addosso al banchiere. Tra l'altro, un cordoncino rosso impreziosito da un filo d'oro zecchino.

Pat Silver e Lionel Goose seguirono il comandante per i passaggi e le scale normalmente usati dall'equipaggio, dove potevano sperare di non imbattersi nei terroristi. Scesero diversi piani, fino al ponte sotto cui c'era soltanto lo scafo della *Queen of Atlantis*.

Raggiunto il reparto dell'inceneritore, l'odore sgradevole dei rifiuti li colpì come una mazzata, ma Di Bono chiamò sottovoce il suo subalterno.

Vassalle sbucò subito da dietro uno dei forni, impugnando la pistola. Dietro di lui fecero capolino poco dopo anche Maggie e Gerardo. Con un grido soffocato, la giovane gettò le braccia al collo di Pat, stringendosi disperatamente a lui.

«Presto, presto», li interruppe concitatamente Di Bono. «Dobbiamo riuscire a tornare sui ponti superiori. Forse troveremo un modo per metterci in contatto con il mondo esterno e comunque, rimanendo qui nascosti, non saremo di nessun aiuto.»

Quindi ordinò al sestetto di dividersi in tre gruppi, ognuno con una pistola, incaricando Maggie e Pat Silver di cercare un sistema di comunicazione funzionante. Gli altri intanto avrebbero studiato le mosse dei terroristi. Si sarebbero ritrovati tutti lì dopo un'ora.

Sul corridoio si apriva una lunga fila di porte. Pat consegnò la pistola a Maggie, dicendole in un soffio: «Vedi se riesci a trovare un telefono che funzioni, o un cellulare sfuggito ai terroristi. Io intanto cerco di raggiungere la sala radio. Ci troviamo qui tra dieci minuti».

Quindi si dileguò, mentre Maggie cominciava a ispezionare le cabine.

La sua ricerca apparve subito infruttuosa: le perquisizioni erano state fatte con grande cura. Per scrupolo provò comunque tutti i telefoni di ogni stanza, ma sempre con la stessa delusione.

Era appena entrata nella decima cabina, quando un fruscio la costrinse a voltarsi. Si vide davanti Hans Holoff con un livido sorriso di trionfo, affiancato da due uomini armati. Le sfilò la pistola di mano, dicendole con il suo duro accento tedesco: «Lei è molto bella, signora, ma altrettanto ingenua. Il computer di bordo ci ha segnalato ogni suo movimento a mano a mano che sollevava le cornette. Forza, venga con noi».

Maggie fu bruscamente portata nel teatro con gli altri ostaggi, e dopo qualche istante sentì una mano sfiorarle affettuosamente una spalla. Voltatasi, vide suo marito, che cercava di tranquillizzarla.

Sentendo che il coraggio stava per abbandonarla, gli si strinse.

Hans Holoff salì sul palcoscenico e impugnò il microfono.

«Tra poco più di un'ora sarete liberi: stiamo per andarcene. Avete visto che cosa significa non attenersi rigorosamente ai nostri ordini, quindi badate bene a ciò che fate. Per evitare sorprese, porteremo con noi due ostaggi, e precisamente due signore», disse, indicando le prescelte tra la folla. «Vi consiglio di seguirci con le buone e di non costringerci a usare di nuovo armi. Gli altri devono soltanto aspettare che vengano aperte le porte antincendio, che chiuderemo. Addio.»

La prima donna indicata da Holoff era Paola Lari. La seconda, Maggie.

«Un momento, signore», sbottò Timothy. «Sono un dirigente dell'antiterrorismo americano. Credo che come ostaggio possa esservi più utile io di mia moglie. Prendete me.»

Holoff rimase un attimo pensoso, con un sorriso strano, poi rispose: «Un dirigente dell'antiterrorismo yankee, eh? Niente meno. Mi ha convinto. Sua moglie può rimanere qui. Venga lei con noi».

Maggie tornò a stringersi al marito e scoppiò in singhiozzi: si stava sacrificando per lei, e soltanto poco tempo prima lei lo aveva tradito. Ma due uomini in tuta bianca la strapparono dalle braccia di Timothy, spingendolo via con le armi puntate alla schiena.

Pat arrivò all'appuntamento con un leggero ritardo. Per raggiungere la sala radio e constatare che i terroristi l'avevano messa fuori uso c'erano voluti molto di più dei dieci minuti previsti. Atteso invano che Maggie lo raggiungesse, dopo mezz'ora decise di andarsene, oppresso da un sinistro presentimento.

Tornato nel locale dell'inceneritore, dovette aspettare un po' in preda a una profonda ansia prima che arrivassero gli altri. Quando finalmente li vide, la fiammella di speranza che si era concesso si spense. Maggie non era con loro.

Pat spiegò rapidamente quanto era accaduto, assumendosi la colpa di averla lasciata sola.

« Devo ritrovarla », concluse. « A ogni costo. Potete darmi una delle vostre pistole, visto che io ho dato la mia a Maggie? »

« È meglio che venga con lei », replicò Pietro Vassalle. « Per cercare la signora Hassler le occorre qualcuno che conosca bene la nave. »

Nel teatro, intanto, Derrick Grant era stato il primo ad avvicinarsi alla pesante porta in acciaio, capace di resistere due ore al fuoco.

Raggiunto da altri, incoraggiati dal suo atteggiamento deciso, cercarono tutti insieme di forzarla, ma inutilmente: quella barriera in acciaio non avrebbe mai ceduto.

« La *Queen of Atlantis* si è fermata », annunciò l'ufficiale addetto al radar.

L'omino rifletté qualche istante, quindi chiese al comandante della *Sa'ar 5*: « Può far venire l'ufficiale medico? »

Il giovane medico si presentò subito nella sala comando.

« Come sta il banchiere? » gli chiese Oswald.

« Migliora, signor vice ministro. Credo di poter azzardare che se la caverà. »

«Tra quanto pensa che potremo interrogarlo?»

«Se tutto continua così, fra due, tre giorni al massimo.»

«No, non possiamo aspettare tanto a lungo. Con ogni probabilità quell'individuo fa parte di una setta di assassini pronti a tutto, anche a uccidersi, come ha visto. Si sono impadroniti di una nave con circa cinquemila persone. E su quella nave ci sono anche tante testate nucleari da distruggere mezzo mondo. Non crede che basti per sottoporre quell'individuo a una terapia intensiva per sciogliergli la lingua?»

«Se intende Pentotal o simili, devo ricordarle le condizioni di quell'uomo: non credo possa reggerli. Comunque, signor vice ministro, se si assume la responsabilità, posso provare.»

Rosslyn. 23 luglio 1999

Sara bussò e poi aprì di slancio la porta della camera di Toni Marradesi senza aspettare una risposta.

Il suo collaboratore era chino sul computer portatile, perso in chissà quale ricerca. Girò appena lo sguardo nella sua direzione.

«Potevo essere nudo, o in compagnia di una bella cameriera», borbottò.

«Sarebbe più facile trovarti tramutato nel rospo delle fiabe», ribatté scherzosamente Sara.

«Eh, già. Ha parlato la famosa Mangia Uomini. Quel rospo, caso mai, sputalo tu. Quale sensazionale scoperta ti ha indotto a violare la mia privacy?»

«Guarda qui», tagliò corto Sara, posando sul tavolo due planimetrie che erano appena uscite dalla sua stampante portatile.

«Questa è una ricostruzione del Tempio di Gerusalemme, e quest'altra la pianta della Cappella di Rosslyn. Come vedi, sono molto simili. Ma c'è un'altra cosa: come sai, il *Sancta Sanctorum* del Tempio – ovvero il luogo dov'erano custoditi gli oggetti più sacri dell'ebraismo, come l'Arca dell'Alleanza, la Menorah eccetera – era esattamente al centro di un simbolo ebraico: una Stella di Davide tracciata tra elementi architettonici disposti con apparente casualità. Gli antichi progettisti del Tempio non lasciavano niente al caso. Basta sovrapporre la planimetria del Tempio di Gerusalemme a quella di Rosslyn, *et voilà*. Guarda.»

E Sara sovrappose i due fogli, accostandoli a una lampada.

Non appena li vide, Toni Marradesi sollevò lo sguardo con aria piena di ammirazione. Quindi diede un'occhiata all'orologio.

«Forza, dobbiamo sbrigarci», disse. «L'orario di visita sta per finire, e Rosslyn sarà tutta nostra per l'intera notte. Dai, andiamo.»

Mediterraneo meridionale. 23 luglio 1999

Sulla corvetta, Breil era chino sul letto di Didier Fosh, dalla cui bocca le parole uscivano come flebili lamenti. Il narcotico stava facendo effetto.

«Di quale organizzazione fa parte, Fosh?» chiese.

«Sono uno dei dodici membri, oltre al Gran Maestro, del Consiglio Supremo del Nuovo Ordine dei Poveri Cavalieri di Cristo», rispose il banchiere con voce appena udibile, ma scandendo ogni sillaba come un automa.

«Qual è il vostro piano? Volete far esplodere il carico nucleare della *Queen of Atlantis*?»

Fosh non rispose. Sembrava aver perso conoscenza. Oswald ripeté immediatamente la domanda, rendendosi conto che a Fosh restavano ormai soltanto pochi istanti di lucidità. Il banchiere annuì.

«Dove si riunisce il Nuovo Ordine? Chi è il Gran Maestro? Qual è il vostro obiettivo? Avete intenzione di compiere altri attentati?»

Le ultime parole di Fosh furono molto confuse. «Spodestare Satana... La diga che alimenta il vizio... L'onda purificherà i peccati, e sulle rovine ricostruiremo il Regno di Cristo.... L'antica strada della Città Eterna... La villa...»

Poi il corpo del banchiere ebbe un ultimo sussulto, e, scuotendo la testa, il medico di bordo gli coprì gli occhi con il lenzuolo. Didier Fosh non avrebbe più detto niente a nessuno.

Sentendo le voci farsi vicine, Pietro Vassalle e Pat Silver si nascosero sotto uno dei tavoli della roulette, da dove non potevano scorgere molto più dei piedi e delle gambe di chi passava.

I primi furono una donna e un uomo. Li seguivano altri due uomini, uno con la tuta bianca dei terroristi.

Muovendosi con grande cautela, Pietro Vassalle uscì dal suo nascondiglio non appena furono passati. Presa attentamente la mira impugnando con entrambe le mani la Beretta, fece fuoco, colpendo alla nuca il terrorista in tuta.

Hans Holoff si girò di scatto, ma non ebbe il tempo di fare fuoco.

Pietro Vassalle aveva già premuto una seconda volta il grilletto con grande freddezza. Sulla camicia dell'ex agente della Stasi si aprì una rosa rossa, mentre il suo corpo veniva scaraventato all'indietro. Ma prima ancora che cadesse, Vassalle fece fuoco un'altra volta, colpendolo alla testa.

Anche Pat stava per uscire allo scoperto, mentre Vassalle diceva ai due ostaggi: «Presto, seguitemi, prima che ne arrivino altri», quando nel pugno di Paola Lari comparve una Dillinger 6,35 a quattro canne sovrapposte che sembrava un giocattolo. La donna premette il grilletto a pochi passi da Vassalle. L'ufficiale si accasciò a terra, centrato in pieno petto, ma in un ultimo lampo di lucidità riuscì a gettare la pistola sotto il tavolo della roulette.

Silver la raccolse e si buttò fuori del nascondiglio. Esplose in rapida successione sette colpi contro Paola Lari, centrandola più volte.

Appena la sparatoria era cominciata, Timothy Hassler era riuscito a rifugiarsi tra due slot machine, ma un colpo vagante lo aveva raggiunto di striscio alla spalla sinistra. Pat lo prese per un braccio e lo portò via.

La cisterna, un contenitore stagno delle dimensioni di una piscina olimpionica, era in un ambiente attiguo a quello dell'inceneritore. Raccoglieva le acque di scarico quando la *Queen of Atlantis* era in porto o in prossimità della costa, per poi scaricarle in mare aperto al fine di evitare pericoli d'inquinamento.

I rumori che Di Bono sentiva venivano proprio da lì, ed egli si avventurò sino alla porta, chinandosi a sbirciare attraverso la grossa serratura.

Lungo il bordo della cisterna vide allineati una ventina di terroristi in attrezzatura subacquea, accanto ad alcune capsule stagne. I due grossi tombini d'ispezione erano aperti.

Di Bono sentì perfettamente uno dei terroristi che, sfilato il boccaglio, chiedeva al vicino: « Ma quando arrivano gli altri? »

« L'ordine è di non aspettare nessuno », rispose l'altro nello stesso modo, consultando l'orologio subacqueo. « Se tra due minuti non saranno qui, dobbiamo abbandonare ugualmente la nave. Il computer di bordo è stato programmato per entrare in funzione tra quattro minuti esatti. E quando questo colosso si rimetterà in moto, sarà meglio essere a distanza di sicurezza dalle eliche. »

Di Bono vide gli uomini calarsi a due a due nei tombini d'ispezione della cisterna, immergendosi nel liquame maleodorante e portando con sé le voluminose capsule. Sarebbero sbucati sotto il ventre della nave attraverso il grande tubo d'acciaio per lo scarico in mare delle acque nere.

Nessuno sarebbe mai andato a cercarli sotto la chiglia della nave, e con ogni probabilità, vista la loro perfetta organizzazione, c'era ad aspettarli un sottomarino. Stavano per farla franca.

Di Bono s'impose la calma: era inutile ingaggiare battaglia con i pochi terroristi ancora in attesa d'immergersi. Non ce l'avrebbe mai fatta. Meglio darsi da fare per mettere in salvo la nave e i passeggeri. Da quanto avevano detto i terroristi, la costa doveva ormai essere vicina.

Da qualche anno la US Submarines costruiva anche sottomarini da diporto, autentiche meraviglie della tecnica dotate dei comfort di uno yacht e capaci di navigare sott'acqua con prestazioni di poco inferiori a quelle di un mezzo militare. La gamma dei modelli andava da un piccolo sottomarino di dieci metri per sei persone a uno di sessantacinque metri con quattro ponti.

Il Nomad 1000, lungo poco meno di venti, poteva trasportare fino a trenta persone e raggiungere una profondità di trecentocinque metri. Era equipaggiato con due motori diesel di superficie da 250 cavalli e con due propulsori elettrici capaci di sviluppare una potenza di oltre cento cavalli ciascuno. La sua velocità massima era di dieci nodi in superficie e cinque in immersione.

Il fondale nella zona prospiciente il porto di Haifa è una distesa di sabbia fine a una profondità pressoché costante di circa settanta metri.

Il punto era stato scelto con estrema precisione. Il Nomad 1000 vi si era adagiato sollevando una fitta nube di sabbia e rimanendo immobile diverse ore. A bordo regnava il più assoluto silenzio: ogni rumore poteva essere captato dalle navi militari israeliane che certamente incrociavano nei pressi della *Queen of Atlantis*.

Emersi dal tubo di scarico della grande nave, i terroristi scesero a perpendicolo nell'acqua cristallina con il loro carico. Il sottomarino era lì ad aspettarli, con il portale della camera di decompressione già aperto.

«Dove sono il capo e gli altri?» chiese il comandante del sommergibile, a operazioni di recupero ultimate. «È successo qualcosa?»

«Li abbiamo aspettati finché abbiamo potuto», rispose il responsabile del commando. «Ma avevamo l'ordine di non mancare per nessun motivo all'appuntamento con voi.»

«Certo. Il capo e la donna sono capaci di cavarsela in qualsiasi situazione. E ho anch'io i miei ordini. Tra un'ora, quando la *Queen of Atlantis* avrà portato lontano la scorta militare che la tallona come un'ombra, tagliamo la corda.»

Foresta di Torwood. Scozia. Giugno 1314

Le esercitazioni al quartier generale di Robert the Bruce duravano ininterrottamente da due mesi, ed era ormai tempo di muoversi: il re di Scozia non voleva lasciare all'esercito di Edoardo II la scelta del campo di battaglia.

Le staffette avevano confermato che gli inglesi erano molto più numerosi dei seimila scozzesi: si aggiravano sulle ventimila unità, con una cavalleria pesante di duemilacinquecento uomini. Vi erano poi diversi contingenti scelti, tra cui i leggendari arcieri gallesi, ritenuti capaci d'incoccare le frecce a una velocità tale da lanciare almeno altri cinque dardi prima che il primo raggiungesse il bersaglio.

Al contrario, gli scozzesi erano per lo più armati soltanto di un grande coraggio. La cavalleria era composta da cinquecento unità, e fra la truppa serpeggiavano problemi di disciplina connessi con il carattere irrequieto degli Highlander.

Gli scozzesi sapevano dunque di dover combattere in uno stato d'inferiorità di uno a quattro. Ma avevano dalla loro uno spirito di corpo sconosciuto alle truppe inglesi, oltre al particolare concetto di mobilità sul campo propria di Robert the Bruce: niente doveva essere statico; ogni arma, anche quelle classicamente difensive, doveva avere una funzione di attacco.

Questo valeva anche per gli *schiltron*, i pali di legno appuntiti, lunghi quasi quattro metri, che negli schemi tradizionali di battaglia venivano piantati a terra davanti alle avanguardie per respingere il primo attacco di cavalleria.

Gli uomini di Robert erano invece addestrati a trasportarli come tutte le altre armi e, una volta ricevuto l'ordine, assumevano uno schieramento circolare tenendoli puntati verso l'esterno.

Mediterraneo meridionale. 23 luglio 1999

Tutti si ritrovarono puntualmente in plancia, e ciascuno riferì sull'esito della propria missione. Timothy Hassler, ferito in maniera non grave, era stato medicato e lasciato in una cabina.

Arthur Di Bono era furente. Ciò che aveva sentito dire dai terroristi aveva avuto conferma non appena era arrivato in plancia: i comandi manuali della nave erano stati disattivati. A condurre la *Queen of Atlantis*, secondo un programma messo a punto dai terroristi, era il computer centrale.

Sedutosi davanti a uno dei terminali, cercò di digitare una serie d'istruzioni, ma invano.

« Non c'è niente da fare. Non riesco ad accedere al computer centrale. Evidentemente le istruzioni impartite alla nave sono in qualche modo protette. Non soltanto non è possibile governare la *Queen of Atlantis*, ma nemmeno dare un comando elementare come aprire le porte antincendio, dietro cui sono prigionieri i passeggeri e l'equipaggio. Anche le comunicazioni sono impedite. »

In quello stesso istante lo schermo del terminale si oscurò. Vi apparve una serie di numeri e lettere in sequenza del tutto casuale, poi si spense.

« Un virus », esclamò Pat Silver.

« Un virus? » chiese il comandante in tono sconfortato.

« Sì, e temo che siano stati contagiati tutti i terminali. Non appena si tenta di manipolarne uno, o anche soltanto di accedere all'unità centrale, il virus si attiva e neutralizza il computer utilizzato. »

« Vedo che se ne intende, Silver. Può tentare di trovare un rimedio? »

«Provo, comandante, ma non sarà facile.»

In quel momento Pat avvertì una spinta all'indietro: obbedendo a chissà quale comando programmato, la *Queen of Atlantis* aveva fatto un balzo in avanti e a poco a poco aumentò la velocità fino a raggiungere quella massima.

A bordo della *Sa'ar 5* l'ufficiale israeliano indicò la traccia sul radar: «Hanno aumentato l'andatura, signor vice ministro. Adesso stanno navigando alla velocità massima, circa ventiquattro nodi. Continuando così s'infileranno di precisione nell'imboccatura del porto di Haifa».

Ecco il disegno dei terroristi, pensò Breil, inorridito: centoventimila tonnellate di ferro, cariche di testate nucleari, lanciate contro una città a circa cinquanta chilometri l'ora.

«Evacuazione immediata della zona portuale di Haifa», ordinò all'istante. Ma sapeva che era inutile: dieci testate nucleari potevano distruggere quasi tutto il territorio di Israele.

«Pensa che si tratti di una missione suicida?» chiese Erma.

«È possibile. A meno che non siano invisibili, i terroristi devono essere ancora a bordo.»

«Potremmo tentare di mandare a fondo la *Queen of Atlantis* prima che raggiunga il porto», intervenne Erma.

«Non è possibile», ribatté Oswald. «Condanneremmo con assoluta certezza gli ostaggi, senza averne nessuna per quanto concerne l'affondamento della nave. La *Queen of Atlantis* ha una compartimentazione stagna che la rende praticamente inaffondabile. Inoltre, anche ammesso che riuscissimo a farla colare a picco, non limiteremmo di molto l'esplosione nucleare.»

«È vero», confermò mestamente il comandante della corvetta. «Il fondale è piatto per trenta miglia dall'imboccatura del porto, con una profondità massima sui settanta metri. Troppo pochi.»

Le sirene non suonavano a Haifa dai terribili giorni della

guerra del Golfo. Non appena il loro lugubre suono si diffuse, la città si paralizzò. Mentre auto militari munite di altoparlante diffondevano l'ordine di evacuazione della zona del porto, tutti corsero ordinatamente verso i rifugi.

La torre della Facoltà di Medicina «Bruce Rappaport» sulla penisola di Bat Galim, a destra dell'imboccatura del porto, era ormai visibile a occhio nudo. Di Bono posò il binocolo con un'aria preoccupata.

«Se non riusciamo a fare qualcosa, la *Queen of Atlantis* entrerà a tutta velocità nel porto, infilando la prora nei pressi del museo ferroviario.»

Pat era seduto di fronte a un terminale. Ne aveva già verificati quattro, e il risultato era sempre stato lo stesso: un virus rendeva impossibile ogni comunicazione con il sistema centrale di controllo.

Scosse la testa. «Sto perdendo ogni speranza, comandante. Tutti i terminali sono infettati. Non appena tento di collegarmi con il computer centrale, il virus danneggia irreparabilmente il terminale a cui sto lavorando. E anche se dovessi riuscire a superare il virus, chissà quali diavolerie hanno inventato quei terroristi per proteggere le istruzioni che hanno programmato.»

«Se i terroristi non lo hanno preso, nella mia stanza dovrebbe esserci ancora il mio computer portatile», disse improvvisamente Gerardo di Valnure. «Potremmo provare con quello.»

«Non credo che il problema risieda esclusivamente nell'unità periferica», obiettò Pat. «Il virus s'innesca quando si cerca di entrare nel computer centrale. Il programma riconosce i terminali collegati ed è stato predisposto per disattivarli. A meno che...» E Pat si rivolse di scatto a Di Bono. «Vengono gestiti dal computer centrale anche i servizi nelle stanze? Voglio dire, quelli a cui si può accedere attraverso la tastiera che c'è in ogni cabina?»

«Certo», rispose immediatamente Di Bono.

«Non ci resta che tentare quest'ultima possibilità. Presto, Gerardo, andiamo nella sua cabina», concluse Silver

Bannockburn. Scozia. 23 giugno 1314

Gli uomini di Robert the Bruce si mossero alle prime luci dell'alba e, raggiunta la postazione, posarono a terra i lunghi pali appuntiti, mimetizzandoli con foglie e sterpi.

La prima carica della cavalleria inglese sembrava un'onda inarrestabile, ma quando li ebbero a pochi passi, gli scozzesi sollevarono le punte acuminate degli *schiltron*.

Molti degli animali e dei Cavalieri furono trafitti, e la prima carica fu respinta senza che gli scozzesi arretrassero di un solo passo. Le successive servirono soltanto a decimare le forze inglesi.

Rinfrancati, gli scozzesi caricarono a loro volta. I rumori della battaglia divennero assordanti. Al contrario del re d'Inghilterra, quello di Scozia dava l'esempio ai suoi, spronando il cavallo contro il nemico a spada sguainata.

Ma gli inglesi erano troppo superiori numericamente, e il valore dei soldati di Robert non avrebbe mai potuto compensare la differenza.

Gli scozzesi cominciarono a indietreggiare verso le colline, mentre gli inglesi si raccoglievano per sferrare una nuova carica.

Proprio allora Bertrand de Rochebrune ordinò la carica. Portava il bianco mantello crociato sopra l'armatura lucente, come i quattrocento Cavalieri che lo seguivano. Il rumore del galoppo coprì il fragore della battaglia, facendo tremare la terra. Gli uomini di Bertrand piombarono sugli inglesi disorientati, seminando panico e morte.

Contro ogni previsione, la battaglia si volse a favore degli scozzesi. Robert the Bruce conservò il trono di Scozia e la sua terra rimase libera.

Mediterraneo meridionale. 23 luglio 1999

« Fatto! » esclamò Pat Silver con la fronte imperlata di sudore. Aveva appena finito di collegare con grande pazienza la matassa di fili colorati del cavo del televisore ad altrettanti fili che uscivano da una porta del computer portatile di Gerardo di Valnure.

« Adesso incrociate le dita e pregate che funzioni », continuò.

Quindi cominciò a digitare i comandi sulla tastiera del portatile, finché non esclamò in tono di trionfo: « Siamo nel computer centrale. Adesso vediamo se trasmette il virus anche a questo sistema periferico ».

Seguì qualche momento di silenzio carico di tensione, poi Silver riprese: « I terroristi non hanno pensato ai servizi del sistema televideo di bordo. Erano probabilmente convinti che la tastiera del televisore fosse troppo debole per modificare i programmi della memoria centrale, e avevano ragione. Non potevano prevedere questo nostro collegamento volante con un computer portatile. Adesso vediamo quali difese hanno escogitato per proteggere i comandi che hanno impartito alla macchina ».

E s'immerse di nuovo con la massima concentrazione nel labirinto di chip e microprocessori.

« Eccoli qui! » esclamò finalmente, indicando il video del computer portatile di Gerardo. « Ci sono tre gruppi di programmi, protetti da altrettante password. Se avessimo un programma di ricerca delle password e il tempo di farlo girare, non sarebbe difficile superare lo scudo protettivo dei terroristi, ma purtroppo non abbiamo né l'uno né l'altro. »

« E tra poco più di cinque minuti », commentò tetramente Di Bono, « la mia nave si schianterà contro Haifa. »

« Cinque minuti alla collisione, signor vice ministro », annunciò l'ufficiale della *Sa'ar 5*: la traccia sul radar si stava avvicinando a grande velocità alla terraferma.

Quasi paralizzato dal senso d'impotenza, Breil cercò di farsi forza e di non rassegnarsi. Ma a questo punto soltanto un miracolo avrebbe potuto evitare il disastro.

«Quattro minuti all'impatto», scandì l'ufficiale.

Sulla corvetta regnava il silenzio più assoluto. L'impatto avrebbe costituito soltanto l'inizio della catastrofe, ma nessuno poteva sapere dopo quanto tempo sarebbero esplose le testate nucleari.

Pat Silver non riusciva a darsi per vinto. Aveva provato con una serie di parole d'ordine intuitive, in base alle poche informazioni carpite ai terroristi. Provò di nuovo, inserendo nelle tre caselle delle password la parola <MILLS>. Ma ancora una volta la macchina gli negò l'accesso.

Gerardo di Valnure ebbe un'illuminazione improvvisa: «Provi con 'gassa d'amante'».

Silver inserì l'espressione nella prima casella, e la macchina rispose di nuovo che era una password non valida. Stesso risultato per la seconda casella. Angosciato, Pat provò con la terza casella, e finalmente, quasi fosse Sesamo, il computer si aprì, consentendo l'accesso ad almeno una parte dei suoi segreti.

«Adesso tocca a lei, Di Bono», esultò Pat. «Guardi lì. Il comando che abbiamo appena sbloccato è quello che controlla la rotazione dell'elica di sinistra, delle porte antincendio e delle comunicazioni. Però non so ancora quale parola d'ordine protegga il controllo della velocità, del motore di destra e delle barriere stagne.»

Di Bono non lo ascoltava già più: era corso verso la plancia.

«Un minuto all'ingresso in porto. Un minuto e venti secondi all'impatto.»

Oswald seguiva la traccia sul radar in silenzio, impugnando nervosamente il microfono della radio con cui aveva tentato più volte di mettersi in contatto con la nave, senza esito.

Attraverso un oblò della sala comando vedeva la *Queen of Atlantis* procedere ad alta velocità verso il porto.

In quel preciso istante accadde ciò che nessuno osava più sperare.

Quando Arthur Di Bono raggiunse la plancia, la prora della nave era a poche centinaia di metri dall'imbocco del porto.

Non potendo controllare la velocità, agì sul joystick di comando dell'elica di sinistra, invertendone il senso di marcia. La nave cominciò a vibrare in modo pauroso, rallentò la sua corsa suicida e poi, inclinandosi pericolosamente a sinistra, cominciò a virare facendo perno su se stessa.

Su un raggio di duecento metri la *Queen of Atlantis* invertì la rotta. Di Bono agì nuovamente sul comando dell'elica e finalmente puntò la prora verso il mare aperto, facendo esplodere un urlo di gioia agli altri tre, che lo avevano raggiunto.

Ma sulla *Queen of Atlantis* incombeva un'altra minaccia, ancora più terribile.

Terre dei mori. Giugno 1314

L'emiro Ibn ben Mostoufi guardava con affetto il piccolo Lorenzo, armato di una spada di legno, combattere un'immaginaria battaglia con altri bambini nel cortile del palazzo.

Il suo nipotino cresceva bene, dando un grande sollievo al dolore per la morte di Shirinaze. Aveva imparato rapidamente l'arabo, e la pelle scura non lasciava capire che nelle sue vene scorreva sangue europeo.

Lorenzo corse verso il nonno con aria stanca ma trionfante. «Ho vinto!»

L'emiro lo strinse tra le braccia con commozione. «Bravo, piccolo mio», disse, accarezzandogli la testa. «Ti chiamerò *Muqatil*, il Guerriero.»

Ma gli occhi bruni del bambino si riempirono di malinconia.

«Quando rivedrò mio padre, nonno? Lui sì che è un vero guerriero: ha una grande spada affilata.»

«Presto, molto presto, *Muqatil*. Tra qualche mese andremo a Piacenza e lo vedremo.»

Mediterraneo meridionale. 23 luglio 1999

«Siamo riusciti a stabilire un contatto, signor vice ministro», disse l'ufficiale, e Oswald calzò immediatamente la cuffia, accostandosi il microfono alla bocca.

«Qui Arthur Di Bono, comandante della *Queen of Atlantis*», si sentì dire. «I terroristi hanno abbandonato la nave, e ne abbiamo ripreso da poco il controllo, anche se non completamente.»

«Qui Oswald Breil, vice ministro della Difesa di Israele. Magnifica manovra, comandante. È sicuro che i terroristi non siano più a bordo? E può rassicurarci sulla salute degli ostaggi?»

«Affermativo, signor vice ministro. Ho visto io stesso il commando abbandonare la nave utilizzando il tubo di scarico delle acque reflue. Quanto agli ostaggi, abbiamo avuto qualche perdita, ma gli altri dovrebbero star bene: non abbiamo ancora avuto modo di verificare. Soltanto pochi istanti fa siamo riusciti a rimuovere i blocchi elettronici che impedivano al computer di bordo di funzionare. Ma soltanto in parte. Comunque adesso sono in grado di aprire le porte antincendio dietro cui sono chiusi passeggeri ed equipaggio.»

«In caso di abbandono nave, siete in grado di cavarvela da soli? Io dispongo soltanto di una quindicina di guastatori, e ho intenzione di utilizzarli in un altro modo. E per di più la vostra piattaforma di atterraggio è ingombrata dal container scaricato dall'elicottero dei terroristi. I miei uomini si dovrebbero quindi calare con le funi, limitando di molto le attrezzature.»

«La prego di confermare, signor vice ministro. Ha detto: 'abbandono nave'? Non capisco il motivo, visto che il pericolo è ormai scongiurato. Basta riuscire a riprendere il pieno controllo del computer di bordo e...»

«Purtroppo non è così, comandante. La manovra per scagliare la *Queen of Atlantis* sulle banchine del porto di Haifa era soltanto l'inizio del piano dei terroristi. Ma c'è sotto molto di più. Lei deve allontanare il più possibile la sua nave dalla terraferma e mettere in salvo i passeggeri. Ho motivo di ritenere che abbiate a bordo dieci testate nucleari pronte a esplodere.»

Di Bono mantenne una calma straordinaria. «Ricevuto, signor vice ministro. Attiverò il piano di abbandono nave. Il mio equipaggio è perfettamente addestrato, anche se non è facile calare le scialuppe in mare da una nave lanciata a venti nodi.»

Durante la conversazione radio tra Di Bono e il vice ministro, Lionel Goose era rimasto in silenzio, rievocando nell'intimo il ricordo delle giungle asiatiche e degli ordigni inesplosi che vi erano disseminati.

Come artificiere dei Berretti Verdi, aveva dovuto occuparsi di spolette convenzionali e mine di fabbricazione sovietica, e conosceva bene quel genere di rischio.

Con l'aiuto di Pat Silver e della sua dimestichezza con l'elettronica, decise, sarebbe probabilmente riuscito a cavarsela anche con la spoletta di una testata nucleare moderna. Sempre ammesso che fossero riusciti a trovarle.

«Penso di poter fare qualcosa», disse finalmente.

Foresta di Torwood. 27 giugno 1314

Un vento leggero dalle colline rinfrescava i partecipanti al banchetto con cui re Robert aveva voluto festeggiare la vittoria. Aveva personalmente chiesto a Bertrand de Rochebrune di sedere al suo fianco.

Il primo brindisi fu proprio per lui.

«Questa vittoria è stata favorita dal tuo valore e da quello dei tuoi Cavalieri. Brindo a te, Gran Maestro Bertrand de Rochebrune», esclamò Robert the Bruce levando il calice.

«Brindo a te», gridarono all'unisono gli alti ufficiali riuniti attorno alla tavola.

Ma nel silenzio in cui tutti portavano il calice alla bocca, dal fondo della tenda si levò una nuova voce che fece girare i commensali in quella direzione.

«Brindo a te anch'io.»

Jean Marie de Serrault, pallido ed esangue, teneva la destra alzata in segno di amicizia. Ma il suo sguardo era vacuo.

Bertrand gli corse subito incontro, abbracciandolo.

«Amico mio», esclamò. «Che cosa ti era successo?»

Poi si rivolse al re di Scozia: «Permettete, Sire. Devo al nobile Jean Marie de Serrault la vita e quanto ancora sopravvive dell'Ordine del Tempio. Chiedo il permesso di farlo sedere alla Vostra tavola».

Robert espresse il suo consenso con un cenno, e Bertrand prese sottobraccio l'amico, quasi sorreggendolo, per guidarlo verso la tavola imbandita.

«Ma tua madre?» chiese. «Dov'è?»

La luce di follia nello sguardo di Jean Marie si fece ancora più livida. «Assassino!» gridò. La sua lama brillò fulminea alla luce dei fuochi e si conficcò nella gola di Bertrand de Rochebrune.

Tutti rimasero qualche istante impietriti, quindi si scagliarono sull'attentatore, disarmandolo. Ma era tardi: il Gran Maestro del Nuovo Ordine del Tempio giaceva a terra senza vita.

18

Mediterraneo meridionale. 23 luglio 1999

«Uno dei passeggeri si è offerto volontario per tentare di disinnescare le testate, signor vice ministro», disse il comandante Di Bono nel microfono.

«I nostri esperti ci hanno detto che, una volta attivate le procedure, è pressoché impossibile disinnescare una testata sovietica del tipo di quelle che avete a bordo», rispose Oswald. «Però...» continuò. «Mi viene in mente... Certo! Il vostro passeggero potrebbe cercare di prolungare il tempo programmato per la detonazione. Fatelo provare. Le testate dovrebbero essere nella stiva quattordici, nascoste in contenitori per frigoriferi professionali.»

Di Bono indicò immediatamente sulla pianta della nave la stiva quattordici e, fermando Pat, Gerardo e Lionel Goose che già si stavano precipitando in quella direzione, disse: «Cercate di darmi quanto più tempo potete per organizzare le operazioni di abbandono nave. Prendete con voi una radio portatile per tenervi in contatto con Oswald Breil. Potrebbe esservi d'aiuto. In bocca al lupo».

«Adesso tocca a lei, Bernstein», stava dicendo in quel momento Oswald.

«Grazie, maggiore», rispose il capitano, che non sarebbe mai riuscito a smettere di rivolgersi a Oswald con il suo vecchio grado del Mossad. Non ci era riuscito quando l'omino era stato messo a capo dell'«Istituto» e non ci riusciva adesso.

Bernstein poteva essere considerato una vera e propria simbiosi di computer e cervello umano. Conosceva ogni particolare di qualsiasi programma, nessun marchingegno elettronico aveva segreti per lui.

Oswald si congratulò con se stesso per averlo fatto venire lì. Non era un vero e proprio artificiere, ma le sue capacità sarebbero di sicuro state preziose per il tentativo di manomettere le spolette delle testate nucleari.

La stiva quattordici era lunga circa quaranta metri e larga quanto tutta la nave. Il materiale vi era disposto in perfetto ordine e assicurato con cinghie per impedirne lo sbandamento in caso di rollio. Le cinque casse di frigoriferi erano in un angolo. Videro subito che erano state aperte.

Gerardo premette il pulsante laterale della radio.

« Sono Gerardo di Valnure, signor vice ministro. Abbiamo un problema. »

« Gerardo, che piacere saperla salvo. Qual è il problema? »

« Abbiamo aperto le porte dei frigoriferi. Sono tutti e cinque vuoti, ma in un angolo abbiamo rinvenuto un solo ordigno di fabbricazione sovietica. I terroristi, prima di abbandonare la *Queen of Atlantis*, hanno provveduto a saldare il contenitore della bomba alle strutture portanti della nave. Non sembra possibile rimuoverla: ci vorrebbe troppo tempo. Secondo il timer mancano nove minuti e dieci secondi allo scoppio. »

« Per adesso occupatevi soltanto di quel timer. Se le altre testate sono ancora a bordo, è possibile che non siano state innescate, ma che debbano esplodere per 'simpatia' dopo la prima. »

Ma nella mente di Oswald lampeggiò immediatamente un nuovo pensiero. I terroristi potevano aver nascosto le altre testate in una zona diversa della nave dopo averle innescate. Oppure...

Oppure ne avevano ancora nove con sé, e a questo punto chissà dov'erano nascosti.

Sebbene esausto, l'equipaggio rispose prontamente agli ordini del comandante diffusi dagli altoparlanti nel teatro: prima ancora che le pesanti porte antincendio fossero aperte, avevano già incanalato i passeggeri per risparmiare tempo ed evitare il panico durante l'abbandono della nave.

Lasciata la plancia, Di Bono si portò verso la fiumana di persone che si dirigeva con calma verso i punti di raccolta.

Tenendo l'orecchio costantemente accostato alla radio portatile, diede un'occhiata all'orologio. Erano già trascorsi quasi dieci minuti da quando gli altri tre erano andati a cercare gli ordigni.

«Mancano due minuti e dodici secondi allo scoppio, capitano Bernstein», comunicò via radio Gerardo di Valnure.

«Dica agli altri di ritentare la procedura. Secondo le informazioni appena pervenute dall'ente nucleare russo, bisogna ruotare il timer di mezzo giro a sinistra. Il movimento dovrebbe rendere possibile una parziale estrazione del congegno. Sul cilindro in acciaio ci sono tre pulsanti. Vanno premuti nell'ordine che vi abbiamo appena comunicato. A quel punto dovrebbe essere possibile modificare il timer e prolungare il tempo sino a tre ore.»

La prima delle venti scialuppe brandeggiò fuori bordo per alcuni istanti. Per precauzione Di Bono aveva preferito che non vi fossero passeggeri: nessuno poteva sapere quali reazioni avrebbe avuto a quella velocità lo scafo al contatto con l'acqua.

Sulla scialuppa, il marinaio incaricato di manovrare i cavi degli argani commise un errore, lascando per prima la cima di prora. Non appena toccò l'acqua, l'imbarcazione compì una piroetta, impennandosi e capovolgendosi.

«Accendete il motore prima di toccare l'acqua e mettete le manette avanti tutta. Una volta raggiunto il mare, mollate per primi i cavi di poppa e girate il timone verso il largo.

Soltanto allora liberate la prora della scialuppa. Il motore al massimo dei giri dovrebbe essere sufficiente a ridurre l'impatto», ordinò Di Bono.

«Dio sia lodato! Siamo riusciti a reimpostare il timer», gridò Gerardo nel microfono. «Quindi abbiamo tre ore di tempo, sempre che le altre testate non siano a bordo e innescate.»

«Possiamo soltanto aspettare. Dovrebbero mancare poco meno di quarantacinque secondi allo scoppio.»

«Come procedono le operazioni di sbarco dei passeggeri?» chiese Gerardo.

«Vediamo alcune scialuppe di salvataggio sospese lungo il fianco della nave. Mi sembra che tutto proceda con ordine. Intanto stanno arrivando tre navi per raccogliere i passeggeri. Certo... sempre che non si verifichi l'irreparabile.» E Oswald si zittì, mentre Bernstein scandiva i secondi.

«Cinque... quattro... tre... due... uno... zero!»

I due uomini lanciarono un grido di esultanza. La *Queen of Atlantis* non era saltata in aria e continuava a navigare verso il mare aperto.

«Tutto bene, Gerardo», disse poi Breil nel microfono. «Avete il tempo di condurre la nave verso il punto che vi indicheremo. Poi dovrete abbandonarla anche voi.»

Era stata sbarcata quasi la metà dei passeggeri, quando Di Bono vide Maggie.

«Signora Hassler», la chiamò.

Maggie uscì dalle due file ordinate che aspettavano di prendere posto sulle scialuppe e si diresse verso di lui. Da quando Timothy si era sacrificato per lei, era piombata in uno stato di prostrazione e angoscia.

«Grazie al coraggio di Pat Silver, che lo ha liberato dai terroristi, suo marito è salvo», le spiegò Di Bono. «È leggermente ferito e lo abbiamo messo in una cabina, ma due infermieri sono andati a prenderlo. Tra qualche minuto lo potrà riabbracciare.»

Maggie chiuse gli occhi, in preda a un tumulto di sensazioni contrastanti: i terroristi non erano riusciti a sequestrare Timothy grazie all'uomo con cui lei lo aveva tradito. Si sentì prendere di nuovo dal rimorso per ciò che aveva fatto. Non avrebbe mai potuto dimenticare gli screzi che l'avevano indotta a considerare finito il suo matrimonio, ma, nel vero momento del bisogno, suo marito si era comportato da eroe.

« Non lo farò mai più », si disse, cedendo alla commozione. Sì, sarebbe sempre stata al fianco di Timothy Hassler.

« Estendete l'ordine di evacuazione della costa sino a Jaffa e avvertite le autorità di Siria, Libano, Palestina, Cipro, Turchia, Grecia ed Egitto », ordinò Oswald. « Se le dieci testate sono ancora a bordo, la morfologia della costa mediterranea sudorientale verrà semplicemente sconvolta.»

« Ma neanche la nostra nave e quelle che stanno recuperando i naufraghi resisterebbero all'onda d'urto », obiettò il comandante della corvetta.

« Meglio non pensarci. Se ci distraiamo anche un solo istante, rischiamo davvero di assistere a una catastrofe nucleare », replicò Oswald prima di tornare al microfono.

« Comandante Di Bono », disse poi in tono di massima gravità, « comunque vadano le cose, abbiamo una sola certezza: una testata nucleare è regolata per esplodere tra poco meno di tre ore. Ma potrebbero essercene altre nove, destinate a esplodere per 'simpatia'. Dobbiamo affondare la nave prima di un possibile disastro nucleare.»

Di Bono non rispose subito. La sua meravigliosa nave stava per essere condannata a morte. Ma dalla sua decisione dipendeva la vita di migliaia, forse milioni di esseri umani.

« Esistono alternative? » chiese finalmente.

« Negativo, comandante. Allo stato attuale, nessuna.»

« Mi atterrò alle sue istruzioni, signor vice ministro », disse disciplinatamente Di Bono.

«Proseguendo per altre quindici miglia sulla rotta attuale, il fondo marino si apre in una depressione che raggiunge gradualmente la profondità di millesettecento metri. Calcolando che impiegherete circa quarantacinque minuti per raggiungerla, e che la nave andrà a fondo molto rapidamente, al momento dello scoppio la *Queen of Atlantis* dovrebbe essere almeno un migliaio di metri sott'acqua e la struttura d'acciaio delle paratie contribuirà in modo considerevole a ridurre la forza d'urto. Quanto basta per scongiurare gli effetti di un'esplosione nucleare di medie proporzioni. Il discorso è invece del tutto diverso se a bordo ci sono ancora tutte le dieci testate. Ma non credo. Comunque è nostro dovere cercare di salvaguardare le popolazioni costiere.»

«Come farà a mandare a picco una nave considerata inaffondabile?»

«Anche il *Titanic* era considerato inaffondabile», ribatté Oswald.

Roslin. 29 giugno 1314

«Bertrand de Rochebrune è stato per me un amico, un padre, un maestro», disse Luigi di Valnure con gli occhi pieni di lacrime, davanti al corpo di Bertrand, composto come voleva la tradizione templare: con la lunga spada impugnata all'altezza del torace, le gambe incrociate e la tunica bianca con la croce rossa sopra la cotta di maglia che lo copriva fino alla testa, celando la ferita infertagli al collo da Jean Marie de Serrault.

Le sue mani estrassero un cordoncino rosso, impreziosito da un filamento d'oro. Le dita si mossero rapide ed esperte come a tracciare un disegno.

«Noi continueremo, Bertrand. Non abbandoneremo mai gli insegnamenti che ci hai lasciato.» E Luigi dovette aprire a forza le mani di Bertrand per infilarvi il cordoncino. La gassa d'amante risaltò tra le dita bianchissime.

Bertrand de Rochebrune fu seppellito provvisoriamente nel cimitero poco fuori le mura del castello dei St Clair. I nobili scozzesi avevano prestato un solenne giuramento che li avrebbe vincolati per generazioni, almeno finché Bertrand de Rochebrune, primo Gran Maestro del Nuovo Ordine, non fosse stato tumulato in un sepolcro degno di lui, accanto agli oggetti sacri del Tempio. Quelli che dai tempi di Hugues de Payns erano fonte di venerazione, invidie e calunnie nei confronti dei Cavalieri.

Rosslyn. 23 luglio 1999

Sara Terracini aveva appena finito di disporre un sottile spago tra le colonne. Con un senso di trionfo vide che disegnavano una Stella di Davide, perfettamente simmetrica. Si portò al centro della figura geometrica e puntò un dito verso il pavimento.

«È qui che dobbiamo scavare.»

Karin prese dalla borsa degli attrezzi uno scalpello e cominciò a scalzare con grande cautela la pietra dal pavimento. Bastarono pochi minuti perché si staccasse dalla sua sede senza alcun danno.

A quel punto Bertold attaccò con un piccone da archeologo la sabbia compatta su cui posava la parte di pavimento appena rimossa. La punta s'imbatté in uno strato solido, provocando un rumore sordo. Tutti e quattro insieme rimossero febbrilmente la sabbia con le mani, finché non ebbero scoperto completamente una botola di legno.

Sara fece forza con tutto il suo peso sul palanchino, e la botola si aprì con un forte scricchiolio, amplificato dalle alte volte della Cappella.

Fu sempre Sara ad affrontare per prima la scala di pietra e a scendere. La sua torcia illuminò un ambiente di sei metri per sei, con al centro una colonna e, a poca distanza dalla scala, una cassa molto antica.

Sul lato opposto Sara scorse un parallelepipedo in pietra,

probabilmente un sarcofago. Si accorse che le tremavano le gambe: forse i crociati avevano combattuto anche per salvare quegli oggetti.

Si accostò al sarcofago, seguita in silenzio dai tre compagni. Sul coperchio si vedeva un bassorilievo nitido.

La torcia illuminò il volto di un cavaliere scolpito nella pietra scura, la spada stretta tra le mani e un'epigrafe:

BERTRAND DE ROCHEBRUNE. PRIMO GRAN MAESTRO
DEI NUOVI POVERI CAVALIERI DI CRISTO.

Mediterraneo meridionale. 23 luglio 1999

Sulla corvetta, Oswald indicò uno dei disegni strutturali della *Queen of Atlantis* posati sul tavolo da carteggio.

«Ogni nave moderna è dotata di compartimentazioni stagne allo scopo di garantirne la galleggiabilità in caso di falle. La *Queen of Atlantis* ne ha sei, regolate dal computer di bordo. Come abbiamo saputo dal comandante, i terroristi le hanno chiuse elettronicamente, rendendo la nave praticamente inaffondabile.»

«E allora come facciamo ad affondarla?» chiese Erma.

Oswald non gli rispose, rivolgendosi al comandante della *Sa'ar 5*.

«Quanti uomini della *Flottiglia Tredici* abbiamo a bordo?»

«Quindici.»

La *Flottiglia Tredici* era un gruppo di guastatori tra i meglio addestrati nelle azioni di guerriglia, protagonisti d'innumerevoli operazioni e dotati di armi e attrezzature di avanguardia.

«Devo parlare subito con loro», continuò Oswald.

Poco dopo li raggiunse nell'aula dei briefing, facendo loro cenno di rimanere seduti. Erano in tenuta da combattimento: una tuta nera con molte tasche per le attrezzature individuali. Per loro quell'omino era una leggenda vivente:

erano stati più volte da lui utilizzati in situazioni di emergenza. Lo ascoltarono in un silenzio elettrico.

«Molte navi giudicate inaffondabili», disse Oswald, indicando sul disegno della *Queen of Atlantis* alcuni punti sotto la linea di galleggiamento, «colano a picco perché la falla interessa diversi compartimenti stagni, e noi dobbiamo riuscire a provocare qualcosa di analogo su entrambe le fiancate. È un vero peccato dover mandare a fondo una meraviglia come la *Queen of Atlantis*, ma non abbiamo altra scelta. Nonostante tutti i tentativi, sembra che la saldatura con cui la bomba è stata fissata alle strutture della nave sia stata fatta con materiali speciali, capaci di resistere a qualsiasi smeriglio. Avete qualche suggerimento?»

Il sergente che comandava il plotone di guastatori aveva un naso da pugile e un collo taurino piantato su due spalle gigantesche. «Se quella nave fosse ferma», disse in tono riflessivo, «sarebbe un gioco da ragazzi aprirla come una scatoletta. Ma fila a più di venti nodi, quindi le cose si complicano. Però...»

Le operazioni di abbandono nave erano state lunghe e laboriose, ma l'ultima lancia, con gli ufficiali e gli ultimi membri dell'equipaggio, era finalmente stata calata.

Quando anche l'ultimo dei suoi uomini ebbe abbandonato la nave lanciata a tutta velocità verso l'ignoto, il comandante Di Bono si sentì riempire di sollievo.

«Adesso tocca a voi», disse, rivolto a Lionel, Pat e Gerardo. «Non troverò mai le parole per ringraziarvi. È rimasta una lancia. Mettetevi in salvo.»

Fu Pat a replicare per tutti: «No, comandante, non abbiamo alcuna intenzione di lasciarla qui solo. Siamo convinti che la nostra presenza possa servire a qualcosa».

«Ho il dovere...» cercò di ribattere Di Bono, ma senza eccessiva convinzione. Forse era la risposta che si aspettava.

«Abbiamo anche noi il dovere di salvaguardare la vita

dei nostri simili», tagliò corto Gerardo. «E di vite in gioco ce ne sono molte.»

I due gommoni dei guastatori filavano veloci, spinti da una coppia di fuoribordo da duecento cavalli ciascuno. Si erano disposti uno per lato, e i due piloti stavano cercando di mantenere la stessa velocità della nave. Sarebbero dovuti arrivare a toccare con il tubolare la sua fiancata, dando il tempo agli altri guastatori di disporre le mine magnetiche lungo la linea di galleggiamento. Una manovra da ripetere venti volte per lato.

«Come una scatoletta di sardine», aveva confermato il loro sergente a Oswald, imbarcandosi sul gommone.

Le mine magnetiche, che i guastatori stavano innescando secondo un disegno preciso, erano di costruzione tedesca e avevano una capacità dirompente altissima: ciascuna di esse poteva aprire una falla di tre metri di raggio in uno scafo d'acciaio spesso cinque centimetri.

Dalla plancia di comando della corvetta israeliana, dato di piglio al binocolo, Oswald Breil stava seguendo le operazioni.

«A che punto è il recupero dei naufraghi?» chiese al comandante.

«L'ultima lancia è stata issata poco fa da una delle navi di soccorso.»

«Ordinate che si mettano su una rotta nord-ovest, in modo da ridurre l'impatto dell'onda.»

«Crede che si scatenerà una serie di maremoti, Breil?» chiese Erma con aria visibilmente angosciata.

«Dipende da quante testate esploderanno. Se a bordo c'è solamente l'ordigno trovato, l'impatto non dovrebbe essere catastrofico. Ripeto: l'esplosione dovrebbe avvenire quando la *Queen of Atlantis* si sarà ormai inabissata di ottocento-mille metri. L'onda generata dovrebbe equivalere a una forte mareggiata, e anche i danni per contaminazione radioattiva dovrebbero essere limitati.

«Potrebbe invece preoccupare di più il fenomeno di riscaldamento dovuto alle altissime temperature sviluppate dalle esplosioni nucleari, ma anch'esso dovrebbe ridursi entro pochi giorni senza provocare danni irreparabili. Se invece tutte e dieci le testate dovessero esplodere simultaneamente...

«Per darle un'idea, Erma, un potenziale simile fu generato nel corso dell'esplosione vulcanica dell'isola di Krakatoa, nell'oceano Indiano, sul finire del secolo scorso. L'onda d'urto ha circumnavigato diverse volte la circonferenza della Terra. Quindi può immaginare che cosa potrebbe succedere in un bacino chiuso come il Mediterraneo. Sarebbe una catastrofe di proporzioni bibliche. Le coste verrebbero spazzate via da un maremoto senza precedenti. Non ci resta che pregare e sperare.»

Roslin. Castello St Clair. Luglio 1314

Luigi di Valnure chinò la testa, mentre il barone St Clair gli posava la spada sulla spalla.

«In ottemperanza alla volontà unanime del Consiglio, ti nomino Gran Maestro del Nuovo Ordine dei Poveri Cavalieri di Cristo, Luigi di Valnure. Il giuramento che hai prestato ti vincola alla segretezza e al perseguimento del fine dell'Ordine con qualunque mezzo, anche di fronte alla morte. Sei altresì tenuto a una scrupolosa osservanza della Regola. Dio ti protegga.»

Il Consiglio fu sciolto poco dopo, e, rimasto solo, Luigi osservò con sguardo commosso il mantello bianco crociato che indossava. Era fiero dell'incarico ricevuto. Avrebbe proseguito l'opera di Bertrand e lottato sino alla morte contro chi si serviva della Parola di Dio per i suoi turpi scopi.

Ma era felice anche per un secondo motivo: tra pochi giorni sarebbe partito per Piacenza, dove avrebbe potuto riabbracciare suo figlio.

Mediterraneo meridionale. 23 luglio 1999

Nella prima oscurità la sagoma bianca della *Queen of Atlantis* si distingueva ancora perfettamente.

«È sopra il punto più profondo della depressione», disse il comandante della corvetta a Breil. «Secondo i miei calcoli dovrebbe mancare più di un'ora e mezzo all'esplosione. Speriamo che la nave ci metta poco a inabissarsi, e che la deflagrazione avvenga in profondità.»

«È arrivato il momento di abbandonare la nave», stava intanto dicendo Arthur Di Bono ai suoi compagni di avventura.

I quattro uomini corsero all'ultima lancia, e il comandante eseguì le manovre per calarla in mare.

Erano ormai a diverse centinaia di metri, quando videro la fiancata della *Queen of Atlantis* illuminarsi di una fila di bagliori rossi. Un attimo dopo il fragore dello scoppio delle quaranta mine magnetiche arrivò talmente forte da far dolere loro gli orecchi.

La nave ridusse la velocità, s'inclinò leggermente sulla sinistra e cominciò ad affondare. Di Bono si alzò, immediatamente imitato dagli altri tre. La più grande nave mai costruita dagli uomini stava lentamente scomparendo.

La corvetta israeliana si affiancò alla scialuppa e i quattro vennero tratti a bordo.

Venti minuti più tardi le potenti fotoelettriche della *Sa'ar 5* illuminavano le antenne satellitari della *Queen of Atlantis* che stava scomparendo velocemente nel mare.

Nella zona dell'affondamento l'acqua ribolliva, e tutto attorno i relitti erano sparsi in un raggio di trecento metri.

Quando la massa scura si chiuse sopra la sua nave, gli occhi del comandante Di Bono s'inumidirono.

«Adesso non ci resta che portarci a distanza di sicurezza e aspettare. Anche se, purtroppo, nessun mezzo marino potrebbe essere abbastanza rapido da condurci in salvo se dovessero esplodere tutte le testate», concluse Oswald Breil.

Rosslyn. 23 luglio 1999

Sara Terracini teneva la torcia tra i denti, dirigendo il fascio di luce verso la colonna di pietra al centro dell'ambiente. Era divisa in cinque segmenti di misura identica, ma il sezionamento appariva chiaramente fatto in un'epoca successiva alla realizzazione, forse per facilitarne il trasporto da parte dei crociati.

«La colonna di Enoch!» esclamò in tono emozionato, facendo scorrere le dita sui caratteri dell'antica lingua scolpiti qualche millennio prima.

«Colonna di Enoch?» chiese Bertold.

Senza distogliere l'attenzione dal tentativo di aprire il grosso baule di legno massiccio, fu Toni Marradesi a rispondergli: «Secondo un'antica leggenda, molto prima dei tempi di Abramo, il profeta Enoch predisse un avvenimento apocalittico che avrebbe disseminato la morte sulla terra, devastata da inondazioni e incendi. Il profeta volle però che il livello di conoscenza fino ad allora raggiunto non andasse perduto. Quindi incise su due colonne, una in mattoni e l'altra in pietra, rispettivamente i segreti dell'edilizia e della scienza».

«Inoltre le due colonne avrebbero ornato i lati del *Sancta Sanctorum* del Tempio di Gerusalemme», aggiunse Sara.

Il cofano era in legno massiccio e aveva resistito integro ai secoli e alle vicissitudini. La tradizione della famiglia St Clair tramandava che un antenato, lo stesso William cui era dovuta la costruzione del Tempio di Rosslyn, in occasione di un incendio divampato nel castello, prima ancora che dell'incolumità degli abitanti si fosse preoccupato di certi cofani.

Era una vicenda che Toni conosceva bene, e proprio per questo stava dedicando ogni suo sforzo ad aprirlo: era convinto che potessero esservi celati i segreti del Tempio e della Cristianità stessa. Rimuovere il coperchio non fu facile, ma finalmente, con uno scricchiolio, ruotò sui cardini che l'aria asciutta della cripta aveva protetto dalla ruggine. Le mani esperte di Toni Marradesi scostarono con delicatezza i panni di lana che proteggevano il contenuto.

I rotoli di rame erano in discrete condizioni, e Toni si sentì prendere da un tremito vedendo le iscrizioni in ebraico. Erano lunghi circa trentacinque centimetri e sembravano avvolti su di sé almeno quattro volte. Dovevano essere una quindicina.

« Che cosa hai trovato, Toni? » chiese Sara, che fremeva.

« Forse abbiamo scoperto addirittura il segreto su cui si fonda il Cristianesimo », sbottò lui, visibilmente emozionato. « Credo però che sia meglio rimettere questo tesoro nello scrigno che lo ha salvato nei secoli. Per svolgere i rotoli di rame e decifrarli dobbiamo portarli nel nostro laboratorio o in una struttura adeguatamente attrezzata. »

« Già, ma come facciamo a portarli via sotto il naso del sovrintendente? »

« Il problema non si pone », echeggiò una voce dura dagli ultimi scalini. « Voi rimarrete per sempre accanto a ciò che avete scoperto. Quei documenti potranno servire soltanto al Nuovo Ordine per dimostrare chi davvero è a conoscenza della Parola di Dio. Presto, a terra in quell'angolo. »

E la pistola impugnata dallo sconosciuto emise sinistri bagliori alla luce delle torce elettriche.

« Addio per sempre », concluse l'uomo, strappando la sicura di una bomba a mano e lanciandola verso di loro.

Bertold si gettò su di lui con un guizzo. Lo sconosciuto seguì il suo movimento con la pistola e sparò un paio di colpi, ma senza colpirlo. L'arma di Bertold, invece, non lo mancò, centrandolo con due colpi.

La bomba a mano era caduta a poca distanza dai piedi di Karin, e la giovane agente la raccolse, gridando: « Presto, tutti a terra! »

Ma sapeva bene che, se l'ordigno fosse esploso in quell'ambiente angusto, nessuno di loro avrebbe avuto scampo. Il grosso cofano con i rotoli di rame era ancora aperto. Senza la minima esitazione, Karin vi posò la bomba, conficcandola nello spesso strato di panni di lana. Quindi, chiuso di schianto il pesante coperchio, si buttò anche lei a terra il più lontano possibile.

Il cofano esplose, disseminando schegge e frammenti per tutta la cripta, ma smorzando di molto la potenza della bomba.

Mediterraneo meridionale. 23 luglio 1999

La *Sa'ar 5* si era mantenuta a circa venti miglia dal punto dove si era inabissata la *Queen of Atlantis*. Non appena l'orizzonte in quella direzione si colorò di una luce bianca, l'interfono scandì i precipitosi ordini del comandante.

«Macchine avanti al minimo per rotta nord-ovest. Personale ai posti di combattimento. Attivare gli schermi antiradiazione. Prepariamoci a fronteggiare un maremoto.»

«È il momento della verità», commentò Oswald, mettendosi l'elmetto da combattimento e stringendo i legacci di un giubbotto salvagente troppo grande per lui. «Tra poco dovrebbe raggiungerci l'onda d'urto dell'esplosione. Se quella luce è stata prodotta dallo scoppio di tutte le testate, non potremo mai raccontare questa avventura.»

Rosslyn. 23 luglio 1999

Il terribile dolore ai timpani fece capire a Sara che era ancora viva. Ma si tastò tutto il corpo, aspettandosi di trovarlo coperto di chiazze di sangue. Non avendone trovata nessuna, aprì finalmente gli occhi e si tirò a sedere.

La polvere da cui era invaso l'ambiente la fece tossire. Il buio era assoluto e, anche se avesse ancora avuto la torcia, la sua luce non sarebbe stata sufficiente a perforare la fitta nube.

Chiamò gli altri tre compagni. Toni le rispose subito, informandola di essere ferito, ma lievemente. Bertold non aveva subìto danni, mentre Karin temeva di avere la gamba destra fratturata.

Attesero in silenzio che la polvere si depositasse, finché Bertold non trovò a tentoni la sua torcia, e un fascio di luce illuminò il sotterraneo. Tergendosi il sangue che gli colava dalla fronte, Toni guardò verso la cassa dei documenti, ma vide soltanto alcuni brandelli di legno fumante.

Scuotendo amaramente la testa, si chinò accanto alla giovane israeliana ferita e cercò di tranquillizzarla, mentre Bertold le prestava le prime cure.

« È la prima volta che non mi sento di condannare una persona che ha distrutto un documento così prezioso », disse, sfiorandole con dolcezza il volto sofferente. « Ti dobbiamo la vita, Karin. Grazie. »

« Mi spiace, Toni, ma era l'unica cosa che potevo fare », rispose la giovane agente del Mossad, stringendo i denti per il dolore.

Mediterraneo meridionale. 23 luglio 1999

L'onda si stagliava come una muraglia crestata di bianco sulla linea chiara dell'orizzonte. Avanzava minacciosa verso la corvetta, dove ci si preparava a fronteggiarla.

« Motori pari avanti tutta. Mantenete la prora all'onda. »

La massa d'acqua colpì come uno schiaffo violento; la prora della corvetta s'incuneò nell'enorme ricciolo dell'onda e la nave rimase sommersa per diversi secondi, ma finalmente la *Sa'ar 5* riemerse, pronta a fronteggiare le ondate minori che sarebbero seguite.

« Mi dica la sua opinione, comandante. Vediamo se concorda con la mia », disse Oswald, non appena si accorse che il peggio era passato.

« Un'onda degna di una tempesta forza otto-nove. Violenta, ma perfettamente affrontabile dalla mia nave come da quelle che hanno portato soccorso ai naufraghi. Non credo che la violenza del maremoto possa essere tale da impensierire le strutture costiere o le popolazioni. Lei sa già come la penso, signor vice ministro. A bordo della *Queen of Atlantis* era rimasta una sola testata e, come previsto, è esplosa quando la nave era mille metri sotto la superficie dell'acqua.»

«Proprio così», si limitò a commentare Oswald, ma la gioia di aver evitato una catastrofe era velata dall'angoscia per il potenziale nucleare ancora in mano ai terroristi.

Doveva contattare subito Sara per sapere a che punto fossero le sue ricerche. Ma, soprattutto, chi meglio di lei poteva forse spiegargli le ultime parole di Fosh circa una «antica strada della Città Eterna»?

Era sicuro che dietro di esse si celasse il luogo dove si riuniva il Gran Consiglio della setta.

Notte del 23 luglio 1999

I lampeggianti della polizia illuminavano la facciata della Cappella con lampi intermittenti. Gli indumenti dei quattro sopravvissuti erano a brandelli. Per questo, oltre che per i brividi da cui erano squassati sebbene facesse caldo, il personale medico li aveva forniti di coperte. Mentre Toni Marradesi e Karin venivano trasportati in ospedale, Sara e Bertold risposero alle domande dell'ispettore di polizia.

«Dovrete seguirmi alla centrale, signori, e i vostri amici saranno piantonati in ospedale. Qui c'è un morto. E le vostre fantasiose spiegazioni non mi convincono affatto.»

«Le ripeto, ispettore», replicò pazientemente Sara, «contatti il sovrintendente di Rosslyn. Lui sa perché eravamo qui.»

«Lo faremo dalla centrale», ribatté testardamente il poliziotto.

«Allora», riprese non appena furono nel suo ufficio, «volete finalmente spiegarmi che cosa facevate nella Cappella di Rosslyn di notte?»

«Gliel'ho già detto almeno cinque volte», sbuffò Sara, irritata. «Perché non si decide a chiamare il sovrintendente?»

«Lo abbiamo fatto, egregia signorina, ma per il momento è irrintracciabile. Comunque, abbiamo informato le nostre autorità centrali. Adesso però la invito a rispondere alla mia domanda. E questa volta dandomi una risposta seria.»

In quel momento un agente fece letteralmente irruzione nell'ufficio con un fonogramma in mano.

Leggendolo, l'ispettore sbiancò. E i suoi toni si fecero immediatamente diversi.

«Ho ricevuto l'ordine di lasciarvi liberi, signorina Terracini, e di garantirvi una scorta», disse con malcelato imbarazzo. «Il fonogramma dice di raccomandarle di contattare al più presto il suo 'amico importante'.»

Appena rientrata in albergo, Sara accese il computer, aggiunse al numero telefonico di rete il prefisso internazionale dell'Italia e si collegò con il suo server di Roma. Sentì subito squillare imperiosamente il campanello. Qualcuno stava già cercando di comunicare con lei.

La *Sa'ar 5* era ormai in vista del porto di Haifa. Nel frattempo le altre navi avevano comunicato via radio di aver ben tollerato l'onda anomala provocata dall'esplosione nucleare. Stavano scaricando i naufraghi sulle banchine, dov'erano assistiti da personale medico e smistati in alberghi, ospizi e caserme

Oswald era profondamente inquieto per ciò che gli era appena stato riferito in merito a quanto accaduto a Rosslyn. Ma non aveva ancora avuto tempo di collegarsi con Sara.

<COME STAI?> digitò finalmente, utilizzando il solito programma di scrittura criptata.

<QUASI A PEZZI, E NON È UN MODO DI DIRE>, lesse con profondo sollievo sul suo monitor. Se era in grado di rispondere, voleva dire che Sara stava bene.

<SPIEGAMI BENE CHE COS'È SUCCESSO.>

<UNO SCONOSCIUTO ADERENTE ALLA SETTA CI HA LANCIATO

CONTRO UNA BOMBA A MANO. MA PER FORTUNA NON MI HA BECCATO.>

<E GLI ALTRI TRE? AVETE SCOPERTO QUALCOSA?>

<UNA DOMANDA ALLA VOLTA. SONO ANCORA STORDITA, E OLTRE A TUTTO PUZZO DI POLVERE DA SPARO. TONI STA BENE, ANCHE SE HA DIVERSE FERITE SUPERFICIALI. BERTOLD È ILLESO. QUELLA CHE STA PEGGIO È KARIN: HA UNA FRATTURA A UNA GAMBA. ABBIAMO SCOPERTO ROBA DI ENORME INTERESSE, MA IN BUONA PARTE È PURTROPPO ANDATA PERDUTA NELL'ESPLOSIONE. NIENTE COMUNQUE CHE POSSA ESSERTI D'AIUTO NELLA RICERCA DELLA REALTÀ ATTUALE DELLA SETTA. ADESSO, PERÒ, AVREI PROPRIO BISOGNO DI UN BEL BAGNO.>

<ANCORA UN ATTIMO, SARA. CHE COSA PUÒ VOLER DIRE 'ANTICA STRADA DELLA CITTÀ ETERNA'?>

<DOMANDA DA UN MILIONE DI DOLLARI, CAPO. A ROMA TUTTO È ANTICO, E CI SONO ALMENO UNA VENTINA DI STRADE NEL CUI NOME COMPARE L'AGGETTIVO 'ANTICO'. LA VIA ANTICA PER ANTONOMASIA, PERÒ, È L'APPIA. PERCHÉ?>

<TE LO SPIEGHERÒ UN'ALTRA VOLTA. ADESSO HO COSE MOLTO IMPORTANTI DA SBRIGARE. *SHALOM*.>

24 luglio 1999

Sulla nave che li aveva imbarcati, Timothy Hassler era sempre rimasto al fianco di Maggie, tenendola stretta e confortandola. Dopo lo sbarco la sua ferita superficiale alla spalla sinistra era stata sollecitamente medicata, e non appena tornato dalla moglie le aveva detto: « Devo mettermi a disposizione dell'ambasciata degli Stati Uniti qui in Israele. Ho appena telefonato. Quindi bisogna che vada a Tel Aviv. C'è già un'auto che mi aspetta, ma sarò di ritorno domani. Cerca di essere forte ».

« Ma, Timothy... sei ferito », cercò di obiettare lei. « Capisco il tuo senso del dovere, ma puoi anche concederti un po' di riposo. »

« Non posso, Maggie. Un funzionario degli Stati Uniti

che è stato testimone di un evento come questo non può sfuggire ai suoi doveri. E ancora meno posso rischiare che il tempo mi faccia dimenticare qualche particolare importante.»

Timothy baciò la moglie, poi si rivolse a Grant: «Ti prego, Derrick, abbi cura di lei fino al mio ritorno».

Nel trambusto generale, quasi nessuno prestò attenzione a un elicottero militare che passava sopra le loro teste.

Oswald Breil sbirciò giù dal finestrino del velivolo e vide che la macchina dei soccorsi era in piena attività. Ma non poteva ancora tirare un sospiro di sollievo. La terribile minaccia continuava a incombere.

Quando aveva bisogno degli organi di giustizia in Italia, Oswald Breil non poteva che ricorrere a un vecchio amico: Alberto Vite, il magistrato a capo della Divisione Investigativa Antimafia. Avevano collaborato con successo in diverse missioni.

Il suo executive jet atterrò sulla pista di Ciampino poco prima dell'alba, e Vite era lì, accanto a un'auto blindata. Si limitarono a una franca stretta di mano, senza troppe chiacchiere: sapevano entrambi che non c'era tempo da perdere.

«Abbiamo individuato la villa circa un'ora fa e la stiamo tenendo sotto stretta sorveglianza», disse Alberto Vite non appena furono saliti sull'auto che, preceduta e seguita dalla scorta, partì a tutta velocità.

«Poco fa sono arrivate alcune persone. Le abbiamo fotografate tutte con i raggi infrarossi, e i nostri esperti sono all'opera per identificarle. Nessuno può entrare o uscire senza essere visto. Non appena arriveremo, le squadre speciali si prepareranno all'irruzione.»

Per quella particolarissima riunione il Gran Maestro aveva ridotto il cerimoniale al minimo. Seduto a capotavola con il mantello crociato, aveva con sé soltanto undici membri del Consiglio.

«Ho convocato questa riunione d'urgenza, fratelli, per comunicarvi che il primo degli eventi che ci metteranno in condizione di governare il mondo è riuscito soltanto in parte per l'intervento di persone legate al Maligno. Ma abbiamo ancora molte carte da giocare, e la luce della Verità ci illumina la strada. Alla fine la nostra idea trionferà. Adesso vi esporrò nei dettagli i prossimi...»

In quell'istante la sala fu devastata dallo scoppio di due fumogeni, e dai piani superiori arrivò una voce amplificata.

«La casa è circondata. Avete due minuti per uscire con le mani alzate e disarmati, altrimenti faremo irruzione.»

Il Gran Maestro rimase impassibile. Il suo sguardo si fece di gelo, scrutando da sotto il cappuccio ciascuno dei componenti del Consiglio.

«Sapete che cosa vi impone di fare la Regola, fratelli», disse semplicemente, prima di lasciare la stanza.

I carabinieri dei gruppi speciali entrarono nella sala riunioni esattamente dopo due minuti e trenta secondi. I corpi erano ordinatamente seduti attorno al tavolo di noce. Nessuno degli undici Apostoli del Consiglio era sopravvissuto al veleno.

Alberto Vite aveva appena spiegato a Oswald che, secondo quanto appena saputo dalla centrale, tra loro c'erano personalità della finanza internazionale, uomini di governo e persino un cardinale.

«I conti non tornano», disse Breil scuotendo la testa.

«In che senso?» chiese l'alto magistrato italiano.

«Nel senso che uno di questi personaggi, morendo, mi ha rivelato che il Consiglio del Nuovo Ordine è composto da dodici membri. Più il Gran Maestro, fa tredici. Probabilmente il consigliere morto davanti a me non è stato sostituito, e quindi si torna a dodici. Ma questi cadaveri sono soltanto undici.»

Il colonnello responsabile operativo dell'operazione si raschiò la gola. «Chiedo scusa se vi interrompo, signori, ma uno dei miei uomini ha trovato questo. Era posato a un capo del tavolo.»

Sul foglio si leggeva una sola parola: Hoover.

Gli inquirenti italiani riuscirono a dare conferma ai sospetti di Breil soltanto in tarda mattinata: grazie a sofisticate apparecchiature a risonanza magnetica, gli uomini di Vite erano riusciti a scoprire un passaggio segreto che sbucava nelle fogne.

Oswald Breil era però già lontano da Roma.

Da quante ore non dormo? si stava chiedendo mentre accendeva il computer. Chissà quando avrebbe potuto farlo. Il capo della setta era ancora libero e in grado di nuocere, quindi non poteva perdere tempo.

La sua mente, adesso, era tutta concentrata su una sola parola: Hoover. La parola scritta sul foglietto trovato nella villa romana. Che cosa poteva mai significare?

Digitate tutte le password necessarie ed espletate tutte le procedure di sicurezza, si collegò attraverso una linea sicura con l'archivio del Mossad, cercandovi ogni possibile occorrenza della parola.

Ottenute le risposte, dovette scartarne diverse decine, connesse con la notissima marca di aspirapolvere, ma finalmente la sua attenzione si soffermò sulle parole chiave di una delle schede. Accanto a Hoover si leggeva: «diga».

«Diga», mormorò, intento. «Diga», ripeté. Poi il suo sguardo s'illuminò. «Chissà...» Gli era venuta in mente una delle espressioni biascicate da Didier Fosh prima di morire.

Aprì la scheda del Mossad e la studiò attentamente, accigliandosi. Esponeva nei minimi dettagli le caratteristiche di una delle dighe più grandi degli Stati Uniti.

«La diga Hoover», lesse, «è stata ultimata nel maggio 1935 sul fiume Colorado, a valle del lago Mead. Per realizzare le opere strutturali del bacino e degli impianti sono stati utilizzati cinque milioni e settecentomila metri cubi di calcestruzzo: quanto basterebbe per pavimentare un'autostrada da New York a San Francisco. Rifornisce di energia idroelettrica decine di città in California, Arizona e Nevada. Tra di esse Las Vegas, capitale mondiale del gioco d'azzardo.»

Il *gioco d'azzardo*. Un terribile *vizio*.

«La *diga* che alimenta il *vizio*», mormorò Oswald.

Per i soliti problemi di sicurezza, non appena Oswald ebbe raggiunto Tel Aviv, non fu Erma ad andare da lui al ministero, ma lo ricevette nel suo ufficio all'«Istituto».

Nonostante le lunghe ore insonni, i due uomini non mostravano segni di stanchezza. La tensione nervosa e l'alto tasso di adrenalina nel sangue fungevano da stimolanti.

«Ho già allertato i nostri negli Stati Uniti», disse subito Erma, «e in questo momento ci sono nove uomini che stanno sorvegliando ogni movimento attorno al bacino. Inoltre un nostro satellite spia è stato posizionato in linea con le coordinate della diga Hoover. Crede sia opportuno informare le autorità americane?»

«No, questi personaggi hanno dimostrato di essere molto potenti e capaci d'infiltrarsi ovunque, quindi un nostro avvertimento agli americani potrebbe arrivare anche a loro. Di conseguenza, per adesso lasciamo fuori CIA, FBI eccetera. Cercheremo di consegnare loro i terroristi già impacchettati. In questo momento mi fido soltanto dei nostri uomini», replicò Oswald. «Qui all''Istituto' è ancora possibile avere un caffè?»

Poco più tardi, con la tazza fumante in mano, indicando una cartina degli Stati Uniti, riprese: «Torniamo al punto. Il bacino che alimenta la diga, il lago Mead, contiene quasi ventinove milioni di *acre-feet*. Per intenderci, l'*acre-foot* corrisponde alla quantità d'acqua necessaria per coprire la superficie di un acro con un piede d'acqua. Una cifra, fatti i debiti calcoli, vicina a trentacinquemila miliardi di litri:

quanto basta per allagare tutto il Nevada sotto una quindicina di centimetri d'acqua».

E Oswald si concesse un sorso di caffè, prima di continuare: «Quella del lago Mead è una zona ad alta frequentazione turistica: ogni anno vi affluiscono autentiche folle da tutto il mondo per visitare il Grand Canyon e il Parco Nazionale. Pertanto non sarà facile individuare i terroristi. Ma questa volta non possiamo assolutamente concedere loro altri vantaggi. Dobbiamo fermarli prima che usino le bombe.

«Abbiamo visto che cosa è riuscita a combinare una sola testata in un bacino relativamente vasto come quello del Mediterraneo, a mille metri di profondità e all'interno di una robustissima struttura d'acciaio. Immaginiamoci che cosa succederebbe se un fatto analogo, anzi, forse moltiplicato per nove, dovesse succedere in un lago. Ma non penso che i terroristi sprecheranno i loro ordigni nucleari soltanto per lasciare al buio un paio di milioni di americani. Certo, creeranno enormi disagi per moltissime persone, e l'evento farà scalpore. Ma secondo me il loro vero obiettivo è un altro».

Allo sguardo interrogativo di Erma, proseguì: «Non so se ricorda una sciagura naturale avvenuta in Italia negli anni '60, quando una montagna precipitò nel bacino di una diga alpina. Vajont, mi pare, o qualcosa di simile. Milioni di metri cubi d'acqua tracimarono dalla diga, travolgendo i paesi a valle. Ci furono migliaia di morti. Adesso guardi questa piantina, e ripensi bene a tutto ciò che ha detto Fosh sotto narcotico poco prima di morire».

Nella mappa si distinguevano perfettamente il lago Mead, azzurro, e la natura rocciosa della zona, evidenziata da macchie di chiaroscuro. Un ampio canalone scendeva sino alla città di Las Vegas.

«*La diga che alimenta il vizio*», esclamò Erma. «Vogliono colpire Las Vegas!»

«Proprio così. Non c'è un minuto da perdere. Uno solo di quegli ordigni collocato nel punto giusto potrebbe som mergere Las Vegas sotto una fiumana di acqua e fango. Il nostro contingente nei pressi della diga dev'essere triplicato. Non dovranno lasciarsi sfuggire nemmeno una mosca. È di nuovo in gioco la vita di milioni di esseri umani.»

25 luglio 1999

Il porticciolo turistico poteva ospitare almeno trecento imbarcazioni di medie dimensioni. L'*Hatteras*, ormeggiato al molo 19, uno yacht da pesca lungo più di quindici metri, si mosse alle sei e trenta del mattino. Era tutta notte che gli agenti israeliani lo tenevano d'occhio, insospettiti dal febbrile movimento che lo circondava. E le istruzioni arrivate da Tel Aviv erano di non trascurare niente. Niente!

Un'imbarcazione con le insegne della sorveglianza del parco si accostò all'*Hatteras* mentre era ancorato nella zona nordoccidentale del lago. L'ufficiale al timone si portò alla bocca il megafono.

«Sono il tenente Desly dei Servizi di Sicurezza del Parco del Grand Canyon. Avete problemi?»

«No, tenente», rispose uno degli occupanti della lussuosa imbarcazione. «Ci siamo fermati qui per vedere se riusciamo a prendere qualche pesce.»

«In questa zona la pesca è vietata, e dovreste saperlo. Saliremo a bordo per un controllo.»

Prima ancora che sullo yacht avessero messo mano alle armi, dalla motovedetta si sprigionò un impressionante volume di fuoco. Non appena avevano visto uno degli occupanti dello yacht imbracciare una mitraglietta, gli agenti dei servizi israeliani, travestiti da ranger del Parco e nascosti nella tuga, avevano aperto il fuoco.

Sullo yacht da pesca, crivellato di colpi, calò un silenzio di morte. Gli agenti del Mossad abbordarono l'*Hatteras* e salirono a bordo.

Oswald aveva finalmente potuto dormire un paio d'ore, steso su un divano nell'ufficio di Erma. Ma aveva ordinato di svegliarlo per qualsiasi novità.

Fu infatti riscosso di soprassalto da una mano che gli scuoteva la spalla. Si stropicciò gli occhi e vide Erma.

«Li abbiamo presi», esclamò in tono di trionfo il nuovo capo del Mossad, spiegando succintamente quanto era avvenuto al lago Mead. «Però», concluse in tono tetro, «i nostri agenti hanno recuperato una sola testata nucleare, non ancora innescata.»

La gioia iniziale di Oswald fu sommersa dall'inquietudine. «Una sola? Quindi dobbiamo aspettarci altri otto attentati. E la buona sorte non può assisterci all'infinito.»

Castello di Valnure. Dicembre 1314

Luigi posò sul tavolo il dispaccio appena arrivato da Parigi, lasciando vagare lo sguardo nel salone dove aveva visto morire suo padre e sua moglie.

Gli risuonavano ancora nella mente le ultime, solenni parole pronunciate da Jacques de Molay per ammonire i suoi grandi nemici e giustizieri che si sarebbero presto trovati al cospetto di Dio.

Clemente V era morto dopo soltanto un mese, e – diceva il dispaccio – Filippo IV lo aveva seguito il 29 di novembre. Una Giustizia, dunque, esisteva.

Luigi sarebbe dovuto essere contento, ma quale bene poteva trarre dalle sventure altrui? Niente avrebbe mai potuto porre riparo al male che gli avevano fatto quei due potenti, ora tornati polvere.

Al contrario, il suo cuore era pieno di angoscia, seppure per un altro motivo.

«Devi partire, Lorenzo. Un *Muqatil* non piange mai», disse al bambino che si era precipitato nella sala piangendo e aggrappandosi a lui.

«Però stai piangendo anche tu.»

«È vero, figlio mio. Perché ti voglio bene più che alla mia stessa vita. E stare lontano da te è un grandissimo dolore anche per me. Ma il nonno si occuperà di te come ha sempre fatto, e vedrai che presto ci rivedremo.»

«Io sto bene con il nonno, ma tu mi mancherai.»

«Mi mancherai anche tu, Lorenzo, ma per adesso è molto meglio che tu stia con il nonno. Quando sarai più grande, ti prenderò con me e ti insegnerò tutte le arti di un vero guerriero.»

Queste parole ebbero il magico potere di far cessare i singhiozzi.

«Dici davvero, padre?» E gli occhi color cobalto di Lorenzo s'illuminarono.

«Ti ho forse mai mentito?»

«Vedrai, mi eserciterò moltissimo, e l'anno prossimo sarò già in grado di combattere.»

«Certo, esercitati, mio piccolo *Muqatil.* Quando il prossimo anno ci rivedremo, ti regalerò una spada vera.»

Lorenzo era ormai raggiante, e soltanto qualche lacrima gli rigava ancora le guance quando il nonno lo prese per mano, portandolo via.

Il bambino avrebbe atteso con ansia ogni opportunità di tornare accanto al padre per apprendere i segreti di un'arte nobile e antica. Ma avrebbe anche imparato che la lealtà della cavalleria è spesso macchiata da interessi personali e da scopi tutt'altro che nobili.

Questo avrebbe imparato a poco a poco quel bambino dalla carnagione scura e dagli occhi color cobalto, fino a quando non fosse diventato un vero *Muqatil.*

EPILOGO

30 luglio 1999

INTORNO alla americana Amundsen Scott Station, nella sconfinata superficie ghiacciata dell'Antartide, la temperatura era scesa a oltre quaranta gradi sotto zero.

David Cohen stava per terminare il suo turno. Era uno dei quattro geologi, e quella destinazione in una stazione scientifica nel cuore della terra più inospitale del mondo era dovuta a un suo atto di ribellione nei confronti del padre, un pio ebreo di New York, che lo avrebbe voluto studioso della Legge rabbinica e non di rocce e terremoti.

Così David si era offerto volontario per quella missione al polo Sud: due anni lontano da casa non potevano che fare bene sia a lui sia al suo testardo padre.

Nei giorni precedenti aveva già notato alcune volte una leggera attività sismica, con epicentro a poche miglia dalla base. Decise che alla fine del suo turno nella stazione sarebbe uscito a verificare.

A Key Largo l'acqua formava un'interminabile serie di variazioni sul verde e sul blu. Il veloce motoscafo d'altura solcava il mare ad alta velocità, con Pat Silver ai comandi. Erano bastati quei pochi giorni per fargli dimenticare quasi del tutto la brutta avventura vissuta, e si stava godendo il sole della Florida in compagnia di una nuova, splendida oca.

Quasi tutto aveva dimenticato, ma non Maggie. Gli pesava ancora molto l'indifferenza con cui lei lo aveva trattato nelle ultime ore sulla nave e poi a Haifa.

Non gli era mai successo, ma doveva ammettere che

quell'atteggiamento lo aveva fatto soffrire. Ma, certo, il marito di Maggie si era comportato da eroe, offrendosi come ostaggio al suo posto. Li aveva visti abbracciati come due sposini in viaggio di nozze.

Bah, doveva cercare di non pensarci più. Ma nonostante gli sforzi, e nonostante la magnifica ragazza che aveva con sé, non riusciva a togliersi dalla mente il ricordo di Maggie e dei momenti d'intimità vissuti con lei.

A New York, Timothy strinse a sé la moglie con affetto. I suoi ritmi di lavoro non erano cambiati, tra soggiorni a Washington e viaggi. Ma il loro rapporto sembrava aver trovato un nuovo vigore.

Fu lei, scioltasi con dolcezza dalla stretta del marito, a rispondere al telefono. «Sono Gerardo», si sentì dire. «Come state voi due?»

«Tutto bene. E tu?»

«Qui in Italia fa un caldo insopportabile, ma ti ho chiamato per darti una splendida notizia.»

«Dimmi tutto.»

«Dovete venire di nuovo tutti a Roma. Ho ricevuto una telefonata dal Segretario di Stato vaticano. Il papa ha espresso il desiderio di conoscere coloro che hanno contribuito a sventare il dirottamento e a salvare le popolazioni costiere del Mediterraneo. Penso addirittura che voglia conferirci un'onorificenza. Ha fissato un'udienza privata per l'11 agosto.»

«Vuoi dire... il papa... quello vero?» chiese incredula la donna.

«Certo, quanti ne conosci? Fammi sapere quando arriverete, in modo che possa organizzarmi per venirvi a prendere. Ho già provveduto io a Lionel Goose e Arthur Di Bono, ma puoi avvertire tu Derrick, Annie e Pat?»

«Certo, ne parlerò con Grant, che come sai è un magnifico organizzatore. Penserà lui a tutto.»

Seduto nell'anticamera dello studio dello specialista che lo aveva in cura, Lionel Goose non riusciva a dissimulare la sua profonda ansia. Altrettanto ansiosa era la stretta alla mano con cui di quando in quando Lisa cercava di confortarlo.

Quando finalmente venne il suo turno, Lionel si alzò e si avviò con un passo che voleva essere spavaldo, ma in realtà era rigido come quello di un condannato a morte.

Del tutto diverso era invece quello con cui, diversi minuti più tardi, uscì dallo studio. La fronte era imperlata di sudore per l'emozione, ma lo sguardo bastava a esprimere tutta la sua gioia.

«Non è niente», disse, lasciandosi cadere sulla poltroncina accanto alla moglie. «Cioè... il male è sempre lì, ma sotto controllo come prima. Il resto è soltanto una forte infiammazione ai polmoni, probabilmente provocata dagli sbalzi di temperatura e umidità sulla nave, più tutta quell'aria condizionata.»

E Lionel si lasciò sfuggire un sonoro sospiro di sollievo, mentre Lisa gli gettava le braccia al collo.

«C'è una novità», gli disse poi, quando furono entrambi riusciti a padroneggiare l'emozione, mostrandogli il cellulare su cui da casa loro le era appena stata trasferita la chiamata di Gerardo di Valnure dall'Italia.

David Cohen indossò la tuta termica e programmò il GPS in modo da individuare con precisione il punto dove i suoi sismografi avevano registrato la leggera attività tellurica nella calotta polare antartica.

Quindi uscì attraverso la porta, che era dotata di un meccanismo di pressurizzazione simile a quello dei mezzi sottomarini, per evitare che la gelida aria esterna riuscisse a filtrare nella stazione di ricerca. Il suo viso era coperto da una maschera, e nessun lembo di pelle era esposto all'aria.

Il giovane sismologo salì sulla motoslitta e partì nella direzione che si era prefissato: lungo il 60° meridiano, in direzione del Polo dell'Inaccessibilità, a circa quindici miglia dal rifugio. Il sole si manteneva poco sopra l'orizzonte.

La motoslitta superò grandi distese bianche, s'inerpicò su picchi che sembravano sculture, aggirò montagne di ghiaccio ma, dopo circa un'ora, David fu costretto ad abbandonarla per proseguire a piedi: un costone di ghiaccio gli sbarrava la strada e gli precludeva la vista.

L'aria gelata, sebbene filtrata dalla maschera, gli faceva mancare il respiro. Arrancò lungo le pareti del costone, su un ghiaccio duro e compatto che i chiodi degli scarponi riuscivano ad aggredire soltanto a costo di grandi sforzi.

Ma finalmente arrivò ad adagiarsi sulla cresta ed estrasse il binocolo: ciò che vide gli tagliò il fiato molto più dell'aria gelata.

Una trivella per prospezioni petrolifere o carotaggi nel ghiaccio era piazzata al centro di una radura bianca, in una zona dove il ghiaccio raggiungeva uno spessore di circa tremila metri.

Nei pressi della grossa trivella operavano alcuni mezzi pesanti, e a poca distanza dalla perforazione in corso c'erano almeno altri quattro grossi fori, disposti a semicerchio. Tutta la zona era presidiata da sentinelle armate, e tre uomini erano alle prese con un rivelatore radar, probabilmente bloccato dal ghiaccio.

Era certamente questo il motivo per cui lo strumento non aveva rilevato l'avvicinamento del giovane sismologo. Tutti gli uomini erano in divisa militare, ma nessun segno identificativo ne indicava la nazione. Uno dei gatti delle nevi si avvicinò al foro, e ne smontarono due uomini, che aprirono il portello posteriore. La cassa che prelevarono era costellata di scritte in cirillico, tra le quali si vedeva perfettamente il simbolo giallo e nero del pericolo di contaminazione radioattiva.

David si lasciò scivolare con la massima cautela sul costone di ghiaccio. Poteva soltanto sperare che la riparazione del radar durasse quanto bastava perché lui potesse portarsi al sicuro.

Ma era partito da pochi minuti quando si accorse di essere seguito. Due motoslitte e un mezzo cingolato avevano fatto capolino sulla sommità che aveva appena lasciato.

In quello stesso momento prese a soffiare un fortissimo vento che David conosceva molto bene: era il gelido *blizzard*, che spazza la calotta ghiacciata e spesso assume l'intensità dei più violenti uragani.

Se non avesse trovato un buon riparo, David sapeva di avere poche probabilità di cavarsela. Ma era altrettanto vero che quell'improvvisa minaccia gli dava l'unica possibilità di sfuggire agli inseguitori, e un anno di ghiacci polari gli aveva dato un'esperienza senza dubbio maggiore di quella dei misteriosi uomini armati.

Si rannicchiò dietro il parabrezza della motoslitta e la spinse alla massima velocità possibile, compatibilmente con la visibilità che si andava progressivamente riducendo con il montare della tormenta. Per orientarsi poteva contare soltanto sulla bussola.

Per fortuna la tempesta non era delle più violente, altrimenti, nonostante l'esperienza, non ne sarebbe uscito vivo. Riuscì a trovare la pista battuta dell'andata: poco più che un sentiero nel ghiaccio, tracciato dai mezzi del centro nelle loro sortite, ma poteva appena vedere pochi centimetri oltre il muso della motoslitta. Quanto bastava, però, a indicargli la strada.

David stava pensando a quale motivo potesse aver spinto quegli uomini a depositare materiale radioattivo nei fori aperti dalla trivella. Erano quasi certamente contrabbandieri di scorie radioattive, che avevano trovato il posto ideale per nascondere il pericoloso prodotto, ricavandone enormi profitti illeciti. Sì, doveva proprio essere così.

Queste poche riflessioni bastarono a fargli perdere la concentrazione. La slitta urtò contro uno sperone di ghiaccio, poi si mise di traverso e cappottò più volte. David atterrò su una montagnola di neve soffice, senza riportare alcun danno. Si alzò e tornò di corsa verso la slitta cappottata. Vide la benzina uscire dal serbatoio, mentre il motore, rimasto accelerato, era imballato a un altissimo numero di giri. Le fiamme divamparono improvvise, spargendosi tutto intorno per un raggio di diversi metri.

David si lasciò sfuggire un'imprecazione smorzata. Mancavano soltanto poche miglia alla salvezza

Gli inseguitori raggiunsero la slitta rovesciata pochi minuti più tardi. Il rogo aveva assunto dimensioni ancor più vaste.

Due uomini scesero dal gatto delle nevi, cercando di distinguere un corpo umano tra le fiamme.

«Qui non si riesce a vedere niente» gridò uno di essi, tentando di superare il fragore del vento.

«Non credo che se la sia cavata. E, se per caso fosse ancora vivo, sarà quasi certamente ferito. Ci penserà la tempesta. Tanto più che non sappiamo che cosa sia riuscito a vedere. Magari era soltanto uno dei ricercatori che passano spesso nelle vicinanze della nostra base.»

«Hai ragione. Andiamo.»

David era appiattato nello strato di neve, a poca distanza, e sentiva tutto. Mosse le dita dei piedi. Il principio di assideramento gliele stava facendo formicolare. Doveva mettersi in movimento, prima che il gelo gli attaccasse gli organi vitali.

Dopo due ore andò quasi a sbattere contro uno degli edifici della base. Aveva camminato alla cieca nella tormenta, e spesso aveva temuto di non farcela.

Trovò ad aspettarlo alcuni dei colleghi. «Dove ti eri cacciato?» gli chiesero. «Stavamo per uscire a cercarti, anche se con questa tempesta...»

«Sono uscito a fare qualche prelievo, e mi ha sorpreso il *blizzard*. La mia motoslitta è andata distrutta in un incidente», mentì. Per il momento preferiva non rivelare a nessuno la sua scoperta.

Aveva dimenticato molte parole di suo padre, ma non queste: «L'Intelligence è l'unica vera arma di difesa di Israele. Ogni situazione fuori della norma deve essere segnalata. Magari a te potranno sembrare dettagli di scarso interesse, ma loro sanno come custodire ogni informazione ricevuta e utilizzarla in caso di bisogno».

Quando raggiunse la sua stanza, benedisse la grande rete telematica e la possibilità d'inviare messaggi a chiunque in qualsiasi parte del mondo. Sapeva bene chi doveva contattare: un caro amico, ufficialmente impiegato presso un'azienda commerciale di New York.

Due ore più tardi, sul tavolo di Oswald Breil arrivò un rapporto dettagliato.

«Penso che abbiamo scoperto il disegno finale di quei pazzi assassini», disse Oswald a Erma. «L'Antartide ha una superficie di quattordici milioni di chilometri quadrati, quasi una volta e mezzo quella dell'Europa. La terraferma è quasi completamente coperta da una calotta di ghiaccio spessa fino a quattromila metri. Sa che cosa significherebbe far esplodere quegli ordigni lì sotto? Buona parte dell'Antartide si scioglierebbe negli oceani, portando a un innalzamento del livello del mare tra i quaranta e i sessanta metri. Ricorda che cos'ha detto ancora Fosh? '*L'onda purificherà i peccati, e sulle rovine ricostruiremo il Regno di Cristo.*' Eccola qui l'onda che dovrebbe purificare il mondo, un evento talmente catastrofico che nemmeno i più pessimisti tra gli scienziati vogliono ipotizzarlo.»

«Dobbiamo intervenire immediatamente, ma come possiamo operare al polo Sud?»

Oswald rifletté soltanto qualche istante, poi sollevò la cornetta del telefono.

«Mi chiami il presidente degli Stati Uniti sulla linea riservata. Voglio parlare personalmente con lui.»

Pochi istanti più tardi si sentì rispondere con molta cortesia dall'uomo più potente del mondo.

«Sono Oswald Breil, signor presidente, il vice ministro della Difesa di Israele.»

«Sono stato informato, signor vice ministro. A che cosa devo questa chiamata?»

«Lei ha sicuramente seguito la recente vicenda dei terroristi legati a una setta segreta, che stanno disseminando il globo terrestre di ordigni nucleari.»

«Naturalmente, e so anche che dobbiamo a lei l'insuccesso di due azioni di quegli assassini. I nostri servizi stanno seguendo la vicenda con la dovuta attenzione, ma per il momento non siamo in possesso di alcun indizio.»

«Scusi la franchezza, signor presidente. Il motivo della mia chiamata non è chiederle a che punto sono i vostri servizi, ma un altro, ben più grave. Abbiamo fondate ragioni di ritenere che il prossimo obiettivo dei terroristi sia la calotta polare antartica, e lei sa bene che cosa significherebbe per l'umanità un improvviso scioglimento dei ghiacci dovuto a un'esplosione nucleare.»

31 luglio 1999

Il satellite spia americano sorvolò il punto esatto del polo Sud geomagnetico mantenendosi a un'altezza di trentaseimila metri. In quello stesso istante tutte le comunicazioni nel campo dei terroristi subirono un improvviso blackout.

I due Hercules dotati di sci d'acciaio si posarono sulla spianata ghiacciata soltanto quando ebbero ricevuto conferma che i radar del bersaglio erano fuori uso. Gli uomini dei corpi speciali, in tuta termica bianca, salirono sui tre mezzi corazzati da trasporto scaricati dal ventre degli aerei.

I mezzi furono abbandonati a circa un miglio dall'obiettivo, e gli uomini proseguirono a piedi sino al costone di ghiaccio da dove David Cohen aveva osservato le incomprensibili manovre di quel manipolo di uomini armati.

Uno dei terroristi era salito sul ricevitore radar e stava dicendo all'altro, rimasto di sotto: «Qui non c'è traccia di ghiaccio. Chissà perché questo arnese non funziona».

Furono le ultime parole che pronunciò: il colpo di un tiratore scelto lo fulminò in piena fronte. E pochi istanti dopo si scatenò l'inferno.

Oswald Breil non riusciva a nascondere l'agitazione: per un uomo come lui, abituato a gestire le situazioni difficili dalla prima linea, aspettare l'esito di un'operazione era un vero tormento. Quando sentì il telefono della linea riservata trillare, sollevò la cornetta con mani quasi tremanti. Era il presidente degli Stati Uniti.

« L'umanità deve esserle ulteriormente grata, signor vice ministro. Grazie alle sue informazioni siamo riusciti a scongiurare la catastrofe. I terroristi sono stati annientati. »

Oswald si lasciò andare contro lo schienale della poltrona. « Avete recuperato le testate, signor presidente? »

« Naturalmente. »

« Quante sono? »

« Otto. »

Per la prima volta dopo molti giorni, le labbra di Oswald Breil si aprirono in un largo sorriso. Adesso era davvero finita. Per questa volta, almeno.

Città del Vaticano. 11 agosto 1999

« Così, Santità, siamo riusciti a fare inabissare la nave in un punto molto profondo, scongiurando i pericoli dell'esplosione nucleare. Per quanto riguarda l'altro scenario della vicenda, penso che possa chiarirlo molto meglio di me la signorina Terracini, che l'ha vissuto di persona. »

Pat Silver concluse così la sua serrata relazione, che il Santo Padre aveva ascoltato con profonda attenzione. E finalmente toccò a Sara spiegare tutta la vicenda che aveva portato alla scoperta di Rosslyn.

Lo fece con molto ordine, concludendo: « Il vostro amore per l'umanità vi rende un grande uomo, al di là di ogni fede. Vi sono grata, Santo Padre, per le vostre azioni tese ad affratellare gli uomini. Tra i detriti, dopo l'esplosione nella cripta, ho raccolto un frammento degli antichi rotoli custoditi per secoli dai Templari. Purtroppo temo che si tratti dell'unico pezzo rimasto».

E Sara esibì un astuccio di pelle. Il prezioso frammento di rame era chiuso in una piccola teca di cristallo. «Su questo frammento si legge una sola parola nella lingua dei miei padri: *Mashiah*, il Messia. Credo sia giusto farvene dono, Santo Padre.»

Il papa le strinse con calore la mano, come aveva già fatto con gli altri, e finalmente parlò, con una voce che risultò forte nonostante il fisico provato dagli anni e dalle vicissitudini.

«Il mondo è pieno di ordigni nucleari e di potenti senza scrupoli. Ma per fortuna esistono persone come voi, capaci di non ritrarsi di fronte a niente perché la luce trionfi. Pregherò Dio perché vegli su di voi. Ma il vostro prezioso operato merita un premio. Ciascuno di voi verrà insignito del Sigillo di Luce della Terrasanta.»

E il papa li chiamò a sé a uno a uno, passando loro attorno al collo la fettuccia di raso con la pesante onorificenza in oro smaltato. Un tondo circondato da una cerchia acuminata e sfavillante di raggi.

Il rigoroso protocollo era ormai terminato. Le labbra del papa si aprirono in un sorriso pieno di bonarietà e saggezza. «Quanto alla Terza Profezia, signor Silver, ricordi quanto scrive San Pietro nella Seconda Lettera: 'Nessuna profezia venne mai dalla volontà dell'uomo, ma dagli uomini che parlarono per parte di Dio'. Consenta dunque che a parlare di profezie, e a cercare di interpretarle, siano gli uomini di Dio.»

Mentre Pat chinava la testa, confuso, il papa non fece niente per nascondere che gettava un'occhiata all'orologio.

«Vi chiedo scusa se controllo l'ora», aggiunse sorridendo ancora, «ma per niente al mondo perderei l'ultima eclis si del millennio. Credo che la mia passione per questo genere di fenomeni sia ormai nota a tutti.»

Maggie Erriot rimase immobile, a testa china. Le stavano

risuonando sinistre nella mente le parole dell'antica profezia: *Il papa verrà da Oriente nel corso di un'eclissi.*

Proprio durante un'eclissi parziale il Sinodo aveva eletto l'attuale pontefice. La *sensazione* cominciò a farsi strada nel suo intimo, prepotente e incontrollabile, come non accadeva da tempo. Maggie divenne pallida, la sua testa prese a muoversi e la bocca si aprì.

«*E proprio il giorno di un'eclissi sarà quello scelto dal Maligno per attentare nuovamente alla vita del papa.*»

Nella sala cadde un silenzio sgomento. Timothy si fece vicino alla moglie e la cinse con il braccio destro: la ferita si era riaperta ed era stato necessario immobilizzare una seconda volta quello sinistro. Maggie parve riprendere conoscenza.

I suoi occhi scrutarono per qualche istante l'onorificenza al collo del marito. Limpida le apparve di nuovo la visione che aveva avuto il giorno delle nozze. Non vide più suo marito, ma un altro uomo.

Avvolto nella lunga tunica crociata, con il cappuccio calato sulla testa.

«Io, Shirinaze, tornerò», disse la sua voce, sorda, in un francese antico e spigoloso. «Tornerò per punire coloro che ho maledetto. Coloro che si servono della parola di Dio per i loro torbidi fini. Io ti maledico, assassino», gridò puntando il dito contro il marito. «Ti maledico, Gran Maestro dei Nuovi Cavalieri di Cristo.»

Il gelo calò nella stanza, mentre Timothy estraeva fulmineamente dalla fasciatura al braccio una pistola con silenziatore, piazzandosi al centro della sala con l'arma puntata contro il papa.

«Vi consiglio di non muovervi», ordinò con uno sguardo venato di follia. «Siete riusciti a intralciare ogni mio piano, ma non riuscirete a compromettere anche il compimento del volere di Dio. Pertiene a me il dovere, tramandato nei secoli, di spodestare l'usurpatore del Trono di Pietro. *Nos perituri mortem salutamus.* Muori, fantoccio del Male!»

Lionel Goose agì in una frazione di secondo, gettandosi contro l'arma con un balzo disperato. Il proiettile partì però prima che la raggiungesse, colpendo lui invece del pontefice.

Ai tempi dell'università, Pat Silver era sempre stato il più bravo a smistare la palla. La sua destra corse all'onorificenza.

Il pesante cerchio d'oro sibilò nell'aria. Timothy Hassler strabuzzò gli occhi: uno dei raggi gli si era conficcato nella fronte. Adesso tutto era veramente finito.

Oswald Breil si buttò verso Lionel Goose per verificare le sue condizioni, ma l'anziano Berretto Verde si stava già rialzando, stringendosi il braccio destro con la sinistra. La manica della giacca era insanguinata appena sopra il gomito.

«Mi ha beccato, il delinquente», disse, «ma ho la pelle dura. E mi ha fatto soltanto un graffio.»

Maggie, inginocchiata sul pavimento, scoppiò in un pianto sommesso. Le forti braccia di Pat Silver corsero a stringerla: avevano trascorso la vita a fingere di non amarsi. Dovevano recuperare il tempo perduto.

Mediterraneo. Maggio 1326

Gli occhi di cobalto del *Muqatil* scrutavano la distesa sconfinata. La nave da combattimento aveva un disegno leggero e filante. Scivolava veloce sull'acqua, spinta dalle vele e dai rematori.

Sulla poppa sventolava la bandiera da guerra dell'antico Ordine del Tempio: un teschio bianco in campo nero sopra due tibie incrociate.

Lo scontro era imminente, ma il comandante della nave non aveva paura. Un *Muqatil* non può avere paura.

Ma questa è un'altra storia...

RINGRAZIAMENTI

RINGRAZIO come sempre le nostre piccole Andrea e Beatrice e mia moglie Consuelo: questa volta non si è limitata al ruolo di «prima e attenta lettrice», ma ha contribuito a illustrare le pagine di questo romanzo.

Ringrazio anche chi, assalito dalle mie domande spesso bizzarre, mi ha dato risposte esaurienti, contribuendo in maniera sostanziale alla stesura di questo libro. Un cenno particolare al personale della Costa Crociere, ai progettisti della P&O Grand Princess e agli esperti informatici.

Un grazie inoltre a tutti quelli che hanno scritto sulle epoche trattate e che mi sono stati di enorme aiuto. In particolare vorrei citare:

Malcom Barber, *La storia dei Templari*, Milano, Piemme, 1997.

Georges Bordonove, *I Templari*, Milano, SugarCo, 1989.

Franco Cardini, *I Poveri Cavalieri del Cristo*, Rimini, Il Cerchio, 1992.

Edward Carr, *Storia della Russia sovietica*, Torino, Einaudi, 1972-1978.

Alain Decaux, *L'Énigme Anastasia*, Paris-Genève, La Palatine, 1961.

Jacques de Mahieu, *I Templari in America*, Milano, Piemme, 1998.

Alain Demurger, *Vita e morte dell'Ordine dei Templari*, Milano, Garzanti, 1987.

Loredana Imperio, *Il tramonto dei Templari*, Latina, Penne & Papiri, 1992.

Christopher Knight-Robert Lomas, *La chiave di Hiram*, Milano, Mondadori, 1997.

Christopher Knight-Robert Lomas, *Il secondo Messia*, Milano, Mondadori, 1998.

Carlo Palermo, *Il quarto livello*, Roma, Editori Riuniti, 1996.

Peter Partner, *I Templari*, Torino, Einaudi, 1993.

Nicolas Sokoloff, *Enquête judiciaire sur l'assassinat de la famille impériale russe*, Paris, Payot, 1924

Anthony Summers-Tom Mangold, *La fine degli zar*, Milano, Rizzoli, 1979.

Un ringraziamento particolare e un abbraccio a chi ha creduto in me sin dall'inizio, accogliendomi nell'esclusiva cerchia dei «Maestri dell'Avventura».

INDICE

Finito di stampare nel mese di settembre 2014
per conto della TEA S.r.l.
dalla Elcograf S.p.A.
Stabilimento di Cles (TN)
Printed in Italy